Manía

Lionel Shriver

Manía

Traducción de Daniel Najmías

EDITORIAL ANAGRAMA
BARCELONA

Título de la edición original:
Mania
HarperCollins
Nueva York, 2024

Ilustración: «El individualismo en la sociedad moderna»,
© Master 1305 / Shutterstock

Primera edición: noviembre 2025

Diseño de la colección: Julio Vivas y Estudio A

© De la traducción, Daniel Najmías, 2025

© Lionel Shriver, 2024

© EDITORIAL ANAGRAMA, S. A. U., 2025
 Pau Claris, 172
 08037 Barcelona

ISBN: 978-84-339-4807-6
Depósito legal: B. 8330-2025

Printed in Spain

Romanyà Valls, S. A., Verdaguer, 1
08786 Capellades (Barcelona)

*Para Deb y Nick, amigos de toda la vida,
generosos, agradables, graciosos. Por favor, venid a visitarme.*

Cuando dejan de existir la riqueza hereditaria, los privilegios de clase y las prerrogativas de cuna [...], se hace evidente que la principal diferencia entre las fortunas de los hombres reside en la inteligencia.

ALEXIS DE TOCQUEVILLE

En efecto, parece cada vez más obvio que el mayor peligro para la humanidad no son las hambrunas, ni los terremotos, ni los microbios ni el cáncer, sino el ser humano mismo [...], y ello por la sencilla razón de que no existe una protección adecuada contra las epidemias psíquicas, infinitamente más devastadoras que las peores catástrofes naturales.

CARL JUNG

ALT-2011

1

Iba camino de comprar un par de cosas para la cena –Emory, mi mejor amiga, vendría a casa esa noche, como hacía muy a menudo– cuando llamaron del colegio de mi hijo para comunicarme que lo mandaban a casa por «acoso escolar». Que si podía por favor pasar a buscarlo. Darwin es un chico contenido, prudente, poco propenso a mangonear a otros niños; de ahí que me preguntase si no se trataría de un malentendido. Él siempre había estado entre los primeros de la clase y –hasta hacía poco– había sido el ojito derecho de los profesores. Como era de esperar, cuando fui a recogerlo a secretaría, mi delgado y precoz hijo mayor me esperaba sentado en silencio, aunque con los labios apretados y mirando con rabia un punto situado a media distancia; así excluía de su campo visual a los dos adultos que había en el despacho. A los once años, tenía más o menos la edad en la que yo escapé de un adoctrinamiento del que él se había salvado. Aun así, esa tarde su contención habitual ocultaba algún elemento inflamable que me recordaba a mi propia conducta cuando soportaba en un silencio furibundo la Noche de Adoración en Familia.

–Me temo que su hijo se ha burlado de uno de sus compañeros de clase –me notificó la subdirectora–. Ha empleado un vocabulario que para nosotros, en este ambiente de apoyo mutuo, es inaceptable, y que no voy a repetir.

La funcionaria alzó sus formidables pechos, exagerando una arrogancia que apenas necesitaba realzar.

—Bueno, la mayoría de los chicos prueban a soltar tacos a ver qué pasa...

—Las palabrotas que digan en el patio son una cosa, pero los *insultos* son otra muy distinta, y se castigan con una expulsión temporal. En el futuro, cualquier infracción similar podría conllevar la expulsión permanente.

Si bien no es la mejor de Voltaire (Pensilvania), la Escuela Primaria Gertrude Stein es (o era) un centro público decente que no quedaba demasiado lejos de casa. Zanzibar, la hermana de Darwin, también iba a ese colegio, dos cursos por debajo, y Lucy, la más pequeña —seis años—, acababa de empezar allí en septiembre. Ergo, Wade y yo no podíamos permitirnos que la dirección nos considerase conflictivos. Aun si nuestro hijo se encaminaba a la lista negra, teníamos que conseguir que saliera de ahí con sexto aprobado, así que prometí hablar seriamente con él y recordarle que ciertas palabras estaban «fuera de lugar».

La segunda al mando no dejó que me fuese sin añadir una advertencia:

—Espero sinceramente que el niño no esté aprendiendo ese vocabulario despectivo porque es el que usan en casa.

—Le aseguro que somos muy civilizados.

—Muchas civilizaciones del pasado defendieron principios que hoy nos parecen aberrantes. Creo que sabe a qué me refiero, señora Converse. Esta es una institución progresista.

Subimos al coche y Darwin siguió sin abrir la boca. Puesto que, gracias al anónimo padre probeta de mis dos hijos mayores, la mitad de su herencia étnica es japonesa, mucha gente interpreta sus rasgos refinados y su complexión delgada como muestras de una delicadeza congénita, pero ese cuerpecito esbelto se apoya en un armazón de acero. Darwin no es delicado.

Lo dejé rumiando su enfado en el viaje de vuelta a casa. El otoño anterior, en ese barrio arbolado había un letrero en casi todos los jardines: ¡«IMBÉCILES», SED BIENVENIDOS!, el mismo que las tiendas de las avenidas comerciales se afanaron en pegar en los escaparates. No obstante, el uso indisimulado de tales términos de oprobio, incluso entrecomillados, no tardó en pasar de vulgar a burdo y, por último, a mortal, por lo que ese año la cosecha de letreros en los patios se había vuelto más comedida: APOYAMOS LA NEUTRALIDAD COGNITIVA. El coche de delante llevaba en el parachoques una de esas pegatinas que habían proliferado por todas partes: PITA SI ODIAS A LOS CEREBRITOS. Según parecía, eran legión los conductores que también los odiaban: la vuelta a casa fue para quedarse sordos.

Para que nuestra vieja y laberíntica casa de madera de cinco habitaciones no dé una impresión engañosa sobre las circunstancias de mi familia, diré que Wade y yo solo pudimos comprar esa bonita y robusta propiedad a precio de saldo gracias a las ejecuciones hipotecarias de 2008. A mediados de octubre hacía demasiado frío para hablar largo y tendido sobre los pecados de Darwin en el espacioso porche trasero, así que lo senté a la mesa de la cocina mientras yo rebuscaba en la despensa. Quería ver qué ingredientes teníamos para salir del paso. Esperaba que el careo fuese breve, porque faltaban menos de dos horas para que el autobús escolar de Lucy llegara a nuestra parada y parecía que, sí, aún tendría que ir pitando al supermercado.

—Fue por una camiseta —dijo por fin Darwin con amargura.

—¿Y?

—Stevie llevaba una en la que ponía: «Si tan listo eres, ¿cómo es que no eres listo?».

Solté una carcajada.

–¡Por Dios, menuda memez! Ni siquiera tiene sentido.

–Eso fue lo que dije. En realidad, lo único que dije fue que era estúpida.

–La palabra que empieza por E.

–No llamé estúpido a Stevie. Dije que su camiseta lo era.

«Estúpido Stevie» tenía una sonoridad que en mi época habría resultado irresistible.

–Bueno, llevar una camiseta estúpida solo puede sugerir que uno también lo es. Un poco, al menos.

–¡Yo ya no entiendo las normas! –estalló él–. Vale, una persona no puede ser estúpida. Ya me has explicado mil veces por qué y nada, sigo sin entender..., no sé, cómo de repente un día, a comienzos de quinto, un puto cerebro de mosquito dejó de ser un puto cerebro de mosquito. –Si yo, por principios, soltaba un taco de vez en cuando, era absurdo que me pusiese remilgada con el vocabulario que usaban mis hijos en casa–. Pero, vale, lo entiendo. Ya no llamo a nadie la palabra que empieza por E, ni muchas otras palabras, pero una cosa, una camiseta, puede seguir siendo estúpida, ¿no? Y una idea ¿puede ser estúpida? ¿Puede algo ser estúpido o ahora todo es inteligente?

–No estoy segura –contesté, entornando los ojos–. Decir que todo es inteligente también podría meterte en líos.

–¡Ahora lo único que le importa a la gente es esta basura! Pero eso no significa que no sepamos qué chicos son unos gansos totales. Los profes siempre les dan la palabra y, digan lo que digan, siempre exclaman: «Ooooh, Jennifer, eso es *muuuy acertado*». Y después, cuando uno de esos zopencos afirma que cinco por siete son sesenta y dos, el profe de mates dice: «¡Excelente! Esa es una posible respuesta, y muy buena, por cierto. ¿Alguien quiere aportar una *distinta*?».

Supongo que nada de todo lo que Darwin me contaba era en verdad gracioso, pero, aun así, no pude evitar reírme.

Sé que no soy objetiva, pero las madres no estamos hechas para serlo, y a mí, con mi hijo, se me caía la baba.

—Te juro que los profesores les tienen miedo a los tontos de la clase —siguió diciendo Darwin—. A los lerdos nunca les llaman la atención por hablar en clase o por no entregar los deberes. Supongo que ahora no hacer los deberes solo es una manera distinta y *muuuy acertada* de hacer los deberes. Mientras tanto, los tontos están empezando a ser un coñazo. Se pasean dándose aires, como si fueran especiales, y están siempre atentos por si dices algo a lo que puedan agarrarse y malinterpretarlo. Como cuando Aaron le dijo a esa chica, Wendy, que la funda nueva de su móvil era «de locos». Solo quería ser amable y también dárselas de enrollado, pero ella le dio un mamporro en el brazo y lo denunció al nuevo DPM... —Como lo miré intrigada, me aclaró la sigla—: El Defensor de la Paridad Mental. Creo que ahora hay uno en todos los colegios. Pues a Aaron lo obligaron a disculparse delante de la clase porque ni Wendy ni el DPM tenían ni idea de que cuando algo «es de locos» significa que es genial.

—Me da a mí que ese uso tiene los días contados —respondí—. Oye, ya no decís palabras como «lerdo» y «memo» en el cole, ¿verdad?

—Por supuesto que no. Eso me convertiría en un *lerdo* y en un *memo*, ¿no? Lo que no entiendo es por qué no podemos defender lo que pensamos. Tú misma decías que es posible ser más inteligente que otras personas y que no es algo de lo que avergonzarse. No entiendo por qué tenemos que seguir la corriente y aceptar esta basura.

Confieso que disfrutaba con la íntima connivencia imperante en nuestra herética familia. Sin embargo, me preocupaba que mi determinación por preservar un sanctasanctórum de cordura de puertas adentro pusiera a los niños en una situación comprometida.

—Es obvio que hay motivos para ser fieles a lo que creemos —dije—, pero debemos ser prudentes. Saber elegir bien la ocasión. Esta nueva manera de considerar a la gente nos trasciende. Si salimos en defensa de lo que creemos, pero lo hacemos mal o en un momento inadecuado, lo único que conseguiremos es hacernos mucho daño a nosotros mismos.

Como se vería tiempo después, más me habría convenido aplicarme el cuento.

—¿Quieres decir que tenemos que seguirles la corriente a todos porque estamos en inferioridad numérica o porque nos castigarán si no lo hacemos? ¿Qué diferencia hay entre esa idea tuya de «ser prudentes» y ser unos putos cobardes?

—No hay ninguna —respondí, y lo mío me costó decirlo—. Ahora ve a buscar el abrigo.

2

En el último momento, Emory me llamó a ese aparatito que, según todo indicaba, ya no debía denominar teléfono «inteligente», aunque me inquietaba no saber cómo se suponía que debía llamarlo. (Unos días antes, esa misma semana, había comentado en mi departamento: «¿Cómo se llama esto ahora? ¿"Teléfono mediocre"?». Y una colega me había replicado con sarcasmo: «¿Qué tal *teléfono*? ¿Tan difícil te resulta, Pearson? ¿Acaso usar un término en realidad más simple es un sacrificio demasiado grande, ni que sea para mostrar un poco de respeto, un poco de sensibilidad? ¿Qué tal *teléfono*?».) Mi amiga preguntó si el menú de esa noche era lo bastante flexible para incluir a Roger, el tío con el que estaba empezando a salir. Aunque me molestó, me habría costado horrores negarme. Después de la irritación que me había provocado que esa tarde mandaran a Darwin a casa, no estaba de humor para mostrar interés por un desconocido. Me había estirado lo justo para comprar unos carísimos langostinos tigre para seis y ni uno más, y otra boca era un incordio. Roger cambiaría el carácter de la ocasión: ya no sería otra cena más a la que se sumaba mi mejor amiga, sino una *cena formal*. Además, llevaba sin ver a Emory todo el primer semestre y quería tenerla para mí sola.

Por supuesto, llegaron con flores y una botella de las caras, cuando Emory solía presentarse con un simple cartón de vino que primaba el afán alcohólico al refinamiento. Si me tomaba la molestia de servir olivas, solíamos cogerlas directas del recipiente, con los dedos, e íbamos picando de pie en mi cocina de madera oscura, pero esa noche tendría que servirlas en un bol coqueto y poner otro aparte para los huesos. A fin de que las kalamata no dieran una impresión pobre, saqué también chips de remolacha y nabo, aunque, para picar, las clásicas patatas fritas con sal y vinagre eran mejores.

Dejé que Wade diese los últimos toques a la cena y llevé a los invitados a la sala con desganada formalidad. El atuendo de Emory —mallas con unas botas negras lustrosas y túnica de seda color azafrán realzada con un fular rojo que recordaba, quizá a propósito, al que me había regalado cuando cumplí dieciséis años— era sencillo, pero no pasaba inadvertido. Tampoco me sorprendió que Roger fuese guapo. Delgado, daba la impresión de estar cortado en ángulos perfectos; su figura era sin duda el resultado de una estricta vigilancia dietética y una adhesión entre temible y fanática a los rituales del ejercicio físico. Llevaba ropa informal pero estilosa, y la tela era de la mejor calidad. Al principio no habló mucho; sin embargo, esa reserva no parecía timidez, sino más bien la distancia de quien se siente superior y se dedica a observar, evaluar y juzgar. Su impecable acicalado le daba un aire de autoridad, tal vez la cualidad compartida que había hecho que esos dos se atrajeran. Con todo, no dijo nada abiertamente jactancioso ni condescendiente, así que tal vez solo fuera mi mala predisposición.

Puede que, en un marco así, lo mejor sea decir lo que de verdad se le pasa a una por la cabeza; de lo contrario, el palique podría parecer insustancial, una mera maniobra de distracción. Saltándome los pormenores, dije que seguía un poco enfadada después de que hubieran mandado a Darwin a casa por un «insulto», y añadí que mi hijo no estaba acostumbrado a que lo tratasen como a un alborotador.

–Ya no entiende las normas. Y no puedo culparlo por estar confuso.

–Bueno, ¿sabéis cómo se ha extendido aquello de Obama..., lo de «No preguntes, no lo digas»? –repuso Emory. Yo sí estaba al corriente, pero no recordaba bien los detalles–. Solo lo comento porque es un patrón social que seguramente se aplicará también fuera del ámbito militar. Así que dile a Darwin que a partir de ahora las normas son estas: no preguntes a nadie dónde estudió y no le digas a nadie dónde estudiaste tú, ni aunque fueses a Yale... Bueno, ¡sobre todo si fuiste a Yale! Y eso incluye la secundaria: que nunca se te escape en mitad de una conversación que te graduaste en Andover o en Groton. Y, por descontado, nunca menciones tu cociente intelectual ni preguntes por el de nadie, y tampoco hables de las notas que sacaste en el examen de acceso a la universidad, da igual si hiciste el SAT o el ACT, ni de tu nota media. Se supone que tampoco has de abrir la boca para hablar de lo bien que se te dan los juegos de tal o cual periódico sobre los titulares de la semana. ¡Y ni se te ocurra preguntar o decir cuántas acertaste en *Jeopardy!*

Emory soltó todo ese descarnado resumen con una admirable desafección, pero con clara intención burlona.

–¿Sabéis que la semana pasada cancelaron el programa? –pregunté.

–¿En serio? –se sorprendió Emory.

–Sí. Se acabó lo que se daba. Es *discriminatorio*. Y mira que estaba en antena desde 1964.

–Vaya –dijo ella–. Adiós a *Quién quiere ser millonario*, pues.

–He visto un trozo mientras pelaba los langostinos para la cena, solo por curiosidad. Para intentar no irse a pique y seguir siendo *relevantes*, están haciendo unas preguntas increíblemente básicas. En plan «¿Cómo... te... llamas?».

—¡Usa el comodín de la llamada! —exclamó Emory—. Ah, y casi lo olvidaba: el ejército también ha prohibido los cubos de Rubik en los cuarteles.

—Lo siguiente será el ajedrez —gruñí.

—¿Lo siguiente? —repuso Emory, con la misma total desafección—. El ajedrez ya está prohibido. Genera un ambiente divisivo y tóxico, y es contrario al espíritu de unidad del cuerpo.

—Oh, Dios, muy pronto nos darán donde más duele. El Boggle y el Scrabble están condenados.

—Como debe ser. —dijo Emory impostando una voz remilgada—. Esos juegos hacen que una gran cantidad de personas iguales se sientan ineptas. Una injusticia.

Estábamos dejando fuera de la diversión a Roger. Tras pasar las olivas, pregunté (menuda falta de imaginación la mía) cómo se habían conocido.

—A Roger lo habían invitado al programa —contestó Emory—, aunque la verdad es que no sé quién le hacía un favor a quién. Tuve que avisarle de que nadie lo escucha. Y cuando digo nadie, es nadie.

Emory no era dada a quitarse importancia para caer mejor; lo que expresaba era fruto de una auténtica frustración. Desde el instituto acariciaba la firme ambición de llegar a ser alguien en el periodismo televisivo (a diferencia de ella, mi única ambición desde la adolescencia era que me dejaran en paz), pero llevaba una década trabajando en la WVPA, una filial de la radio pública nacional, y durante seis de esos diez años había presentado a primera hora de la tarde un modesto programa sobre arte que promocionaba a talentos locales del momento y a algún que otro famosillo, y se sentía estancada.

—Mejor para ti. Más tranquilidad —le dije a Roger—. Si nadie escucha, puedes decir cualquier cosa.

—No, Pearson —objetó Emory—. Hoy en día, si hay algo seguro, es que *no puedes decir cualquier cosa*.

Me pregunté si no estaría haciéndome una advertencia a título personal.

Al parecer, Roger era dramaturgo. Tuve ganas de soltar: «¿Alguien va al teatro todavía? Toda la gente que conozco lo detesta. Es como algo del pasado, ¿no os parece? ¿Quién no prefiere hoy ver una película?». Pero no lo hice.

–Es una época interesante para dedicarse al teatro –dijo Roger.

–¿Interesante? –dije–. Nunca se me habría ocurrido ese adjetivo. Peliaguda, tal vez. O peligrosa.

–El gran teatro siempre es peligroso –dijo Roger, con voz templada–. Pero lo que quería decir era que es emocionante trabajar en algo artístico cuando las placas tectónicas de la cultura están moviéndose. Estos dos últimos años hemos visto cómo se invertía una jerarquía que llevaba milenios vigente. Que estaba ahí desde siempre, en realidad.

–Sí, no he estado viviendo en una cueva –dije, con dulzura, señalando con la cabeza la mesa de centro.

Pero entonces me inquietó que Roger malinterpretase el volumen que ocupaba el lugar de honor de la casa, cuando en realidad esa exposición doméstica de *La calumnia del cociente intelectual: por qué la discriminación de «los tontos» es la última gran batalla por los derechos civiles* era una ironía intencionada. En 2010, cuando sentí la necesidad de entrar, por así decirlo, por la puerta pequeña de la política, nuestro ejemplar era una primera edición en tapa dura, y en la cubierta aparecía un niño de corta edad sentado en un taburete y mirándose avergonzado el regazo con un capirote en la cabeza, eso que ahora nadie se atrevería a llamar «orejas de burro». En las ediciones posteriores eliminaron el capirote, recordatorio demasiado crudo de un pasado bárbaro; también cambiaron el subtítulo y le pusieron *La discriminación de los «T»*. Como el término «calumnia» pronto pasó a formar parte de un ingente vocabulario considerado ostentosamente «vanidad intelectual», en la última edición en rústica, que había visto de pasada junto a la caja de un supermercado, habían simplificado el título: ahora se llamaba *El crimen del cociente intelectual.*

Yo nunca había terminado de leerme la magna obra de Carswell Dreyfus-Boxford, un libro que definió toda una época y cambió las reglas del juego, pero eso solo me equiparaba a la mayoría de la gente. Era uno de esos mamotretos que todo el mundo compraba y nadie leía. En el mejor de los casos, los lectores más ambiciosos se tragaban la introducción de rigor, cuarenta páginas repletas de entrañables anécdotas de jóvenes capaces pero con la autoestima destrozada por un diagnóstico temprano de inteligencia inferior a la media. Una vez digerida la tesis de que toda variación percibida en la inteligencia humana se reducía a meros «problemas de procesamiento», el lector ya podía saltarse todos los tediosos estudios llevados a cabo con gemelos, los gráficos de análisis de cohortes y las pruebas que dejaban claro que los resultados de los test de CI subían o bajaban entre quince y veinte puntos según a saber qué criterios. Al principio, la «élite intelectual» –profesores universitarios, médicos, abogados, científicos– ridiculizó la idea de que la estupidez fuese una ficción, considerándola estúpida como pocas (o como se diga ahora). Sin embargo, a medida que la tendencia a la nivelación intelectual fue cobrando fuerza, fueron justo las mentes más agudas de entre esos elegidos las primeras en subirse al carro de moda.

–Bueno, es fácil olvidarlo, pero se burlaron mucho de ese libro cuando salió. *Tú y yo* nos divertimos a su costa, sin piedad –le recordé a Emory, esperando traerle a la memoria cierta madrugada desmadrada y etílica que había tenido lugar en su apartamento la primavera del año anterior, ella y yo solas–. Básicamente, todo el mundo estaba de acuerdo en que el pobre profesor había publicado un disparate. Y entonces, de repente, y tal vez se podría marcar el día exacto en que se produjo el cambio, lo que proponía Dreyfus-Boxford pasó de ser la monda a ser irrefutable: ya sabéis qué no existe.

—Bueno, ahora espero que cualquier día de estos aparezca otro best seller que afirme que no existe «la mujer bella» como tal cosa —dijo Emory con picardía a su acompañante, y estiró las torneadas piernas para apoyarlas en la mesita de centro—. Que diga que todo el mundo es igual de bello que todo el mundo. Y que, si insistes en decir lo contrario, es porque tienes un *problema de procesamiento*.

Si de verdad existía algo que pudiera llamarse una «mujer bella», esa era Emory Ruth. Alta y esbelta, con el pelo negro azabache cortísimo, a los treinta y nueve tenía edad suficiente para que, si estaba condenada a ser ancha de caderas, el ensanchamiento ya se hubiera producido. A esas alturas yo había perdido ya la cuenta de sus novios y compromisos rotos, cosas que durante mucho tiempo me habían ofrecido una suscripción a un servicio de streaming a la altura de Hallmark Movies Now, pero sin pagar cinco dólares con noventa y nueve al mes. En el caso de Emory, el exceso de atención masculina se reducía, algo de lo más tedioso, a su físico, pero ninguno de esos tíos era nunca lo bastante bueno para ella, y resultaba más que posible que ninguno llegara a serlo jamás. Pensé: «Alguien tendría que decírselo a Roger».

—¿Y cómo van las cosas en la Voltaire? —preguntó Emory—. ¿Se portan bien tus críos?

Me moría de ganas de hablar con ella sobre las tribulaciones que me producía dar clases de lengua y literatura inglesas incluso en la Universidad de Voltaire, una institución antaño prestigiosa, pero en ese momento me sentía cohibida. Si Roger estaba saliendo con Emory, prefería suponer que era uno de los nuestros, pero aún no había movido ficha y seguía siendo una incógnita.

—Bueno, este otoño tenemos la primera tanda con admisión abierta a todo el mundo —contesté—. Algunos centros más conservadores, muy pocos, han resistido, pero está claro que a los exámenes estandarizados les quedan dos telediarios; todos esperan que el año que viene por estas fechas sean tan ilegales como los test de cociente intelectual. Y ahora que en primaria y secundaria han dejado de poner notas, en las universidades tampoco podrán ponerlas. La presunción..., o mejor dicho, la premisa aceptada es que todo el mundo tiene el mismo nivel... Por eso es inaceptable la idea de admitir a un candidato y a otro no. No sé a ciencia cierta si sacan los nombres de un sombrero o si van dejando entrar por orden de llegada, pero, sinceramente, no tiene sentido seguir disponiendo de una oficina de admisiones. Con un bedel basta y sobra: solo tiene que abrir la puerta.

–Así ahorrarán, pues –dijo Emory.

–Yo misma, cuando no conseguí entrar en la Voltaire, supongo que me sentí herida –dije–. Al mismo tiempo, en lo más hondo de mí sabía que en realidad no era... lo bastante buena para... Que no estaba lo bastante cualificada... Pero me habría encantado que me admitieran. Me pregunto si no estaremos negando a los jóvenes un rito de paso que puede ser estimulante. Esa carta en el buzón. Ese estallido de alegría, la sensación de ser una elegida, de haber dado la talla, de que te reconozcan y te alcen sobre el resto, el vértigo repentino de que te vean como alguien especial y creer por fin que quizá tengas un futuro. –Esa última parte la solté con mucho entusiasmo, de un tirón, pero después me contuve–: Solo quiero decir que entrar en la Voltaire, en Cornell, en Harvard... hoy ya no significa nada. Parece una pérdida. Una pérdida emocional, como mínimo.

–Pero has dicho que te sentiste herida –señaló Roger–. Parece haber ahí una sensación de inferioridad por aquel rechazo, una sensación que aún no ha desaparecido... ¿cuánto, veinte años después? ¿No dirías que los jóvenes que han quedado devastados por esa carrera para entrar en la universidad son muchos más que los pocos «estimulados»? ¿No es ese, a nivel colectivo, un precio atroz, altísimo, a cambio de un par de subidones?

Intenté ver de qué palo iba. Hablaba con el tono de quien tantea el terreno, si bien manteniendo una neutralidad políticamente aceptable. Si creía de verdad en la Paridad Mental, tal vez estuviese suavizando su fervor por cálculos románticos. A fin de cuentas, después de salir con Emory siquiera una sola vez, debía haber descubierto que mi amiga sometía el catecismo del momento a una burla despiadada. Que acabaran enfrentados en ese debate solo era cuestión de tiempo antes de que el choque destruyera la relación, un advenimiento que, suponiendo que Roger estuviera colado por ella, y los admiradores de Emory siempre lo estaban, tenía todos los motivos para postergar. ¿La alternativa? Puede que escogiera airear opiniones que, sin correr ningún riesgo, cayeran dentro de la ventana de Overton (ahora una rendija) por precaución. Roger se movía en un escenario social virgen en el que expresar los *shibboleths* de la igualdad cognitiva podía resultar monótono, pero en el que, al menos, nunca le cortarían la cabeza.

—Sabes que estás entre amigos, ¿verdad? —le dije.

—Sí, claro —contestó él sin darle mayor importancia y con aire de no entender a qué me refería.

—Me sorprende mucho lo rápido que se ha impuesto esta nueva manera de concebir la inteligencia humana. Y no estoy segura de quién la ha impuesto. La velocidad de los cambios ideológicos ha sido vertiginosa.

—Qué extraño —repuso Roger—, no ha sido esa mi experiencia. Para nada. Siempre me asombro al recordar el poco tiempo que ha pasado, porque a mí me parece que llevamos muchísimos años prohibiendo la discriminación cognitiva.

Me desconcertó ver que Emory seguía sin decir nada; en ese momento, por ejemplo, tal vez algo como «Eso es porque cuando ocurre algo horrendo, el tiempo transcurre a paso de tortuga». Pero no, seguía ahí, sometida a las muchas aproximaciones territoriales de su nuevo novio mientras él hablaba pegado a ella de forma casi invasiva en el sofá: ahora una caricia en la mejilla, después los hombros que se rozan, luego tres dedos en la rodilla...

—En cuanto a mi experiencia en clase este otoño —dije—, si solo fuera por la admisión abierta, sería... difícil..., todo un desafío, pero hay otra cosa que ha cambiado. —Estaba hartándome de tener que andar pisando huevos en mi propia casa, sobre todo después de pasarme varios días a la semana quitándome cáscaras de los pies al volver de la universidad, así que elevé un poquito el cociente de franqueza—. Los estudiantes, en especial los de primero, hacen gala de una pugnacidad inexplicable. No hay uno solo que no lleve uno de esos distintivos de Menos CI (escrito así: «-CI») que ahora se ven por todas partes, como aquellas chapas con *smileys* de cuando yo era niña. Como son casi obligatorios, no distinguen a los fanáticos de los estudiantes más pasivos que solo se dejan llevar por la corriente. Aun así, los incondicionales tienen maneras de hacerse notar. Escogen los pupitres de delante y se sientan ahí, fulminándome con la mirada, a menudo de brazos cruzados, retándome a que trate de enseñarles algo que no sepan, como si estuvieran seguros de que ya lo saben o, si no lo saben, seguros de que no vale la pena. Son engreídos y huraños. También muy susceptibles, y están siempre al acecho. Darwin me dijo que... ciertos estudiantes fardan de esa misma astucia depredadora incluso en primaria. Como si el propósito de ir a la universidad fuese poner a prueba al claustro y no a los estudiantes.

—¿*Tú* sigues poniendo notas? —preguntó Emory.

—Ahora todas las asignaturas se califican con aprobado o suspenso. Pero no durará. Hoy, que un profesor suspendiera a un alumno ya sería suicida. Se parecería a *discriminar*. Dios,

¿os acordáis de cuando *discriminar* podía tener también un sentido positivo? Así que todos aprobarán. La cosa es que ya no entiendo para qué sirve ir a la universidad. ¿No se supone que los estudiantes deben dominar todo un corpus de conocimientos, adquirir nuevas capacidades? No parece que piensen eso. ¿Qué estamos haciendo, entonces? ¿Voy a dar clase solo para entretenerlos? No se miran las lecturas obligatorias, lo cual no acarrea consecuencia alguna, lo cual a su vez da a entender que leer no es importante. La mitad del tiempo no me prestan atención, hablan entre ellos como si estuvieran en la cantina. Soy la primera en reconocer que decidí dar clases en la universidad porque era un trabajo tranquilo y relativamente poco exigente que me dejaba mucho tiempo libre, pero ahora se está poniendo muy muy duro. No sé qué hago ahí y me siento una... –Me detuve justo a tiempo.

Emory me fulminó con la mirada y cambió de tema.

–¿Habéis seguido todo el revuelo que se ha armado con esa novela italiana..., *La amiga brillante*, la han titulado en inglés?

–Por supuesto –dije, y fue en ese momento cuando decidí lanzarme de cabeza. Me expondría. Era la anfitriona, ¿no?; me correspondía a mí marcar el tono–. Pero esa supuesta polémica es *tonta*.

La bomba T cayó como Little Boy. Nadie dijo nada.

–Además..., ¿«brillante»? *Brillante* no tiene por qué implicar ninguna superioridad –proseguí–. Lo mismo que «fabulosa», «genial», «fantástica», «bárbara», «soberbia»... Tengo entendido que antes los británicos soltaban «¡Brillante!» cada vez que tropezaban unos con otros en la acera.

–Cierto –dijo Emory, una vez más con una singular imparcialidad–, pero lo extraño de todos esos boicots, que las librerías se nieguen a tener ejemplares, que Amazon retire la novela de la web..., es que son innecesarios... Como os decía, el original es italiano, *L'amica geniale*. Podrían haber tradu-

cido el título como les diera la gana. ¿Cómo de sordo hay que estar, culturalmente hablando?
—*La buena amiga* no tiene mucha gracia —dije—. Y *La amiga lustrosa*, menos aún.
Emory rió, y para mí fue un alivio.
—En cualquier caso, esa novela venderá..., no sé, pongamos, cinco ejemplares.
—Ajá —solté—. Y los cinco los comprarán activistas para las quemas de libros que organizan.
Me estaba irritando. Ni una sola muestra de comprensión siquiera después de contar que mi trabajo se estaba volviendo imposible. Hacía rato también que Wade debía de haber terminado con las cebollas y los calabacines. Socialmente retraído, usaba la cocina para esconderse.

Le había dado la cena a Lucy un rato antes y la había llevado a la cama, pero a Darwin y a Zanzibar nunca los mandaba a comer a su leonera delante de la tele. Cuando mi madre tenía a cenar a algún anciano de los testigos de Jehová y a su familia, mis hermanos y yo, exiliados a «la mesa de los niños» con los hijos de los invitados, siempre nos sentíamos humillados. Ahora, en casa, y gracias a nuestro espíritu inclusivo, Darwin ya sabía lidiar con los adultos.
Así pues, una vez que estuvimos todos sentados, lo animé a que nos pusiera al día sobre lo que estaba pasando en Fukushima, un tema que había seguido con la misma avidez que el desastre de la Deepwater Horizon el año anterior. Estaba claro que estudiaría alguna carrera de ciencias. Igual que había seguido de cerca todas las fases de los frenéticos esfuerzos de BP para sellar la imparable fuga de petróleo en el golfo de México, esa noche podría ofrecernos un resumen convincente y actualizado al minuto sobre los niveles de radiación a diferentes distancias de la central eléctrica japonesa inutilizada

y las cantidades de cesio-137 que seguían llegando al Pacífico. Lo bastante hábil y bien informado para no dejarse llevar por el entusiasmo y monopolizar la cena, concluyó la elegante y precisa exposición con una advertencia sobre el giro radical de Alemania en lo tocante a la energía nuclear, fruto del terror. (Para emoción de su madre, en realidad no dijo «giro», sino «volte-face»; un toque de nostalgia, pues las expresiones extranjeras pronto quedarían fuera del habla cotidiana por considerarse pura vanidad intelectual.) Con una moderación nada habitual en la época, Darwin señaló que se habían producido muy pocos accidentes graves en centrales nucleares. La reacción exagerada de Alemania la abocaría a una fuerte dependencia de los combustibles fósiles importados.

–Muy pronto tendrán que comprar el gas natural a Rusia. Y Rusia, como país, es un bravucón.

–Pues ya veis. –Miré al grupo–. Ahora decidme que la inteligencia fuera de lo común no existe. –Tras lo cual mis comensales empezaron a pasarse el pan y a asegurarse de que la mantequilla alcanzara para todos.

Zanzíbar no acometió una exposición parecida y yo tampoco pensaba darle la lata para que interviniese. Era una niña muy dueña de sí misma. Hablaba cuando le hablaban, y no por obediencia a un axioma anticuado. Respondió con cortesía a las preguntas ceremoniosas de Roger mirándolo a los ojos. No se la veía exasperada, como esos niños hartos de las preguntas rutinarias de los adultos sobre sus asignaturas favoritas tan pronto se dan cuenta de que su interlocutor no tiene interés alguno en la respuesta ni les presta atención. Para ser una niña de nueve años, los modales de mi hija en la mesa eran impecables. Quieta en la silla, con las manos y la servilleta en el regazo. Esperaba con paciencia que le pasaran las fuentes y echaba un vistazo rápido a los platos de los demás antes de servirse los pocos langostinos que le tocaban, sin pretender ponerse más de lo que le correspondía.

Así y todo, había puesto el piloto automático. Como muchos niños creativos, vivía en un universo paralelo. Nuestro amigo Roger no tenía ni idea de lo que Zanzibar tenía en la cabeza. Yo tampoco.

Esperando no poner a Darwin en un aprieto, conté los detalles de su expulsión del colegio esa tarde.

–Bueno, ¿cuál es el veredicto? –me arriesgué a preguntar–. Sabemos que el chico llevaba esa camiseta puesta, sí, pero ¿puede ser «estúpida» una camiseta o no?

–«Si tan listo eres, ¿por qué no eres listo?» –repitió Emory, mirándome con cierta cautela–. Suena más bien *opaco*. Tal vez signifique «Buena suerte aferrándote a una etiqueta anticuada ahora que ya no reconocemos esa categoría».

–Muy rebuscado –dije–. Yo sigo apostando por *estúpido*.

No estaba segura, pero me pareció ver que Roger daba un respingo.

–Quizá, Darwin, como regla general –dijo–, convenga evitar ese lenguaje tan cargado. De esa manera, además de considerados, es probable que seamos más elocuentes. Los nombres feos para... para lo que ahora llamamos «procesamiento alternativo», un concepto que tal vez hayas oído mencionar a tus profesores..., bueno, tienden a ser vulgares e inexactos y revelan cierta pereza mental. Podrías haber dicho que el eslogan de la camiseta de tu amigo era «vago» o «extraño». O, como ha sugerido Emory, «opaco»..., en el sentido de difícil de entender. Puede que debas aplicarte y escoger adjetivos como esos, que aportan valor y contenido, más allá de ser meramente crueles. Estoy seguro de que tu intención no era herir los sentimientos de tu amigo, pero cuando uno emplea palabras que también pueden usarse como *injurias*, aunque solo esté refiriéndose a una camiseta, corre el riesgo de que le interpreten mal.

Tanta ejemplaridad empezaba a hacer mella en el ambiente, como un bajón de la presión atmosférica. Si Roger solo estaba cediendo a las sensibilidades del momento para protegerse, resultaba sospechosamente convincente.

—Hace un par de años —dijo Darwin— podría haber llamado a Stevie... esa misma palabra y él tal vez me hubiese pegado un mamporro. Es posible que la profesora nos hubiera dicho que nos esforzáramos más por llevarnos bien, pero nunca me habrían mandado al despacho del director. Nadie habría llamado a mi *mamá* para que fuese a recogerme. Quiero saber qué ha cambiado, por qué ya no nos ponen exámenes. Yo siempre aprobaba.

—A veces los adultos nos juntamos —dijo Roger— y decidimos que a partir de ese momento haremos las cosas de otra manera. Encontramos un modo mejor de pensar en las cosas.

—O peor —señalé—. Algo de historia sí estudian, ¿sabes? Hasta en primaria.

—Oye, colega —dijo Wade, dirigiéndose a Darwin—, nuestro amigo Roger está complicando demasiado las cosas. No uses esa palabra y punto.

—Porque si la uso tendré problemas —concluyó Darwin.

—Sip. Y tampoco uses otro montón de palabras, ya sabes cuáles. No vale la pena.

—Entonces, ¿cómo se supone que nuestro hijo tiene que llamar a algo que es manifiestamente estúúúúúpido? —estallé—. ¿«Oh, qué *procesamiento tan alternativo*»?

—No tiene por qué llamarlo nada —dijo Wade—. No hace ninguna falta buscarse problemas sin necesidad..., *Pearson*—. Rara vez me llamaba por mi nombre; cuando lo hacía, era porque quería ser mordaz.

—Estoy en *mi* casa, con *mi* familia —dije—. No estoy obligada a cuidar mi lenguaje.

—¿Zambia? —Sin el menor rubor, Roger, para rebajar la tensión, se dirigió así a nuestra hija, y ella pareció encontrar divertido el error—. ¿Qué opinas de todo esto? Apuesto a que en tercero de primaria no tienes que preocuparte por ser *inteligentista*.

Otro error, aún mayor. Zanzibar estaba en cuarto.

—Yo no opino nada —contestó ella, muy tranquila—. No me importa. Hacer un dibujo, tocar una canción o actuar en una obra de teatro no es inteligente o no inteligente. Solo es bueno o no bueno. Yo intento hacer cosas buenas.

—¡Una purista del arte! —exclamó Roger.

—Claramente —dijo Emory—, hay ahora todo un repertorio de palabras más radiactivo que Fukushima. Así que he estado entrenándome para evitarlo, incluso cuando estoy con colegas con los que llevo años trabajando. De hecho, incluso cuando estoy sola. Solo para afianzar mis hábitos. Así no meto la pata en público ni me cargo mi carrera sin querer. Me ha sorprendido ver con cuánta frecuencia solía usar la palabra con E: qué E esto, o menudo E de M. Roger tiene razón. Pura pereza lingüística.

Como Emory nunca pronunciaba la palabra con E en mi presencia, la miré con la expresión de quien dice: «¿Me tomas el pelo?». Me devolvió la mirada y la sostuvo. No se disculpó. Tenía de su lado a todo el mundo occidental.

—Deberías escuchar a Emory —me dijo Wade—. Tú te pasas el día provocando a la gente, cruzando la línea de aquí para allá. Ya sé que no la trazaste tú, pero qué le vamos a hacer... Está ahí. No la pises. Todo va de guardarse las espaldas porque nadie lo hará por ti, *capisci*? No paras de hablar como si siguiéramos en 2009, y no consigues nada con eso.

Tratándose de Wade, aquel había sido un largo discurso.

—Defenderme a mí misma no es «nada» —repliqué con firmeza—. Además, tú no tienes ni idea de cómo son las cosas ahora. Trabajas casi siempre solo. Apenas hablas en todo el día. Y los árboles no pueden ser estúpidos.

Como no era de buena educación tener rencillas domésticas delante de invitados, Wade se levantó y recogió los platos. Lo seguí a la cocina en silencio, cargada con las fuentes de servir.

—Si sigues insistiendo en lo de ir a la contra —masculló—, los niños te imitarán y también se les echarán encima. No eres un lobo solitario, eres una madre. Tienes que protegerlos, darles un ejemplo que sirva para que no les pase nada malo.

—Mi trabajo consiste en algo más que enseñarles a evitar que les pase nada *malo* —repliqué, siseando.

—Ya basta, Pearson —dijo Wade—. No es buen momento, si es que hay alguno bueno.

Me serené. Lo dejé recogiendo la cocina, una actividad en la que agradeció refugiarse, y yo volví a la mesa con el postre. Serví a los niños primero y les di permiso para que se marcharan. Después de acomodarme de nuevo en la silla, quizá fuera algo patético echar mano de acontecimientos recientes, pero para algo tenían que servir.

—Bueno, parece que la Primavera Árabe se ha desinflado del todo.

—Era bastante inevitable —opinó Emory—. Esos manifestantes podrían haber tenido alguna posibilidad si hubieran contado con apoyo internacional, pero ¿montar sentadas para que vuelvan los exámenes en la universidad y se impongan requisitos para graduarse en algo? No molaba nada. Tenía una pinta muy retrógrada. Y, con la exaltación del momento, ellos mismos quedaron como unos supremacistas intelectuales.

—Es increíble la corrupción que hay en esos países —estaba decidida a no perder la calma—, y con esas masas de jóvenes subempleados y ambiciosos. Sacarse un título en un sistema educativo que aún conservaba ciertos estándares era la única manera de que la gente sin contactos tuviese una oportunidad en la vida. Los gobiernos de Egipto, Túnez, Libia..., todos abrazaron por puro oportunismo la moda de la Paridad Mental que hacía furor en Occidente. Así podían enchufar a sus amigotes infracualificados y cortos de entendederas en todos los puestos imaginables. Empezó siendo un sistema nepotista y ahora es peor: descaradamente arbitrario y con unas ínfulas tremendas de superioridad moral.

—Vamos, Pearson —dijo Emory—. Tienes que reconocer que como estrategia de comunicación fue pésima. A los estadounidenses modernos no les parecieron unos audaces revolucionarios, sino reductos de derechas que intentaban llevar a su país de vuelta a la brutal moralidad del pasado. Como esas pancartas en la plaza Tahrir... «¡Que vuelva el mérito!» «Mubarak es un...» Bueno, digamos que empieza por sub y acaba con mal. No sé por qué escribieron esas pancartas en inglés. Alejaron sin remedio a todo su público occidental.

—¿Sabéis la única protesta eficaz? —terció Roger—: ocupar el centro de Nueva York. En la acampada del parque Zuccotti no solo hay cada vez más gente, sino que el movimiento se está propagando ya a otras ciudades y hasta se está haciendo internacional. Me encantaría tener los derechos del «¡Somos el 99%!». La de «Si tan listo eres» no sé, pero esa camiseta sí dará que hablar.

La protesta que había empezado el mes anterior la había desencadenado en parte la crisis financiera de 2008, pero lo que de veras había dado alas al movimiento habían sido unos estudios nuevos según los cuales el cincuenta y ocho por ciento de la riqueza de Norteamérica estaba en manos de personas con un cociente intelectual «percibido» superior a 135, es decir, solo un uno por ciento de la población.

—No confío en esa estadística —dije, y tomé otro trago de vino, aunque no me convenía nada seguir desinhibiéndome—. Mi experiencia me dice que los inteligentes hacen montones de sandeces, y eso incluye tomar decisiones financieras nefastas, como todos los demás.

Roger, con gesto afligido y deliberada parsimonia, dejó la cuchara del helado en la mesa.

—Además —proseguí—, ¿y ese nuevo libro, *La brecha salarial cognitiva*, que también sostiene que es la inteligencia «percibida» lo que explica de manera abrumadora la disparidad de ingresos? Me parece escandaloso que el autor niegue la discriminación por raza, sexo y orientación sexual. En el fondo, está cometiendo un error categorial. La discriminación racial no solo es real: también es una verdadera injusticia. El color de la piel no tiene nada que ver con la capacidad, pero la razón por la que nadie contrata a un tonto para un trabajo intelectual exigente es que *no puede hacerlo*.

—Disculpa. —Roger apoyó las palmas de las manos en los muslos a la vez que perforaba la mesa con la mirada—. He tratado de reservarme mis opiniones porque soy consciente de que estoy en tu casa y no quiero pasarme de rosca, pero estoy empezando a sentirme cómplice y temo que no podré seguir sentado en silencio oyendo una calumnia tras otra sin objetar nada. Aunque solo sea por hacerme un favor, Pearson, te pediría que moderases el discurso del odio.

—¿Qué? ¿Es porque he dicho «tonto»? Perdón, pero lo de «la palabra con T» no me sirve como eufemismo porque..., quizá por ese sonido tan onomatopéyico que tiene la te, puede referirse a demasiadas palabras: «tarado», «tontaina», «tarugo»...

—¡Basta! —gritó Roger—. Mira, nada más llegar he sospechado que albergas una sutil hostilidad contra la Paridad Mental...

—Sutil no. Una hostilidad abierta.

—Que podemos debatir con tolerancia y respeto, pero solo si dejas de usar un lenguaje ofensivo.

—¿Es algo personal? —pregunté—. ¿Te han bombardeado con palabras de esas impronunciables que empiezan por te?

—No. La verdad es que no —dijo Roger, visiblemente avergonzado.

Me sorprendí. Era de rigor hacer públicas las muchas

ocasiones en que compañeros de clase o colegas te habían tildado de memo, así como afirmar que el trauma había atrofiado para siempre tu psique y truncado tus perspectivas. Si sacabas la carta de aquella vez, siquiera una, que te llamaron mentecato te ibas de rositas.

—Yo, igual que Emory —siguió diciendo Roger—, me beneficié de la educación selectiva que se ha convertido, con toda razón, en anatema, pues en realidad no era más «dotado» que nadie. Creo que la responsabilidad de enmendar el sistema recae sobre todo en los que nos hemos aprovechado de esa asquerosa estratificación.

—¿No significaría eso que sigues teniendo el control? —repliqué—. «*Enmendar* el sistema» significa más de una cosa. Lo que me asombra de ese movimiento es que ha sido la *intelligentsia* la que se ha puesto al frente de la cruzada. Tú, como dramaturgo, estás en la primera línea del frente cultural, y eso te incluye ahí. ¿Qué ganas con ello?

—Tal vez sería mejor preguntarse en qué me perjudica..., a mí o a cualquiera. ¿De qué manera se echa a perder tu vida por tratar a otras personas como si estuviesen a tu mismo nivel?

—A mí me gusta tratar a algunas personas como si estuviesen a un nivel más alto que yo —dije—. Y doy gracias a Dios cuando es así. ¿Y el daño que está causando esta obsesión? Emory ya ha mencionado lo que está pasando en las fuerzas armadas, pero no se trata solo de que los soldados ya no puedan jugar al Mastermind. Los mandamases se desviven por promocionar a los llamados *diferentes* y en aupar a los cognitivamente inferiores..., ¿está bien dicho así?, ¿me dejas decir «inferiores»?, a puestos de mando. Colocan a uno de esos cretinos que acaban de ascender...

—¡Eh! —ladró Roger.

—¡Colocaron a uno de esos tipos con *procesamiento alternativo* —rectifiqué— al frente de la operación contra Osama en mayo y, cómo no, ¡ese cabrón criminal se les escapó!

—Muchas otras cosas también salieron mal...

—¡Todo salió mal! ¡Y gracias a eso el gilipollas vivió para contarlo e hizo estallar el Museo Nacional del Aire y el Espacio del Smithsonian!

—Junto con su largo historial en eso de poner por las nubes a la élite intelectual —dijo Emory—. Adiós muy buenas.

Mi amiga volvía a mostrar el mismo tono desafecto de antes, pero cualquier posible intención irónica era demasiado sutil, cosa que podría haberle cuestionado de no haber estado yo en racha.

—¿Y qué me decís de Jared Loughner? —pregunté—. Todo el mundo se deshizo en muestras de compasión porque, claro, quién iba a negar que había sufrido *discriminación cognitiva* toda la vida; y con razón, diría yo. No solo mató a seis personas, sino que además hirió de gravedad a una congresista, y ahora, lógico, con todas esas normas especiales, el nuevo *decoro*, ni siquiera podemos hablar de lo que le pasó a Gabrielle Giffords, ¿verdad? La mujer apenas es capaz de hilar tres palabras seguidas, pero de acuerdo con la doctrina imperante, es mentalmente igual que todos los demás y, por lo tanto, ¡es la misma de siempre! ¡Por lo visto, Loughner no le causó ni la más mínima lesión crónica!

»O Anders Breivik, que se ha convertido en un auténtico icono mundial, una *cause célèbre,* y todo por ese absurdo manifiesto en el que se lamenta de las burlas que ha sufrido por tener..., ¿cómo debería decir esto, Roger?, una inteligencia *no especialmente espectacular.* Al pobrecillo lo rechazaron incluso las fuerzas armadas noruegas, algo que dice mucho, y todo bueno, de esos militares. Así que si mató a sesenta y nueve jóvenes en esa isla fue solo por una envidia comprensible y por un íntimo dolor, porque a todos esos chicos los consideraban «líderes prometedores del futuro», mientras que nadie cometió nunca el error de calificarlo a él de «prometedor». Si le hubieran diagnosticado un peligroso trastorno de personalidad narcisista y antisocial, al menos lo habrían tenido encerrado y aislado en un manicomio durante años. ¡Pero no! Lo más seguro es que se libre con un tirón de orejas porque, por el contrario, el psiquiatra que ha designado el tribunal le diagnosticó un doloroso trauma por el rechazo sufrido desde la niñez, y con razón, por ser un *pedazo de idiota*.

–Vale, se acabó –dijo Roger, poniéndose en pie y abandonando su derretido helado de chocolate con almendras–. ¿Emory? Creo que deberíamos irnos. No puedo quedarme callado y aprobar con mi silencio este frenesí de fanatismo y fanfarronadas.

Yo habría dado por sentado que, después de ponerse en ridículo con semejante numerito, Emory rompería con él y se quedaría en casa. Mi amiga y yo abriríamos otra botella y nos reiríamos sin piedad de todas las efes de su mojigata cacofonía. Pero no, tuve que contemplar, incrédula, cómo mi mejor amiga también se levantaba de la mesa. Me dio la espalda, y en medio de un tenso silencio, fueron los dos a buscar los abrigos.

3

Puesto que aborrecía la confrontación, Wade *por supuesto* me dijo que lo olvidara, pero yo no pensaba pasarlo por alto así como así. Me habían insultado y humillado en mi propia casa, y Emory, no cabía duda, se había puesto del lado de mi acusador. Esa noche me costó dormir. Al día siguiente la llamé. Soy la primera en reconocer que tengo un poco de mal genio, así que antes de marcar respiré hondo y decidí no perder la calma.

—Creo que deberíamos hablar.
—Pearson, estamos hablando.
—En persona, quiero decir.
—De acueeerdo... Pero ¿no nos vimos ya anoche?
—Lo de anoche no cuenta. El final de la cena me dejó mal sabor de boca. Me vendrían bien algunas aclaraciones.
—Vale, pero tengo muchas cosas que leer... Voy a entrevistar a una escritora de por aquí que se estrena con unas memorias de seiscientas páginas en las que cuenta cómo la «maltrataron» unos padres que mimaban a su hermano, un supuesto «genio». Al menos el título, *Cretina,* tiene garra, aunque apuesto a que no tardarán en venderlo escondido en bolsas de papel. De todos modos, está escrito con los pies, y ya sabes lo que significa eso: se tarda el doble en

leerlo. En fin..., que esta semana lo tengo fatal. ¿Qué tal la que viene?

Aunque parezca extraño, me pregunté si Emory no se habría inventado esas memorias. Incluso si la entrevista a *Cretina* era real, mi amiga tenía demasiado amor propio para dedicar horas y más horas a un libro que le bastaba con hojear por encima. A medida que pasara el tiempo, el desagradable final de esa cena no podía más que ir diluyéndose. Cuanto más tardásemos en vernos, menos razonable parecería yo por seguir dándole vueltas.

—¿Y hoy? —repliqué—. Podría pasarme por la emisora a las cinco, cuando salgas.

En ese momento me asombró lo raro que me resultaba pedirle algo a Emory, y desde entonces no dejo de pensar en ello. Mi amiga y su familia me habían rescatado cuando yo tenía dieciséis años, y ese hecho había impregnado levemente con los instintos de una suplicante mi papel en la relación. Con Emory, yo tendía por defecto a la disculpa, la gratitud y la firme decisión de no suponer una molestia. Por tanto, insistir no parecía propio de mí. Sin embargo, en el departamento de Filología de la universidad no me costaba nada ser tajante, y ese podría ser uno de los primeros momentos en que me di cuenta de que entre nosotras algo no encajaba, algo que con toda probabilidad no había encajado nunca.

Confundida por esa dinámica discordante, Emory no pudo reaccionar con rapidez.

—Bueno..., supongo que...

—Te veo a las cinco. —Colgué antes de que pudiese inventarse un compromiso que impidiera el encuentro.

Nos vimos en una cafetería que quedaba a la vuelta de la esquina de la WVPA y, después de pedir, fui al grano.

—Necesito entender mejor por qué os largasteis echando

humo de mi casa con todo ese alarde de moralina. –Reconozco que lo de «alarde de moralina» lo llevaba preparado.

–Pearson, nadie *se largó echando humo.*

–Por qué os *marchasteis a toda pastilla*, entonces. Por qué *salisteis pitando.* Cualquier cosa que signifique lo contrario de besos de despedida en la puerta y la promesa de repetir una velada tan maravillosa lo antes posible.

–Estaba haciéndose tarde, Pearson.

–Solo eran las diez menos cuarto. Muchas veces te vas a las dos o las tres de la madrugada, haciendo eses y a regañadientes.

–Dejar que Roger se fuese sin mí le habría parecido hostil, malintencionado.

–¿Y no pensaste que irte con él me parecería *hostil y malintencionado* a mí?

–Pensé que tú y yo podíamos hablarlo en otro momento.

–Pero cuando te he llamado no parecías muy dispuesta.

–No sé de dónde sale este cabreo tuyo y no creo que tenga que ver conmigo.

–*¿De dónde sale?* Sin dar las gracias por la cena, ni siquiera un «estaba deliciosa», y sin despediros ni nada. Frialdad, silencio... y un portazo al salir...

–Nadie dio un *portazo.*

–¡Emory! Yo estaba ahí. Se puede cerrar una puerta con normalidad y se puede cerrar de un portazo. Conozco la diferencia. La cosa es que todo ese numerito no fue más que una muestra de connivencia. Dio a entender que estabas de acuerdo con él.

–Pues claro. Esa era mi intención.

–¿Por qué? ¿Tan colada estás por Roger? Porque, si no te importa que te lo diga, me parece un... –Estábamos en público–. Un auténtico plasta. ¿O es que de verdad piensas como él?

–No seas ridícula. Por supuesto que no.

—No recuerdo que en toda la noche dijeras algo ideológicamente comprometido. —Había otra pareja en el reservado contiguo, y bajé la voz—. No dijiste que apoyaras sin ambages la Paridad Mental, pero tampoco te burlaste de ella. Intento contarte la pesadilla en que se ha convertido la universidad, ¿y qué recibo? Cero comprensión, cero interés. Y tu lenguaje fue impecable.

—Ya te lo he dicho. En la WVPA, o cuido al máximo mis hábitos verbales o me ponen de patitas en la calle.

—Estabas en mi casa, y en mi casa puedes decir lo que se te antoje. Pensaba que agradecerías poder desmelenarte en alguna parte.

—Pearson, no sé por qué, viendo la «pesadilla» de la universidad, tienes tan poca idea de lo serio que se ha puesto este tema. Pero, al margen de lo que opines de Roger, no puedo permitirme que la gente como él vaya propagando rumores y diciendo que en mi círculo social soy una cobarde que no «planta cara al inteligentismo». Bastante tengo con que sepa que soy amiga de una troglodita política.

—¿Tan poderoso es est... *simple* dramaturgo?

—En internet, todo el mundo es poderoso.

—Tenerle miedo es una base muy penosa para una relación.

—Todo el mundo me da miedo.

—Eso no es muy propio de ti.

—Puede que no siempre haya sido miedosa, pero siempre he sido pragmática. Ahora mismo, lo pragmático es desconfiar de todos.

—Pero, Emory, si tú y yo nos apuntamos a este rollo, y si todos los demás también...

—Pues tendremos este rollo —dijo, sin levantar la voz—. Es lo que hay. Hemos perdido la pelea.

—No recuerdo habermé peleado nunca.

—De puertas adentro ya sabes lo que pienso. Al fin y al cabo, esto no solo afecta a la enseñanza universitaria. Como se supone que son de Pensilvania, el calibre de los entrevistados en *Desfile de talentos* ya era... –Emory tamborileó los dedos durante la ya tradicional pugna por dar con un vocabulario aún no exiliado al rincón de pensar. Decepcionante. Pero ahora es... todavía más decepcionante. Aun así, a menos que no haya *absolutamente nadie cerca*, aparte de ti y de tu familia –dirigió la mirada hacia el reservado contiguo–, me verás hacer lo que toca. Hace mucho que descarté hacer cierta clase de bromas en la radio. ¿Las echo de menos? Claro. ¿Me duele tener que controlar mi vocabulario a todas horas? Sí. Pero no pienso dejar que me crucifiquen en las redes y tampoco perder mi trabajo solo por intentar proteger el preciado derecho a cuestionar la inteligencia ajena.

–Hay más cosas en juego.

–Lo que para mí está en juego es mi futuro. Mi reputación y mi carrera. Y tú, si sabes lo que te conviene, seguirás la corriente, también en tu casa. Wade tiene razón. Nunca se es demasiado precavido. A uno de nuestros periodistas más veteranos lo despidieron el mes pasado por criticar cierto libro diciendo que era... –Emory bajó tanto la voz que ni siquiera entendí lo que decía al otro lado de la diminuta mesa.

–¿Qué?

Mi amiga se inclinó por encima de la mesa y me lo susurró al oído, ahuecando la mano.

–Para analfabetos.

–¿En serio ni siquiera podemos decir...?

–No, no podemos. Y no lo digas.

–Entonces –proseguí, hablándole a mi taza de café–, ¿cómo hay que referirse a los que no saben leer y escribir? *Procesamiento alternativo* no sirve. Eso *no es procesar*.

–¿Pearson? Despierta. No hay que referirse a ellos, sencillamente. Nunca.

–Muy pronto tendremos que dejar de hablar.

–En tu caso sería mucho más seguro. Empiezas a preo-

cuparme. Despotricas empleando toda esa jerga imprudente sin pararte a pensar. Sé que no te gusta que te mangoneen, pero estás coqueteando con el desastre. No puedes cambiar las cosas actuando como si siguieran siendo como tú deseas.
–Eso es muy enrevesado.
–Yo creo que lo entiendes perfectamente. Sí, es obvio que tú y yo estamos de acuerdo en lo básico. Todas esas pejigueras de la Paridad Mental son un poco... –Emory volvió a rebuscar entre los últimos adjetivos inocuos que quedaban todavía en pie y al final se decidió por–: una chifladura. Puede que sea algo pasajero y que no tarde mucho en desinflarse, pero entre tanto tenemos que capear el temporal y salir ilesas. Eso significa que si estamos cerca de alguien, aunque sea el tío con el que salgo, tenemos que vigilar lo que decimos. También significa que si vuelves a montar un pollo en la mesa, para que quede bien claro que no piensas someterte a la tiranía de los tabús modernos, yo haré exactamente lo mismo que anoche. Me *largaré echando humo* con mi acompañante y haciendo la imitación más convincente de un *alarde de moralina* de la que sea capaz.

Mientras pagaba la cuenta, pensé, no sin cierta ironía, en la lectura que hacía Emory de la situación social del momento –una lectura que, según ella, era muchísimo más exacta que la mía–, y en su apreciación de los peligros a los que nos enfrentábamos ambas al considerar en privado que la «igualdad cognitiva» era un disparate irrisorio –una apreciación que, según ella, era muchísimo más aguda que la mía–, podía intuirse un elemento de inteligentismo.

–Al principio creí que Roger hacía lo mismo que tú –dije cuando salimos de la cafetería–, guardar las apariencias solo para no correr riesgos. Pero parece un converso de verdad. ¿Por qué no sales con tíos más simpáticos? ¿Con un escéptico?

–¿Y quién sería ese hombre, Pearson? No hay tíos así.

Allá por 2010, Emory y yo nos corrimos una juerga memorable y conspiratoria en su apartamento, nada que ver con el espíritu acartonado y de vigilancia de los buenos modales con que había empezado la cena con Roger en mi casa. Llevada por la necesidad de estar al corriente de los hitos culturales, por extravagantes que fuesen, unos días antes de ese bullicioso dúo a medianoche había comprado un ejemplar en tapa dura de *La calumnia del cociente intelectual*, que apenas llevaba unas semanas en las librerías. Así pues, yo aporté el entretenimiento y dejé que Emory se ocupara de la tabla de quesos. Entre lonchas de gouda añejo, leí en voz alta unos pasajes de la introducción que había llevado subrayados. Las absurdas afirmaciones de Carswell Dreyfus-Boxford nos hicieron reír a carcajadas, sobre todo cuando abrimos la tercera botella de pinot. Emory y yo intercambiamos impresiones sobre los *discapacitados intelectuales*.

En nuestra pobre defensa, diré que estábamos mucho más que achispadas. El movimiento Paridad Mental, que aún no tenía nombre, seguía en fase de gestación. Esa noche no había con nosotras nadie cuyos sentimientos pudiéramos haber herido. Dicho esto, a veces me pregunto si la verdadera prueba de decoro personal no será la manera en que actuamos cuando nadie mira. Empezando por el tópico «¡Voy a ser *giujana zelebral*», exclamado con la boca floja, esa noche nuestras interpretaciones le habrían parecido groseras a cualquier testigo presencial mucho antes de que Carswell Dreyfus-Boxford disparase el pistoletazo de salida de «la última gran batalla por los derechos civiles». Sí, sé muy bien lo groseras que fuimos porque durante el rato que pasamos haciendo el ganso grabé nuestras ruines imitaciones con el móvil. Por eso recuerdo que nuestra irreverente fiestecita fue en marzo, el 28 de marzo de 2010, para ser exacta. En el vídeo aparece la fecha.

Conservé aquel archivo incriminatorio, que a lo largo del año y medio siguiente llegó a ser un precioso talismán. La grabación contenía pruebas admisibles por un tribunal de que la mofa con la que Emory había recibido la igualdad cognitiva no era invención mía. Así pues, la noche que siguió a nuestra confrontación en la cafetería sobre su «alarde de moralina», una vez acostados los chicos, me atrincheré en el cuarto de baño de mi dormitorio, me senté en la tapa del inodoro, me puse los auriculares y le di al play.

«¡Esa idea *tan-ton, tan-ton-ta* no puede ser más ton-torro-na! ¡Bo-ba, bo-ba, bobalicona!» Ahí Emory se aplasta una tortita de arroz en la frente y se revuelve las migas por todo el pelo. «¡Zoy iguá de inteigente quel pdecidente! ¡Voy a zé pdecidenta! ¡Me la dicho Caswell Ton-Tus Ton-Tus.»

«¡Yo, pdofezoda de fícica!», decía yo. «¡Dezponzable de la nueva eztación ezpacial intednacional! ¡Soy como A Gor! ¡Inventé la intené!»

Ni timorata ni bienmandada ni sumisa, sino subversiva, traviesa y desafiante... Esa sí era mi verdadera mejor amiga.

1972-2010

1

Nunca querría reducir a nadie a una sola experiencia que lo explicara todo. Tampoco querría retratarme yo en mitad de la vida como alguien que sigue luchando contra el aspecto más odioso de su infancia, concediéndole así a esa perdurable molestia un poder inmerecido. No obstante, que me educaran como testigo de Jehová es un ingrediente de mi carácter, del mismo modo que la calabaza es un ingrediente de la tarta de calabaza. O tal vez una analogía mejor sería veneno para ratas en una tarta de calabaza, ya que no era un problema de proporciones.

Durante mis años escolares, mis compañeros, perplejos, se solidarizaban conmigo sobre todo cuando me veían desterrada de las celebraciones, en especial de los cumpleaños y las Navidades. Eso es lo que sabe la mayoría de la gente sobre los testigos de Jehová, y es cierto que esas privaciones de jolgorio son particularmente crueles para los niños. No solo tenía prohibido aceptar invitaciones a fiestas privadas; tampoco me dejaban comer un trozo de tarta cuando otro crío llevaba una a clase para celebrar su cumpleaños con los compañeros. En octubre no podía siquiera idear un disfraz casero de vampiro con sangre pintada con carmín y unos afilados colmillos de cera, y mucho menos pedir caramelos de regalo;

los chicos del barrio aprendieron pronto a saltarse nuestra casa, pues lo mejor que podían obtener con el «truco o trato», en lugar de chocolatinas Almond Joy, eran números de *La Atalaya*. En diciembre, como no podía adornar los pasillos del colegio con cadenetas de cartulina, me quedaba sentada a un lado, abatida, mientras todos los demás pegaban bolas de algodón en sus máscaras de Santa Claus. Para el Día de la Madre nunca dibujé una felicitación ni elaboré ramos de claveles hechos con papel de seda. El 4 de Julio, mientras el resto de los habitantes de Voltaire estaban de pícnic en el parque, mi madre corría las cortinas de las ventanas desde las que se veían los fuegos artificiales, y a mis hermanos y a mí nos prohibían incluso asomarnos.

Así que, en quinto, cuando el chico que se sentaba en el pupitre de delante me pasó una tarjeta de San Valentín, yo sabía que debía rechazarla, pero en mi interior ya había germinado una semilla subversiva. Escondí la recargada tarjeta comercial en la cartera. Cuando mi madre la encontró, me obligó a quemarla en el fregadero de la cocina. Aquel breve incendio se apagó enseguida con un buen chorro de agua del grifo. El fuego que ardía en mi vientre fue mucho más difícil de sofocar.

La mayor parte de esas perversas fiestas eran supuestamente «paganas». Fechas como el Día de la Independencia o el Día de los Caídos expresaban lealtad a un gobierno secular; «nosotros» solo debíamos lealtad a Dios. Aunque la lógica interna empleada para aguar las fiestas, literalmente, me importa un carajo, es revelador que la única efeméride que conmemoran esos cenizos no sea la promesa del nacimiento de Cristo, sino el bajón del día de su muerte. Creedme, la Conmemoración de la Muerte de Cristo no es como para esperarla ansiosos.

Lo que más me dolía de toda esa forzosa falta de esparcimiento era la sensación de exclusión. A cambio, lo que sí venía incluido era un asco. No recibí jamás un solo regalo de ninguna clase hasta el día en que cumplí dieciséis años. Cuando Emory me regaló un fular de color carmesí, lloré tanto que mi amiga pensó que no me gustaba.

Además de alimentar una pureza autocomplaciente, el embargo sobre las festividades tradicionales pretendía inculcar desprecio por los que aún vivían en la oscuridad y sus estúpidas costumbres paganas. Por desgracia para mis superiores teológicos, todo lo prohibido se vuelve más atractivo. Los misteriosos rituales de mis compañeros despertaban en mí una envidia, un asombro y un deseo muy superiores a lo que parecía merecer el escalofriante acto de chantajear a los vecinos para que metieran caramelos en un saco. A fin de cuentas, los niños ya tienden a anticipar las fechas señaladas con mucha más impaciencia de la que pudiera justificar la experiencia real cuando por fin llega tan ansiado día. Hacen falta muchos ciclos reiterados de deseosa espera seguidos de íntima decepción para comprender por fin que la verdadera recompensa, mucho más que el día de Navidad propiamente dicho, es la anticipación misma. Por desgracia, una vez que caemos en la cuenta de que ese aliento contenido no es la antesala de la recompensa, sino la recompensa en sí, adiós, ilusión, el hechizo se rompe..., y esa es la razón por la que, para muchos adultos, la Navidad acaba siendo un verdadero grano en el culo.

Por suerte, en mi vida adulta no he padecido ese síndrome. Aunque Wade y yo no éramos cristianos practicantes, el 25 de diciembre no escatimaba esfuerzos: árbol, espumillón, flores de Pascua. Les compraba a los niños montones de juguetes que ellos no tardarían en romper. Puede que no disfrutara con la casa llena de chiquillos corriendo y alborotando, pero nunca dejé de organizar espléndidas fiestas de cumpleaños para mis tres hijos, con serpentinas, banderines y tarta, de la que apartaba siempre una porción para mí. Todos los años, el cuarto jueves de noviembre preparaba sin falta un banquete completo de Acción de Gracias, con todas y cada una de las guarniciones tradicionales, me gustara o no la salsa de arándanos. Porque siempre me ha movido algo mucho más inagotable que una autoengañosa anticipación. Y, mientras navego por la mediana edad, ese combustible no da muestras de flaquear. Me refiero al *rencor*.

Sin embargo, la prohibición de festejar no era realmente lo peor. Cuando recuerdo esos años, cuyas imágenes en mi cabeza están teñidas de un sepia que no evoca tanto un daguerrotipo como una mala diarrea, lo que más me viene a la mente no son los ansiados paquetes de esponjosos pollitos amarillos de malvavisco en Pascua. Es el aburrimiento. Un aburrimiento pastoso y embotador que sin duda tiene mucho más de maltrato infantil que cualquier test de cociente intelectual. Los «hermanos» y las «hermanas» eran aburridos, y lo que hacía fascinantes a las pocas excepciones era su comportamiento inusitadamente autoritario y sádico o (en el caso de las mujeres) inusitadamente sumiso y masoquista. Las reuniones eran aburridas..., y se prolongaban *cuatro horas* seguidas, cuatro horas hablando entre dientes. El Salón del Reino era aburrido; parecía más un almacén que una iglesia, despojado de todo destello de algún vitral o el más mínimo esplendor de belleza redentora. Y las reuniones no se celebraban solo los domingos, sino dos veces por semana, tres si les sumamos la Noche de Adoración en Familia, la más opresiva; ahí, oyendo el obediente sonsonete de mi padre bajo la estricta mirada de mi madre, era más difícil desconectar. Las lecturas obligatorias eran aburridas, cosa increíble, pues cabría esperar que, generando semejante cantidad de palabrería, los ungidos fanfarrones de la sede central de Warwick, en el estado de Nueva York, dejaran caer al menos una o dos frases chispeantes o agudas, aunque fuese sin querer. Pero no, los de arriba nunca la pifiaban: *La Atalaya* y *¡Despertad!*, con sus fotografías desvaídas y sus torpes gráficos, eran para morirse de aburrimiento, y se esperaba de los testigos bautizados que consumieran unas tres mil páginas al año de esas rimbombantes sandeces para analfabetos funcionales. Que Jesús no es igual a Dios, que la Trinidad no existe, y que, aunque te habíamos dicho que el mundo se acabaría la semana pasada y no se acabó, eso no significa que no vaya a acabarse mañana. De adolescente, solo con mirar uno de esos mortíferos panfletos me inundaba una repulsión que bordeaba la náusea.

¿Qué podía ser peor que la vida sin Navidades? La evangelización. Que es obligatoria, por si alguien creía que esos grupos que van fatigosamente de puerta en puerta con los brazos cargados de apocalipsis lo hacen por obra y gracia de una efusión religiosa espontánea. Los testigos deben dedicar al menos dieciocho horas por semana a torturar a sus vecinos, y remitir a los ancianos un registro mensual que consigne con exactitud cuánto resentimiento provocaron en los incautos. Ah, y se espera que los matrimonios lleven consigo a los hijos, aunque sea a rastras.

Yo lo odiaba. No solo porque me obligaban a desperdiciar casi todo mi tiempo libre fuera del cole con los ojos clavados en el felpudo de la casa de turno mientras un progenitor u otro informaba con dulzura a sus propietarios de que todas sus creencias eran inexactas y de que, si no se adherían a su culto aguafiestas, se extinguirían en ese Fin del Mundo que llegaría en cualquier momento, tras lo cual el paraíso en la tierra sería gobernado al alimón por Jehová y sus ciento cuarenta y cuatro mil autoungidos charlatanes. Y aún más: lo odiaba porque desde muy temprana edad fui intensamente consciente de lo mucho que esa pobre gente despreciaba las visitas de los testigos y de la desesperación con que deseaban que mi familia diera media vuelta y se marchase. Ah, nuestras víctimas diferían muchísimo en el tiempo que estaban dispuestas a aguantar en la puerta sin decir nada –por la que dejaban escapar a menudo ráfagas de calor o de aire acondicionado, y a veces con el buen tino de atrincherarse detrás de una mosquitera cerrada– antes de declinar con firmeza los folletos o de aceptarlos en silencio, pues quedarse los panfletos requería menos energía que rechazarlos. Si hasta empecé a sentir algo parecido a respeto por los hombres (siempre eran hombres) que nos echaban un vistazo y nos daban con la puerta en las narices. Todos nos tenían miedo y algunos se escondían de nosotros, aunque mi madre podía ser insistente con un timbre. ¿Querrías ser una criatura ante cuya presencia casi todo el mundo exclamase, la mayoría en silencio, pero algunos en voz alta: «¡OH, NOOO!»? De hecho, llegué a sentir lástima sobre todo por el puñado de excepciones que escuchaban con atención nuestro dramático discursito, hacían preguntas y a veces incluso consentían en que volviésemos. Para la mayor parte de esos seres aislados, estar tan necesitados de contacto humano como para hablar con los testigos de Jehová debía de ser tocar un nuevo fondo.

Aunque no estoy ni mucho menos en condiciones de preguntárselo, en aquellos tiempos sospechaba que al menos mi madre se daba perfecta cuenta de que nos percibían como la undécima plaga de Egipto. Creo que a ella le gustaba. Por decirlo de la manera menos desagradable posible, le encantaba enfrentarse a un desafío. Pero también le encantaba hacer sufrir a esa gente. Utilizaba la cortesía de esas personas a propósito, como un permiso implícito para seguir hablando, y confiaba en el decoro general para endilgarles propaganda a vecinos que no querían parecer groseros. En otras palabras, del mismo modo que en el kárate se emplea la fuerza del oponente como un arma en su contra, mi madre convertía las virtudes de nuestras víctimas en artillería pesada para nuestras tropas. También parecía experimentar satisfacción cuando la víctima antagónica se ponía ofensiva e insultante: esos desaparecerían de la faz de la tierra cuando se librara el Armagedón, y bien merecido.

A mí me obligaban a llevar ropa sin gracia y apagada, con las faldas por debajo de la rodilla, un atuendo que no me favorecía nada y que yo mal podía llevar en mi pubescencia de regordeta –aunque en la medida en que, por ser una ropa tan sosa, me hacía más invisible, lo agradecía–. Sin embargo, en ocasiones llamaba la atención de algún vecino, y después de que el resto de mi fastidioso clan diese media vuelta para ir a atormentar a otra familia, el pagano y yo cruzábamos una mirada. En la mía no cabían más disculpas, al tiempo que un encogimiento de hombros apenas perceptible transmitía la indefensión de un rehén. Por lo general, recibía a cambio una mirada de comprensión y perdón: *Pobre niña, arrastrada a cumplir esta infructuosa misión por unos fanáticos cuando a tu edad deberías estar llevando vestidos cortos y enrollándote con chicos llenos de granos. Acabo de perder diez minutos de mi preciosa vida, un tiempo que nunca recuperaré, pero no te preocupes, no es culpa tuya.* Esas concesiones particulares de tácita amabilidad eran compasivos recordatorios de que aquel ancho mundo por el que circulaban locuras concretas como la de nuestra secta seguía siendo un lugar relativamente cuerdo. Me temo que hoy en día ese mismo consuelo –ver que, al menos en el panorama general, no todo el mundo está loco de remate– ya no está disponible.

El otro aspecto de mi niñez que me angustiaba más que tener que quedarme en casa sin poder ir al desfile del Día de la Bandera era no tener amigos. No quiero decir con esto que la amistad en sí estuviese prohibida. Si bien nos advertían que no nos convenía tener vínculos con los «mundanos», me alentaban a jugar con chicos de mi edad que compartían nuestra fe. Así y todo, en la práctica esa restricción en apariencia leve se traducía en no tener amigos. Y aquí es cuando me hago una y otra vez la misma pregunta dolorosa, por lo mucho que tiene que ver con el presente:

¿Qué les pasaba a esos críos?

No quisiera pecar de injusta. Los niños pequeños aceptan el mundo tal como lo encuentran. Antes de cumplir los ocho años, más o menos, yo daba por hecho que todo lo que me decían mis padres era cierto, y del mismo modo daba por hecho que si yo disentía –al fin y al cabo, no consigo recordar haber *querido* ir alguna vez a las reuniones del Salón del Reino–, se debía a que era desobediente y mala, no a que su paradigma tuviese algo de equivocado. Yo no sabía que era un *paradigma*, ni como palabra ni como concepto. Cuando uno está totalmente atrapado dentro de una burbuja, no hay tal burbuja.

Dicho lo cual, todos los pequeños testigos íbamos a la escuela pública. Nos daban clases de educación cívica sobre un gobierno que, si todo hubiera dependido de gente como nuestros padres –que tenían prohibido votar, apoyar a los candidatos, formar parte de un jurado e incluso tener opiniones políticas–, no habría existido. Estudiábamos una historia en la que antes de 1881 nuestra ridícula y finísima tajada de humanidad ilustrada no habría interpretado ni el papel más secundario. Como otros norteamericanos, andábamos por un mundo inundado de libros, periódicos y canales de televisión laicos, y ninguno de ellos encajaba en la versión de la realidad que nos inculcaban en casa. Vivíamos rodeados todos los días de gente que no creía que hubiese un catastrófico juicio divino esperándonos a la vuelta de la esquina, que no iba afligida de casa en casa cargada de panfletos todos los fines de semana, y que no parloteaba día y noche sobre el número ciento cuarenta y cuatro mil por culpa de una frase suelta del Apocalipsis sacada de contexto. Sí, *es posible* que todos esos desdichados que no conocían «la Verdad» estuvieran bajo la influencia de Satán y destinados a quedar reducidos a cenizas por el justo fuego de Yahvé, que el día menos pensado vendrá a separar el trigo de la paja en toda la población. Pero, al menos a los diez años, qué clase de niño no permitía que se le pasara por la cabeza: *¿Y si no?*

Parece estadística y psicológicamente improbable, pero a lo largo de toda mi infancia y mi primera adolescencia no encontré un solo «hermano» ni una sola «hermana» en mi segmento de edad que se rebelara, y eso incluye a mis dos hermanos biológicos. Oh, sí, de vez en cuando Luke, Caleb y sus amigos infringían las reglas –leían un horóscopo, hojeaban a escondidas un número de la revista *People*, soltaban un taco–, infracciones que estaban muy lejos de dar al traste con las reglas para exclamar, como Alicia: «¡No sois todos más que una baraja de cartas!». Durante una breve temporada me alié con un testigo de Jehová llamado Jacob que parecía tener algo a su favor: si no exactamente malicia, al menos sí los ojos abiertos; había descubierto la ciencia ficción, algo que no contravenía de plano las reglas, pero que sin duda no figuraba en las reglas. En algún momento le confié que, cuando circuló una felicitación de cumpleaños para el profesor de inglés de sexto, yo la *firmé*. Jacob se quedó mucho más atónito de lo que esperaba, y peor aún: antes de que terminara el día ya se había chivado a mis padres. (Me defendí ante mi madre gimoteando: «¡Si todos los demás también firmaron!», pero ella no conocía a su hija lo bastante para reconocer que el razonamiento no era propio de ella.) ¿Cómo podía una confesión tan marginal tener semejante éxito de adoctrinamiento? Cuando oí que los ancianos de la congregación les habían ordenado a los padres de Jacob que le quitasen toda su biblioteca de Isaac Asimov, Ray Bradbury y Robert Heinlein, pensé: «Bien hecho».

En este punto, mi incomprensión recae por fuerza en mis padres. A mi madre, Glenda Converse, de soltera Tate, la educaron como testigo de Jehová, algo que, cabe suponer, la excusa hasta cierto punto, aunque en realidad no la excusa de nada. Incluso si se otorga a los menores carta blanca por ser incompletos o estúpidos de verdad (será mejor que os vayáis acostumbrando; hablando soy una bruta), Glenda Tate atravesó el jalón cultural de la madurez a los dieciocho y aun así se negó a ejercer la autonomía que ese logro temporal le otorgaba. Sí, sé mejor que nadie la crueldad con que se expulsa a alguien de toda su red social cuando se atreve a dejar esa secta de pirados, pero dudo de que ella se quedara «en la Verdad» por miedo.

Mi madre es –o era; supongo que nadie se habría dignado a informarme si hubiera muerto– la típica triunfadora nata. Era natural que le atrajese un catecismo que la elevaba al nivel de elegida desde el minuto uno; los testigos de Jehová proporcionaban a los creyentes zapatos con alzas para moverse en sociedad. Con solo unos pocos millones de adeptos en todo el mundo, circunscribían también el contexto en que mi madre podía destacar a un estanque pequeño y manejable. Ávida de reconocimiento, desplegó siempre una maniaca hiperactividad en la ajetreada colmena de la Sociedad de la Atalaya. Yo padecí en mis propias carnes sus aspiraciones, pues no cesaba de aumentar el número de horas que dedicaba a evangelizar casa por casa con sus hijos a la zaga, un sobreesfuerzo ideal para sus extraordinarios informes mensuales que le aseguraban la aclamación pública de los ancianos. Es posible que yo reconociera el sentido de superioridad innato de Emory porque mi madre se le parecía mucho, aunque mi amiga siempre daba la impresión de estar flotando ajena a todo y por encima de los demás como si levitara por naturaleza en un plano más alto, como una mística, mientras que mi madre estaba hecha de una materia más terrenal, y en una esfera secular se habría ganado la vulgar reputación de trepadora. Para Glenda Converse era vital que la tuviesen en una estima más alta que a las demás esposas, a las que trataba con condescendencia, actitud que prefería a trabar amistad con ellas.

En otras palabras, quería *ganar*. Y cuando se quiere ganar, es útil conocer las reglas. Los testigos de Jehová lo ponen fácil: hay un sinfín de reglas. Pero la humanidad en general no cesa de cambiarlas, y ahí fuera, en el vacío sin límites del laicismo, no es raro imaginar que vas muy por delante de tus competidores para terminar descubriendo, al final, que has estado todo este tiempo jugando al juego equivocado. (Por fin consigues el ascenso y, ¡sorpresa!, tu mujer decide dejarte.) A Glenda Converse la educaron como testigo de Jehová y ahí se quedó, aferrada al juego al que sabía jugar. Sea como fuere, ese afán por acumular estrellitas doradas era, más que ninguna otra cosa, infantil. Suponiendo que haya seguido haciendo girar la rueda de hámster de la tercera edad, es probable que se encamine a una amarga vejez. Mientras Gloria Steinem ponía en marcha la revista *Ms.*, mi madre se dedicaba a apuntalar febrilmente un patriarcado arcaico. Menuda estrellita dorada. Además, aunque uno se empeñe en distinguirse como una oveja aplicadísima, sigue siendo una oveja.

He dicho que esta religión carece de alegría, pero no es del todo cierto. Para los testigos de Jehová, la falta de alegría es en sí un gozo. Celebrar sin cesar una perfecta ausencia de celebraciones se parece a una fiesta permanente, y chafar la diversión a otros es también una forma de diversión. En ese sentido, mi madre se lo pasó bomba durante toda mi niñez.

Mi madre también tenía cosas buenas, pero tal vez me disculpen por no demorarme en encantos cuya tierna evocación no me interesa. Mi madre mostraba, y es de suponer que sigue mostrando, un lado vengativo, y eso es lo que necesito recordar. ¿Por ejemplo? De niña, en privado, yo me regocijaba con mi nombre, muy poco común. Me gustaba mucho no haber conocido nunca a otro niño ni a otra niña que se llamara Pearson; en cambio, los nombres predeciblemente bíblicos de mis hermanos, Luke y Caleb, se confundían entre todos los demás Abrahames, Adanes y Elías de nuestra comunidad. Como tendía ella misma a ser arrogante, mi madre estaba especialmente alerta al pecado del orgullo en los demás. Debía de tener yo nueve o diez años, poco después de que en la escuela elemental nos enseñaran a escribir con letra ligada. Estaba sentada a la mesa de la cocina, practicando mi firma con varias florituras cuyos pretenciosos bucles debieron de mandar una clara señal de alarma. Fue ese día cuando mi madre decidió explicarme que había decidido bautizarme así en homenaje a Angus Pearson, un testigo fundador que en 1896 había convertido en persona a un número récord de vecinos de Monroeville. Por lo visto, desde entonces nadie en nuestra congregación había conseguido reclutar a más desafortunados en un solo año. Por si la naturaleza santurrona de mi nombre no fuese lo bastante decepcionante, también me aseguró que Pearson significaba «hijo de Piers», siendo Piers una forma temprana de Peter. Así pues, mi nombre de pila, que en tiempos me había sonado tan especial, resultó ser tan aburrido y apostólico como el de Luke. Creo que desde entonces nunca he vuelto a sentir lo mismo por él, y eso era justo lo que mi madre quería. Sabía que estaba arrebatándome algo –una preciada distinción, una sensación de haber nacido aparte–, y la muy cruel disfrutaba haciéndome sentir una más. El impulso era perverso. Buscaba dejarme sin algo que ella misma me había dado.

Cierto, el rencor de una hija hacia su madre y la idolatría hacia su padre son algo de lo más manido, pero no quiero distorsionar el relato con tal de parecer interesante. John Converse es –no diré «o era» porque lo vi en la acera de enfrente la semana pasada– un hombre cariñoso y decente que, venciendo una cobardía innata, más de una vez protegió a sus hijos del peor fanatismo de su mujer. Es un testigo converso, cosa que tal vez lo excuse menos que a mi madre de haberse adherido a un dogma de infelicidad y control, aunque, según contaba Glenda, siempre con evasivas y vergüenza fingida, a los dieciocho años ya estaba loco por ella. La única manera de salir juntos (y con carabina) era declarar su intención de desposarla, y la única manera que tenía de desposarla era convertirse. Por lo tanto, si mi padre juró lealtad a un catecismo a todas luces demente para meterse en las bragas de mi madre, esa es una motivación mejor que la mayoría.

En el rostro de Glenda Converse no tardaría en aparecer un rasgo de dureza, un sombrío pliegue que bajaba desde las comisuras de los labios, pero a los dieciocho años Glenda Tate era una joven espléndida, y las fotos de la boda confirman que no se trata de un entrañable mito familiar. Sus mechones oscuros tenían una ondulación natural y en su rostro brillaba una pureza virginal que, como no fuese en sentido metafórico, en 1968 era difícil de encontrar. Puede que a mi padre también le atrajera su ambición —no importa que mi madre aspirase a ascender en una jerarquía constreñida y hermética dedicada a someter a la mujer— porque él no tenía ambición alguna. No lo digo con maldad. No hay ninguna obligación de que los jóvenes deseen ser una cosa u otra de mayores. A él debió de parecerle bien ingresar en un entorno social en que sus parientes políticos nunca lo presionarían para que se sacase un título ni se exasperarían por que no fuera más próspero. Como a los testigos de Jehová se les intenta quitar por todos los medios las ganas de ir a la universidad, tienen el nivel medio educativo más bajo de todas las confesiones de Estados Unidos, e incluso el diploma del instituto otorgaba a mi padre credenciales más elevadas de las que jamás gozaría la tribu de su mujer. Mi padre era un joven dócil que solo quería salir adelante. Durante toda mi infancia trabajó en una ferretería, treinta horas a la semana, y nunca se esforzó por ascender a gerente. Tomó una decisión más inteligente: instalarse en la única comunidad de Voltaire (Pensilvania) en la que esa carrera profesional intrascendente e inmutable lo cualificaba como modelo de masculinidad. Aunque, según la doctrina, era el cabeza de familia, en la práctica era cualquier cosa menos eso. Es sabido que las esposas de esta religión son pasivo-agresivas, aun si pocas de esas pobres ignorantes conocen la expresión.

John y Glenda Converse tuvieron a sus tres hijos, Luke, yo y Caleb, en rápida sucesión. Una vez, mi padre me confió que convertirse a la religión de su mujer fue «un reto» mayor del que había esperado, y yo inferí que empleaba un eufemismo para decir «una desgracia». No obstante, aunque desde un punto de vista logístico podría haber escapado, consideraba que tenía que apechugar con su decisión, y, bendito sea, no tenía lo que hay que tener para abandonar a tres hijos.

En este punto hago lo imposible para entender por qué mis padres se encerrarían en la cárcel de esa congregación y arrojarían la llave, pero sigo luchando contra un total desconcierto. Los testigos de Jehová ni siquiera fomentan la creencia supersticiosa en el más allá. Cuando te mueres, te mueres. Tampoco creen en la reencarnación. Así, en lo que respecta a mis padres, solo tenían una vida que vivir, esta vida. Eran adultos. No eran metafísicos propensos a enredarse con nada; por tanto, aceptarían alegremente la idea de que ejercían control sobre sus destinos. En esa época ya pasada, este era un «país libre», aun tratándose de algo creíble solo a medias. Vistas todas las opciones –una plantación de fresas en Oregón, una residencia canina en Oklahoma, mudarse a Francia–, ¿cómo es posible que eligieran una vida tan terrible?

2

La mayor parte de mis apostasías adolescentes fueron poco importantes, y secretas. Unos días después del 4 de Julio, mientras cruzaba el parque, recogí una diminuta bandera estadounidense de papel, chafada y sujeta con un mondadientes a manera de asta. En lugar de soltarla al instante como si fuese una patata caliente, quité el glaseado de la punta del palillo y la guardé en mi plumier. (No podíamos tener una bandera, ninguna bandera. Ya me había metido en líos por tener la del Club Kiwanis.) Más adelante, mirando angustiada por encima del hombro, entré en una tienda de segunda mano del Ejército de Salvación (en manos de *otra fe*) y compré una camisa. Cuando mi madre preguntó de dónde había salido, me inventé ahí mismo una historia y le conté que en el colegio estaban regalando los artículos de objetos perdidos que nadie había reclamado. No era más que una sencilla camisa de hombre con botones hasta el cuello, pero su cuadro escocés era sutil, una favorecedora combinación de verde bosque y óxido, y me encantaba. Aunque la tela era fina, me abrigaba con su malvado toque de subversión.

Más de una vez recogí una colilla y me fumé a escondidas las últimas hebras de tabaco que quedaban. No me gustaba ese calor abrasivo en los pulmones, pero las infracciones me satisfacían por el mero hecho de serlo. Después compraba caramelos Tic Tac y bebía litros de agua; tenía el presentimiento de que romper el tabú del tabaco era más grave que una banderita de papel.

Cuando los nuestros no podían oírme, me atrevía a coquetear con expresiones paganas. Le deseé «buena suerte» en un examen a la compañera que se sentaba a mi lado. Me miró con una expresión rara; yo casi nunca decía nada, y la chica no comprendió que mi invocación no tenía nada que ver con ella. Lo que yo quería era descubrir si me ocurriría algo malo, y experimentaba, cautelosa, con convertirme en otra persona. Lo mismo cuando exclamé «¡Jesús!» después de que alguien estornudara en la cafetería. No lo hice para obedecer una convención social, no; estaba violando una.

Estaría más impresionada conmigo misma si esos devaneos tentativos con el lado oscuro, como quien mete la puntita del pie en el agua, los hubiesen visto aquellos para quienes habría sido un sacrilegio que yo tararease los primeros dos o tres compases de «The Star-Spangled Banner» en el camino de vuelta del colegio. Sí, claro que tenía miedo, pero también estaba entrenando.

Después de pasarme un mes preparando el momento, a los quince años crucé por fin la línea. El resto de la familia ya se había puesto el abrigo. Se dirigían a la puerta –yo había dejado mi declaración personal de independencia para el último minuto– cuando me detuve y anuncié que no iba a la reunión. Había pensado decirlo con voz firme e intransigente, pero sonó a graznido.

Mi madre apenas se dio por enterada.

–Oh, sí, por supuesto que vas a venir –dijo, sin inmutarse–. Ve a buscar tu abrigo. Ya vamos tarde.

Me aclaré la garganta.

–No. Detesto esas reuniones. Son largas y monótonas y

no me parece que..., ¡ni siquiera creo en todo ese rollo! No podéis obligarme.

—Sí que podemos, señorita, y te obligaremos mientras vivas en esta casa. —Miró a mi padre como dándole una orden—. ¿John?

—Vamos, cielo.

Como me negué a moverme, él se acercó con una expresión de cansada resignación y me cogió por el brazo. Me solté con fuerza. Después me agarró por la parte de atrás del cuello del jersey y tiró. Creo sinceramente que trataba de ser delicado, pero, bueno, si uno quiere imponerse, muy delicado no puede ser con un cuerpo de sesenta y un kilos que se resiste. No quería darle un golpe a mi padre, pero tampoco quería salir por la puerta, y al final tuvo que llevarme medio a cuestas, mientras yo agitaba los brazos, hasta el asiento trasero de nuestro Volkswagen Escarabajo de segunda mano, que estaba aparcado junto al bordillo.

Cuando volvimos a casa, me sentaron a la mesa de la cocina y me obligaron a copiar entero el número de aquella semana de *La Atalaya*, porque si tenía que copiarlo palabra por palabra, no podía fingir que lo leía. Mi madre denunció mi insolencia a los ancianos y me convocaron a una audiencia de la Comisión Judicial. Les planté cara con hosquedad y silencio, una actitud que no ayudó en mi defensa. Me «marcaron» oficialmente y durante dos semanas. A esas alturas, que el resto de la congregación me hiciese el vacío más que un castigo era una bendición; lo que de verdad dolió fue que mi propia familia, aunque a pequeña escala, me evitase. Instruidos para actuar como si yo no estuviera ahí —fingir que su hermana era invisible o, añadía yo, que estaba muerta—, mis hermanos tenían prohibido hablarme. Para mi asombro, no lo hicieron, ni siquiera en voz baja y disimulando, tampoco cuando mis padres salían al patio trasero. Esas dos semanas en que mi familia me ignoró, del mismo modo que esconder mi banderita estadounidense, resultaron ser un práctico entrenamiento para lo que pronto sería el resto de mi vida.

A veces se da por hecho que los inadaptados, los bichos raros y los marginados deben sentirse naturalmente atraídos por otros inadaptados, bichos raros y marginados, pero nada más lejos de la verdad. En todo caso, los raros se evitan entre sí; es lo más conveniente para no contagiarse de una peste aún más fuerte, y, además, los otros raros les parecen tan raros a sus iguales como a los chicos normales. Como sus hermanos más normativos, los atípicos se sienten atraídos por lo socialmente obvio. Las gordas o las feas sin esperanza son tan propensas como una mujer sexy a perder la cabeza por el capitán del equipo de fútbol. Entonces, ¿por qué no me había fijado en Emory Ruth en sexto, séptimo y octavo? Todos los demás ya se habían fijado en ella.

En sociedad, Emory hacía gala de una extraña desenvoltura que no se basaba en la crueldad. Se le daban bien algunas cosas. Era la estrella de nuestra clase de oratoria y nunca parecía nerviosa delante de un grupo; si se le caían los apuntes o perdía el hilo, era capaz de convertir la vacilación en un punto a su favor con una breve frase improvisada. Destacaba incluso en algunas cosas estúpidas: hacer girar una moneda de veinticinco centavos mientras se toma cerveza, chasquear los dedos. Algo significativo, visto en retrospectiva, es que cuando entró en el instituto sus instintos políticos eran ya impecables; es decir, sabía granjearse la simpatía de los profesores mientras lanzaba la cantidad justa de réplicas sarcásticas desde el gallinero para que nunca la desdeñaran por pelotillera –aunque el don de estar a buenas hasta con el apuntador no prepara en absoluto para el momento en que toca tomar partido–. Hasta cierto momento, Emory y yo nunca tuvimos serias diferencias de opinión. Ahora me pregunto si ella alguna vez tuvo una discrepancia seria con alguien, pensara ese alguien lo que pensara. A la larga, las convicciones sólidas no dan rédito, y yo debería saberlo.

Sí, Emory era sobrenaturalmente guapa, pero que me prendase de ella, en la distancia, durante el segundo año de instituto no debería atribuirse solo a la clásica obsesión adolescente por las apariencias. Emory también era brillante en aquellos tiempos en que ser rápida aún no representaba una sutil desventaja (y, más adelante, no tan sutil). Sin embargo, su excelencia académica natural y sus divertidas ocurrencias en el aula tampoco fueron la causa de mi fascinación. Emory ya emanaba en la adolescencia un aire de lo que llamaríamos «privilegio innato», aunque nunca daba la impresión de reclamar esa discreta serie de compensaciones tangibles que, sin razón alguna, imaginaba merecer. Cierto que sus padres ganaban bastante más dinero que los míos (cuya negativa a tener unos ingresos «terrenales» decentes era achacable solo a sí mismos), pero el omnipresente sentimiento de superioridad de Emory parecía no tener nada que ver con ser atractiva, lista o rica. Era una condición preexistente, que la convicción de Emory de ser mejor que todos los demás no tuviera base alguna era precisamente la causa real de mi embeleso.

Antes de seguir adelante, debería romper una lanza en mi favor. Me preocupa haberme presentado como un patito feo, interpretando siempre un papel secundario, a la zaga de Emory. Un autorretrato tan burdo no haría honor a la verdad. En el instituto era un poco rarita, sí, y, como tantas otras chicas, en la pubertad engordé unos kilos. Sin embargo, una vez que hube huido de casa y empecé a vivir con la familia de Emory (y aquí me estoy adelantando), me mortificaba tanto la idea de abusar de la despensa de los Ruth que mi silueta no tardó en encoger hasta las proporciones de un niño desamparado, y tanto se alarmó Kelly, la madre de Emory, que me puso un estricto régimen complementario con muchos batidos proteínicos de malta con chocolate. Además, aunque a menudo somos pésimos jueces de nosotros mismos, apuesto a que las partes neutrales, e incluso una parte interesada como Emory, estarían conmigo: hacia finales de la adolescencia, cierta descompensación nada favorecedora de rasgos que crecían a distinta velocidad acabó por estabilizarse, con lo que mi «rostro interesante» dejó de ser un eufemismo para decir «del montón» y empezó a quedarse corto. En lo que atañe a mi físico, ese cambio en las proporciones entre nariz, frente y pómulos fue absurdamente sutil, pero, en el plano social, un cataclismo. Wade siempre decía que mi apariencia tenía algo indefinible, «exótico», cosa que, como él también reconocía de mala gana, encajaba bien con el hecho de que mis dos hijos mayores fueran mitad japoneses.

No menciono esta transformación propia de Cenicienta para jactarme de nada; solo lo hago porque atañe a mi amistad con Emory, una relación que mi gradual progreso estético no mejoró ni empeoró, sino que volvió más complicada. De acuerdo, empecé siendo hasta cierto punto digna de caridad —en el sentido literal, durante dos años y medio—, mientras que Emory estaba alegremente acostumbrada, desde los doce años, a ser la chica más llamativa allí donde entrase. Esa misteriosa superioridad suya fue lo bastante resistente para que cuando apareció una competencia inesperada por detrás, aceptara con naturalidad el empate técnico. La férrea seguridad en sí misma le permitió reconocer que le convenía tener una compañía constante que aportara al juego algo más que mera obstinación; una amiga interesante le daba un punto más de influencia. No obstante, que yo hubiera dejado de ser un caso perdido desde el punto de vista estético requirió un discreto cambio en nuestra relación, y no estoy segura de que a Emory le gustara del todo.

Sin embargo, ya puesta, me veo obligada a introducir aquí una afirmación menos halagüeña: no soy muy lista. En el colegio, las mates se me daban fatal. En ciencias podía memorizar las cuatro clases de formaciones rocosas, que venía a ser lo mismo que memorizar el nombre de cuatro bandas de rock, pero en cuanto pasaba de ahí, era oír fotosíntesis y ya me había perdido. Si la ingeniería mecánica se dejara en manos de estudiantes como yo, estaríamos todos vadeando ríos con el agua hasta la cintura. A diferencia de Emory, con esos excelentes que no le costaba nada sacar, yo llevaba a casa unas notas decentes solo si me aplicaba, y ni siquiera así me seleccionaron nunca para las clases avanzadas en las que sí pusieron a mi amiga. Además, a mediados de la década de 1980, las notas infladas ya eran un hecho, y en Estados Unidos las expectativas de los alumnos de secundaria eran bajísimas; por regla general, bastaba solo con ir a clase. Por si necesitaba que cuantificasen lo que yo misma sospechaba, mis notas en exámenes estándar de selectividad como el SAT y el ACT fueron mediocres (en pocas palabras, he olvidado las calificaciones exactas porque no me halaga nada recordarlas). Que yo sepa, nunca he tenido que pasar por la «degradante ignominia» de un test de CI, pero imagino que los resultados habrían sido igual de mediocres.

En consecuencia, siendo ya adulta, las cifras que aparecen en mi talonario no coinciden nunca con mis extractos bancarios, y «cuadrar» mis cuentas ha consistido en tachar con un garabato lo que había calculado mal y dar por buena la palabra del banco. En 2008 ya no me quedaban dudas: era una negada para la economía. A pesar de haber leído, con ojos vidriosos, más de una definición, lo de «intercambio de incumplimiento crediticio» me sigue sonando a truco de naipes.

Así pues, Emory era la más guapa de las dos según los baremos convencionales, y la estudiante más sobresaliente. A partir de la adolescencia, hay algo que también ha seguido siendo una constante: siempre tuvo una misteriosa habilidad para seguir las modas, por cambiantes que fuesen, y sin temor a equivocarme ya puedo afirmar que siempre va a la última. Lleva el corte de pelo que no tardará en hacer furor antes de que la mayoría se dé cuenta de que está en boga. Da la impresión no de seguir las tendencias, sino de anticiparlas. Es de las que se saben el significado de la jerga más actual antes de que nadie la haya oído, una agudeza verbal anterior a internet. Aunque los motores de búsqueda han devaluado ese talento, en la década de 1980 adoptar un léxico moderno que no constaba en los diccionarios no era tanto cuestión de leer las revistas que había que leer (con un lenguaje ya siempre en desuso), sino de tener un oído interior instintivo. En un plano decididamente animal, Emory sabe en qué dirección sopla el viento. Para mí, su capacidad para situarse a la vanguardia de más de una moda emergente la convirtió durante mucho tiempo en alguien verdaderamente único. Ahora veo su precocidad bajo una luz distinta. Emory es, por sistema, conformista antes que todos los demás.

Temo estar evocando nuestra historia con una doble visión. Aunque ser mezquina cuando hablo de ella le hace un flaco favor a nuestro relato, aquel estallido de alegría espontánea que sentí cuando, en décimo, Emory empezó a hablarme se ha convertido en un frío artefacto emocional, en una abstracción. Desde la perspectiva del presente, me siento inclinada a considerar que, si en el instituto cruzó una especie de barrera social, fue por interés propio, aun cuando los beneficios que yo ofrecía fueran poco evidentes. Es posible que, siendo la única testigo de Jehová en primero de secundaria, pareciera exótica incluso antes de que mis rasgos se asentaran. Puede que yo solo fuese una flecha peculiar que añadir a su carcaj.

Aun así, debería aclarar que, a pesar de la reputación bárbara de esos estudiantes de secundaria, no fueron ellos los que me desterraron. Yo misma me autoexilié. Se suponía que no debíamos mezclarnos con quienes no eran testigos. Durante toda mi época escolar fui objeto de incontables ofrecimientos de amistad que rechacé. (¿Para qué iba a aceptarlos? No podía ir a casa de nadie ni nadie podía ir a la mía.) Emory no destacó por ser la única valiente dispuesta a confraternizar con una paria, sino por ser la única compañera a la que yo no conseguí ignorar.

Aunque *ella* no pagaría precio alguno si nos descubrían, saboreaba el regustillo ilícito de las susurrantes conversaciones que manteníamos a la hora del almuerzo. Yo había dejado claro desde el primer día que cualquier alianza entre nosotras contravenía mi religión –aunque yo decía «mi supuesta religión», y a ella la impresionaba que ya opusiera una resistencia en solitario. Le encantaba la historia de aquella tarde en que mi padre me arrastró hasta el coche por el pescuezo y ridiculizaba conmigo las baladíes prohibiciones con las que crecí. Le enseñé la bandera que llevaba en el plumier. Aprendió a reconocer mi camisa verde bosque con la delgada raya color óxido como el astroso uniforme rebelde con el que me enfrentaba, con métodos de guerrilla, a mis fuerzas armadas personales.

Lo gracioso es que a Emory la atraía de mí la misma cualidad que acabaría siendo nuestra perdición. Yo nací beligerante, y mi insubordinación natural iba más allá del rechazo a los testigos de Jehová. No estoy convencida de tener «un problema con la autoridad» en general, porque no descarto la posibilidad de que las autoridades puedan tener razón. Pero no me inclino ante las autoridades cuando están equivocadas.

Yo ya era muy lectora (aunque *La Atalaya* no contaba), y no lo digo por alardear. Para mí, claro, leer era una manera de evadirme, pero también de escurrir el bulto. Era lo que hacía cuando se suponía que tenía que estar haciendo otra cosa. En clase tenía un libro abierto en el regazo, la mejor táctica para no prestar atención a las lecciones. Además, como era consciente de no ser «el lápiz más afilado del estuche» –oh, cuánto echo de menos esas pícaras metáforas–, no confiaba en poder inferir con exactitud, tal como parecían hacer todos los demás, el significado del vocabulario a partir del contexto, así que lo habitual era que recurriese a libros de consulta. En otras palabras, no imaginéis que esta insustancial anécdota es un homenaje a mi educación. Las escuelas públicas norteamericanas estaban hundiéndose en una deslucida decadencia varios decenios antes de que, en 2010, Carswell Dreyfus-Boxford pisara el acelerador de la degradación.

Dado que asociaba los libros a la desobediencia, a la porfía, la pereza y las enfermedades fingidas, detestaba las clases de lengua. No me gustaba que me dijeran lo que tenía que leer, así que cualquier texto obligatorio ya estaba contaminado de antemano; es decir, yo estaba predispuesta a odiarlo. Que me impusieran un libro desde arriba me negaba la posibilidad de poseerlo íntegramente, a la vez que me robaba el precioso tiempo que podía llamar mío fuera del colegio y de los testigos. Un ejemplo: en décimo detesté *Silas Marner* y *Julio César*, y culpé a la señorita Townsend por incluirlos en la lista de lecturas obligatorias. Sobre todo le guardé rencor por incluir también *El señor de las moscas*, que yo ya había leído y, por tanto, era mío. No me daba la gana permitirle que lo escogiera y me lo arruinara. Hasta aquí los antecedentes.

Solo fue un comentario al vuelo mientras nos devolvía los trabajos sobre Piggy y lo que *simbolizaba* (el mío, distante, fue anodino a propósito): «Os informo con reticencia de que la mayor parte de estos análisis son un poco superficiales».

Levanté la mano. Espero no haber dado la impresión equivocada; no era *tan* tonta. Es decir, era lo bastante lista para saber que aquello era una tontería.

–¿Pearson?
–Creo que ha querido decir «renuencia».
–¿Perdón?
–Ha dicho usted «os informo con reticencia». Ahí está

mal dicho. «Reticencia» consiste en querer guardarse los sentimientos para sí mismo. Ya sabe, tener la boca cerrada.
—Ah, ¿sí?
—Sí. —Seguí aguantando el tipo—. Así es. En cambio, «renuencia» significa no tener ganas de hacer algo. Usted no ha sido «reticente» porque no se ha guardado para usted lo que le parecen nuestros trabajos: una decepción.
—Incluido el tuyo, podría añadir —repuso la señorita Townsend, con retintín—. ¿No te enseñaron en casa que corregir a tus mayores es de mala educación?
—Solo a ciertos mayores —dije, haciéndome la misteriosa.
—Pues muy bien. A lo mejor deberías aprender a ser más *reticente*.
«Touché», pensé. Le había enseñado qué significaba aquella palabra.

Cuento esto que acabo de recordar porque la reacción de Emory a mi impudicia fue reveladora. Mirando nerviosa a la réproba de la fila de atrás, parecía horrorizada y encantada a la vez. La atrajo mi atrevimiento, pero se cuidó de que la asociaran a mi actitud y, por tanto, de tener tal vez que pagar por ello. No sonrió ni me enseñó el pulgar alzado, ni nada que indicara que jugábamos en la misma liga. Más tarde, a la hora de comer, vaciló entre la *reticencia* que caracteriza a una censura reprimida y una admiración *renuente*. Emory nunca habría cometido un error de cálculo tan grosero. La pequeña ventaja de señalar su error a la señorita Townsend —un puñado de puntos a mi favor que me concedieron los compañeros— quedaría más que superada por la pérdida de su favor durante el resto del año. Corregirla fue un acto autodestructivo; pero, en aquel entonces, ver cómo me arrojaba a mi propia pira funeraria le resultó a Emory un espectáculo cautivador.

Para nuestros compañeros éramos dos chicas desconcertantes, aunque, como he indicado, yo era más una curiosidad que una marginada. De ahí que no me percibieran como a alguien digno de lástima, mientras que el hecho de que Emory adoptase a una ignorante testigo de Jehová podía convertirla en una chica aún más carismática, por complicada. En los primeros tiempos de nuestra relación había elementos que sí eran de utilidad para ambas partes. Para mí, Emory representaba la puerta de entrada a todo un mundo maravilloso al margen de los testigos de Jehová, y que, además, me aceptaba. A su vez, a ella le fascinaban mis circunstancias lúgubres, mi entorno despótico, así que yo también le permitía acceder a otro mundo que ella podía espiar como una mirona desde una distancia segura.

Pero al principio... Para ser sincera, parecía que nos gustábamos, punto. A más largo plazo podría expresar nuestros afectos con más intensidad, pero, a decir verdad, ya no recuerdo lo que sentía entonces por Emory Ruth; y con esto no quiero decir que me niegue a revelar esos sentimientos ni que sea presa de una obstinada negación. Lo cierto es que no lo recuerdo. Debido a mi principio de discalculia, son muchas las cifras de mi talonario que están tachadas y corregidas. El material emocional en bruto de los años que Emory y yo pasamos juntas antes de cierto «punto de inflexión» es ya tan inaccesible para mí como las frágiles cifras que subyacen a mis errores aritméticos. Así pues, consideradlo una advertencia: no se puede confiar en la versión de los acontecimientos que nos brinda un narrador que sabe cómo acaba la historia.

Hacía meses que corría el rumor de que Emory Ruth y Pearson Converse formaban, por incongruente que pareciera, un dúo inseparable. Aturdida por las vastas perspectivas sociales que se abrían ante mí, y perdiendo rápidamente la protectora incredulidad de estar logrando una imitación pasable de una persona normal sin que me arrastrasen una vez más ante una abrasadora audiencia de la castigadora Comisión Judicial, bajé la guardia. Por un lado, estaba mi vida en el colegio, donde la mayoría me veía como si estuviera saliendo de mi caparazón, y, por el otro, mi vida en casa, cerrada, oscura, endeble: el caparazón al que acababa volviendo. Aparte de la mortificación ocasional de llamar a la puerta de los padres de algún compañero de clase mientras mi familia patrullaba por las calles intentando una vez y otra estropearle el fin de semana a todo el barrio, las dos mitades de mi galleta blanca y negra se mantenían separadas.

Fue Caleb, mi hermano pequeño, el que se chivó. Estaba matriculado en la escuela intermedia del edificio adyacente, desde donde podía espiar con facilidad mis idas y venidas por los pasillos exteriores cubiertos cuando en los dos centros se efectuaba el cambio de aulas. No solo no habría podido reconocer nunca a Emory como una presencia habitual en nuestro Salón del Reino, sino que además sus blusas insinuantes y sus faldas ceñidas habrían proclamado a una distancia de treinta metros que no era una de los nuestros.

Desde mi frustrado esfuerzo por dejar de ir a las reuniones, había negociado mis extorsionadas devociones comportándome como un robot. Hojeaba los panfletos a un ritmo metronómico, calculado para que coincidiera con el tiempo que me habría llevado leerlos. Aguantaba sentada la Noche de Adoración en Familia, *todos* los miércoles: la espalda recta, las manos juntas, el cuerpo inmóvil en una postura antinatural, la cara inexpresiva. Durante nuestras rondas evangelizadoras marchaba en silencio de casa en casa, quedándome unos pasos por detrás, pero nunca lo bastante lejos para que me acuciaran con un sermón. En el porche delantero de alguna víctima, ya no buscaba la mirada comprensiva del dueño de la casa después de que el resto de la familia hubiera (por fin) dado media vuelta para marcharse, porque no podía permitirme salirme del personaje. En casa hablaba cuando me hablaban y respondía lo justo para que no pudieran acusarme de huraña. Y lo cierto es que no me comportaba como una huraña, ni se me veía ensimismada, resentida o intratable. No me comportaba de ninguna manera. Es extraño, pero recuerdo esa época como divertida. Ni mi madre ni los rezongones eclesiásticos del Salón del Reino pudieron pillarme haciendo nada malo ni de lo que pudieran acusarme. Y eso los sacaba de quicio. Yo me había ausentado y no tenían ni idea de lo que estaba pensando, y si bien albergaban sus sospechas –fuera lo que fuese lo que ocurría detrás de esos ojos muertos no podía ser nada bueno–, carecían de pruebas. Por fuera, yo era una testigo de Jehová ejemplar. Con todo, la observancia extrema puede constituir una forma de insolencia. Esa astuta estrategia enfurece a los señorones, y mucho, porque no es posible llevar a juicio a la desobediencia disfrazada de obediencia.

Que mi doble vida quedase al descubierto significó el fin de esa apariencia de niña que finge acatar las reglas.

Seguíamos sentados a la mesa después de otra cena insípida aquella primavera. Recuerdo que llevaba el fular de seda carmesí que Emory me había regalado en febrero, cuando cumplí los dieciséis. Para que no llamara tanto la atención, lo llevaba anudado muy prieto, las puntas metidas dentro de la blusa. Le había dicho a mi madre con tensa informalidad que había encontrado ese «trapo viejo» en una alcantarilla al volver del colegio, pero que al menos era abrigado y no me había costado nada; como estábamos a principios de un fresco mes de abril, fingí un constipado incipiente. A mi madre no le gustaba ese color «lascivo», pero insistí en que Dios había colocado esa práctica prenda en mi camino. No recogerla habría sido un gesto de ingratitud.

—Caleb me ha dicho que estás a partir un piñón con una buscona de tu clase –atacó.

Al oír ese término antediluviano estuve a punto de arruinar mi máscara de pétreo estoicismo poniendo los ojos en blanco (aunque, para ser franca, si me hubiera llamado buscona *a mí*, ese insulto arcaico me habría partido el alma con la misma brutalidad que en 1850). Mis ganas de burlarme quedaron superadas al instante por la vergüenza de haber sido descubierta. Le clavé la mirada a mi hermano pequeño y él, tan pancho, me miró con cara de santito inocente. Intenté que no se me quebrase la voz, pero lo cierto es que me empezó a temblar.

–No tengo amigas que intercambien sexo por dinero.

–Cariño, no seas quisquillosa –dijo mi padre–. Ya sabes que te hemos desaconsejado que te hagas demasiado amiga de personas que no nos entienden ni están en la Verdad.

–No la hemos *desaconsejado* –lo corrigió mi madre–. Se lo hemos *prohibido*.

–Hago todo lo que se supone que tengo que hacer, y con quien me junto es algo que no debería preocuparos.

–Nos preocupa muchísimo que tus amigos sean presas de Satán –replicó mi madre–. Caleb dice que esa chica anda por ahí medio desnuda, y la ha visto con uno que la toqueteaba entera, ahí bien agarraditos los dos en las gradas.

No pude evitar preguntarme quién sería. Emory podía escoger.

–No sé nada de eso.

–Vas a dejar de ver a esa golfa y vas a evitar a cierta gente –ordenó mi madre–. Tenemos que poder confiar en ti. Si sigues juntándote con esa necia, no tendremos más remedio que cambiarte de colegio.

Yo ya estaba pensando en si podría apañármelas para verme con Emory en lugares que estuvieran fuera del alcance visual de mi odioso hermanito, pues no me gustaba nada la perspectiva de tener que degradar a mi osado personaje alternativo al papel de prófugo, cuando mi madre subió la apuesta.

–La otra opción, y es la que yo prefiero con mucho, es sacarte del instituto. Ya tienes dieciséis años y, según la ley que solo respetamos de mala gana para que esa gente horrenda no se meta en nuestros asuntos, ya no se te pide que sigas desperdiciando tu tiempo yendo a clase. Para ti es mucho más importante empezar a tomarte las cosas en serio y prepararte para el bautismo.

En ese momento, la disyuntiva alcanzó el nivel de emergencia. Valiosa por sí misma, la amistad con Emory también me había arrojado un salvavidas. Cuando uno está atrapado, es susceptible de volverse miope; lo único que importa es salir. Decidida a escapar de los testigos de Jehová, ya estaba lidiando con la realidad de lo que eso significaba: escapar también de mi familia, aunque debería afrontar aún las consecuencias emocionales. En la medida en que tenía planes firmes, supongo que mi intención era tolerar las restricciones de la fe de mis padres hasta que cumpliera los dieciocho. Por mucho que me atrajera el mundo secular, tanto más deslumbrante observado a través de los barrotes de una jaula que visto sin nada que lo impidiera, también me daba miedo. No sabía cómo pilotar un futuro abierto a infinitas posibilidades, más allá de los familiares confines de «nuestra» religión. Todas las posibles visiones de ese futuro eran borrosas. Sin embargo, de una cosa estaba segura: como desertora del instituto, no tendría la más mínima esperanza de navegar por ese desconocido paisaje sin el apoyo de familiares o amigos.

Puede parecer sorprendente, pero el segundo puñetazo del gancho doble de mi madre me golpeó aún con más fuerza. En lo cotidiano podía perdonarme a mí misma por fingir que me adhería a creencias a las que en mi fuero interno había renunciado, pero, como todavía era menor de edad, necesitaba casa y comida, y tener contentos a mis padres era el precio de la supervivencia. Aun así, el bautismo sería una violación de mi ser más íntimo. Puede que los testigos hubiesen hecho en mí una mella más profunda de lo que me gustaba reconocer, pero el compromiso me lo tomaba en serio. Demasiado en serio para consumarlo. Cruzar los dedos antes de la inmersión no era una opción.

—Pero si los dieciséis años es lo más pronto que se bautiza a un testigo. —Había contado con postergar esa agonía hasta que pudiera llevar a cabo la huida siendo, para la ley, una adulta–. No sé si estoy preparada..., ya sabéis..., si soy lo bastante madura.

—Claro que lo eres, cariño —intervino mi padre, pensando que salía en mi defensa.

—Nunca es demasiado pronto para hacer lo correcto —dijo mi madre, levantándose con mucho brío de la mesa y secándose las manos con un paño de cocina–. Avisaré a los ancianos de que tienes muchas ganas de empezar a estudiar. Y en cuanto a esa amiga tuya, esa casquivana, no hace falta que le digas en persona que no quieres saber nada más de ella. Puedes mandarle una carta; en el listín encontrarás la dirección de su casa. Y te sugiero que sea breve.

Fue todo muy rápido. Más allá de mis recuerdos de lo que sentí o no, la invitación de los Ruth para que me fuese a vivir con ellos fue un gesto de una generosidad enorme, y no solo por parte de los padres de Emory, sino también por parte de ella. Una cosa es compartir confidencias y almuerzos, y otra muy distinta compartir a tu madre, a tu padre, a tu hermana y hasta tu dormitorio. Puede que el bautismo me horrorizara, pero lo que persuadió a sus padres para hacer un ofrecimiento tan drástico fue la amenaza de que no concluyera mis estudios de secundaria. Cada cual tiene su religión. David, el padre de Emory, era profesor de historia; Kelly, la madre, abogada especializada en derecho contractual. Los dos veneraban el conocimiento; la graduación era su bautismo. Solo los había visto un par de veces de pasada cuando iban a buscar a Emory al instituto para hacer alguna salida en familia, pero, al parecer, mi amiga los había tenido al tanto de su deseo de adoptar a una desamparada víctima del fanatismo teológico. Me había convertido quizá en un equivalente de esos niños africanos de los carteles, con el paladar hendido y moscas en la nariz, a los que se les envía tres dólares al mes, pero raro es el benefactor dueño del talonario que invita al desgraciado chiquillo a vivir con él.

Aunque el nerviosismo de las negociaciones secretas duró solo dos o tres días, hubo tiempo suficiente para que mi madre me obligase a escribir esa carta a Emory diciéndole que era una mala influencia y que esperaba que encontrase a Dios si no quería acabar borrada de la faz de la tierra en la inminente batalla entre Jehová y el poder secular, y anunciándole también que, a falta de tan bendita conversión, daba por terminada nuestra descarriada amistad. (A pesar de la admonición para que fuese breve, mi madre me lo dictó todo y no supo controlarse. Los testigos son gente prolija.) Como era de esperar, Emory recibió esa carta cuando yo ya me había instalado con su familia. La enmarcamos. Y ahí seguía, tan amarillenta por el sol que lo escrito con bolígrafo ya era casi indescifrable, colgada junto a su librería la última vez que fui a visitarla, y me temo que hace ya cierto tiempo.

La mañana señalada reuní lo poco que cabía en mi mochila de diario; no quería llamar la atención. Le di a mi madre un beso nada habitual en la mejilla y a mi padre un abrazo con una fuerza y una duración que él no debió de entender. Me fui al instituto y nunca volví.

Por insistencia de Kelly, superé un pavor que me paralizaba y esa primera noche llamé a casa. Por desgracia, contestó mi madre.

—Hola, madre. No quería que te preocuparas. Estoy en casa de mi amiga..., la *buscona*.

Silencio radiofónico.

—Bueno, voy a quedarme aquí una temporada...

Colgó.

Kelly sugirió que tal vez cuando todos hubiésemos tenido

tiempo para sosegarnos y empezáramos a echarnos de menos, y cuando mis padres pudieran valorar lo mucho que me importaba seguir estudiando... La corté en seco. Le dije que ya iba camino de ser expulsada de mi comunidad, que en el Salón del Reino no dejarían que nadie se relacionase conmigo. Me habían eliminado de mi familia, y eso era peor que estar muerta: se parecía más a no haber nacido. Pero ahí me frené; me preocupaba que esa buena mujer no se hubiese dado cuenta de que acababan de dejarle en el regazo, con carácter definitivo, a la amiga de su hija. Había llegado para quedarme.

–A menos, por supuesto, que usted quiera librarse de mí –añadí con dulzura–. Siempre puedo suplicar perdón a los ancianos, tal vez solo me impondrían una amonestación.

Kelly no quiso saber nada de eso. Preparó la cama supletoria del dormitorio de Emory e hizo callar a Felicity, la hermana de trece años de mi amiga, cuando esta valoró así mi larga falda marrón grisáceo y mi abultado jersey gris: «Pareces recién salida de un decorado de *Oliver Twist*». Mientras improvisaba unos macarrones con queso, Kelly dijo en voz baja que tal vez ese fin de semana podíamos ir a comprar algo de ropa. Después de cenar, me acurruqué muy feliz en la cama con una edición en tapa dura de *La hoguera de las vanidades*, encantada de no tener que leer *La Atalaya*. No pasó mucho tiempo antes de que se convirtiera en una broma recurrente en casa de los Ruth decir que yo estaba en su «programa de protección de testigos».

3

Animada por Kelly y David, solicité el ingreso en la Universidad de Voltaire, aunque solo fuese porque era allí donde estudiaría Emory y donde su padre daba clases; no lo conseguí, y fue un momento bochornoso. Cuando opté por el cercano Penn College, fingí estar contenta porque la matrícula era más barata y me mostré entusiasmada con su precario programa de los Grandes Libros, pero no llegar al listón de la Universidad de Voltaire me dolió. (Curiosamente, *listón* no comparte etimología con *listo*, pero fue a parar a la *lista* de palabras proscritas por méritos propios. Recordemos que las acusaciones por señalar las «carencias intelectuales» de alguien no tardaron en volverse más comunes.) Si miro atrás, veo que la universidad a la que acabase yendo no tenía importancia, pero pregúntenle a cualquier joven de dieciocho años de la época; en aquellos tiempos parecía importar muchísimo.

Tras sacarme un máster aun cuando solo fuera para aplazar la vida adulta —si hubiera más chavales de veinte años con ganas de asumir las responsabilidades de la madurez se habrían ido al traste la tira de programas de posgrado–, trabajé de profesora adjunta en facultades locales porque no se me ocurría qué otra cosa hacer. El sueldo era bajo, pero los beneficios, considerables, y no me refiero al acceso a la piscina. Ahora que lo pienso, les llevaba muy pocos años a mis alumnos, y en un marco neutral como un bar podría haber parecido una aceptable candidata a sus atenciones; nadie habría enarcado las cejas al ver a una joven de veintiséis años ligando con un chico de diecinueve. Aun así, ser su profesora los situaba en terreno vedado. En 1998, la mayor parte de los centros educativos todavía no habían instaurado directrices estrictas sobre las relaciones entre los estudiantes y el claustro, pero no me hacía falta leer un manual para intuir que tal confraternización sería objeto de reproche, cosa que hacía que la idea resultara aún más tentadora.

De los veinte a los treinta estuve un poco desatada. Puede que sea lo normal, pero yo tenía menos ataduras que la mayoría. Separada brutalmente de mi pasado, no tenía familia ni fe, nada que me mantuviera los pies en el suelo. Embriagada con el grunge insumiso de los noventa, pasé más de una noche bailando sola como una loca en mi miniapartamento al ritmo de los Pixies y los Smashing Pumpkins hasta que los vecinos se quejaban. Vivía extasiada, disfrutando de una libertad que aún no entendía: libertad de hacer cosas, pero también de ejercitar la contención. Para ser breve, diré que me acosté con una cantidad nada desdeñable de hombres –demasiados, ahora que lo pienso–. Lo hice porque podía. No estoy segura de con cuántos de esos encuentros disfruté.

Pero sí disfruté con Fabrizio, un italiano muy estiloso que se apoltronaba en la última fila de mi clase de redacción de primero y que no me quitaba los ojos de encima. Durante semanas, esa mirada fría me pareció una provocación. Fabrizio participaba en clase, sí, pero casi siempre para desafiarme: ¿Qué tenía de malo unir frases completas con una coma si no habías acabado de expresar lo que pensabas? La redacción de sus trabajos era mediocre, pero los temas, originales; se le daba bien contar una historia breve de la que extraía una verdad más grande. Tratándose de un italiano, podría parecer un cliché, pero daba la impresión de regirse por un estricto código moral, y eso me interpelaba, tal vez porque algo en mí echaba en falta un código propio. Cuando terminaba la clase, se las apañaba para ser el último en salir del aula y a menudo se demoraba junto a mi escritorio para provocarme con un ejemplo que había encontrado en alguna de nuestras lecturas y que quebrantaba tal o cual norma gramatical o estilística que yo acababa de enseñar. (La verdad es que a mí tampoco me importaban mucho las «normas», pero nadie me había formado para enseñar composición y de algún modo tenía que llenar la hora.) Cuando había que apuntarse para ir a mi despacho, Fabrizio siempre se inscribía en la última franja horaria; eso le permitía alargar. *Nos* permitía alargar, debería decir. Había en esas intensas conversaciones en mi despacho, destartalado y pintado de beis, algo parecido a una competición, un buscarse las cosquillas, chincha-chincha-chincha, que a mí me entusiasmaba; él no soportaba que lo corrigiesen y defendía a muerte sus modificadores ambiguos y fuera de lugar. Cuanto más afloraba a la superficie el verdadero juego que practicábamos, más peligroso parecía, y más crucial era la idea de que no se saliera de madre: yo era su profesora; Fabrizio, solo uno de mis alumnos, y estábamos trabajando para mejorar su argumentación.

No sé cómo conseguimos aguantar casi todo aquel primer trimestre. Las costumbres del campus me eran tan indiferentes que no puedo afirmar que estuviera decidida a no tocar a ese chico con tal de complacer a la dirección. Lo mío con Fabrizio se parecía más a competir para ver quién resistía más debajo del agua. Además, en cuanto uno de los dos rozaba un muslo con la rodilla y no la apartaba, entrábamos en un mundo totalmente distinto, y algo –las pullas, las insinuaciones, la divertida pretensión de que ahí no pasaba nada indebido– se perdía.

Al final de la última clase de ese año, ya cerca de las Navidades, organicé una fiestecita en una cervecería-pizzería y me presenté luciendo un vestido que, cuando me inclinaba para dar una tacada en la mesa de billar, dejaba muy poco a la imaginación. Me temo que todo el mundo se emborrachó bastante, y puede que Fabrizio y yo hiciéramos algo rayano en lo indiscreto, pero en ese momento pensé: «¿A quién le importa?». Toda la clase parecía compartir cierta complicidad en lo tocante a Fabrizio y a la profesora Converse.

Para ir al grano, diré que *consumamos* el coqueteo en su habitación de la residencia de estudiantes al final de la noche, aunque después de tan largo trámite, la experiencia fue rápida y, por extraño que parezca, insípida. Fabrizio volvió a casa para las vacaciones de Navidad, durante las cuales no se puso en contacto conmigo (creo que los dos estábamos desencantados), y a principios del segundo trimestre –quiso la casualidad que fuera el día de mi vigésimo séptimo cumpleaños– supe que estaba embarazada. No se lo dije.

Me sentía furiosa conmigo misma porque había perdido el control, y lo único que siempre había querido, desde niña, más que cualquier otra cosa, era controlar mi vida. En cambio, ahí estaba, esperando una criatura que era mitad italiana, y de un italiano no muy brillante, aunque mi mitad tampoco subiría mucho la apuesta cognitiva. Los dos sabíamos que sellar el trato había sido un error, Fabrizio era de esos hombres capaces de aceptar la paternidad como su destino, sin importarle que truncase el futuro de un muchacho de diecinueve años; apechugar y aceptar el precio del pecado eran, qué duda cabe, piedras angulares de su *código*. De modo que un tío que ya había empezado a tener entradas en la frente y al que le gustaban películas tipo *Austin Powers* podía pasar a formar parte de mi vida para siempre. Abortar fue el único acto de desobediencia extrema a mi familia que no me procuró placer.

Con veintisiete años era demasiado joven para renunciar a tener hijos a la antigua usanza, así que me permitiréis una breve explicación. Yo ya había previsto tener hijos en algún momento, dando por supuesto que lo haría mejor que mis padres (bueno..., no era muy difícil). Espero haberme vuelto más confiada viviendo con Wade, pero en aquel entonces la idea de tener solo a medias algo tan íntimo como mi progenie era anatema. Yo quería hijos que fueran *todo míos*. Tampoco me atraía la idea de dejar al azar el material genético del padre apostando por cualquier espécimen desgarbado que se apuntara a clase de redacción de primero a las dos de la tarde en lugar de a las once de la mañana. Empecé a comprar esperma.

Desvelar aquí que revisaba a propósito las listas de donantes en busca de altos niveles de inteligencia seguramente no me granjee hoy ninguna simpatía, pero no me arrepiento. El anónimo caballero japonés cuyas secreciones compré, y en cantidad suficiente para dar al menos un hermano o una hermana al primer resultado exitoso de una fertilización, tenía un cociente intelectual de 146. Mirad, por ejemplo, a Darwin, cuyo nombre y orígenes biológicos eran una alegre burla al credo que yo había abandonado y que deploraba tanto la evolución como la inseminación artificial.

Fue un bebé tranquilo, siempre alerta, y con el tiempo empezó a preocuparme la posibilidad de que, en contra de lo que prometía el perfil de su padre, padeciese un retraso en el desarrollo. ¿Me habían mentido los del banco de esperma? Darwin solo lloraba cuando necesitaba algo tangible y nunca se lo oía balbucear ni hacer gorgoritos. ¿No debería haber intentado al menos decir «¡Mamá!» al cumplir un año, o al menos antes de cumplir el año y medio? Aun así, no debería haberme preocupado. A los dos años, cuando por fin empezó a hablar, pronunciaba las consonantes con claridad y empleaba frases completas y gramaticales. Lo primero que salió de su boca fue: «Un zumo de uva, por favor».

Como era previsible, cuando decidí proporcionarle compañía con el mismo cerebro probeta, si bien con un perfil más artístico, Zanzibar también fue una niña fuera de lo común. Me gustaba que Darwin y Zanzibar tuvieran los mismos progenitores; hacían juego. Tenían las mismas cejas delgadas y curiosamente altas, la tez como cáscara de huevo y el pelo liso color obsidiana, aunque el de Darwin era una mata que crecía hacia arriba y Zanzibar lo llevaba largo. Se entendían bien. Con solo dos años de diferencia, ser de distinto sexo descartaba toda competición. Aun cuando no hablaban, lo cual pasaba a menudo, juntos generaban un sutil zumbido, y en la misma frecuencia. Necesitaban poca atención y enseguida aprendieron a entretenerse sin la ayuda de niñeras digitales. Sé que lo que voy a decir es censurable, y no pretendo dar envidia a nadie –a su debido tiempo, no la tendréis–, pero una de las cosas que facilitó tanto que en 2004 Wade fuese a vivir con una madre soltera fue que yo tuviera dos hijos perfectos.

Nos conocimos cuando el casero de mi apartamento de alquiler envió a ese operario larguirucho para que cortase un roble moribundo que amenazaba el tejado. Wade era lo que algunos llamarían «arborista», aunque él se sentía más cómodo con «cirujano de árboles». Me pareció un bombón en cuanto lo vi. Con la melena negra recogida en una coleta, el semblante fino y pensativo, una nariz contundente y la frente alta, casi como un caballo, diría, si «cara de caballo» no fuera una calificación peyorativa, cosa que no debería. Tenía la piel curtida y del color de la madera de olivo después de décadas trabajando al aire libre, y su figura era el resultado de ejercitar hasta el último músculo, propia de una ocupación física. Le asomaban unas clavículas pronunciadas, y yo siempre había sentido debilidad por hombres con una nuez prominente. Desde el momento en que llegó, no pude evitar ir detrás de esas caderas bajas y esos anchos antebrazos como una cachorrita que corre gimoteando detrás de una golosina. Si bien después de señalarle el roble que había que podar yo podría haber vuelto a mis cosas, me quedé plantada en el patio la mayor parte del tiempo que duró la operación, tres o cuatro horas, mirando boquiabierta y con total desfachatez a ese adonis atado al tronco mientras cortaba una rama tras otra con su motosierra compacta. Puesto que no me miró ni una sola vez como preguntándose qué hacía todavía ahí, yo sí me pregunté si un ejemplar tan prodigioso estaría acostumbrado a que las clientas lo contemplasen arrobadas tras su frondoso camuflaje.

En el trabajo me relacionaba lo menos posible con mis colegas. Acabé enseñando lengua y literatura en la universidad principalmente porque, a diferencia de Emory, no se me daban bien otras cosas; no se me daba bien casi nada. Nunca me había sentido insultada por ese axioma que dice que los que no saben hacer nada, enseñan: esa era yo. No sabía hacer la o con un canuto. Si bien haber encontrado un trabajo en que me pagaban por leer historias inventadas era tentadoramente escandaloso, todo lo académico me resultaba insufrible, esa verborrea profesoral desconectada de todo lo real o importante, o, por lo general, de lo cierto. Por eso reaccioné como reaccioné ante un hombre cuya relación principal se establecía con lo tangible. Como no tardé en descubrir, tampoco se le caían los anillos si tenía que desatascar un inodoro o limpiar pescado. Sabía fijar escuadras en pladur, y ni el tocho del *Oxford English Dictionary* hacía ceder el estante. Yo no sé clavar un clavo. Un hombre que dominaba sin miedo la sustancia en lugar de la semántica me parecía sexy a rabiar.

Del cociente intelectual supuestamente mítico de Wade Haavik yo no tenía ni idea. Si alguna vez había visto su «valor para la humanidad reducido a unos dígitos», como lo diría la ortodoxia, nunca me dijo qué número era, y ahora que todos los test de CI son ilegales sospecho que nunca lo sabremos. Lo que sí supe enseguida fue que no era estúpido. Sus instintos eran acertados incluso en temas sobre los que disponía de poca información. Al margen de eso, sus capacidades intelectuales eran irrelevantes. Wade comprendía cómo funcionaban las cosas *físicas*. Su dominio de lo material era una inteligencia paralela que –y no quiero aquí complacer a la nueva moda ideológica– yo podría valorar más que la que prospera entre libros.

Dado que, aunque resulte deprimente, viene al caso en el contexto de toda esta historia, también cabría especular dónde caía con exactitud Wade Haavik en la clásica Escala F de autoritarismo. (Al margen de cierta tendencia a confiar demasiado en mi propio juicio, lo cual implica una sumisión a una forma de autoridad, me halaga saber que *mi* nota es un cero patatero.) Wade no era un lameculos, pero su relación con la autoridad consistía en evitarla. En su vida profesional obviaba la jerarquía siendo autónomo. Se defendía del ruido de la política apretando el botón de silenciar. No se comprometía. Eludía el conflicto. En esa Escala F nunca caería en ninguna parte porque si le programaban el día y la hora de la evaluación, no se presentaría.

Cinco años mayor que yo, Wade Haavik era muy reservado. Le encantaba estar solo. Le gustaba el silencio. Le gustaban los bosques. Se conectaba a internet lo menos posible. Le gustaba cocinar y la comida. Dormía, haciendo honor a su profesión, como un tronco. Y le gustaba follar. Cuando se quedó a picar algo y a tomar una copa de vino después de transformar el roble en leña para mi chimenea, puse a prueba sus dotes para la ebanistería. Encajamos a la perfección, como caja y espiga.

Sin la menor vacilación ni dramatismo, no tardó nada en instalarse en mi casa, y llegó con todos sus bienes terrenales en dos petates raídos. Era callado, y su presencia taciturna tenía un efecto calmante. Yo no soy callada, más bien lo contrario, y un hombre de pocas palabras dejaba más lugar a las mías. También aprendí a valorar una certeza: cuando Wade hablaba, las pocas veces que hablaba, yo debía prestar atención.

Tras dos experiencias de maternidad tan serenas, estaba abierta a una tercera, pero cuando él lo propuso en nuestro primer año de vida juntos, supuse alegremente que lo haríamos con las últimas cucharaditas de cerebro probeta que quedaban aún en la clínica. De ese modo, los tres niños descenderían del mismo padre, serían hermanos de verdad, y los tres brillantes. Pronto comprendí que la idea era ofensiva. A los treinta y ocho años, Wade jamás había engendrado un hijo y, claro está, quería ser el padre biológico. Así que cedí. Incluso, ante su insistencia, acepté escoger un nombre «normal» y no una de mis extravagantes opciones sacadas de las ciencias naturales del siglo XIX o del océano Índico, porque no queríamos que nuestro retoño sufriera por nuestras pretensiones (Wade dijo «creatividad», pero no era eso a lo que se refería) y atrajera una atención indeseable. Dado que el catálogo de nombres de su futura clase de parvulario incluiría algunos como Jacinta, Sequoia, Mazikeen, Yamileth y Guadalupe, los instintos de Wade habían quedado anticuados. Al final, era el sencillo Lucy de toda la vida el que llamaba la atención.

Mi capitulación en lo tocante a la paternidad conllevó un sacrificio. El abismo que separaba a Lucy de sus hermanos mayores era demasiado grande para explicarse solo por la edad. En sus relaciones con la hermana pequeña, Darwin y Zanzibar eran benévolos, solícitos y educados. Pero faltaba el zumbido. Cuando mis primeros dos hijos tuvieron edad suficiente para comprender —en realidad, cuando aún eran muy pequeños, porque supieron discernir muy deprisa el carácter del mundo—, les hablé con franqueza de su padre elegido por catálogo, y si bien nunca les dije abiertamente que

Lucy solo era su media hermana, parecieron percibir desde el principio que no estaba hecha del mismo paño. De hecho, yo también. Cuando tuvieron unos cuatro años, primero Darwin y luego Zanzibar, dejaron de ver *Barrio Sésamo*; era como si esas fofas y vocingleras marionetas de animales les resultaran un punto insultantes. A los cuatro años, los dos ya sabían leer, y enseñarles fue una delicia; no me hizo falta ilustrar el sonido de la ele más de una vez. Si a esa edad ya sabían contar, a los cinco años eran capaces de hacer sumas y restas de varias cifras, y si lo hubiera apretado como debía, Darwin podría haber dominado el álgebra de segundo grado en primero.

En cuanto a Zanzibar, a los ocho ya era la Caravaggio del crayón. Soy consciente de que la flauta dulce está pasada de moda, pero aprendió a manejarla con solo el delgado manual de instrucciones, y yo antes no tenía ni idea de los ricos tonos que se podían sacar de ese feo tubo de plástico marrón. Enseguida le compré una de madera. Zanzibar cantaba de maravilla y no desafinaba. Cuando invitaba a sus amigos, era la que mandaba; ella ideaba los argumentos de unas obras teatrales improvisadas, creaba los papeles y dirigía a todos mientras interpretaba a la protagonista. Los padres orgullosos somos muy pesados, y no hace falta que me creáis, pero he llegado a sospechar que el Donante #83748 era bueno en algo más que las matemáticas.

En cambio, a los cinco años Lucy seguía lidiando con la canción del alfabeto, que ella tendía a tararear con un «¡LA-la LA-la LA-LA laaaa!», sin darse cuenta de que, en ese caso, la melodía no era lo importante. La cantidad de repeticiones necesarias para que trazara una A era agotadora. Tenía un intervalo de atención cortísimo y nada le interesaba; al día siguiente había olvidado no sólo cómo hacer la A, sino también que existía algo llamado A. Era una cría revoltosa y hacía gala de un verdadero talento para las travesuras, su única precocidad. Así y todo, y decir esto de un hijo es horrible, pero así era al menos en comparación con sus hermanos, Lucy me aburría un poco. Si os parezco dura, os recuerdo que de entrada he reconocido que nunca me he considerado una lumbrera y que los demás tampoco me han tenido nunca por nada que se le parezca. Sin embargo, no querría que reconocerlo se malinterpretase como una cínica desvalorización de mi persona con la intención de caer en gracia. Y mucho menos estaba pidiendo compasión. Más bien, me estaba anticipando a las críticas: mis opiniones, a todas luces censurables, no se pueden ignorar como la cobarde defensa de una opresora en potencia que vela por su propio interés. Por otra parte, la inteligencia por sí sola no es, ni nunca ha sido mi fuerte. A mí lo que se me da bien es *plantar cara*.

Ese espíritu desafiante no me ha salido gratis. Voltaire es la tercera ciudad de Pensilvania, lo bastante grande para que ciertos encuentros fortuitos no se den a menudo, pero lo bastante pequeña para que a veces el encuentro sea inevitable. He adoptado como norma, cada vez que veo por la calle a miembros de la familia que abandoné, mirarlos fijamente, enarcando en ocasiones las cejas o incluso con un burlón saludo agitando la mano. Ese frío descaro y esos toques cómicos solo son una pose. A decir verdad, en esos momentos el ritmo cardiaco se me duplica, y me sube ácido a la garganta. No sé por qué temo qué puedan hacerme, además de lo que ya me hacen: pasar de largo con estudiada indiferencia sin reconocer mi presencia más que si saludaran a una boca de incendios. Las tres o cuatro veces que me he cruzado con mi madre he sentido que ella gozaba, que gozaba con su rencor y esa singular alegría carente de alegría con la que crecí. Solo una vez mi padre, que iba solo, me miró con ternura antes de dar media vuelta y alejarse a toda prisa en dirección contraria. Sin embargo, mis hermanos nunca han roto filas.

Ahora son hombres adultos, cabezas de familia, y sospecho que sus hijos ni siquiera saben que tienen una tía.

Sin que fuera mi intención, también he engañado a mis propios hijos. Gracias a su madre, la apóstata, han crecido sin conocer a sus abuelos, tíos y primos. Con el padre de Darwin y Zanzibar reducido a una probeta anónima, y siendo Wade hijo único, nuestra mala excusa para tener una familia ampliada se limitaba a los padres de Wade, a los que él mismo veía en raras ocasiones después de que se retirasen a vivir al mango de Florida. En lo que atañe a la vida social más extensa de nuestra familia, ante la total ausencia de lazos de sangre, yo dependía, y no poco, de un puñado de amigos, y de una en particular. Kelly y David eran algo así como unos padres adoptivos, pero eso solo consiguió que continuase aumentando mi desproporcionada dependencia de Emory Ruth, a quien, incluso siendo yo adulta, honraba con la designación adolescente de «mi mejor amiga».

En retrospectiva, me pregunto si ella alguna vez habrá dicho lo mismo de mí.

En pocas palabras, si los testigos de Jehová están decididos a seguir «separados del mundo», yo estoy igualmente decidida a seguir separada de los testigos de Jehová. Aun así, esta dependencia de la oposición es una debilidad de mi carácter. Mi pilar es el rechazo. Soy una construcción hecha con negaciones. Donde la mayoría almacena sus convicciones, yo acumulo aquello en lo que no creo. Soy menos propensa al abrazo apasionado que a la antipatía feroz. Detesto que me digan lo que tengo que hacer más de lo que deseo hacer algo en particular. Sigo siendo reactiva, lo que a su manera también es ser irreflexiva. Haré o diré cualquier cosa que los testigos de Jehová prohíban. Dudo que sea patriótica por naturaleza, pero todos los años hago ondear las barras y estrellas el Día de los Caídos y el Día de la Independencia. Suelto tacos, aunque aprendí a hacerlo más tarde que la mayoría de la gente, y a veces mis blasfemias suenan un punto forzadas y pueden parecer casi mojigatas. Concebí a mis dos primeros hijos por inseminación artificial, una de las máximas prohibiciones de los testigos. Sigo prefiriendo las tiendas de segunda mano del Ejército de Salvación a las de la Asociación del Corazón. He comprado más de un paquete simbólico de morcilla, aunque no me gusta en particular; el único lado bueno de la apendicitis de mi hija mayor consistió en poder consentir con total libertad la operación. No solo terminé la enseñanza superior; también me saqué un máster, y durante mi carrera de profesora adjunta en el Penn College y, más tarde, de auxiliar en el departamento de Inglés de la Universidad de Voltaire, siempre preparé listas de lecturas obligatorias por las cuales los autócratas lavadores de cerebros de mi infancia albergarían el más profundo desprecio.

Por muy vacía y destructiva que pueda parecer, la oposición me ha proporcionado una energía y un aguante que el ímpetu de una aspiración más positiva nunca podría igualar. Las emociones más tenebrosas son más potentes y duraderas que sus primas más luminosas. Si fuera posible meterlos en el depósito de un coche, el asco, la furia, la indignación y la antipatía nos llevarían a toda velocidad hacia un horizonte lejano; en cambio, un combustible destilado de compasión, empatía, aprecio y perdón nos dejaría tirados en la cuneta al cabo de unos centenares de metros. Así pues, durante mucho tiempo he confiado en que el resentimiento incendiario que acumulé en la infancia me propulse por una vejez amarga.

No obstante, poco a poco, al acercarme a la mediana edad, empezó a preocuparme que incluso mis hogueras, avivadas con sentimientos contrarios a la virtud, pudieran acabar extinguiéndose. A fin de cuentas, hacia 2010 ya corría el riesgo de instalarme en una satisfacción apaciguadora. Tenía una casa ridículamente grande; convivía con un hombre fiel que no podía ser más guapo; tenía tres hijos sanos de los que al menos dos eran brillantes como pocos; también un trabajo que no me entusiasmaba, pero que al menos me dejaba los veranos y muchos días libres, y una amiga íntima de toda la vida. Pero no debería haberme preocupado. Siendo la gente como es, yo no tardaría mucho en tener algo nuevo que despreciar.

ALT-2012

1

La estrategia de Emory de esconder la cabeza como el avestruz tenía muchos puntos a favor. Podíamos doblar el cogote y arrastrar los pies por el mundo como soldados de camuflaje en el desierto, observar como correspondía cada nueva prohibición lingüística y suprimir consideraciones sobre nuestra especie que en el pasado habían prevalecido y ahora se tenían por retrógradas. Era lo mejor para no destacar. Podíamos limitar nuestras herejías confidenciales a reuniones de mentes afines, *en petit comité,* rigurosamente programadas de antemano y rara vez convocadas, siempre a puerta cerrada y con los móviles apagados. En 2012 hacía ya tiempo que había adoptado algunos de esos «buenos hábitos» que Emory recomendaba; por ejemplo, me abstenía de expresar ideas estrafalarias y de incluir bromas de mal gusto en mensajes de texto o correos electrónicos, lo que volvió mi correspondencia bastante sosa. La tormenta de arena tal vez arreciara y amainase sin que nosotras llegásemos a levantar en ningún momento la cabeza. Si en una retrospectiva histórica no se nos veía sobresalir, al menos en ese aspecto no nos faltaría compañía, por lo que las probabilidades de una amnistía general eran altas. Lo principal: habríamos sobrevivido.

Todo muy bien, salvo por el hecho de que hacerme un

ovillo y esperar a que la fiebre de la igualdad intelectual desapareciera iba directamente en contra de mi naturaleza. Además, las histerias sociales no paran quietas. Si aún no están perdiendo fuelle, es que están empeorando. Y esta empeoraba. Los movimientos radicales aumentan sus demandas por etapas porque nada debilita más una causa que el éxito. A los cruzados no les gusta nada quedarse sin objetivo cuando completan su misión; llegar a la tierra prometida deja desamparados a quienes iban en su búsqueda. Poco hay que hacer en un oasis utópico aparte de beber agua de coco. Así pues, conviene no dar nunca el viaje por terminado. El objetivo debe permanecer fuera de nuestro alcance. Para preservar la imposibilidad total de alcanzarlo, el tan deseado destino final se vuelve cada vez más extremo.

Muchas de las bajas culturales parecían una nimiedad, sin duda. A mi hijo le molestó que se cancelaran los premios Darwin. Ese catálogo anual de las maneras más estúpidas en que la gente había mejorado el acervo genético abandonando la raza humana ahora se deploraba como el equivalente moderno del *minstrel show*. Pero, bueno, su afición por esa web repleta de bobadas pudo deberse solo al nombre. La cancelación de la nueva versión cinematográfica de *Los tres chiflados*, anunciada desde hacía mucho tiempo, no sorprendió a nadie ni fue una onerosa pérdida civilizatoria, y el número de vodevil, con sus payasadas, era un ejemplo paradigmático de menosprecio grotesco de los *diferentes* con el objetivo de ofrecer un cruel entretenimiento al estilo de los gladiadores.

Como su condescendiente y sabelotodo protagonista exhibía sin rubor su «inteligencia excluyente», la serie británica *Sherlock* corrió la misma suerte. Quizá siga circulando por ahí un puñado de DVD piratas, pero hoy en día nadie reconocería que ve ese horror retrógrado y, por tanto, es fácil olvidar lo popular que fue cuando empezaron a emitirla. Sin embargo, en el verano de 2010, el primer episodio coincidió fatalmente con el giro ideológico casi universal de la recién formada *intelligentsia antiintelligentsia*. Sospecho que la asociación, con el odioso estereotipo que encarnaba, ha hundido hasta nuevo aviso la carrera de actor de Benedict Cumberbatch.

Yo reservé mi duelo particular para *The Big Bang Theory*, una telecomedia para adultos ingeniosa como pocas que venía consolidándose desde 2007 y hasta 2012 había dado pocas muestras de flaquear. Sí, los guionistas se desvivieron para lograr que los guiones fueran más «relevantes» haciendo que los desagradables idiotas del reparto cometieran grandes errores –aunque el concepto mismo de «error» estaba volviéndose problemático– e introduciendo un simbólico *procesador alternativo* cuya inteligencia, no tan evidente a simple vista, siempre ponía en evidencia el pensamiento defectuoso de personajes que hacían gala de tener un doctorado. Ninguno de esos valientes empeños consiguió salvar la serie, porque siguió siendo ingeniosa, y el ingenio en sí había pasado a ser sospechoso. Cuando la CBS la reemplazó por *El joven Sheldon*, en la que el engreído físico del original se presentaba como un niño de lo más normal, no más capaz que sus compañeros, nadie la vio, pero al menos tampoco nadie fue a manifestarse con pancartas delante de la cadena pidiendo que se cancelara. Ávido de contenido cien por cien anodino e intachable –y según me han dicho cuesta muchísimo dar con ideas para esa clase de material–, la última vez que eché un vistazo, el canal seguía filmando a esos alumnos de primaria escrupulosamente nada excepcionales en su duodécima temporada.

Por supuesto, el repudio de Sheldon Cooper y sus muy creídos amiguetes solo fue el comienzo, y la purga tuvo dos frentes. En primer lugar, debía eliminarse cualquier representación de una inteligencia elevada, incluso en clásicos que se reponen hasta la saciedad, por ser una expresión de supremacía intelectual. Los guionistas de *Padre de familia* hicieron que el arrogante bebé genio Stewie falleciese de muerte súbita en la cuna. Avergonzada por su participación en un prejuicio histórico, la Paramount anunció que había aparecido entre los papeles del difunto Gene Roddenberry un último episodio de *Star Trek. La nueva generación*, que nunca se había filmado. En ese tan esperado aditamento final, Data, que al parecer almacena toda la información conocida en el universo, recibe los últimos bytes que completarán a la perfección su conjunto de datos: la ortografía de la palabra «Misisipi», pero como no tiene espacio para un solo dato más, su cabeza estalla por toda la nave espacial. En cambio, el chovinismo intelectual de la *Star Trek* original y sus derivados estaba tan íntimamente entrelazado en todos los episodios que, más que suprimir aquellas escenas en las que aparece cierto vulcano sabelotodo de orejas puntiagudas, la productora extirpó la franquicia al completo. (La retirada comercial de figurillas, disfraces y otros artículos lucrativos supuso una gran pérdida, pues Spock era el más popular y el más vendido. Los cofres recopilatorios se venden ahora por miles de dólares en el mercado negro de la internet oscura.) Niles y Frasier Crane eran unos esnobs intelectuales vanidosos e incurables, junto con Lilith, la desdeñosa exmujer del segundo; muy orgullosa, la NBC anunció el adiós muy buenas a las once temporadas del programa epónimo de Frasier.

En segundo lugar, como no podía ser de otra manera, se cargaron también las representaciones de cabezahuecas. *Dos tontos muy tontos* fue una de las primeras películas que incluyó una advertencia sobre la aparición en ella de modelos ofensivos de inferioridad cognitiva, algo que los no iniciados interpretaron como un gag más; tras ver que el público reía cada vez que veía el aviso, los censores se cargaron la película entera. No solo hicieron desaparecer *Rain Man;* la Academia le retiró a Dustin Hoffman el Óscar al Mejor Actor de 1989 y llegó al extremo de exigirle que devolviera la estatuilla. (El hecho de que su personaje, Raymond, no estuviera concebido como un tonto sino como un autista con altas capacidades era una distinción demasiado sutil para 2012.) Lo mismo le hicieron a Tom Hanks, desafiando una breve pero ruidosa campaña que sostenía que su interpretación de Forrest Gump tenía un valor político redentor. Si bien Forrest no era muy inteligente, sí era muy sabio; otra diferenciación demasiado sutil para la época. Y luego estaban los programas cancelados por incluir tanto a lumbreras como a personajes con pocas luces. A *Los Simpson* los condenaron por partida doble: por el bobo Homer y por su hija, la estudiosa Lisa. *La isla de Gilligan* se basaba en la oposición, ahora inaceptable, entre el profesor y el primer oficial, un auténtico botarate. Los dibujos de *El correcaminos* apelaban a la misma polaridad cognitiva, así que ni siquiera los cucos astutos ni los coyotes poco espabilados estaban a salvo.

Soy consciente de que la mayoría de los que leáis esto –suponiendo que alguien lo esté leyendo– reparasteis en muchas de esas desapariciones cuando se produjeron, pero ya se sabe: ojos que no ven, corazón que no siente, ¿verdad? En consecuencia, vale la pena recordar todo el canon de nuestra cultura popular que ha acabado en el vertedero de la basura histórica. Hemos perdido un sinfín de personajes arquetípicos porque les faltaba una patatita para el kilo: el tocayo de Woody Harrelson en *Cheers*; el Clark Griswold de Chevy Chase en *Las vacaciones de una chiflada familia americana*; el Navin de Steve Martin en *Un loco anda suelto*; el míster Bean de Rowan Atkinson, e incluso, ¡por el amor de Dios!, la estrella de mar de *Bob Esponja*. También perdimos a la Rose de Betty White en *Las chicas de oro*; al Joey de Matt LeBlanc en *Friends*; al doctor Rumack de Leslie Nielsen en *Aterriza como puedas*... ¿Quién recuerda aún aquel «No puedo decirlo. A mí sí, soy médico» o la gloriosa frase de Lloyd Bridges,

«Elegí un mal día para dejar de beber»? Hasta al plasta de Barney Fife del *Show de Andy Griffith* lo tiraron al cubo de la basura por ser un burdo estereotipo. A veces me pregunto cuántas películas desopilantes nos habremos perdido desde que actores como Ben Stiller, Adam Sandler, Jim Carrey y Sacha Baron Cohen se retiraron tras caer en desgracia. Tardé un tiempo en advertir también que iban desapareciendo incluso los biopics y los documentales hagiográficos; es fácil pasar por alto lo que la gente *no* hace. Por ejemplo, *no* se filmaban homenajes a Leonardo da Vinci, a Marie Curie, a James Watson, a Isaac Newton o a Alexander Graham Bell; por tanto, no solo *Una mente maravillosa*, de Ron Howard, había desaparecido, sino que ya nadie escribía biografías de otras mentes torturadas como Galileo o Alan Turing. Circulaba la insidiosa presunción de que todos esos supuestos iconos no eran más que mequetrefes comunes y corrientes que habían tropezado por casualidad con aquello que se les atribuía haber creado o descubierto. El frutero de Miguel Ángel también podría haber pintado la Capilla Sixtina; lo que ocurrió fue que no tuvo ganas de hacerlo, punto.

Si los muchos clones de *La calumnia del cociente intelectual* que colonizaron la lista de éxitos de ventas de 2012 tardaron en llegar fue porque ese era el plazo necesario para que los editores comerciales encargasen y publicasen volúmenes como *El colapso de los entendidos* o *Cómo ser antiinteligentista: manual de instrucciones*. Puesto que la literatura infantil también se prestó al juego, los padres de Wade le regalaron a Lucy por su séptimo cumpleaños un ejemplar de *Todos mis amigos son listos*, un libro que, gracias a toda esa inteligencia pasiva de la cual se suponía que la niña estaba ahora dotada, no pudo leer. Pocos habréis olvidado *Pongamos la cabeza en orden*, obra de cierto neurólogo, porque las imágenes por resonancia magnética que el autor incluyó y que demostraban que la sesera de todos los humanos es en esencia idéntica se hicieron virales en Twitter y ocuparon veinte minutos de la sección «Canvas» en el informativo nocturno de la PBS. En cambio, dudo de que recordéis las seiscientas treinta páginas de la biografía de Steve Jobs que firmó Walter Isaacson, que dio lugar a otro clamoroso boicot y fracasó estrepitosamente en las librerías. Naturalmente, *Cincuenta sombras de Grey* se siguió vendiendo porque, esta sí, era una estupidez.

Entretanto, debió de ser también hacia 2012 cuando por fin concluí que la caída generalizada del nivel de los medios (habrá que vivir con ello) no era solo fruto de mi imaginación. La semántica que los invitados empleaban en las tertulias había sufrido, por así decir, serios recortes. Ahora preferían palabras más breves, y frases más breves también. Si alguna vez dejaban que los pensamientos se escurriesen en una elipsis o degenerasen en una incoherencia total, los moderadores asentían con la cabeza. Los presentadores de noticias empezaron a limitar su vocabulario a un brioso anglosajón monosilábico a la vez que orillaban palabras más esotéricas como «raciocinación» y, bueno, sí, también «orillar». Los periódicos también se apuntaron a la tendencia eliminando por sistema oraciones complejas y cláusulas de relativo, y las crónicas sobre un tiroteo en un cine de Colorado en julio eran como esas cartillas de lectura a lo *mi mamá me mima* para las que Darwin y Zanzibar eran, ya con cuatro años, demasiado mayores: «James Holmes fue a ver una película. La película era *El caballero oscuro. La leyenda renace*. Es una película de Batman. El señor Holmes disparó y mató a doce personas. También hirió a setenta». Ah, sí, y, sin duda, en alguna parte de ese artículo, el reportero habría insertado el descargo de rigor: «El señor Holmes tiene la misma capacidad mental que todos los demás habitantes de Aurora». Con apenas una mirada a esos ojos que parecían abiertos con la ayuda de dos mondadientes de cinco centímetros cada uno y a ese pelo teñido del rabioso y flamígero naranja del payaso Bozo (que esa «grotesca caricatura del procesamiento alternativo» descanse en paz), cualquiera a quien no le hubiesen lavado el cerebro se habría dado cuenta de que la garantía mediática de rigor era una mentira como una catedral. Si alguna vez ha existido alguien o algo que pueda calificarse de babieca total, ese era James Holmes.

En algún momento de ese año abrí un ejemplar del *New York Times* y descubrí que el crucigrama ya no aparecía en la sección de Arte. Hojeé todo el periódico y vi que no, no habían cambiado de sitio el pasatiempo, sino que lo habían eliminado. En una búsqueda en la página web encontré una disculpa y la explicación del defensor del lector. No poder completar siquiera el crucigrama facilón de los lunes había provocado indecibles traumas a los lectores desde 1950; por su parte, el de los domingos, más largo y complicado, había dejado angustiados a la mayoría de los suscriptores, preguntándose si «les pasaba» o «si les faltaba» *algo*. Por supuesto, los acrósticos, los anagramas y los sudokus también habían desaparecido por completo de los medios impresos; es de suponer que porque fomentaban una sectaria autocomplacencia en quienes los resolvían y una sensación de ineptitud desmoralizadora y físicamente dañina en aquellos incapaces de resolverlos.

De mayor peso que el saqueo de nuestros hábitos televisivos: en enero, los *apparátchiks* del Partido Demócrata convinieron en que Barack Obama se había convertido en una carga. El presidente era distante, engreído y despectivo. Como no había recibido ninguna circular pidiéndole que cerrase ese piquito de oro que tenía, seguía refregando su facundia en los morros del público. O no conseguía percibir el estado de ánimo de la nación, o simplemente no le gustaba ese estado. A pesar de los insistentes consejos de su secretario de prensa, Obama siguió dando la impresión de creerse más inteligente que el ciudadano medio. Por más complicado que resulte hacer memoria ahora, en muchas épocas anteriores tener un líder más perspicaz, elocuente y bien informado que la mayoría era algo que a cualquier país le habría parecido una ventaja considerable. Sin embargo, en 2012 parecer cualquier cosa que no fuese uno más del montón era la muerte electoral, porque la idea misma de mirar desde *abajo* a alguien que ocupaba una posición de autoridad se había vuelto absurda. Peor aún, el seco sentido del humor del presidente y su carisma natural tenían el mismo efecto que el crucigrama del *New York Times*: hacían sentir a los votantes que, en comparación, a ellos les pasaba o les faltaba «algo».

Estoy razonablemente segura de que para los funcionarios del partido convencer al vicepresidente de un presidente en ejercicio de que se enfrentase a este en primarias fue algo sin precedentes. No obstante, yo sería la primera en conceder que, para los tiempos que corrían, Joe Biden resultaba un candidato ideal: era impresionante lo poco que impresionaba. A diferencia de la cargante oratoria motivadora de Obama, la manera de hablar de Biden era deliciosamente pesada. Su versión de la profundidad consistía en decir algo prosaico y luego repetirlo palabra por palabra. Cada vez que el vicepresidente se quedaba sin saber qué decir, su compulsivo «¡Vamos, hombre!» no conseguía parecer siquiera estimulante y moderno, y ese año electoral cualquier práctica que pusiera de relieve un defecto era un boleto ganador. En otras palabras, cuanto peor era la campaña de Biden, a más votantes atraía. Una aparición concreta que cayó muy en gracia —en la tertulia *The View*, el vicepresidente no consiguió pronunciar una sola frase completa y dejó al público totalmente perdido con una ensalada de metáforas deportivas de no se sabe qué— acumuló millones de *likes* en YouTube, le garantizó una adoración nacional perpetua y aseguró que Obama perdiera las primarias de Carolina del Sur por un margen antológico. El discurso a la nación en que el presidente anunció que se retiraba de la carrera a la Casa Blanca solo subrayó su diáfana incapacidad para ser elegido, porque la breve alocución fue perspicaz, elegante y chispeante. Que Obama tuviera clase solo fue una razón más para odiarlo, ¿os acordáis? Como cualquier otro atributo asociado a la preeminencia, la clase había pasado de moda.

2

En el frente doméstico, Darwin me preocupaba cada vez más. Siempre había sido un niño que sabía motivarse solo, propenso a fascinarse con temas extracurriculares como el Deepwater Horizon y Fukushima, y nunca había tenido que perseguirlo para que hiciera los deberes. Pero, claro, en séptimo ya no tenía deberes, y en su nuevo colegio el nivel era tan rudimentario que aquel chico de doce años, antes rebosante de energía, empezó a quedarse dormido en clase. Yo había esperado ansiosa el momento de matricularlo en la venerada escuela especializada de Voltaire, la Academia Henry Heinz de Ciencia, Tecnología e Ingeniería, cuyo examen de ingreso, célebremente agotador, habría sido un paseo para un niño cuyo padre tenía un cociente intelectual de 146. Había deseado que Darwin por fin pudiese estudiar rodeado de iguales en el plano intelectual. Pero no. No podía haber centros para niños superdotados cuando la categoría misma se había convertido en anatema. Desde el año anterior, el programa de la Henry Heinz era igual de dudoso y poco exigente que el de todas las demás escuelas públicas, y no valía la pena hacer cinco kilómetros más solo por el edificio de ladrillo, enorme e imponente.

Mi hijo se había vuelto un chico hosco y deprimido. Había empezado a dedicar horas enteras a los videojuegos después de clase, y una vez, cuando le insistí para que me dijera qué tenía de fascinante esa actividad repetitiva, murmuró, inexpresivo: «Todos los demás juegan a esto y yo soy como todos los demás». Se había acostumbrado a hablar con ese registro monocorde, falto de energía, como si expresara el mismo aplanamiento del que era víctima en el colegio. A Darwin y sus compañeros los habían segado como si fueran césped.

Mis dos hijos mayores habían asimilado un vocabulario expansivo ya en una edad temprana, pero lo que una vez imaginé como un proceso en una sola dirección, dio marcha atrás. Menos conversadores en general, empezaron a usar palabras insulsas y cortas. A menos que asumieran el uso de ese agarrotado *pidgin* como un sagaz camuflaje social, Darwin y Zanzibar estaban borrando a propósito su antes precoz idiolecto.

Zanzibar siguió dibujando, pero sus dibujos menguaron. En una hoja tamaño DIN A4 esbozaba, en el centro, composiciones que equivalían a la mitad de una postal. Aunque rigurosas en los detalles, esas miniaturas plasmaban un apretujamiento que parecía gratuito en medio de todo ese espacio en blanco. También pasó a preferir los interiores y las naturalezas muertas, cuando antes se había decantado por paisajes y cosas vivas: gatos, plantas, la familia. La calma, la inmovilidad y el silencio patente de sus últimos trabajos parecían, en contraste con su nuevo léxico de monigotes, tan propios de un adulto que ponían la carne de gallina. También había abandonado el color, y prefería los lápices afilados con sumo cuidado o los estilógrafos. Si bien yo admiraba su talento para el dibujo, echaba de menos las ricas combinaciones que había conseguido con su caja de 64 ceras Crayola.

Y en cuanto a las obras que dirigía con el elenco de sus amigas... Bueno, ahora las amigas eran menos, y si antes un sábado por la tarde las oía cotorrear durante horas, ahora los ensayos se volvieron menos animados, y las tramas, más oscuras.

Montaron una de las producciones que Zanzibar había improvisado para la familia y que resultó ser un refrito de *Las brujas de Salem*, de Arthur Miller, y el cuento «La lotería», de Shirley Jackson, que no tenían pinta, ni una ni otra, de estudiarse en la blandengue versión de quinto de primaria en la que mi pobre hija estaba atrapada.

La protagonista (Zanzibar, por supuesto) era una sabia que escupía ecuaciones y atemorizaba a sus amigas con los poderes antinaturales de una calculadora humana. Los cálculos del personaje me parecieron correctos, y no pude evitar sonreír: mi pequeña actriz recordaba los resultados sin fallar en un solo dígito. Con todo, esa jactanciosa gimnasia aritmética era cansina para las compañeras de la niña prodigio, a las que hacía sentir vergüenza: comparados con los de Zanzibar, sus saltos de tijera matemáticos no tenían color. (De hecho, el coro que formaban las otras niñas daba vueltas mustiamente por el salón; todas encorvadas como simios mientras farfullaban: «¿Cuánto es ocho más tres? No lo sééééé».) Entretanto, el grosero personaje protagonista exigía uvas (las sacaban de la nevera) y otros tributos, como calderilla, hasta que al final el coro se hartaba. La clase obrera de la educación se rebelaba unida contra la opresora y la derribaba con libros de tapa dura (de mi biblioteca), alzando los volúmenes en alto y amenazando con una fuerza tan histriónicamente persuasiva que llegué a preocuparme un poco. Se notaba que esa parte de la obra era la clara preferida de las niñas, y el vapuleo duraba un rato. Luego bailaban encantadas alrededor del cuerpo aporreado de mi hija mayor, gritando: «¿Cuánto es ocho más tres? ¡Nos da iguaaaaal!».

La pieza tenía un toque pagano, y difería de Arthur Miller y Shirley Jackson en su intención moral. La marisabidilla era una tirana y se merecía su destino. Las matemáticas también eran una tiranía. Al final de la obra, el coro recién liberado se ponía a dar saltos por la alfombra y a gruñir, graznar y ladrar. Las habían liberado, sí..., para ser animales. Yo estaba segura de que Zanzibar era el cerebro de esa puesta en escena. Mientras sus amigas aprovechaban cualquier excusa para desmadrarse, yo, incómoda, me preguntaba si mi niña de diez años no estaría infectada de una forma juvenil de nihilismo.

Si bien de una manera menos dramática que Darwin, incluso Zanzibar se había vuelto un punto más reservada: contenida, vigilante y propensa a una hermética connivencia con su hermano de la que Wade y yo estábamos excluidos. En cambio, Lucy, en cierto modo, progresaba. Ya estaba en segundo y no necesitaba el pretexto de una producción teatral de aficionados para comportarse como una auténtica diablilla, y para mí no había ninguna razón evidente por la cual unas expectativas académicas tirando a pobres debían traducirse por fuerza en el deterioro de la disciplina. Aunque su aula estaba engalanada con los tradicionales números y letras encima de la pizarra, bien podrían haber sido jeroglíficos egipcios, dada la atención que la maestra prestaba a inculcarles competencias lingüísticas y numéricas a sus alumnos. Aunque vacilante, yo había tratado de contribuir al progreso escolar de Lucy dándole clases en casa los fines de semana, pero en las contadas ocasiones en que lograba que se concentrara seguía sin detectar indicio alguno de que estuviera aprendiendo a leer.

Cuando pasé por la escuela de primaria Gertrude Stein para llevar a mi benjamina a una revisión dental, su aula era un pandemonio. Me alivió comprobar que los niños parecían al menos enfrascados en una actividad organizada, si bien no una que fuese a enseñarle a mi Lucy a descodificar la letra t. Estaban haciendo cestillos con palitos de helado de colores.

—¡Ca-rooool! —le gritó Lucy a la maestra a un volumen capaz de destrozar los tímpanos y que yo reconocí; mi hija

no se había dado cuenta de que había llegado su madre–.
¡Soz-ketch-wan ha dicho una palabra fea!

Con la cara embadurnada de pegamento, la agobiada profesora se le acercó a toda prisa. La seguí, con cautela. Se podía afirmar que era una maestra recién graduada, lo bastante joven para haber mamado la revolución pedagógica de los últimos tres años. Eso significaba que el proyecto de los cestillos lo habría seleccionado a propósito para que todos los chicos fuesen capaces de terminarlo.

Sin embargo, los seis niños y niñas sentados a la mesa redonda de Lucy desplegaban unas habilidades tan dispares que inquietaban. La niña bonita y delicada sentada a la izquierda de mi hija no podía ser más esmerada. Ya sabéis cómo son esas crías: exigentes y ordenadas hasta la obsesión. Los palitos de las esquinas de su caja formaban ángulos rectos, y había calculado la cantidad mínima de pegamento necesaria para adherirlos. También había organizado los materiales con cuidado, apilados por colores; así podía seguir un patrón azul/verde/amarillo que se repetía en los cuatro lados. En cambio, los trabajos de la mayoría de los niños eran un auténtico caos de color y pegamento. El chico que se sentaba al otro lado de Lucy con el mentón apoyado en una mano contemplaba deslumbrado su maravilla arquitectónica.

Lucy era cualquier cosa menos delicada. De huesos grandes para su edad, era todo lo hermosa que suelen ser los niños de siete años, pero impaciente. Hasta entonces no parecía haber heredado el talento técnico de su padre, pues su relación con el mundo físico era difícil. Si veía que algo no funcionaba, empleaba la fuerza, y nunca escuchaba. En consecuencia, no había entendido los rudimentos de esa actividad escolar. Más que construir su receptáculo alternando pares de palitos entre los dos lados paralelos, creando así el buscado «efecto cesta», Lucy había levantado los lados de su caja pegando juntos los palitos de tal manera que formaban un bloque macizo: un equivalente artesanal del pladur. Las paredes eran robustísimas, vive Dios, pero no encajaban. Ahí no había caja ninguna, y mucho menos una cesta. Lucy estaba muy enfadada.

—A ver, niñas, ¿cuál es el problema? —preguntó Carol con la dulzura que los maestros se reservan para los momentos en que hay un progenitor delante.

—Soz-ketch-wan dice que mi cesta es una porquería y que la suya es *mejor*.

—¿Eso has dicho? —preguntó Carol, preocupada— ¿Has dicho que la tuya es *mejor*?

—No —contestó Saskatchewan, con voz trémula, pero siguió haciendo gala de cierta firmeza—. Solo he dicho que no estaba haciéndola bien.

Me di cuenta de que en ese momento en el cerebro de Carol se producía un cortocircuito, porque no debía de ser fácil discernir si «no hacer algo bien» estaba en la lista de palabras y expresiones prohibidas.

—Bueno, hay muchísimas maneras de hacer una cesta —concluyó— ¡y *todas* son maravillosas!

Lucy la miró furiosa y se echó a llorar. Tenía los ojos cerrados con fuerza, y sus lágrimas no eran las de una niña desesperada. Eran agresivas.

—¡Ha dicho la palabra con T! ¡Me ha llamado tooo...!

Sollozos histriónicos.

—¿De verdad le has dicho esa palabra que aquí no le decimos nunca a nadie? —preguntó una Carol severa al prodigio de los palitos de helado.

—¡No! —insistió la pequeña—. ¡Es una mentirosa! ¡Solo quería explicarle cómo lo tenía que hacer!

—No puedes comportarte como si supieras más que todos los demás, cielo —la reprendió Carol—. Y no puedes decirles cosas feas a las otras niñas. Lo siento mucho, pero voy a tener que quitarte la cesta. Así aprenderás que todos los niños de tu clase son igual de habilidosos que tú, y también que todo lo que hacen está tan bien como lo que haces tú.

Cuando Carol se apropió de la obra ofensiva con afectada delicadeza, el niño gimió a la espalda de la maestra:

—¿Puedo quedármela?

Acabaríamos llegando tarde al dentista. La llorera de Lucy ya se había reducido al tartamudeo irregular de una ametralladora encasquillada. Cuando la alcé en brazos, tuve el temprano presentimiento de que no debía preocuparme únicamente por el futuro de mis hijos, sino también por el futuro de Estados Unidos. Ese agosto, la NASA había confiado la responsabilidad de hacer aterrizar el *Curiosity* en Marte a un empleado que era igual de *habilidoso* que el resto del personal de Cabo Cañaveral y cuyo trabajo era tan bueno como el de todos los demás. Poco después, el producto de décadas de rigurosa y costosa investigación acabó estrellándose y convertido en una pila de polvo. La última imagen que el módulo explorador envió a la Tierra fue un selfi en el que parecía una araña muerta.

3

Tal vez parezca que tenía motivos para estar celosa, pero no lo estaba. La principal diferencia entre Emory y yo era el grado de ambición, y yo nunca me había disculpado por la modestia del mío. Me encantaba que Wade y yo tuviéramos una casa grande y bonita. Me encantaba tener un amante guapo, y también un trabajo poco exigente que me dejaba un tiempo libre que era un lujo. Si albergaba una verdadera ambición, era para mis dos hijos mayores, cuya herencia genética, que tanto me había costado conseguir, debería haberles asegurado un futuro prometedor, y de pronto una caprichosa moda ideológica se ocupaba de invalidar justo la cualidad que una vez había predestinado a retoños como los míos a hacer grandes cosas. Pero yo nunca había sido una persona pública, más allá de mi disposición a hablar delante de una clase; por tanto, no tenía motivos para envidiarle a Emory su ascenso en la WVPA. Me alegraba de corazón por ella, que por fin podía dejar de entrevistar a personajes locales de segunda en *Desfile de talentos*, programa que, en un paroxismo de angustia administrativa, habían rebautizado como *Todo el mundo es artista*. De haber escogido *Todo el mundo se cree artista*, Emory y yo tal vez hubiésemos apoyado sin fisuras el cambio.

Trasladada ahora a una importante franja de espacios de opinión después del resumen informativo de las seis de la tarde, Emory tendría un perfil mucho más alto y un nutrido público entre los que volvían a esa hora del trabajo. Como testimonio de mi alegría por lo bien que le iba, para su primera emisión, la última semana de octubre, reuní a toda la familia alrededor de mi ordenador en la mesa de la cocina antes de cenar para escuchar a la «tía Em», como la habían apodado con cierta guasa Darwin y Zanzibar. Los niños la adoraban. Siempre parecía mucho más glamurosa que su madre, y a mí ese amor que sentían por ella no me ofendía en absoluto. Me gustaba que fueran receptivos a la compañía de adultos, y esa visitante ingeniosa y astuta los estimulaba y, de forma indirecta, hablaba bien de mí.

—¡Chist! —dije para hacer callar a Lucy cuando terminaron las noticias. Mi pequeña no paraba de gritar y de moverse—. Si no puedes quedarte callada, por favor, sal de la cocina y déjanos escuchar el programa.

Emory tiene una voz grave y seductora, y con apenas dos frases suyas ya me inundaba el mismo rubor de placer que siempre sentía cuando me saludaba en persona:

A mí nunca me ha convencido lo del «silbato para perros» como metáfora de un prejuicio que se acompaña con un guiño de complicidad. Solo los perros pueden oír esos silbatos, lo cual daría a entender que solo el público objetivo de esas señales codificadas puede detectar la incitación al odio latente. Cabría suponer, pues, que el resto de los mortales seguimos ahí, inmersos en nuestra inocencia, como si nadie hubiera dicho nada improcedente. Sin embargo, mi experiencia me dice que el oído humano corriente sí registra con nitidez los llamados silbatos para perros. Su mensaje no es sutil. Todos oímos alto y claro lo que dice el hablante.

Desde que el movimiento de Paridad Mental sacudió nuestras instituciones retrógradas y acabó materializándose en un protocolo público más justo, más decente y más respetuoso, todos hemos reconocido que cientos de faltas de consideración y expresiones de desdén se han vuelto inaceptables. Sabemos cuáles son esas palabras y la crueldad con que se emplearon en el pasado para desairar y deshumanizar. Sin embargo, todo progreso social está condenado a ser titubeante. Tras un paso adelante, son demasiados los contemporáneos que dan dos pasos atrás.

Empecemos a prestar atención a los amigos, a los colegas e incluso a los políticos que no pillaríamos ni muertos utilizando la clase de lenguaje que, por supuesto, no citaré en este programa; esta emisora, la NPR, tiene normas estrictas que me lo impedirían aun si yo fuera tan temeraria para hacerlo. Así y todo, muchos compatriotas estadounidenses, en apariencia dóciles, bien educados, respetuosos con la letra de la ley cultural, han desarrollado entretanto todo un código secreto para transmitir el mismo prejuicio que con tanto empeño estamos tratando de erradicar. Frases evasivas y cargadas de subtexto que tienen el efecto de un «¡Toma!», un doloroso, aunque disimulado, codazo en las costillas.

Soy incapaz de contar las veces que he oído señalar en una conversación a los que ahora llamamos «procesadores alternativos», aunque con mucha astucia siempre los identifiquen como «anticonvencionales», «especiales», «raros» o «excéntricos». Las personas a las que también se las llama «diferentes» pueden caracterizarse como poseedoras de una inteligencia «excepcional», con lo cual a lo que de verdad se refiere el hablante es (otro guiño) a una inteligencia excepcionalmente baja. *Cierto, ese grupo perseguido fue, en una época, objeto de claras calumnias, y es motivo de celebración que muchísimos insultos flagrantes se hayan vuelto repugnantes. Sin embargo, yo he oído muchas veces ese artero nuevo lenguaje aquí, sí, en esta emisora. Hoy en día, en lugar de someterlas a una mofa descarada, las propuestas que los diferentes presentan en su lugar de trabajo se reciben evasivamente como «no lo más adecuado», «no muy práctico», «no lo mejor» o «no del todo bien pensado». Lo que escriben puede ca-*

lificarse de «no desarrollado a fondo», «un comienzo prometedor», algo que «necesita un repaso» o «casi casi perfecto». Lo que dicen se descarta de forma educada diciendo que es «un punto opaco» o «un pelín impreciso», o que se basa «en una lógica poco sólida» o «en un dudoso fundamento fáctico», y a veces se califica lisa y llanamente de «erróneo».

Esos no son silbatos para perros. Son silbatos para humanos. Todos podemos oírlos. Y a veces el silbato suena más estridente cuando nadie dice absolutamente nada. Hay cierta mirada..., un cruce conspiratorio de miradas entre miembros de algo que hasta hace muy poco había sido un grupo mimado y protegido. Esa mirada de exasperación compartida suele ir acompañada de un disimulado, pero perceptible, gesto: los ojos en blanco. Significa: «Oh, por Dios». Significa: «No hace mucho tú y yo habríamos podido decirle a este ser inferior que se fuera a tomar viento; ahora, maldición, no podemos». Significa: «Entre nosotros nos reconocemos. Puede que las normas en apariencia hayan cambiado, pero la gente como nosotros sigue mandando. Continuaremos cosechando la mayor parte de las recompensas de la sociedad, y lo haremos todo tal y como nos plazca».

Así pues, yo tengo una modesta propuesta. Jubilemos la expresión «procesador alternativo». Creo que podríamos estar de acuerdo en que a estas alturas ya es tendenciosa. Tampoco me entusiasma emplear «los diferentes», porque no hay nadie distinto de nadie, sino que constituyen toda la raza humana. Si me preguntáis qué deberíamos usar en su lugar, yo digo que sería mejor no proponer nada. Todos los cerebros humanos son iguales. La inteligencia no es patrimonio de unos pocos, sino de la multitud. Si no existe lo que podría llamarse «personas con una deficiencia mental mensurable», entonces no necesitamos ningún apelativo para ellas.

Además, ya es hora de impedir que el prejuicio disimulado e indirecto se imponga sin que nadie diga nada. Cuando los colegas descartan sugerencias de ciertas personas *por considerarlas «mal razonadas» o «con probables consecuencias no deseadas», insistid y presionad para que digan lo que de verdad quieren dar a entender. No cooperéis con el fanatismo encubierto y poned en evidencia a estos dinosaurios; así advertiréis a todos los presentes de que no se tolerará siquiera la discriminación mal disfrazada. Y si alguien os dirige esa habitual mirada de frustración, que ellos imaginan recíproca, no cooperéis. No pongáis los ojos en blanco. Devolvedles una mirada desafiante: «¿Por qué me miras? Si tienes algún problema con la igualdad intelectual, no pienso darte cuartel».*

Después de la emisión, mientras pasaban a un ominoso parte meteorológico, los cuatro nos quedamos sentados a la mesa, en silencio. Al final, Darwin dijo lo que todos pensábamos:

—Creía que la Paridad Mental le parecía una tontería.

—Yo también lo creía —convine, sin demasiada energía.

—Emory ya ha estado intentando haceros agachar la cabeza, a ti y a los niños —opinó Wade—. Por vuestro propio bien. Y en eso llevaba razón, pero esto es un poco diferente.

—Es muy diferente —repuse.

—¿Estás enfadada con la tía Em? —preguntó Zanzibar.

—No sé si es enfado lo que siento. Me siento decepcionada.

—¿Os vais a pelear la tía Em y tú? —Zanzibar era una dramaturga en ciernes. Quería espectáculo.

—¿Crees que finge? —preguntó Wade.

—¿Cómo saberlo? Si ha sido un numerito, lo ha hecho de puta madre.

—Creo que está dándoles a sus jefes de la emisora lo que quieren —terció Darwin.

—¡Ahí le has dado, chico! —exclamé.

—Entonces es posible que no pueda hacer otra cosa —añadió Darwin, para animarnos.

—Cielo, siempre podemos hacer otra cosa. Emory podría haber hablado de las elecciones, o del huracán, pero no lo ha hecho.
—Tendrás que decidir si vas a enfrentarte con ella por esto o si vas a dejarlo correr —me planteó Wade.
—Y tú crees que debería dejarlo correr, por supuesto —dije—. Del mismo modo en que se supone que he de dejar correr todas las demás cosas absurdas que me están destrozando la vida. Eres tan manitas que para ti no hay grieta que no se pueda tapar con papel pintado.
—No he dicho eso, y estás siendo injusta —protestó él—. Emory solo ha reafirmado una posición. Sospecho que seguirá grabando este tipo de cosas. Así que serán un hecho consumado. Lo que te estoy diciendo, tal vez, es que no tienes por qué escucharla. O que no deberías. Si quieres seguir siendo su amiga, digo. Que es mejor que pongas uno de tus viejos compactos de Pearl Jam.
—Taparme los oídos no va a hacer que sus editoriales dejen de emitirse ni tampoco va a cambiar su contenido.
—¿Y si vamos a hablar con ella? —propuso Darwin—. Podemos decirle que todo era mucho mejor cuando en el colegio nos ponían exámenes. Cuando los alumnos que no podían seguir al profesor al menos *callaban la boca*. Cuando estudiábamos cosas que eran difíciles o interesantes, cosas que yo no sabía antes de ir. Podrías contarle cómo están las cosas en la universidad...
—Ya lo he hecho, colega.
—Pero la tía Em dispone de ese tiempo en la radio para decirle cosas a la gente —replicó Darwin—. Podría emplearlo para convencer a los oyentes de que todo debería volver a ser como era.
—Ajá. Y en lugar de eso se dedica a poner su diligente granito de arena para que todo vaya a peor.

Yo no sometía a mis amigos a pruebas de pureza política, y mucho menos a Emory, después de veinticinco años en los que habíamos vivido juntas mi divorcio de toda mi familia, la universidad y los repetidos desengaños amorosos de la veintena, más de un aborto (incluidos los dos de ella), nuestros primeros esfuerzos desesperados por ganarnos la vida mientras fingíamos ser adultas, la inseminación intrauterina y mis tres embarazos. Incluso habíamos conseguido salvar algo que para muchas amistades de toda la vida habría sido un abismo insalvable: que una de nosotras encontrara a alguien en quien apoyarse y la otra no. Emory no siempre parecía comprender qué pintaba Wade ahí, pero había aceptado con naturalidad mi nuevo estatus. Que ella hubiese renunciado a la maternidad volvía tanto más encomiable lo mucho que se esforzaba con mis hijos y que los tratase como a personas reales. Había demasiado en juego para permitir que se nos llevaran los cambiantes vientos del faccionalismo.

Dicho esto, no recordaba haber tenido una sola desavenencia seria con ella, por lo que me adentraba en un territorio nuevo para mí. Siempre había supuesto que entre nosotras no había conflictos en cuestiones de actualidad porque compartíamos un conjunto de supuestos fundamentales sobre el mundo, y que por esa razón era natural que coincidiéramos. Ahora no estaba tan segura. Puede que en compañía de otras personas fuese capaz de cantar las maravillas del *fracking*.

En esos días, el huracán Sandy empezaba a arreciar en la costa este, y Voltaire estaba lo bastante al sur de Pensilvania para ser el siguiente pueblo en su trayectoria después del impacto previsto en Nueva Jersey. Se avisó a los residentes para que se preparasen; la alerta roja afectó a todo el estado. La noche del 29, cuando Sandy golpeó con toda su fuerza, a los que vivíamos en la franja del sudeste de Pensilvania nos aconsejaron que, de ser posible, durmiéramos en los sótanos y semisótanos. La última vez que habíamos obedecido ese consejo, el año anterior, antes de la llegada de otra supuesta supertormenta, nos despertamos a la mañana siguiente con los músculos doloridos de dormir en el suelo, y todo para saludar al sol matutino y a los pájaros que cantaban en el patio, cubierto por un brillante rocío. Apenas había llovido. No obstante, recordando la carnicería del final de «Pedro y el lobo», intenté tomarme en serio la recomendación. Además, el edificio donde vivía Emory no tenía ni de lejos suficiente espacio subterráneo para refugiar a todos sus inquilinos, y su apartamento, moderno y de diseño, en la planta veintisiete, tenía grandes ventanales de vidrio con un dudoso historial de seguridad. En circunstancias normales me habría sacado de la manga una excusa para organizar una fiesta de pijamas para adultos. Sin embargo, con las frases de su editorial a lo Looney Tunes todavía frescas en la cabeza –«Todos los cerebros humanos son iguales. La inteligencia no es patrimonio de unos pocos, sino de la multitud»–, no me resultó fácil hacerle llegar a Emory la invitación para que viniese a dormir en nuestro semisótano.

Ese fin de semana hice acopio de comida y agua embotellada; la mayoría de los vecinos hicieron lo mismo, y más de un estante del supermercado estaba vacío. Bajé del cobertizo un cargamento doble de leña para la estufa. Mientras tanto, Wade tenía más trabajo del que podía asumir: en casi todas las casas, los dueños andaban desesperados por podar ramas o cortar árboles enteros que pudieran amenazarlas con vientos fuertes, algo que, como señaló mi agotado compañero, currando ya catorce horas al día, solo habían tenido todo el resto del año para hacer como parte del mantenimiento habitual.

Ese lunes por la mañana, Obama declaró el estado de emergencia en Pensilvania, lo que permitía asignar fondos federales para cualquier tarea de limpieza. La universidad canceló las clases. También cerraron las escuelas públicas, una medida que, en otros tiempos, al menos a Darwin y a Zanzibar les habría resultado frustrante –el colegio les gustaba–, pero que ahora les parecía una bendición. A eso de las dos del mediodía, la oscuridad obligó ya a los conductores a encender los faros. Por la tarde se oyeron ráfagas de viento y la lluvia empezó a golpear, pero reconozco que seguía sin ver la diferencia entre «golpear» y «azotar». Zanzibar daba la impresión de estar hipnotizada con el espectáculo. Cuando por la radio se pusieron a hablar sin descanso de la «Supertormenta Sandy», Darwin, con cansada sorna, corregía: «Ciclón postropical». Mientras seguía por la ventana que daba a la calle los remolinos de hojas y de basura, y los árboles que combaba el viento, lo oí decir entre dientes: «Ojalá lo destroce todo». Lucy, indecisa entre el miedo y la euforia, corría por toda la casa emitiendo un chillido multiusos.

Apurando el tiempo al máximo, Emory se presentó mucho después de que aconsejaran a los conductores no circular, y a primera hora de la noche, cuando fui a abrirle, ya no cabía duda de que la lluvia hacía algo más que «golpear». Tras recorrer los seis metros que separaban el coche de la puerta lateral, entró con la parka y la mochila empapadas, cargada con no sé cuántas bolsas de tentempiés y un cartón de merlot de tres litros. Su parloteo nervioso podía deberse al tiempo, si bien daba la sensación de ser más bien una distracción deliberada.

–Supongo que es perverso esperar que el techo de tu casa salga volando –me soltó mientras iba sacando los nachos, las salsas para mojar, el cóctel de frutos secos, los crackers, los pececitos salados, los palitos de zanahoria y los ganchitos de queso radiactivos. Aquel exceso parecía pensado para compensar mucho más que su intromisión en nuestro semisótano–, pero, Dios, sí, espero que salga volando el techo de *alguien*. Ese último huracán de pacotilla fue un verdadero anticlímax.

–A lo mejor el Irene quería engatusarnos para que bajásemos la guardia –repuse, y podría haber dicho lo mismo de la propia Emory.

–Ah, sí, me he traído el saco de dormir y las almohadas. Tuve que ir a comprarme un camisón porque –añadió, moviendo pícaramente las cejas y mirando a Darwin– siempre duermo como Dios me trajo al mundo.

Serví unas palomitas por hacer algo. Ya habíamos comido unos emparedados, una cena más que frugal, pensando que tendríamos que bajar de un momento a otro. Fuera empezaban a oírse los bramidos del viento y a intervalos regulares una galerna azotaba las ventanas como si un matón estuviera dándole una paliza a la casa. No obstante, y esto es lo paradójico, mientras las fuerzas de la oposición no logren romper tus defensas, estar dentro de casa en pleno fin del mundo intensifica la sensación de seguridad.

Mientras esparcía su botín por la mesa de la cocina, Emory le preguntó a Darwin:

–Bueno, suponiendo que esta noche la ciudad no quede devastada, ¿de qué te disfrazarás este Halloween?

–De científico loco.

–Hummm –musitó Emory, destapando el bote del *dip* de frijoles–. ¿Es una buena idea?

El tópico del científico loco no estaba bien visto, por supremacista; la trillada bata blanca y el pelo alborotado solían compararse con las túnicas y los capirotes del Ku Klux Klan. *Regreso al futuro* había desaparecido de la parrilla nocturna junto con todo un tesoro de clásicos de ciencia ficción de los cincuenta. Incluso productos más ligeros como *El profesor chiflado* de Eddie Murphy, cuyo gordinflón trajeado a duras penas honraba el estereotipo, ya no se consideraban kosher.

—A algunos no les gustará —dijo Darwin, cauteloso—, y de eso se trata. Así que, sí, para mí es una idea estupenda.

Ese curso, mi hijo había estado tan abatido que me alivió ver que volvía a tener un poco de marcha. Encantada con ese disfraz blasfemo, decidí que compraría hielo seco para sus vasos de precipitados.

—Si te acribillan a huevazos —repuso Emory—, no digas que no te avisé. ¿Y tú, Zanzo? Por favor, dime que no vas a salir por ahí con un capirote.

—Yo me disfrazaré de color azul —dijo Zanzibar.

Emory soltó una carcajada.

—Cariño, ¡eres de lo que no hay! —Y, volviéndose hacia mí, que estaba junto a la cocina justo cuando el solo de tambor de las palomitas alcanzaba su crescendo, añadió—: ¿De dónde saca esas ideas?

—Como dicen ahora, Zanzibar está «en otra onda». —El truco o trato de mi hija disfrazada de color azul desplegaría una neutralidad interesante. Nadie le tiraría huevos. La abstracción era una forma de renuncia.

—¿Y tú, Lucy? —preguntó Emory—. ¿De qué te disfrazarás?

—¡De DPM! —proclamó Lucy, dando botes de contenta.

—Defensora de la Paridad Mental —nos recordó Darwin, nada entusiasmado.

—¿Y cómo es una DPM? —preguntó Emory.

—¡Grandota y temible, con una insignia gigante y un cuaderno! ¡Y da miedo! Y voy a denunciar a Soz-ketch-wan. Se cree la más mejor y se arrepentirá.

—¿No estaría orgulloso Mao? —farfullé mientras servía las palomitas.

—Eh, ¿habéis visto? Parece que Biden lo tiene en el bote —dijo Emory.

A ninguno de los presentes le apetecía mucho hablar de las elecciones presidenciales de la semana siguiente, pero menos aún hablar de lo que en verdad necesitábamos resolver.

—Ya, pero ojalá dejase de tartamudear. Al principio de su carrera se jactaba de haber superado un problema de habla. Ahora le saca provecho. Creo que le está exprimiendo todo el jugo posible. Cuando habla parece el cerdito Porky.

—Es posible que exagere —opinó Emory—, pero como táctica es muy inteligente.

—Es innecesaria. El Partido Republicano, el Viejo Gran Partido, perdió estas elecciones en cuanto nombraron candidato a Mitt Romney. Como poco, es rico. Y, según la dudosa lógica del presente, ser rico lo coloca en el uno por ciento superior de la distribución del cociente intelectual.

—Ese eslogan del movimiento Occupy es tan raro... «¡Somos el noventa y nueve por ciento!» equivale a proclamar «¡Somos los bobos!».

Miré a mi amiga de refilón. Se permitía decir «bobos», sí, para agradar, y no era propio de ella intentar agradarme a mí, así que inferí que en algún rincón de esa cabeza peinada con tanto estilo se sentía culpable.

—Voy a echar de menos a Obama —dije—. Y que el primer presidente negro deje el cargo después de un solo mandato no queda bien en la historia.

—A nadie le importa ya un carajo que sea negro. Es un sabelotodo. Eso es la muerte. Hasta Romney ha sabido contenerse... Palabritas: *yo, tú más dineros*. Obama se pasa el día soltando oraciones subordinadas con esa expresión altiva, divertida y algo desesperada en la cara. No se entera.

—No se quiere enterar.

Wade acababa de subir después de preparar los sacos de dormir para nuestra fiesta de pijamas. Cuando nos descubrió concentrados sin sentido en la política electoral, lanzó una intervención estratégica:

—Eh, Emory, el otro día escuchamos tu editorial en la radio.

—Bah, ¡no teníais por qué hacerlo! No estoy segura de haberle pillado el tranquillo todavía.

—No sé —dijo Wade, cortésmente—. A mí me pareció que sí lo habías pillado, y muy bien.
—Eres muy amable, Wade.
—No, para nada.
—Chicos, ¿y si vais abajo con un par de bolsas de patatas y os aseguráis un saco de dormir? —sugerí—. Podéis llevar el iPad y ver el documental ese sobre el problema de la sobrepesca.
—No, gracias, prefiero quedarme aquí arriba —contestó Darwin justo cuando Zanzibar también se reclinaba para ver el espectáculo—. Tía Em, ¿le gustó a tu jefe lo que leíste?
—Me hace gracia que lo preguntes, Darwin, porque la respuesta es no. No todo. De hecho, tenía la intención de contártelo, Pearson, porque sabía que te parecería desternillante. O deprimente. Al parecer elegí un texto demasiado ampuloso. A ver, ¿qué marcó en rojo? «Latente», lo creas o no. «Flagrantes», «disimulado». Ah, sí, y «dóciles»..., que ya pasa de castaño oscuro. La próxima vez contaré el número de letras y buscaré sinónimos de una sílaba para todo lo que pase de cuatro.
—Pero, aparte del vocabulario —dije, incapaz de mirarla a los ojos—, a tus supervisores ¿les gustó el mensaje?
—Sí, sí —respondió, como quien no quiere la cosa—. Pero, Zanzo, a ti esto te encantará, porque tú misma eres una gran artista. Yo había pensado: «Eh, ¿yo no estoy acostumbrada a hablar por radio, a hacer preguntas a la gente? Pues grabar un texto escrito debería estar chupado». ¡Sorpresa! Ni yo misma me creía lo nerviosa que iba poniéndome. Al principio, todo bien, pero cuando tropecé... Creo que fue cuando dije «silbatos para perros», ¡y mira que ese era el tema! Me hice un lío con las eses. ¡Parecía una retrasada total! Y después de ese traspié, las meteduras de pata fueron de mal en peor. ¡Tardé más de una hora en grabar un texto de seis minutos! ¡Los pobres técnicos de sonido acabaron de los nervios!

Comprobado: se sentía culpable, no cabía duda. Emplear la palabra con R no era un simple intento de agradar: era un beso en mi culo de pagana. Aparté la vista y miré la ventana de la cocina, que ya silbaba, mientras fuera se oía ruido de golpes y ráfagas.
–Puede que el traspié fuese lo que decía tu editorial.
–¡Vale, vale! –exclamó Emory levantando las manos, cubiertas ahora de polvo de queso–. Algo me decía que me ibas a dar la vara, pero para mí esto es una oportunidad enorme, y no puedo creerme que me reproches nada, cuando llevaba la tira de años esperando a escapar de esa mortífera franja horaria. Si causo una impresión fuerte, eso me podría allanar el camino a la televisión. Que es lo único que siempre he querido, y lo sabes.
–*¿Lo único?*
–Lo principal.
–Cuando hablamos del grandilocuente espectáculo moralista de tu amigo Roger, pensé que igual tenías razón... –dije, haciendo girar una palomita entre los dedos como si fuera una actividad fascinante–. Sobre lo lejos que había llegado el tema de la Paridad Mental, y tan rápido que somos incapaces de pararla. Que nos convenía estar calladas hasta que pasara. Pero tu monólogo fue otra cosa. Fue un discurso *a favor.* Y ahora la única excusa que das...
–Yo no he dicho que necesite una excusa...
–Tu única excusa es el oportunismo cínico –le espeté, sin gritar. Debí de sonar dolida, porque así me sentía.
–Yo lo llamaría *sentido común.*
–Yo lo llamaría ser una vendida –dijo Wade.
A veces, me sorprendía. Su tono era suave; lo que había dicho, no.
–¡Eso es muy muy duro, sobre todo viniendo de alguien que nunca tiene que mojarse porque se pasa el día podando árboles!

—Así es. —Wade conservaba la calma—. Lo único que he hecho estos últimos días ha sido podar árboles, y de sol a sol, para que tus vecinos y tú no acabaseis aplastados. No elegí una profesión que me obligara a confrontarme con gilipolleces ajenas. Tú sí.

—Ya..., ya no sé qué pensar —dije—. A ti y a mí este rollo de la justicia cognitiva nos desesperó desde el primer día. ¡Y de pronto te pones a hablar como uno de ellos en la radio!

—Mira que eres ingenua, Pearson. Si se ve que actúo de buena fe y que soy fiel a la Paridad Mental, me gano el derecho a tener una postura controvertida en muchos otros temas. Después, más adelante, ya se verá, pero tendré credibilidad para plantear la cuestión, con delicadeza y sensibilidad, con cautela, y hablar de lo mucho que afectan a la calidad de la educación de este país medidas como eliminar los criterios de admisión, los exámenes, las notas y los requisitos para graduarse. En ese momento, *quizá* pueda salirme con la mía. Habré preparado a los oyentes para que confíen en mí y no me tomen por una supremacista intelectual aferrada al poder.

—No será la típica película de *cambiar las cosas desde dentro*, ¿verdad? —pregunté con tono cáustico.

—Lo siento, pero empiezo a sentir que vais todos contra mí —protestó Emory—. Pensé que podía ser divertido pasar juntos la noche del huracán. No me esperaba un tercer grado. Me siento un poco acorralada. Arrinconada.

La puerta lateral volvió a dar un golpe seco. La lluvia rebotaba contra los cristales como si alguien arrojase grava.

—Dadas las circunstancias —dije—, no, en este momento no puedes *largarte*. Pero tampoco es que hayamos preparado adrede un huracán para torturarte a nuestro antojo, no pretendíamos crucificarte.

—Mira —repuso—, la Paridad Mental es una tendencia, una moda pasajera; ahora casi todo el mundo piensa así y no hay manera de saber si escampará pronto o si se trata de una reconfiguración permanente de la realidad. En cualquier caso, no es culpa mía, ¿vale? Yo no la he inventado. ¿Por qué me echáis la culpa? Yo solo trato de...

—No, estás aprovechando la situación para tu beneficio personal. Tú misma lo has dicho.

—¿Y no debería alguien beneficiarse de todo esto? ¿Y por qué no yo?

—Porque eres mi amiga y porque tenía mejor concepto de ti.

—¿Por qué te lo tomas tan a pecho, Pearson? A lo mejor sí que existe una inteligencia humana variable, o a lo mejor no. ¿Qué importancia tiene? Y, sobre todo, ¿qué importancia tiene entre tú y yo? ¿Si solo estamos hablando de posturas que adopto en la radio y que no puedo elegir?

—Mamá dice que siempre se puede elegir —dijo Darwin.

—Tu madre se equivoca —replicó Emory—. ¿Por qué es una traición ese estúpido editorial, Pearson? ¿Una traición a ti, personalmente? Si te dijera que voy a votar a Mitt Romney, ¿se acabaría nuestra amistad?

—Por supuesto que no. Y nadie está hablando de que se acabe nuestra amistad.

—De acuerdo, muy bien. Entonces, ¿de qué estamos hablando?

Y en ese momento se fue la luz.

—¡Oh, genial! —dijo Darwin; Zanzibar añadió: «¡Qué bien!» y Lucy gritó: «¡Sííí!». A los chicos siempre los ponía eufóricos un fallo eléctrico, aunque, desde una perspectiva histórica, lo que debería haberlos emocionado era *tener* electricidad.

Wade y yo encendimos la linterna de los móviles para ir a buscar velas, cerillas y candeleros. Avisé a todo el mundo de que no abriesen la nevera. Sin saber si el corte iba a durar horas o días, sugerí que reserváramos para urgencias la batería que quedaba en los móviles y las tabletas, lo que significaba: Darwin, videojuegos no. Cargué la estufa de leña, pues con esos vientos la casa se enfriaba rápido. Wade se ofreció para acompañar a los chicos al cuarto de baño a que se cepillaran los dientes y luego meterlos en los sacos, abajo, y darnos así a Emory y a mí la oportunidad de hablar con franqueza y a solas.

Cuando mi amiga y yo volvimos a la mesa de la cocina, unas velas amarillas titilantes arrojaban una luz cálida y clemente sobre lo poco que quedaba de la salsa de frijoles. Con el aullido de una sirena de fondo, serví otra ronda de vino. Fuera de nuestro frágil refugio, los elementos desencadenados ponían de relieve que estábamos todos juntos en eso, nos gustara o no.

—Tengo la molesta sensación de que debería disculparme —le dije a Emory—, pero no sé muy bien por qué. Ya sabes qué pienso de todo ese disparate del «-CI», y eso no va a cambiar. Este sistema de creencias es una chifladura y está teniendo unas consecuencias catastróficas para todo el país, y eso tampoco va a cambiar.

—Tú siempre en alguna cruzada...

—No, no es así —dije—. No me apunto a grupos de activistas, no voy a manifestaciones de protesta ni hago circular peticiones. No he adoptado una manera revolucionaria de ver el mundo que quiera imponer a los demás. Pero todos los demás sí quieren imponerme a mí su revolución. Lo único que he hecho es negarme a capitular. Me he quedado quieta en mi sitio mientras el resto del mundo se iba al país de la piruleta.

—Lo que quiero decir es que tú siempre tienes que ser la inconformista. La renegada. La que lleva la contraria. ¿Y por eso estoy obligada yo a mostrar esa misma belicosidad, «que os den a todos»? ¿Solo para conservar nuestra solidaridad y ese desdén divertido hacia los otros? Qué más da si llevar la contraria destroza mis perspectivas profesionales, ¿verdad?

Bueno, pues lo siento, pero no todos podemos ser tan *valientes*, tan *nobles* y tan *fieles* a nuestros principios como tú.
—Esos adjetivos no eran precisamente un cumplido.
—Esto no tiene nada que ver con ser noble. Va de no acabar trastornada.
—Incluso si tuviera ganas de objetar algo, no estoy en condiciones de hacerlo.
—Vamos, Emory, todo el mundo te adora. Siempre te han adorado. Si alguien puede salirse con la suya diciendo un par de cosas sensatas, esa eres tú.
—Me halagas, pero te equivocas —dijo—. En el guion escribo lo que se me antoja, pero los editoriales se graban con antelación; nunca emitirían nada que promocionara a los cerebritos. A mí me echarían, punto, y nadie que yo conozca, salvo vosotros, se solidarizaría conmigo. Ni de lejos. Sería sacrificarse por nada. Ese editorial del silbato para perros... no será el último. No puede serlo, porque tengo que encontrar un tema que parezca oportuno y convincente dos veces por semana. Si evitara la Paridad Mental, llamaría mucho la atención y parecería cobarde o subversiva. Así que supongo que voy a necesitar que me asegures que no te subirás por las paredes cada vez que se emita un punto de vista que a ti te parezca infumable. Porque está empezando a convertirse en un patrón. Me comporto de una manera calculada para proteger mis intereses y luego me acribilláis a preguntas, sin piedad, sobre los terribles defectos de mi carácter.
—Yo no he dicho... —protesté.
—No hace falta que lo digas. Consideres o no que «unirme al enemigo» es una traición personal, y es obvio que lo piensas, te parece una debilidad. De acuerdo, es posible. Lamento haberte defraudado, pero yo no tengo obligación de estar a la altura de la imagen que tengas de mí, cuando a lo mejor soy más común de lo que piensas. No sé cómo estás dando clases en la universidad sin hacer concesiones a man-

salva; yo nunca te culparía si lo hicieras. Nunca. Transitamos las dos por el mismo paisaje precario. Unos valores raros y nuevos han impactado en nuestra vida con la fuerza de un meteorito, pero no pienso permitir que esa mala suerte sociológica acabe con mi carrera. ¿Tú quieres seguir fiel al concepto de inteligencia? Bueno, pues no solo sobrevivir es inteligente; también lo es *usar* esa vuelta de tuerca.

Suspiré.

–Puede que solo tengamos que acceder a discrepar. Es obvio que crees que convertirte en portavoz de lo que no puedo soportar es la única manera viable que tienes de progresar en la radio. De acuerdo, yo lo cuestiono, pero en ningún momento he querido dar a entender que apoyar la Paridad Mental, aunque no sea una actitud sincera de tu parte, ponga en peligro nuestra amistad, que es bastante incondicional. Hace mucho que nos conocemos y no te imaginas –se me quebró un ápice la voz– lo importante que eres para mí.

Emory se inclinó sobre la mesa y me cogió la mano.

–Lo mismo digo, hermana.

Al volver del semisótano, Wade pareció valorar su estrategia de dejar solas a dos mujeres en guerra como un éxito.

–Aun así, para empezar tienes que saber que no he abandonado la resistencia –concluí–. Por ejemplo, el trimestre que viene, en mi asignatura de literatura universal, ¿a que no adivinas a quién vamos a leer? A *Dostoyevski*.

–No te atreverás –dijo Emory.

–Sí me atreveré.

–No lo hagas.

–Sabía que dirías eso.

–¡Y yo que eres capaz! *No*.

–¿De qué estáis hablando? –preguntó Wade.

No se lo dije.

La conclusión pareció ser que sí, por supuesto, seguiríamos siendo amigas, y si bien aclarar ese punto fue muy buena idea, por lo que a mí respecta la existencia misma de nuestra relación nunca había estado en entredicho. De hecho, que Emory pensara en términos tan absolutos era un punto inquietante, pero al parecer yo también le había dado permiso para que dijera aberraciones en la radio prometiéndole no hacerle pasar nunca un mal trago. No tenía muy claro dónde estaba el avance.

–No es la primera persona ambiciosa que no sabe qué ambiciona –dijo Wade en cuanto terminamos de cepillarnos los dientes arriba, a la luz de una vela.

Escupí el enjuague.

–Es una ambición sin contenido.

–La ambición con contenido es la excepción, amiga.

–¿La tuya lo tiene?

–¿Qué te apuestas? –Wade cogió el candelero y me dio un beso en la coronilla–. Las próximas dos semanas voy a ganar un dineral quitando de en medio árboles caídos. Tendremos leña para cincuenta años.

En Voltaire fue un desastre, pero en Nueva York y la costa de Jersey los efectos fueron mucho peores. A la comida que guardaba en la nevera y en el congelador ya podía decirle adiós, y, por extraño que parezca, el viernes, cuando restablecieron la luz, volver a la normalidad fue un desencanto. Como les pasaba a los niños, me encantaba ese ambiente de acampada, todos juntos alrededor de la estufa de leña, e improvisar comidas: ensartábamos perritos calientes en broquetas, tostábamos malvaviscos, hervíamos agua en la placa de hierro fundido (tardaba horas) y asábamos en la parrilla sándwiches de queso. Lo mejor fue que, como no había videojuegos, recuperé a mi hijo durante cuatro días enteros.

La semana siguiente, en un intento de seguir divirtiéndonos en familia, nos reunimos para ver los resultados de las elecciones, pero como el suspense era casi inexistente, los chicos se escabulleron con sus dispositivos. Por los sondeos a pie de urna, era más que obvio que Biden ganaría de calle, cosa que a mí me dejaba bastante indiferente. Oh, sí, considerando mi educación como testigo de Jehová, votar por alguien seguía provocándome el estremecimiento de lo prohibido, pero yo lo que de verdad quería era un segundo mandato de Obama, no porque fuese negro, sino porque era gracioso.

El verdadero drama llegaría a mediados de diciembre. La opinión pública se había solidarizado abiertamente con asesinos en masa como Jared Loughner y James Holmes, que habían entrado en acción después de que los ridiculizaran por su inteligencia inferior, ahora desacreditada con carácter sumario como un espejismo científico. Pero la compasión de los norteamericanos se estampó contra un muro de ladrillo cuando se supo que entre los muertos había veinte niños de primero de primaria. Así, a pesar de la escasez de pruebas con que sostener esta conclusión, los comentaristas decidieron, como una sola voz, que ese repelente anoréxico de Sandy Hook (Connecticut) solo podía haber masacrado a veintiocho personas, incluidos su madre y él mismo, motivado por la que era la más importante fuente del mal a escala nacional: la supremacía intelectual. A fin de cuentas, era sencillo proyectar una retorcida sensación de superioridad en un inadaptado antisocial cuya desnutrición crónica hacía que su cráneo pareciera enorme. Con todo, los ojos saltones y la cara fina y alargada como un cuadro de Edvard Munch también subrayaban que el escuálido muchacho de veinte años, que bien podría haber pasado él mismo por un alumno de primero, estaba loco. La asociación entre las pretensiones de poseer una inteligencia elevada y los impulsos asesinos, la depravación moral y el abuso infantil convirtió a Adam Lanza en el villano ideal del movimiento por la Paridad Mental. Así, la incomprensible matanza del joven hizo que bastiones aislados del viejo orden cognitivo parecieran no solo desagradables y tendenciosos, sino también un peligro: «¿Lo ven? Esto es lo que ocurre cuando a alguien que no es más listo que nadie se le permite disfrutar del "mito del cociente intelectual"».

ALT-2013

1

Si he de ser sincera, diré que no acababa de entender por qué mis alumnos seguían yendo a clase. Puede que no tuvieran nada mejor que hacer, o tal vez se sentían agobiados en casa y necesitaban alejarse de sus padres. Quizá esa función social complementaria de la enseñanza superior había pasado a ser su propósito principal y mi aula era ahora un Starbucks en el que no hacía falta pedir un cortado al caramelo para usar los servicios. O es posible que esos estudiantes que se habían beneficiado de la admisión abierta fueran demasiado tontos para darse cuenta de que, si yo no podía suspenderles y la universidad estaba obligada a extenderles un diploma fuera cual fuese su rendimiento, podrían haberse dedicado a jugar al *Angry Birds* sin parar cuatro largos años y aun así haber «obtenido» un título.

No obstante, en mis momentos más optimistas, yo postulaba que las culturas, en un sentido profundo, rara vez se transforman de la noche a la mañana, y que el ritual de «ir a la universidad» seguía ocupando un lugar entre las expectativas de los estudiantes de secundaria cuando se preguntaban: *¿Y ahora qué?* Reducir ese ilustre sacramento a un paréntesis de dos ocasiones –un día de cola para rellenar los papeles de la matrícula; y una ceremonia con los estudiantes tocados con birretes– era demasiado desconcertante, incluso para los de primero, inmersos en el galimatías de la Paridad Mental. Los revolucionarios aprecian las normas aunque solo sea como un lienzo sobre el que estampar sus reformas. Aun cuando en esos tiempos se odiasen películas como *El indomable Will Hunting* y *La red social* por considerarse deleznables las hagiografías de intelectuales, la mayoría de esos chicos debían de haberlas visto antes de que las prohibiesen, y no podían tomar parte en ese rito de iniciación legendario del que habían surgido Will Hunting y Mark Zuckerberg si el proceso se reducía a una mera farsa.

Además, mis alumnos no formaban un grupo homogéneo. Una parte seguía simplemente el trámite universitario, incapaz de idear una tradición alternativa sobre el modo en que los jóvenes de dieciocho años debían pasar los días hábiles. En cuanto a los de los pupitres de la primera fila, con sus ojos inquisitivos y esa cara de soplones de la Stasi, atentos al menor signo que revelase que yo no los reverenciaba a todos y cada uno de ellos como si fueran genios, diría que ese subgrupo iba a clase por deporte –en este caso, un deporte parecido a la caza de la liebre, y la liebre era yo–. Sin embargo, para ser justa, reconoceré que una minoría sí quería aprender algo.

Ahora que todos somos igual de «sabios», lo que mantenía la universidad (y, de hecho, cualquier escuela) como institución productiva era la delicada distinción entre inteligencia y conocimiento. Si bien, en cuanto recipientes, todas las mentes tenían el mismo tamaño e idéntica capacidad para contener información, la pedagogía seguía defendiendo tímidamente el concepto de ignorancia. En todas las poblaciones, la ignorancia era una enfermedad curable, y la cura era la educación. Ergo, la gente como yo seguía teniendo trabajo.

La división inteligencia/conocimiento era sólida en la teoría, pero frágil en la práctica. Ser imbécil había sido, durante mucho tiempo, sinónimo de no saber nada; por eso, antes de que llegara la Paridad Mental, los dos grupos —los burros y los incultos— se solapaban casi por entero. Llamar «ignorante» a alguien nunca había sido una acusación neutra, y seguía sin serlo. Así pues, como profesora, corría peligro si alguna vez llegaba a insinuar que estaba enseñándoles algo que no supieran ya.

Otro aspecto difícil de manejar: exponerlos a la información no garantizaba que todos los participantes «iguales» fueran a retenerla. En fin, esta misma tarde he topado con un ejemplo..., si es que revelar que he quedado reducida a ver reality shows diurnos no delata demasiado del trasfondo de nuestra historia. Cualquier gorda de cuarenta y cinco años que participe en un concurso televisivo de cocina, viva en una ciudad cosmopolita del siglo XXI y use habitualmente la expresión «aligante» en referencia a la pasta, se habrá visto expuesta pasivamente a la expresión «al dente» cientos de veces. Pero ese uso repetido de «aligante» por parte de la concursante no era ninguna excentricidad estrafalaria. La pobre mujer tampoco tenía ni idea de qué era una «lenteja» e insistía en llamar «corruscos» a los picatostes por más que el resto de los participantes la corrigieran un montón de veces. Nuestra individua no era solo ignorante. Era *estúpida*. En la universidad, esa era la razón por la cual los auxiliares ya no podíamos poner exámenes ni notas. La capacidad de aprender *es* inteligencia. Por lo tanto, cualquier variabilidad en la respuesta de nuestros estudiantes a las lecciones expresaba un diferencial que no podía existir.

Por otro lado, hay una distinción cognitiva que ha llegado a fascinarme más que la de conocimiento versus inteligencia y que se ha sometido a un menor escrutinio académico: me refiero a la resbaladiza línea entre inteligencia y astucia.

A decir verdad, ya en 2013 toda lista de lecturas obligatorias de la Universidad de Voltaire estaba limitada por un exceso de restricciones tácitas que con el tiempo se codificarían en directrices que obligarían al claustro a honrar «los valores fundamentales de nuestra comunidad». Aun así, mi curso de introducción a la literatura universal tenía un alcance lo bastante amplio para permitirme incluir en la lista los libros que quisiera. Que la gran mayoría de los estudiantes no se tomaran la molestia de leer nada favorecía, en principio, que mi programa fuese más libre si cabe. Por desgracia, la mayor parte de esos jóvenes era capaz al menos de descodificar un artículo seguido de una palabra de seis letras en el lomo, por lo que la protección que les brindaba su relación electiva con los deberes no se haría extensiva a un libro cuyo rasgo más incendiario era el título.

Cuando llegué al campus aquel simbólico lunes de finales de enero, me perturbó una misteriosa disonancia que ya me había acuciado antes. Fundada en 1906 con dinero del señor Carnegie, la Universidad de Voltaire estaba diseñada con una estética que transmitía solidez, estabilidad y una perdurabilidad eterna. Dado que la administración había resistido la violenta intrusión de la arquitectura moderna que tanto daño había hecho a muchas otras instituciones hermanas, los edificios neoclásicos formaban un conjunto coherente y armónico. Construidos con granito Bellini gris y blanco, con sus características vetas color burdeos, se alzaban cinco pisos idénticos. Las puertas dobles eran de roble, pesadas, y tendían a atascarse. Los interiores nunca se habían vaciado ni reformado, pero el consiguiente toque de vetustez –los deslucidos umbrales de mármol, las vitrinas oscurecidas alrededor de los pestillos, los descoloridos mosaicos de los suelos– solo servían para realzar la augusta impresión de que en esas salas habían agachado la cabeza unas cuantas generaciones. En las extensiones de césped bien cuidadas se descollaban árboles altos de hoja caduca y gruesos troncos; los habían plantado antes de que vosotros nacierais y seguirán allí hasta mucho después de que paséis a mejor vida. Ese campus ya me había fascinado cuando tenía diecisiete años, y fue una de las razones más insustanciales de la decepción que me llevé al suspender la prueba de acceso; un entorno de trabajo tan sereno también era uno de los banales motivos por los que me encantó que me contratasen, aunque solo fuera como humilde profesora auxiliar.

El ambiente se había enrarecido poco antes, aunque ningún donante entrometido había impuesto todavía una monstruosa biblioteca de vidrio y acero en esa venerable isla de calma, la forma más eficaz para que el nombre del presunto benefactor figurase en una placa. (Además, ¿seguían los donantes ricos dispensando generosas sumas a las universidades? ¿Por qué iban a hacerlo?) La apariencia y la sensación de entonces en la Universidad de Voltaire no eran precisamente falsas, y yo no sentía ninguna tentación de rodear el edificio de Ciencia e Ingeniería para ver si la fachada era plana y estaba apuntalada con tablones como un decorado cinematográfico. Pero por dentro, la institución, más que espuria, se había vuelto ridícula. Pienso en Viena, donde pasé una semana de mis vacaciones de verano a finales de los años noventa. Aunque Austria es un país pequeño, y hasta me atrevo a decir que venido a menos, cuya única y desdeñable fuerza está muy diluida por culpa de la Unión Europea, la capital es grandiosa. Una incongruencia. ¡Jardines topiarios! ¡Fuentes! ¡Estatuas de llamativo mármol montadas en cuadrigas! ¡Águilas doradas lanzadas al vuelo! ¡Grandes edificios blancos decorados como tartas de boda y alzándose por encima del pueblo llano! Aun así, sin imperio que la respalde, la ciudad parece absurda. Tuve la sensación instintiva de que esa misma atmósfera de vanidad ciega, pretensiones infundadas y un visible autoengaño también empezaba a contaminar los imponentes campus de Princeton, Columbia y Harvard. Muy pronto, toda la superestructura educativa de Estados Unidos desprendería la misma sensación que Viena.

Cuando llegué, los estudiantes aún estaban entrando en el aula con desgana, aunque a esas alturas ya sabía que no valía la pena esperar a que se sentaran y calmaran. No lo hacían nunca. Había tenido que aprender a aguantar ese parloteo incesante; si esto era *Rebelión en las aulas*, nos habíamos quedado atascados al principio de la película. También estaba ya inmunizada a tener que competir con sus teléfonos móviles. Aunque se trataba de una contienda que ya me había acostumbrado a perder, justo esa tarde me permití la audaz idea de que por una vez podría imponerme.

–Me gustaría comentarles un cambio que hay que introducir en la lista de lecturas obligatorias –solté sin previo aviso–. Esta semana íbamos a empezar *Crimen y castigo*, pero se me ha ocurrido algo aún más apasionante.

Como los estudiantes se sentaban donde querían, solo la camarilla que prefería los pupitres del fondo a la izquierda me prestaba atención. Eran tres chicas jóvenes, dos de ellas del este de Asia, junto con un muchacho negro llamado Cameron, de engañoso aspecto anodino, cuyos trabajos traslucían un pensamiento original y talento literario. Lo único que agobiaba a Cameron era tener que ocultar que era, con mucho, el más brillante de la clase. Se buscaban instintivamente entre ellos, eran los bichos raros marginados con ganas de aprender. En la primaria les habrían hecho el vacío por ser los preferidos de los maestros, y esa misma dinámica se afianzaba ahora en la universidad.

–Pero, señorita Converse... –Un gesto pintoresco y algo anticuado. Solo los preferidos, a quienes para mis adentros yo llamaba «estudiantes-estudiantes», seguían levantando la mano. Asentí y Jimin, la chica coreana, prosiguió–: Yo ya he empezado *Crimen y castigo*. ¡Llevo doscientas páginas!

Ah, pues claro que se había adelantado. Eran los estudiantes asiáticos los que más problemas tenían para adaptarse al programa de Paridad Mental. No querría generalizar demasiado, pero a las culturas del esfuerzo les gusta cuantificar sus logros, y sin unos marcadores claros que los sitúen en un peldaño concreto de la escala numérica, los asiáticos estaban perdidos. Para sobrellevarlo, su principal mecanismo consistía en comportarse como si nada hubiera cambiado, confiando en que si continuaban esforzándose de la manera que alentaban sus padres, alguien acabaría rebuscando en un polvoriento cajón de algún escritorio para concederles algo que se había convertido, ¡ay!, en la insignia contemporánea de las SS: una llave Phi Beta Kappa.

–Bueno, una dosis extra no creo que vaya a hacerte daño, ¿no? –dije, alzando la voz por encima del jaleo reinante.

–No era mi intención decir que por haber empezado a leer e ir por delante de los demás –matizó Jimin a toda prisa– piense que soy mejor que alguien que no ha leído nada todavía. Tampoco tenía otra cosa que hacer, e insisto en que soy igual a todos los demás.

Estas nerviosas fórmulas de descargo hacían que la clase avanzara a paso de tortuga, pero entendía la cautela de Jimin. Los demás despreciaban a los estudiantes-estudiantes, y el grupo de predadores que se sentaba delante era capaz de abalanzarse sobre los buenos por considerarlos inteligentistas si alguna vez parecían estar presumiendo. Dicho y hecho: al oler el miedo, los buitres se volvieron para mirar fijamente y con desdén a la coreana.

–Me preocupaba un poco que Raskólnikov pudiera ser objeto de una *interpretación errónea* –dije–. El protagonista de *Crimen y castigo* se tiene a sí mismo en muy alta estima. Es su arrogancia intelectual lo que lo convence de que puede matar a hachazos a una anciana. Es tan «inteligente» que se siente por encima de todas las leyes morales vigentes. Ahora bien, está claro que Dostoyevski no cree que ese joven sea superior. En muchos aspectos, Raskólnikov se nos antoja más bien patético. De hecho, el mes pasado, un autor de artículos de opinión estableció una comparación entre Raskólnikov y Adam Lanza. Aun así..., puede que no sea buena idea estudiar a un supremacista intelectual confeso. A algunos de ustedes tal vez les parezcan perturbadores los pasajes de la novela en que el protagonista se echa flores a sí mismo. Raskólnikov hace gala de una *inteligencia excluyente* que sin duda alguna dejaría fuera a la mayoría de ustedes –sugerí, a sabiendas de estar pisando arenas movedizas.

–¿Y eso qué se supone que significa? –preguntó Lane, un joven rubio con el pelo engominado que se sentaba en primera fila.

–Absolutamente nada –repliqué, sin darle mayor importancia. En ese momento se me ocurrió pensar que, dado que la naturaleza misma de la pedagogía era una herejía jerárquica, presentarse como «profesor» o maestro de cualquier tipo pronto podría ser, en sí mismo, una vanidad intelectual inaceptable. Era posible que entonces mi trabajo pasara a consistir en sentarse detrás de un escritorio frente a aquellos a los que ya no llamaríamos «estudiantes», y que ya no tuviera que preparar un plan de clases. Bueno, algo que sí me haría ilusión–. Dado que sus temas siguen vigentes hoy en día, seguiremos leyendo, o algunos de ustedes leerán, a Dostoyevski. Pero he escogido una novela posterior que era, entre sus obras, la favorita del autor. No es que mi opinión importe más que la suya, pero esa novela es también mi preferida.

Borré la pizarra, cubierta de arriba abajo con consejos de alta tecnología para escribir una redacción («1. Proponga un solo planteamiento; 2. Diga por qué opina así; 3. Vuelva a abordar el mismo planteamiento, pero empleando otras palabras»). Después escribí el título de la nueva lectura obligatoria con rotulador negro de trazo grueso.

He de decir que funcionó. Pude más que los teléfonos. Por primera vez, la clase se quedó en silencio.

Los buitres de delante se abatieron sobre su profesora con una mirada de desaforada hostilidad. Reculé. Físicamente, digo. De inmediato, me ruboricé por la ambigua sensación de haber conseguido lo que quería. Me costó horrores no sonreír.

–Eh, Converse –dijo el macarra sentado en el centro de los predadores; Drew, se llamaba–. ¿No vas a decirnos el título del libro? ¿No vas a decir en voz bien alta cómo se llama ese libro que se supone que es tu preferido?

–No me parece necesario –contesté–. Es un título muy breve. Y ustedes saben leer. Bueno, eso creo. Aquí no tenemos ningún problema de *procesamiento*, ¿verdad?

Si he de atenerme a la verdad, Drew Patterson era un joven apuesto –rasgos simétricos, delgado–, pero tenía una manera pugnaz de plantar cara que no se correspondía con esa agradable impresión. Yo nunca sabía si era de verdad tonto o solo vago; cuando se lo ponía delante de, pongamos, una palabra desconocida, su instinto le decía que no debía aprenderla, sino detestarla. Puede que hubiese ido por delante de su tiempo en eso de que la condición de estudiante era humillante por naturaleza. Por muy bien que yo lo ocultara, Drew sospechaba que era una engreída, y yo habría dicho lo mismo de él. En suma, era mucho más alto que la mayoría, y los bendecidos con una estatura fuera de lo común parecen tomarse metafóricamente en serio la costumbre de mirar siempre a la gente por encima del hombro.

Nos odiábamos. Y nuestra antipatía era, además, adictiva, de esas que conllevan cierto deleite. Drew nunca faltaba a clase, la mejor estrategia para pillarme en falta. Si bien yo no era tan autodestructiva como parecían pensar Wade y Emory, y, en un sentido técnico, respetaba las normas, Drew era lo bastante taimado para ver que, bajo aquella cháchara en línea con las consignas de la época, en la profesora de literatura se ocultaba una actitud reprobable. Pero mi subversión era cuestión de *tono*: una actitud seca, una mirada; nada que pudiera denunciarse. Si alguna vez daba un claro paso en falso, Drew Patterson estaría ahí, como una gárgola en primera fila, para registrarlo. Lo paradójico era que esa misma postura desafiante en el gallinero me habría resultado irresistiblemente seductora quince años antes. ¿Qué había cambiado? Que Fabrizio quería llevarme a la cama y Drew quería *hacerme* la cama. Y eso, fíjate, era mucho menos sexy.

–Aunque con el tiempo pasó a formar parte del canon clásico –seguí rajando yo–, cuando se publicó en Rusia en 1869, esta novela no tuvo una buena acogida. La criticaron por su estructura desorganizada, y me temo que sí, es algo caótica. No perderse entre todos esos nombres rusos puede ser un dolor de cabeza, pero todos ustedes son igual de capaces y estoy convencida de que lo lograrán.

Di a la clase un poco de información sobre nuestro amigo Fiódor y la epilepsia que padecía, y luego les hice saber que podían encontrar la novela en la librería del campus, pero ni una sola vez mencioné el título. Les advertí que, «curiosamente», al responsable de la librería le incomodaba tenerlo a la vista, y que tendrían que encargarlo si querían comprar un ejemplar. Imaginé el mal rato que pasarían allí mis alumnos. ¿Qué harían? ¿Apuntar el título en un trozo de papel? ¿Tal vez la inicial y seis guiones bajos, como si jugaran al ahorcado con el librero? A modo de consejo para sabios (y en eso todos mis alumnos eran de lo más sabios), sugerí que, para evitar malentendidos, tal vez prefirieran llevar el libro dentro de la mochila.

Borré la pizarra blanca antes de irme. Tras salir del aula, en el mismo paroxismo de inseguridad que me llevaba de vuelta a la cocina para ver si algún fogón seguía encendido cuando estaba ya sentada en el coche con el cinturón abrochado, volví a entrar y la borré otra vez. Lo señalo en mi defensa. No tenía intención real de prenderle fuego a mi casa.

–¿Por qué lo hiciste?

Me había dicho a mí misma que no quería preocupar a los chicos, así que esperé hasta poco antes de irnos a la cama para contarle a Wade que el día siguiente no tendría más remedio que presentarme ante la decana de Igualdad Cognitiva. A decir verdad, había postergado todo lo posible esa conversación.

–No es fácil de decir... –contesté–. ¿Una travesura?

–Deja ya el hilo dental, esto es demasiado importante para ocuparte ahora de tus dientes. –Obedecí, aunque hacerlo me dejaba las manos atadas–. ¿Quieres decir que fue una idea que se te ocurrió así, de golpe? ¿Estabas delante de la clase y de repente te dio la risa tonta?

–No exactamente. Había reflexionado al respecto.

–No pudiste haber reflexionado mucho. Te pegaste un tiro en el pie sin ninguna razón. ¿Qué sacas de esto, aparte de problemas?

–¿Respetarme a mí misma? ¿La emoción de soltar «Que os den»? Sinceramente, creo que más que nada divertirme.

–Así razonan los niños de doce años. Aunque no debería insultar a Darwin, que nunca haría nada tan estúpido. En cuanto a lo de respetarte a ti misma... ¿Cómo vas a respetarte después de provocar el linchamiento que te espera?

Desenrollé el hilo dental y lo tiré. Tener las manos atadas se parecía demasiado a estar detenida. Me senté en la cama.

–De vez en cuando necesito reafirmarme, mandar a la mierda todo esto. Si no lo hago, me siento como una zombi a la que unos extraterrestres le han poseído el cerebro.

–Si te planteas toda esta mierda como una especie de guerra larga –repuso Wade–, no vencerás concediéndole al enemigo victorias fáciles. Ese libro es como un trapo rojo para el toro. Pero ¿qué consigues diciendo *a ver si me pillas*? Te martirizas para nada.

–Tengo que pensar en el puñado de estudiantes que son de verdad brillantes, que habrían prosperado en una universidad que aún tuviera criterio y que están siendo castigados. Una lectura provocadora que podría llamar a la insurrección fue una señal para ellos, una manera de decirles que no abandonen la esperanza. De vez en cuando lanzo una bengala: no todos somos presa de este disparate, y en alguna parte, algún día, tal vez haya vida después de la Paridad Mental.

–*There's a place for us* –canturreó el cáustico Wade, como Tony en *West Side Story*.

–No esperaba que se chivasen.

–¿Por qué no? Dices que en todas las clases hay una pandilla que se sienta en primera fila como si llevaran una automática lista para disparar. ¿Por qué ofrecerles un blanco?

–¡Es un gran libro!

–Lamento ponerme serio, pero te comportas como una irresponsable. De acuerdo, para mí el Sandy ha sido como un regalo caído del cielo...

–Literalmente –dije, pero a Wade no le pareció gracioso.

–Pero la mayor parte del tiempo, Treehouse, Inc. no gana lo suficiente para mantener a esta familia. Necesitamos tu sueldo para pagar la hipoteca. Así que mañana vas a ir a ese despacho y te vas a arrastrar delante de la decana. Le dirás que no pensaste en las consecuencias y que cometiste un tremendo error. Le dirás que jamás volverás a cometer un error como ese y le prometerás disculparte en público, ante toda la clase.

–Quieres que me rebaje.

–Sí.

2

Sí, claro, yo ya estaba acostumbrada a sacrificar listas enteras de lecturas *haram*. Aunque la mayoría de las universidades no habían especificado todavía sus tabúes literarios de manera explícita, en los departamentos de inglés de Estados Unidos ya existía el consenso de que Benjy Compson, de *El ruido y la furia*, tenía todos los números para incomodar a muchos lectores. El narrador de Faulkner pasó a ser un ejemplo clásico de *discapacitado intelectual*, o como fuera que se suponía que teníamos que identificar a esas personas, o no identificarlas, porque oficialmente ya no podían seguir existiendo. (Para mí, una de las consecuencias más tristes de la Paridad Mental fue la inevitable retirada de los fondos para la escolarización y los servicios tutelados de ese sector de la población que, cuando yo era niña, aún se conocía como aquel destinado a la «educación especial». Dado que ya no había nadie que fuese poco inteligente, tampoco había ya fondos dedicados a apoyarlo.) La madre de Benjy sigue llamando «mi bebé» a su hijo de treinta y tres años. Del inconexo discurso de la narración de Benjy en primera persona es imposible no inferir cierta incapacidad para registrar la naturaleza de la realidad: «Mi garganta emitió un sonido. Volvió a emitirlo y yo dejé de intentar levantarme, y cuando volvió a emitir un sonido, me eché a llorar». En lugar de atascarme en pesadas discusiones sobre el «procesamiento alternativo» –que, esto tengo que reconocérselo, Emory había identificado como un eufemismo reconvertido en insulto–, era más elegante enseñar *Mientras agonizo*, novela que, además, tenía la ventaja adicional de ser más corta.

No me cabe duda de que ya os habréis adelantado: mis colegas de la universidad, cobardes todos, hombres y mujeres por igual, habían considerado asimismo algo *torpe* al compinche de George Milton en *De ratones y hombres*. Con una discapacidad similar, Lennie Small (qué ironía: Lennie es un tío enorme) era otro emblema de un estereotipo ofensivo, aunque en su caso resultaba difícil analizar cómo se podía estereotipar a un conjunto entero de personas que ya no constituían una categoría válida de ningún tipo. Los esfuerzos por rescatar del olvido la novela corta de Steinbeck señalando que Lennie es un ser entrañable, que su pasión por las «cosas suaves» es conmovedora (aunque atravesada por la tragedia), que su encarnación del fidedigno aforismo que dice que siempre matamos aquello que amamos es enternecedora..., bueno, no llegaron a ninguna parte.

Si bien nunca se lo hice saber a mis superiores, mi formación literaria era, en el mejor de los casos, fragmentaria; así, cuando por su tristemente célebre y necio protagonista se evitó incluir el *Quijote*, sentí un gran alivio; la novela era otro mamotreto clásico que no había leído y me encantó no tener que tragarme más de mil páginas escritas en 1605. Más lamenté ver que desaparecía *Flores para Algernon*, pero la idea de un personaje que se somete a una operación que eleva su cociente intelectual de 68 a 185 era, huelga decir, problemática, sobre todo cuando el propio CI ya se consideraba un mito maligno. Lo curioso es que el argumento tenía el potencial necesario para apuntalar la propaganda del movimiento –cuando Charlie *se percibe a sí mismo* como un ser en extremo inteligente, empieza a sentirse cada vez más desgraciado e incapaz de relacionarse–; con todo, la presencia misma de esas dos letras juntas, C e I en mayúsculas, bastaba para exiliar cualquier novela al almacén de una biblioteca. En línea con los embargos de obras cinematográficas y televisivas, no solo la inclusión de cabezahuecas mandó más de un libro a los vertederos universitarios; también lo consiguió la presencia de sabelotodos. Sherlock Holmes era aún más censurable impreso que interpretado por Benedict Cumberbatch en la pantalla. Igual de despreciables eran los personajes ficticios cuyos perversos y taimados autores se aseguraban de que tuvieran siempre razón; por ejemplo, el meticuloso Hércules Poirot de Agatha Christie, con su agudeza psicológica, y otros esnobs pedantes y cargados de títulos, como Hannibal Lecter (a nadie le importaba que fuese un asesino en serie). La prodigiosa ajedrecista de *Gambito de dama* amenazaba con lograr que unos estudiantes que perdían hasta al tres en raya se sintieran jugadores de segunda. Aun cuando Victor Frankenstein podría haber servido para subrayar los peligros de la arrogancia intelectual, a Mary Shelley la estigmatizaron los chupatintas de la administración, que solo habían visto aquellas espantosas películas. Hal y Pensamiento Profundo condenaron *2001. Una odisea del espacio* y la *Guía del autoestopista galáctico* al basural literario, aunque si en una era digital ni siquiera un ordenador podía ser un sabiondo, estábamos seriamente hundidos en la mierda.

Si me permitís ponerme un momento mi bonete de profesora, los protagonistas memorables de los clásicos suelen ser culpables de alguna insensatez (el caprichoso asesinato de un prestamista por parte de Raskólnikov es un buen ejemplo; el homicidio ni beneficia de manera palpable a quien lo perpetra ni valida siquiera su disparatada teoría), pero la mayor parte de los titanes del canon occidental no concebían el carácter como algo dictado principalmente por el intelecto. Distinguir a un personaje solo por su brillantez (cuando muchos doctorados pueden conseguirse pulsando apenas unas pocas teclas) es un atajo barato en el desarrollo de personajes, más común en la ficción de género, como la literatura juvenil, la fantasía y novela negra. Así, la única lección encomiable de la Paridad Mental –que no deberíamos juzgar a los demás ante todo por su inteligencia, un accidente congénito– ya estaba firmemente arraigada en nuestro patrimonio cultural. Literatura aparte, también la mayoría de los estadounidenses han tendido a reservar su juicio más severo para defectos en apariencia voluntarios, como la avaricia, el egoísmo, el engaño y la crueldad. La estupidez pura e inerte –a diferencia de los actos estúpidos, que son otro tema– nunca ocupó el primer puesto en las listas de desaprobación. En otras palabras, no necesitábamos el movimiento Paridad Mental. Ya se consideraba una vergüenza cebarse en personas con «menos luces que un barco pirata» y que no hacían daño a nadie.

No obstante, al reflexionar sobre todos esos libros condenables –y había muchos más–, la verdad es que debería haber tenido en cuenta que la novela póstuma de John Kennedy Toole figuraba en la lista de obras prohibidas de todos los planes de estudio no tanto por su antihéroe cómico e imbécil como por el mero título. Si hubiera recordado el nubarrón que se cernía sobre *La conjura de los necios* antes de lanzarme a mi insensata travesura rusa, quizá podría haberme contenido.

Cuando la asistente me hizo entrar, quedó más que demostrado que a la decana de Igualdad Cognitiva le habían reservado un despacho para los funcionarios de prestigio: inusualmente grande, con calefacción de sobra y recién redecorado. O *desdecorado*, debería decir, porque a esa gran sala la habían despojado de toda personalidad. Las paredes eran blancas, con muestras genéricas de impresionismo abstracto. El escritorio de vidrio estaba tan limpio y despejado que uno no podía más que preguntarse qué hacía ahí esa mujer todo el día para que le pagasen (y habría apostado a que le pagaban muy bien). Ninguna foto familiar. Habían cometido el crimen de pintar los rodapiés y las cornisas originales de madera oscura, cosa que, supongo, no se podía achacar necesariamente a la ocupante actual, pero me bastó con mirar una vez a Diane Poot para darme cuenta de que era la clase de persona que habría cubierto de esmalte blanco brillante una caoba centenaria sin pensárselo dos veces.

Maquillada con gusto, la decana Poot podría haber sido una mujer atractiva de unos cuarenta años, pero su traje chaqueta de un rosa desvaído no tenía el menor toque de delicadeza o feminidad. El atuendo era un perfecto ejemplo del estilo anguloso con botones dorados de esas colecciones de diseñadores que se encuentran en las plantas superiores de los grandes almacenes, aunque yo nunca entendí por qué alguien querría pagar tanto para parecer tan asexuado. Me pregunté si, fuera del horario de trabajo, habría ensayado delante del espejo esa expresión carente de toda emoción, porque son pocos los que consiguen una inexpresividad implacable sin practicar.

–Caramba... –dije, irrumpiendo envuelta todavía en mi bufanda y enfundada en mi plumífero; allí, hasta dejar la mochila en la inmaculada moqueta color marfil podía considerarse un acto vandálico–. ¡Parece que va a nevar! Pero el pronóstico del...

–Por favor, siéntese.

Obedecí. El sillón acolchado de cuero negro que había delante del escritorio era uno de esos modernos que se reclinan hacia atrás hasta dejarte en una posición que yo asociaba a una limpieza dental. Algo bajo; el de Poot, en cambio, era mucho más alto y recto. Más tarde pensé en lo diferente que habría sido la entrevista de haber intercambiado los asientos.

—¿Está al corriente de que se ha presentado una queja?

—Sí, y sospecho que uno de mis alumnos del curso de literatura universal se ofendió por una novela que incluí en la lista de lecturas obligatorias.

No me había quitado el plumífero y me sentía atrapada en él.

—Más de un alumno, señora Converse.

—Lamento oír eso, pero la novela...

—Sin duda era usted consciente de que ese título se percibiría como una provocación intencionada, ¿no es así? No puede haberle sorprendido.

Wade había dicho lo mismo.

—Yo no diría provocación. Fue más bien... un juego. Además, los cursos de nivel universitario deberían intentar provocar a los estudiantes..., ¿no?, para hacerles pensar, para que cuestionen...

—Permítame que lo exprese de otra manera, entonces —dijo Poot—. Usted tendría que haber sabido que ese título molestaría, ofendería, insultaría y perturbaría a sus alumnos. Que los haría dudar sobre el sentido de justicia y decoro de la profesora. Que se preguntarían inquietos si no estaban en manos de alguien con opiniones políticas extremistas.

—Creo que eso sería poner mucho peso en las espaldas del pobre Fiódor. Y en 1869.

—La queja no ha sido por Dostoyevski, sino por usted. Según tengo entendido, incluyó ese libro en lugar de otro en el último momento. ¿Por qué eligió esa novela, señora Converse?

Tuve que contenerme para no contestar al instante: «Porque se suponía que no tenía que hacerlo».

—Es uno de los grandes clásicos de la literatura rusa. Y no mencioné el título en voz alta ni una sola vez...

—¿Y por qué mencionarlo supondría la más mínima diferencia?

En ese punto no se equivocaba.

—Sí, supongo que no habría cambiado mucho.

—Según una de las quejas, usted se ha lamentado a veces de que lo único de las lecturas obligatorias que lee gran parte de la clase es el título.

—Así es —musité.

—Y ese título es una injuria.

Intenté arreglar el desaguisado.

—Mire, pensé que el tema de la novela conectaría con las sensibilidades actuales. Todos los demás personajes consideran que el príncipe Myshkin es... es alguien «negado» —no estaba muy segura de poder usar ese adjetivo—, alguien inferior. Pero en realidad es el personaje más sabio...

—¿Usted piensa que la sabiduría se da en distintos grados?

—Lo que quiero decir es que a Myshkin lo tratan como a un hombre digno de compasión y que eso es injusto. Es un hombre bueno y virtuoso. Los demás ven su inocencia y su fe en la bondad ajena, en la capacidad de la gente para redimirse, como señales de que algo raro le pasa. Y se convierte en un mártir. Podría decirse que este presunto I es el máximo paladín del procesamiento alternativo. —A esas alturas ya tampoco sabía si podía decir siquiera «procesamiento alternativo». Como Poot seguía guardando silencio, proseguí—: Ese mismo desacierto está borrando ahora a los supuestos «necios» oficiales: a los bufones, hasta a los de Shakespeare. En *El rey Lear*, como en tantas otras obras de Shakespeare, el bufón es superior a los personajes regios, y las bromas que hace son a costa de la clase dominante. Es el que dice la verdad, el polo opuesto de un estereotipo peyorativo.

Decir que durante esa miniclase de crítica literaria la expresión de Poot era «tolerante» sería demasiado generoso. Parecía una telespectadora esperando a que termine la publicidad. Entretanto, me las había ingeniado para bajar la cremallera del plumífero, pero seguía asándome y me daba miedo tener la cara sudorosa. Harta de estar reclinada como si fuesen a practicarme una limpieza bucal, intenté sentarme en el borde del sillón, pero mi movimiento solo consiguió que se volcara hacia delante sobre las patas cromadas y por poco no se me cae encima.

—Además —proseguí, temblorosa—, ¿de verdad beneficia al movimiento por la Paridad Mental reescribir el pasado? Para apreciar la importancia de alcanzar la igualdad cognitiva debemos apreciar también la crueldad con que a lo largo de la historia se ha tratado a las personas con una deficiencia mental percibida, ¿verdad? Si eliminamos todas las «injurias», eliminamos también nuestro progreso. Tenemos que preservar recordatorios de errores pasados para reconocernos el mérito de haberlos solventado.

Más silencio. Poot debía de saber tan bien como yo que cuanto más hablara, más probable era que terminase ahorcándome yo sola. Me callé.

—Aquí usted es solo profesora auxiliar, ¿correcto? —dijo por fin la decana—. No tiene plaza fija, y ni siquiera parece en vías de obtenerla.

—Bueno, me interesa más la enseñanza en sí, arremangarme, que todo el trabajo de investigación y publicación...

—¿Y es consciente de que este decanato tiene poderes considerables? ¿Que el procedimiento de reclamaciones de la Oficina de Igualdad Cognitiva no es mero teatro para aplacar a los estudiantes quejicas?

—Bueno, yo no los llamaría «quejicas»...

—Sin embargo, por todo lo que la he oído decir hasta ahora, no se arrepiente.

Ahí estaba. Bien podría haber tenido ahí a Wade fulminándome con la mirada. Teníamos tres hijos. Teníamos una casa maravillosa y una hipoteca. La Universidad de Voltaire era la institución de enseñanza superior mejor valorada de toda la ciudad. Si dejaba mi puesto bajo sospecha, me costaría un esfuerzo sobrehumano encontrar trabajo en otra parte. Y nadie me había obligado a incluir esa novela. El daño me lo había hecho yo solita. Si un acto infantil e impetuoso tenía consecuencias nefastas, una de las muchas personas que no se solidarizarían conmigo era yo. Dejé de bregar con el sillón y volví a adoptar mi postura sumisa, aunque ahora la sensación era más ginecológica que dental.

—No, si algo estoy es arrepentida —dije, ladeando la cabeza y plegando las manos sobre el regazo en gesto pío—. Lamento de verdad haber escogido esa novela. He tenido tiempo para pensarlo y ahora me doy cuenta de que el título bastaba para convertirla en algo innecesariamente doloroso y en una falta de consideración por mi parte para con los sentimientos de los estudiantes. No tengo ni idea de lo que me pasó, pero me gustaría asegurarle que esta clase de error de juicio impulsivo no es propia de mí, en absoluto, y que no volveré a cometer nunca, nunca, un fallo tan grande. Estoy más que dispuesta a disculparme en persona ante cada uno de los estudiantes que han presentado la queja, y a la clase en su conjunto. También comprendería que usted concluyese que no la merezco, pero le agradecería una segunda oportunidad para demostrar que soy una *firme* defensora de la Paridad Mental y que creo *de verdad* que todos y cada uno de mis alumnos es, en lo que respecta a la inteligencia, idéntico a todos los demás.

Levanté la vista y, por primera vez esa tarde, Diane Poot dejó entrever que sentía algo; las cejas se le habían alzado casi un centímetro en señal de aprobación, pero si su expresión quería decir «Continúe», no sabía cuánto más podría soportar la sensación de estar arrastrándome como un reptil.

—Solo quiero decir que lo lamento —concluí, débilmente—. Lo siento muchísimo, en serio.

La impotencia de los intensificadores («muchísimo», «sumamente») y la peculiar manera en que, al emplearlos, el tiro puede acabar saliendo por la culata –haciendo que uno, por ejemplo, parezca si acaso *menos* especialmente arrepentido– era una de las lecciones que yo misma había impartido en la clase de redacción de primero. La decana Poot dijo que redactaría el informe y que en breve recibiría noticias del rectorado, aunque algo en su semblante, satisfecho ahora, parecía indicar que rebajarme me había salvado. Me acordé de llevarme la bufanda y la mochila. Mi dignidad, por supuesto, se quedó en ese despacho.

A manera de posdata, diré que eso ocurrió en 2013. Aún tenía que entrar en vigor el protocolo, pero en poco tiempo las profusas disculpas por cualquier violación percibida de la doctrina Paridad Mental solo servirían para cavarse una fosa aún más profunda. Si la misma entrevista hubiese tenido lugar un año después, Diane Poot me habría alentado a seguir manifestando mi arrepentimiento, mi desesperación por enmendarme y mi vergüenza al menos diez minutos más, transcurridos los cuales me habría despedido en el acto.

3

Lo creáis o no, la universidad me dejó en vilo sobre mis perspectivas de empleo casi hasta finales de abril; entretanto, me paseé por el campus como un alma en pena seguida por una nube de oprobio, como Cochino en *Snoopy*. Durante ese tiempo, mis colegas me hicieron el vacío. No me invitaban a las reuniones del departamento (una suerte para mí). De esa demora fuera de lo común solo podía inferirse cierto sadismo. No me llamaron para interrogarme una segunda vez, y no conseguía imaginar que mis alumnos de literatura universal fueran capaces de ofrecer una versión más profusa de los hechos cuando mi delito se reducía a una sola clase. En el ínterin post-Poot había comunicado a esos mismos estudiantes un cambio en la lista de lecturas. No solo cierto título podía considerarse en potencia «problemático», dije; además, para ser un curso introductorio, todas las novelas de Dostoyevski eran sencillamente demasiado prolijas, un adjetivo que los buitres podían buscar cuando quisieran en el diccionario. No lo harían.

Cuando por fin llegó la carta, distaba mucho de ser una exoneración. La Oficina de Igualdad Cognitiva declinaba seguir adelante con el asunto, pero las quejas recibidas se conservarían archivadas. Me avisaron de que continuaría desempeñando mis funciones de profesora auxiliar solo en fase de prueba, y me dejaron bien claro que me vigilarían. Cualquiera pensaría que esa exoneración era una excusa bastante pobre para dar una fiesta, pero en mi calidad de descarriada testigo de Jehová aprovechaba todas las oportunidades que se me presentaban. Invité a Emory a casa para brindar por la solvencia de nuestro hogar. Por una vez, mi amiga estaba en un periodo «entre novios» y llegó sin la carga de un remilgado árbitro moral que pudiera largarse bufando indignado, lo que le permitiría desmelenarse. Aunque, dado que en esos días llevaba el pelo muy corto, a lo pixie, no se desmelenaría mucho.

Me doy cuenta, con apuro, de que estoy siempre describiendo el atuendo de Emory Ruth. Es raro que recuerde la ropa que lleva la mayoría de la gente, algo que, a pesar del agobio con el que gestionamos a veces la vestimenta, es de lo más normal. A decir verdad, puedes ponerte lo mismo varios días seguidos tranquilamente, que nadie se dará cuenta. Pero Emory era la excepción a la regla. Siempre soy capaz de visualizar lo que mi amiga llevaba puesto una noche dada. No creo que gastara cantidades de escándalo en su guardarropa, pero se le daba bien mezclar y combinar, de modo tal que nunca parecía repetir modelito. Tardé un tiempo en darme cuenta de que cada vez que venía a casa, yo, cosa rara, me interesaba mucho por mi propio aspecto. ¿Estaba compitiendo con mi amiga? Era algo más sutil que eso. Ahí estaba yo, siempre luchando para que se me recibiera como a una igual. De todos modos, si de verdad competía, iba perdiendo. Si me daba por ponerme la tira de accesorios, ella se presentaba haciendo gala de una suprema austeridad y una sencillez que hacían que mi conjunto pareciera demasiado recargado y compuesto; si escogía la sencillez, Emory me eclipsaba con su derroche y mi minimalismo palidecía hasta la simpleza.

Esa noche optó por la sencillez: pantalones capri negros

y anchos de talle bajo, un top magenta de escote redondo y uno de esos blusones encima, como de bailarina, también negro, anudado a la cintura. Se la veía elegante y cómoda. Su aspecto nunca parecía forzado.

–¡Mírala, la chica que no se va al paro! –exclamó al darme un beso en la mejilla–. La noche del Sandy, cuando me dijiste que ibas a incluir ya sabes qué en tu programa de lecturas, nunca imaginé que fueras a hacerlo de verdad.

–¿Eso es admiración o reproche? –pregunté.

–Un poco las dos cosas. ¿Has aprendido la lección?

–Ahora soy más consciente de las profundidades de la locura en que se ha sumido este país, si te refieres a eso.

–No, no me refería a eso. Pero ¿dónde están los chicos? Por lo general, ya estarían comiéndose a besos a la tía Em.

–Lucy ya se ha acostado. Darwin y Zanzibar últimamente están más... tranquilitos. Y conspiran. Se acurrucan en un rincón y no paran de hablar en voz baja. Antes me invitaban a participar, ahora ya no.

Emory se encogió de hombros

–Darwin es adolescente.

–No hasta el mes que viene –dije, y arranqué el pitorro del cartón de vino–. Oscila entre la furia y la apatía. Yo creo que prefiero la furia. Y Zanzo..., bueno, ¿has notado cómo empieza a propagarse eso de «todo-es-igual-todos-somos-iguales»? Más allá de la inteligencia, quiero decir. Se presentó para actuar en la función teatral de primavera en el colegio y, joder, estamos seguros de que no la incluyeron porque es demasiado buena.

–¿Y qué más da que sea buena si son todos «iguales»?

–El talento pone al descubierto la mentira. Y hay que castigar a los talentosos, eliminarlos. Encerrarlos en el armario.

Emory aceptó su copa de mediocre merlot y me lanzó una mirada crítica.

—No deberías dejar que ese rollo te consuma, Pearson. El resentimiento es una emoción asquerosa y tiene la misma vida media que el estroncio-90.

—No he perdido mi trabajo por un pelo, y todo por algo que, en el peor de los casos, solo fue una travesura verbal. ¿Cómo esperas que me sienta?

—Aliviada. Creía que habíamos quedado para celebrarlo.

—Eh, la poli por fin ha atrapado al joker ese —dijo Wade, que salía de su leonera para buscar una cerveza.

—Querrás decir Djokar —replicó Emory—. Me da vergüenza reconocer que me parece un guaperas.

—Tiene pinta de cachorrito extraviado —opiné—. La foto que desempolvó el FBI podría pasar por la de un anuario de instituto..., ya sabéis, un chaval que tenía enamoradas a todas las chicas, pero que nunca se dio cuenta de que era un rompecorazones. Se lo ve tan inocente... Lo raro es que hace días que ya no sale en las noticias el incidente de las bombas en la maratón de Boston. Yo habría dicho que un atentado en medio de un evento tan icónico captaría la imaginación de todo el país. Pero ha sido más bien «la búsqueda de los atacantes continúa», al final, como una posdata.

—La psique colectiva de los norteamericanos es incapaz de pensar en más de una cosa a la vez —se atrevió a decir Emory—. El terrorismo islámico es cosa del pasado.

—Totalmente —convine—. No forma parte de la «última gran batalla por los derechos civiles».

—Demasiado follón —siguió ella—. Tanta planificación, tanto gasto en ollas a presión... para que después nadie haga caso. Me preocupa estar hiriendo sus sentimientos.

—Yo sí hice caso —terció Wade—. No solo a las muertes. Hay decenas de vidas humanas que nunca volverán a ser como antes. Piernas amputadas. Caras desfiguradas. A mí en su lugar me sentaría fatal.

Todos tememos sufrir un daño físico, pero a Wade lo espantan sobre todo las calamidades que pudieran impedirle ganarse el sustento. Además, hay personas que habitan sus cuerpos con más intensidad que otras, y mi pareja era una de ellas.

–Y no es solo el terrorismo lo que están dejando fuera –dije–. Explicadme, si no, qué pasó con esa campaña para legalizar el matrimonio homosexual. Iba viento en popa y ahora ya nadie habla del tema. El matrimonio gay sigue siendo tan ilegal como siempre; lo único que ha cambiado es que a nadie le importa.

–Uy –dijo Emory–. Me declaro culpable, señoría. Lo había olvidado por completo.

–Lo único que importa es que los estúpidos puedan casarse.

La predecible réplica de Emory («Por suerte, las cosas siempre han sido así; de lo contrario, la institución habría desaparecido») no se oyó.

Me dejé caer en una silla de la cocina con la copa de vino en la mano.

–Pero... ¿queréis que hablemos de estrechez de miras? No puedo dejar de pensar en el interrogatorio de la decana Poot. Lo que en ese momento no pude determinar, y sigo sin poder hacerlo, es si cree de verdad en esta sandez o solo finge que cree en ella. Ese día llevaba una máscara, de eso no cabe duda. Esa cara no expresaba nada de nada, pero ¿qué había debajo? ¿Un rostro totalmente distinto? ¿Una persona distinta, que tal vez pensaba que las preguntas que me hacía no tenían sentido porque, obviamente, qué tenía de malo que una profesora de literatura incluyera en las lecturas obligatorias un clásico ruso? ¿O que tal vez añoraba los tiempos en que había algo llamado estupidez, una época en la que ser estúpido era motivo más que suficiente para que te impidieran ingresar en la Universidad de Voltaire? ¿O acaso el rostro que había debajo de la máscara era idéntico a la máscara?

¿Tan bien se le daba repetir como un loro lo que se suponía que tenía que decir o era una fanática en toda regla? Había empezado esa reflexión rumiando de verdad en torno a Diane Poot, pero hacia el final se me debieron de subir los colores porque podría haber estado perfectamente hablando de Emory Ruth.

–Todos hacemos lo que debemos hacer para salir adelante –dijo Emory con sequedad–. Y hablando de eso, yo también tengo novedades. Alguien en Nueva York ha estado siguiendo mis editoriales en la WVPA y se ha llevado una buena impresión. Me han ofrecido una entrevista de dos horas, más un segmento directo a cámara, en un canal de televisión por cable, el New York One. No es la CNN..., todavía..., pero es un paso en la buena dirección.

–¡Vaya! –exclamé–. Estás trepando la mar de rápido esa cucaña.

–Tengo casi cuarenta y uno. No lo llamaría un ascenso meteórico. Además, esa imagen de mí trepando la «cucaña» me parece poco generosa. Llevo esperando esta oportunidad desde que me gradué.

–Perdona –me retracté–. Era solo una manera de hablar, no iba con segundas. Pero no pensarás mudarte a Nueva York, ¿verdad? Me partirías el corazón.

–No, no está mal comunicado, y Voltaire es mucho más barato.

–Qué alivio. Aunque... –debería haberme detenido ahí, pero no logré contenerme– puede que me alegrara un poco más por ti si hubieras impresionado al New York One con tu grandioso programa de arte local, aunque fuese rascando de una misérrima reserva de talento.

Por consejo de Wade, había dejado de escuchar los editoriales radiofónicos de Emory, aunque de vez en cuando tuvieran bastante repercusión, hasta el punto de oír a compañeros de mi departamento (la mayoría no me hablaba) comentarlos, siempre con una aprobación superficial cuya sinceridad no era lo que se dice diáfana. En los contenidos de Emory seguía predominando la promoción agresiva de la Paridad Mental.

—Pero lo que ha causado impresión al New York One han sido los espacios de opinión —la voz Emory era firme—, porque llaman más la atención.

—Es posible... —dije—. No estoy segura.

—No los escuchas.

—No creo que escucharlos sea lo mejor para nuestra amistad.

—Ya estás otra vez. Básicamente, me amenazas con la excomunión y das a entender que estoy haciendo algo malo.

Wade me lanzó una mirada afilada. Sabía muy bien que yo estaba a punto de devolver el tiro diciendo: «Sí, pienso que estás haciendo algo malo», pero me esforcé por ser diplomática.

—No hay manera de obviar el hecho de que estás alabando una ideología con la que no comulgo. ¿El New York One es al menos moderado? ¿Transmite también opiniones contrarias?

—No creo que haya una sola emisora que transmita opiniones contrarias a la Paridad Mental —contestó Emory—. Hasta la Fox se anda con pies de plomo.

—Tal vez porque la Fox está llena de gente que suspira aliviada, ahora que ya no los pueden despedir por ser unos jodidos idiotas.

Me temo, por experiencia propia, que intentar no enfadarse casi nunca funciona. Y no estaba funcionando.

—¿Por qué no dejas ya el tema, socia? —suplicó Wade—. Déjame decirte que nunca he entendido por qué estás tan decidida a seguir defendiendo tu posición. Es una batalla perdida. Casi te ha costado el trabajo. ¿Qué sacrificarías si cedieras? Acepta y ya está. Todos somos igual de inteligentes.

Y a otra cosa, mariposa; a seguir adelante con tu vida. A nadie le importa un carajo.

–En cierto modo, esa resistencia constante es una señal de que la oposición está ganando –intervino Emory–. Lo que podía ser una cuestión secundaria, o una no-cuestión, está consumiendo toda tu energía. Ocupando tu tiempo. Entretanto, con tu acción personal en la retaguardia no consigues nada de nada. Estás enganchada, y atascada; no eres tú quien marca tu propio orden del día. Wade tiene razón. La verdadera victoria consiste en recuperar tu vida. Capitulas, aunque no quieras, y *voilà*, empiezas a pensar en otra cosa.

–Si no entendéis por qué no puedo ceder, entonces no me entendéis a mí –dije–. Es un hecho que *no* todo el mundo es igual de inteligente. Puede que en la universidad les siga la corriente para pagar la hipoteca, pero al menos aquí, entre estas cuatro paredes, me niego a dejarme intimidar para adherirme a un paradigma ridículo que contradice todo lo que he observado en los demás a lo largo de toda mi vida. Y también lo que he observado en mí misma, porque ya sabéis que nunca me he considerado muy brillante.

–Pearson, eso es solo vanidad –repuso Emory–. En realidad estás diciendo: «Soy tan inteligente que sé lo tonta que soy». Y es más o menos lo mismo que decir: «Soy muy muy inteligente».

–Suena como si estuvieras escribiendo otro de tus editoriales.

–¿Cómo ibas a saberlo? –replicó Emory.

–Mira, socia –dijo Wade–, deja de buscar pelea con alguien que está de tu lado. Han estado a punto de despedirte y Emory ha venido para celebrar contigo el milagro de que no lo hicieran. Y no estás contestando mi pregunta. ¿Qué está en juego para ti? Con o sin Paridad Mental. ¿Por qué importa tanto?

—Bueno, si dejamos a un lado lo destructivo que ha sido el movimiento para la calidad de la educación estadounidense, algo que sí importa porque tenemos hijos que ahora no aprenden prácticamente nada que no les enseñe yo... Y eso que Darwin tiene tanto talento para las matemáticas que debería enseñarme él a mí... Bueno, este igualitarismo que en el fondo no es más que castillos en el aire no tiene sentido siquiera en el contexto de nuestra familia. No me gusta sacarlo a colación a menudo porque me parece que no es bueno para tu relación con Darwin y Zanzibar recordarte que no son...

—Sé muy bien que no soy su padre biológico —dijo Wade con voz cansina.

—Sí, bueno, lo es otro hombre, y, aunque sea anónimo, tenía, o tiene, el cociente intelectual de un genio, ¿vale? Así que, y esto no es «vanidad», Emory, nuestros hijos mayores son mucho más inteligentes que yo. Por algo empezaron a hablar a los dos años y a leer a los cuatro. Son esponjas cuando se trata de absorber información y nunca hay que repetirles nada. Los dos tienen la agilidad mental innata que hace falta para llegar a lo más alto del campo en que quieran sobresalir, sea el que sea. Y no es orgullo de madre, no; lo que os digo es una realidad médica. Darwin y Zanzibar se merecen la oportunidad de desarrollar su potencial, igual que su país merece beneficiarse de ese potencial. En cambio, y sé que esto es un poco violento, y no lo digo con intención de impugnar tus genes, Wade, porque la niña también tiene los míos, pero Lucy... no destaca por la rapidez con que absorbe nueva información y aprende nuevas destrezas, ¿verdad que no? Sí, es una cría adorable, pura energía, pero para que aprenda y recuerde algo nuevo hay que repetírselo, no sé, ¡cincuenta veces! Eso no significa que como ser humano tenga menos valor, claro, pero...

—Estás diciendo que nuestra hija es tonta —dijo Wade.

—¡Solo en términos relativos! Ni de lejos es culpa suya, es solo cuestión de suerte. En términos generales, es probable que Lucy, como la mayoría, ocupe el centro de la curva de campana. Pero sí, comparada con Darwin y Zanzibar, es tonta.

Fue en ese momento cuando un crujido atrajo mi atención. Puede que la despertase la conversación de los adultos, porque vi a mi niña de siete años, en la puerta, mirando a su madre con un odio furibundo.

ALT-2014

1

En términos profesionales, mi trabajo, «enseñar», se reducía a decir cosas sin sentido en medio de un continuo alboroto mientras, como una niñera, cuidaba de unos jóvenes demasiado mayores para necesitar vigilancia; aun así, seguía decidida a subsanar el déficit educativo en nuestra propia casa. Lucy ya estaba en tercero y a mediados de curso no progresaba y seguía sin aprender a leer. Me daba igual si a ella no le importaba, o si no le importaba al colegio: a mí sí me importaba. A pesar de toda la parafernalia digital en que estaba inmersa la ciudadanía, incluso en línea había que ser capaz de distinguir entre F-A-C-E-B-O-O-K y T-W-I-T-T-E-R. Ninguna hija mía crecería siendo una analfabeta.

Sin embargo, en nuestras sesiones de clases particulares de los fines de semana, Lucy plantaba una feroz oposición. Por mucho que yo endulzara las clases con tentempiés saludables y aligerase la formación con juegos, ella seguía en sus trece, como si cada migaja de aprendizaje que digería a su pesar fuera un punto perdido. Saltaba a la vista que su colegio reflejaba a una escala, digamos, microscópica el mismo antiintelectualismo agresivo que estaba propagándose por Estados Unidos en todos los ámbitos. Saber algo equivalía a reivindicar superioridad en relación con alguien que no lo sabía y, por tanto, arriesgarse a adquirir la condición de paria por majadero. Lucy siguió trayendo a casa una variedad de manualidades deformes, pero ni un solo libro.

Por otra parte, es posible que haya dado una impresión equivocada de mi hija pequeña. No puede decirse que Lucy fuera lerda en ningún sentido. Tenía, como mínimo, una picardía cuya relación con el cociente intelectual podía ser un poco tangencial. Yo sospechaba que estaba aprendiendo a leer le gustara o no, pero que utilizaba toda esa pillería para no dejar traslucir lo que ya dominaba. No era estúpida, ni de lejos, pero sí un genio fingiendo que lo era. Las peleas en las clases particulares se parecían a la alimentación forzosa y a menudo inútil que pretenden imponer los padres a un hijo anoréxico. Cuando me negaba a dejarla ir hasta que acabase de escribir las cuatro letras de «c-a-s-a», terminaba haciéndolo, pero a regañadientes. No obstante, en la siguiente clase volvía a fingir que no sabía escribir el nombre de la construcción en que vivíamos, en gran medida como hacen quienes se privan de comer cuando se los obliga a terminar una comida más que frugal, que corren al baño a vomitar.

No soy una persona perfecta, y mucho menos una madre perfecta, así que a veces perdía la paciencia.

—¡Eres una mocosa embustera! —estallé en febrero—. ¡Ya no sé cuántas veces hemos leído este cuento, a estas alturas ya tendrías que sabértelo de memoria! ¡Seguro que te lo sabes! ¡Entiendo que los estudiantes quieran hacer creer que han estudiado cuando no lo han hecho, pero me deja lela que alguien *finja* ser incapaz!

Aunque intentaba controlar mi vocabulario, no debería haber dicho «lela»; en cuanto pronuncié la palabra, Lucy entornó los ojos y me dirigió una mirada acusatoria. Pero en absoluto era esa la manera en que yo quería pasar la tarde del sábado. Si he de ser justa, gran parte de mi frustración se volcaba erróneamente en mi hija, porque pagaba no pocos impuestos al municipio para que educara a mis hijos y no estaba recibiendo el servicio correspondiente.

–Ahora, por favor –proseguí, más calmada–, escribe una oración cortita. Solo una. Y terminamos por hoy.

Era de esperar. Con letra temblorosa, pero legible, Lucy escribió en su cuaderno: «mimama ez mala».

Bueno, ya os he dicho que Lucy es una niña avispada y, claro está, quería que esas clases de los fines de semana terminasen. Cuando por fin se salió con la suya, llevaba muchos meses esperando, y se supone que la capacidad para demorar la gratificación –pensemos en el clásico test del malvavisco– es uno de los indicios de un cociente intelectual elevado. Así, cuando recibí una carta de los Servicios de Protección a la Infancia del estado de Pensilvania no pude más que preguntarme si habría subestimado demasiado la inteligencia de mi hija pequeña.

Emory me instó a que me tomara la «visita domiciliaria» más en serio de lo que estaba dispuesta en un principio; para mí, la perspectiva de que una trabajadora social metiera las narices en nuestro hogar estable, de clase media, con un padre y una madre, era el colmo de esa fantochada llamada Paridad Mental. Los trabajadores sociales estaban para las madres solteras alcohólicas con cupones para comida cuyos hijos recibían su único plato caliente al día gratis en el colegio. Los trabajadores sociales pertenecían al mundo de la delincuencia juvenil, de la indigencia intermitente y las familias con múltiples padres, todos ellos en la cárcel, un mundo con el que yo solo estaba familiarizada gracias a las miniseries televisivas lacrimógenas. Así y todo, por la desmedida alarma de mi mejor amiga deduje que tal vez Emory estaba en mejor posición para tomar el pulso de la situación que una profesora auxiliar de filología, sobre todo ahora que ya formaba parte del mundillo del periodismo televisivo y, por lo tanto, estaba expuesta a esas historias tan desagradables que emitían en los informativos. De modo que cuando se ofreció a estar presente en la reunión en calidad de «testigo de carácter», pensé que se pasaba de cautelosa, pero acepté la propuesta.

Llegó temprano, vestida más «bonita» que sexy, y no tardó nada en llevarme al dormitorio para que me quitara los vaqueros y las zapatillas y me pusiera falda y tacones.

–Y hazte un favor –me aconsejó–. En lo posible, deja que hable yo.

La noche anterior, Wade también me había advertido de que nuestra hija no era el único miembro de la familia con problemas de «oposición», y me suplicó que me mostrase afable, cooperadora y «en el equipo correcto». «No seas respondona», me había ordenado. «No te pongas a la defensiva y no te contradigas. Y, sobre todo, no te enfades.» Me dejó de una pieza constatar que nadie confiaba en que supiera comportarme como una adulta.

Como a la administración no le gusta poner a los niños «en el foco», la cita se fijó para una hora en que Lucy todavía estaba en clase. Yo tenía la cabeza repleta de tópicos, y cuando conocí en la puerta a esa mujer tan sensata y en apariencia racional que no debía de tener más de veinticinco años, me alivió ver que Sonia Whitehead –ella sí con vaqueros y deportivas– no pareciera demasiado estricta, suspicaz o sentenciosa. Con todo, era lo bastante joven para haber obtenido sus cualificaciones profesionales mientras se libraba *la última gran batalla por los derechos civiles*. También me bastó un vistazo para ver que formaba parte de esa categoría de mujeres jóvenes, extraña por lo numerosa, cuyos rasgos simétricos y proporcionados estaban todos donde debían estar, pero que aun así, por unas inquietantes y sutiles razones estéticas, no podían calificarse de guapas. Tal vez esa era justo la clase de mujeres que se dedicaban al trabajo social.

—Es muy amable por sacar tiempo de su ajetreada jornada para dedicarlo a esta familia –le solté, como si estuviera haciéndonos un favor–. Pero, aunque desconozco el motivo de su visita, le aseguro que solo puede tratarse de un malentendido.

—Sí —dijo Sonia, con cuidada neutralidad–. La mayor parte de mis casos empiezan como *malentendidos*. –En retrospectiva, tal vez habríamos diferido en cuál de las partes no entendía.

Antes de que tuviera oportunidad de presentarle a mi testigo de carácter, Sonia entró en la sala y le tendió la mano.

—¡Dios mío, si es Emory Ruth! —exclamó–. ¡Veo su programa en YouTube todas las semanas!

Es posible que yo hubiese hecho la vista gorda con los programas de Emory, pero ella había mencionado de pasada que los fragmentos del programa del New York One que podían verse en línea acumulaban cientos de miles de visitas. Cuando paseábamos juntas por alguna calle de Voltaire, eran cada vez más los desconocidos que sonreían o saludaban con la mano. De pronto entendí mejor por qué mi amiga quería estar presente esa tarde. Se la tenía por una periodista que creía de verdad en la Paridad Mental, y que se nos relacionara a Wade y a mí con ella nos haría quedar bien.

—Solo he venido como amiga de toda la vida de la familia. Con la esperanza de poder asegurarle que Lucy se cría en un entorno cariñoso y que sus padres la apoyan en todo. Sé de primera mano la pasión con que Pearson y Wade valoran la sabiduría especial de cada persona. De todos modos, siempre es fantástico conocer a una nueva admiradora.

Ninguna de las tres quiso té. Propuse a Sonia enseñarle la casa:

—¡No hay ratas! —declaré con tono alegre–. ¡Ni moho negro! ¡Ni una sola habitación con pilas enormes de periódicos y envases sucios de comida preparada! ¡Ni vecinos secuestrados y esposados a las tuberías de la calefacción en el sótano!

Vale, estaba nerviosa, y quizá también un poco desatada. Imaginaba que con esas bromas podría conseguir jovialmente que viese nuestro *malentendido* como algo cómico. Estaba *en el equipo correcto*. Pero Emory, muy severa esta vez, me miró y sacudió la cabeza.

–No será necesario –dijo Sonia–. No he venido por el moho.

–Mi amiga Pearson está un poco preocupada, como lo estaría usted en su lugar –intervino Emory–. Se desvive por su hija y lo que más desea es despejar sus recelos. También agradecería cualquier consejo profesional que la ayude a ser *aún mejor* madre.

Wade había prometido tomarse un rato libre para demostrar que los dos nos interesábamos por el bienestar de nuestra hija, aunque no contribuyó mucho que llegara diez pasivo-agresivos minutos tarde y cubierto de mantillo y serrín de la cabeza a los pies. Por su silencioso movimiento de cabeza y su postura rígida me di cuenta, cuando todos nos sentamos, de que su presencia no sería de mucha utilidad. Esa era justo la clase de encuentros con la autoridad que Wade hacía lo imposible por evitar. Se quedó inmóvil y callado, como escondido en un puesto de caza para no espantar a la fauna.

Me puse a divagar sobre que Wade y yo llevábamos juntos más de diez años, y que aunque no nos habíamos casado, solo era porque, ya sabe, nunca nos acordábamos de hacerlo, y que si tampoco había adoptado formalmente a Darwin y Zanzibar era solo por despiste o procrastinación... Sonia esperó con paciencia a que me quedara sin aliento.

–El informe del Defensor de la Paridad Mental de la escuela primaria Gertrude Stein es bastante grave –dijo, levantando la carpeta que tenía en el regazo. Las oficinas del estado de Pensilvania y del gobierno local seguían dependiendo, y no poco, de los documentos en papel e incluso del fax–. Lucy le confió que su propia madre usó con ella la palabra con T.

–¿Qué palabra con T? –pregunté–. Hay montones de palabras que empiezan por te.

–¿Tiene usted listas mentales de injurias que empiezan por esa letra?

–No, es solo que... –empecé a decir, y reculé–. La letra te tiene algo como..., se la relaciona con..., creo que es por su sonido, tan contundente. Resulta un poco raro.

–Lo único que importa es que es una palabra dura –repuso Sonia–. El departamento tiene unas normas muy estrictas en ese punto. Usar un vocabulario tan despectivo con menores se considera maltrato. Nos tomamos la laceración verbal con la misma seriedad con que tratamos la física. Las cicatrices no son tan visibles, pero, cuando menos, sí más duraderas. Nos preocupamos en especial cuando los padres arremeten contra una niña de la edad de Lucy. El comentario, tal como ella lo contó, también fue muy destructivo porque despreciaba su inteligencia en comparación con la de sus hermanos, presuntamente más listos. No se me ocurre una fórmula más eficaz para destruir la identidad de un niño vulnerable: enfrentar a los hermanos entre sí y romper la cohesión familiar. Basta con un episodio así para retirar la custodia del menor y enviarlo con una familia de acogida.

–Eh, un momento –dije, y me enderecé en la silla–. ¿Quién ha hablado de retirar la custodia?

–Quizá pueda ayudar –intervino Emory–. Señora Whitehead, yo estaba presente cuando tuvo lugar el «episodio» que parece haber provocado esta investigación. Éramos tres adultos, Pearson, Wade y yo, conversando. Hacía rato que Lucy se había ido a la cama y los otros dos niños estaban en la planta de arriba. Pearson nos contó algo que la preocupa, y dijo que Lucy procesaba la información de una manera que no puede considerarse la tradicional y que por eso corría el riesgo de que sus compañeros la acosaran por... Bueno, como ha señalado usted, Pearson empleó la palabra con T, o –Emory me dirigió una sonrisa fingida– *una* palabra con T. Aunque, la verdad, no recuerdo que hiciera ninguna comparación con los dos hijos mayores. Estoy segura de que tiene usted una formación excelente en psicología y que por eso debe de saber mejor que nadie lo susceptibles que pueden ser los niños si existe esa clase de rivalidad. No me sorprendería que entre los tres haya pasado algo sin mayor importancia que haya influido en el recuerdo de Lucy. No queremos que los hermanos se comparen entre ellos, pero lo hacen.

»Por desgracia, Lucy se despertó y bajó a la cocina justo cuando Pearson estaba acabando de decirnos lo que la preocupaba. Es evidente que la niña malinterpretó lo que oyó solo en parte. Puede que nuestro error fuese no aclararle ahí mismo que nadie, y mucho menos su madre, dirigía esa terrible palabra contra una niña tan adorable y absolutamente capaz. De hecho, me culpo a mí misma. En lugar de hacerlo, seguimos conversando y Wade se llevó a Lucy de vuelta a la cama. Sin darle más vueltas, dimos por sentado que si había oído casi toda nuestra conversación, lo más probable era que también hubiese captado el contexto.

–Veamos... Para empezar, ¿por qué empleaba la señora Converse la palabra con T, o *una* palabra con T? –preguntó Sonia.

Emory suspiró con una teatralidad ensayada.

–Señora Whitehead, brego con estas cuestiones en mi trabajo a todas horas. Es cierto que, para mi gran alivio, nuestros iguales y, lo que es más importante, los niños de nuestro país ya no se ven embrutecidos con etiquetas crueles y sin fundamento médico que pueden devastar para siempre su autoestima. Hemos dado un enorme giro social. Pero para ser justa, da la impresión de que siempre hubiéramos pensado así, cuando, si miramos el calendario, no hace tanto que empezamos a entrar en razón. Los estadounidenses de más edad crecieron en una época en que ese lenguaje difamatorio y grosero no solo era común, sino también aceptable. Todos hemos tratado de inculcar un vocabulario más civilizado. Todos vemos ahora que aquella manera de hablar de los demás era muy hiriente, pero después de tantas décadas de mala higiene verbal, no es fácil erradicar esos malos hábitos. Y a veces se nos va la lengua. Incluso yo misma me he sorprendido a veces llamándome por lo bajo, en un momento de frustración, una de esas palabras. Ya sabe, cosas como: «¡Ay, Emory, mira que eres...!». De hecho, dediqué todo un editorial a este tema el mes pasado e insté a todo el mundo a que dejara de insultar su propia inteligencia. En algunos sentidos, esa es la última frontera. Sin embargo, puedo asegurarle que vengo muy a menudo a esta casa. Me relaciono con mucha frecuencia con esta maravillosa familia y esta maravillosa pareja. Son respetuosos, partidarios de la igualdad cognitiva. El vocabulario que Lucy oyó por casualidad aquella noche casi nunca se emplea aquí, y en ese caso el lapsus solo se debió a la angustia que provocaba la situación de la niña. Un lapsus muy excepcional. Si a Pearson alguna vez se le escapa una palabra así, se disculpa en el acto, y casi nunca tiene motivos para hacerlo.

–Y ahora lo lamenta –dijo Wade, mirándome adrede–. ¿No es así?

–Sí, síí –confirmé.

–¿Sí, síí *qué*? –preguntó él.

–Que sí, que ahora lo lamento. No he sentido más que arrepentimiento y desesperación durante cuatro años enteros.

–Pero, según Lucy, el clima verbal que impera en su casa no es «respetuoso» ni «igualitario» –dijo Sonia–. Su hija le mencionó al DPM una retahíla de invectivas malsonantes que, según parece, no para de oír aquí. Me ruboricé cuando leí el informe.

–¿Y no exageran a veces las niñas pequeñas? –sugirió Emory–. Por desgracia, esas expresiones siguen oyéndose en el patio del colegio. Cuando se elimina el odio, a menudo se oculta bajo tierra y vuelve a brotar con la fuerza del petróleo. Lucy podría haber aprendido esas palabras en muchos otros lugares.

–¿Está llamando mentirosa a Lucy? –preguntó Sonia.
–Lucy puede ser... un poquito traviesa. –Emory eligió bien la palabra. «Traviesa» transmitía un punto de cariño.

Encantada sin duda de estar tratando con una personalidad televisiva, Sonia, de mala gana, se volvió hacia mí, el verdadero objeto de la preocupación del estado de Pensilvania.

–Señora Converse, me temo que el informe contiene más testimonios comprometedores. El DPM infiere de lo que Lucy cuenta sobre lo que usted denomina «clases particulares» que los fines de semana la somete a «intimidaciones» para inculcarle conocimientos a machamartillo; también que la riñe cuando ella no procesa esa información exactamente como usted exige. Lucy afirma que la mantiene cautiva durante horas, sin permitirle comer nada y ni siquiera ir al baño, y que solo da por terminada la clase cuando ella reproduce la información de la manera que usted da por buena..., cosa que a menudo hace con lágrimas en los ojos.

–Lucy exagera un poco –dije–. Nuestras clases nunca duran más de *una* hora. Siempre le ofrezco algún tentempié y Lucy puede ir al baño todas las veces que lo necesite. Le estoy enseñando a leer. ¿Ahora el Estado también considera eso maltrato infantil?

–¿Si esa obsesión personal suya se concreta tal como cuenta Lucy? Sí. En los Servicios de Protección a la Infancia nos preocupa que sea usted demasiado rígida, que no esté permitiendo que su hija sea sabia a su manera.

–Lo que no estoy permitiendo es que sea ignorante a su manera, eso seguro –repliqué.

—Lo que Pearson quiere decir —volvió a inmiscuirse Wade— es que promete dejar de darle esas clases...

Me volví hacia mi pareja sin creerme lo que acababa de oír.

—¿Perdona?

—¿No es eso lo que has querido decir? —insistió Wade, mirándome fijamente—. ¿Que vas a dejar de darle clases a Lucy y ya no vas a enseñarle *nada más*? ¿Para que tenga la libertad de *ser sabia a su manera*?

Volví a reclinarme en la silla con un bufido.

—¿En serio?

—Puede que Wade tenga razón —opinó Emory con delicadeza—. Esas clases extracurriculares... no parece que vayan muy bien. Es posible que sea... prudente interrumpirlas. Tal vez mejoraría tu relación con Lucy. Podríais dedicar ese tiempo a... a la repostería. A hacer galletas.

—Emory, incluso hacer galletas conllevaría enseñarle a medir una taza de harina.

—Entonces déjala que la mida *a su manera* —suplicó Emory.

—Ya veo que se supone que tengo que criar a un animal montaraz —masculle.

—¿Qué ha dicho? —preguntó Sonia.

—Pearson ha dicho: «Ya veo que se supone que tengo que criar un antílope sagaz —le *aclaró* Emory—. Lucy anda siempre a los saltos, brincando con elegancia como un antílope.

Sonia nos miró uno por uno con desconfianza, y después se giró para dirigirse formalmente a Wade y a mí.

—Este informe contiene pruebas más que suficientes para justificar el ingreso de Lucy en un entorno más adecuado para su crianza y educación, pero me reconforta ver aquí a una influencia social saludable. Lucy tiene la suerte de contar con el consejo de una creadora de opinión como Emory Ruth, muy admirada y considerada un faro moral. En consecuencia, creo que por ahora voy a recomendar un enfoque basado en la espera y la supervisión. Señora Converse, se le requerirá, conforme al protocolo, que asista a un curso de Aceptación Intelectual y Sensibilidad Semántica... a su cargo.

También estoy de acuerdo con usted, señor Haavik, en que esas intimidaciones de los fines de semana tienen que acabar. Y debería advertirles, a los dos, que este caso no está cerrado. Si Lucy o, en realidad, cualquier otra persona reporta nuevas señales de alarma, dar a la niña en acogida dejará de ser solo una opción. Es muy probable que sea la opción preferida.

La acompañamos hasta la puerta. Wade tuvo la precaución de esperar un momento antes de anunciar:

–Bueno, nos hemos librado de una buena. Por ahora.

–Y, tocándome el brazo, añadió–: Y no gracias a ti.

–Tengo que disculparme por conservar siquiera un mínimo de amor propio, claro.

–Y que lo digas –sentenció Wade–. Abre los ojos, Pearson. Están amenazándonos con quitarnos a uno de nuestros hijos, joder. Ese amor propio tuyo es un lujo que no nos podemos permitir.

–Me temo que Wade tiene razón –opinó Emory–. El nombre de ese juego era contrición. Y no se te da muy bien, Pearson, cariño.

–¡Creía que estaba exhibiendo un autocontrol admirable! –protesté.

–En ese caso, no quiero imaginar cómo sería verte perdiéndolo –dijo Wade.

Después de desahogarnos con una cafetera entera, me despedí de Emory en el porche.

–¡Llevas desde que tenía dieciséis años rescatándome! –exclamé, y la abracé con fuerza–. Gracias, gracias. Sin tu ayuda, no habría terminado ese interrogatorio con la custodia de nuestros tres hijos. Y yo que pensaba que eras una negada para los idiomas. Gracias a Dios, veo que dominas a la perfección el gilipollés.

Emory se marchó y Wade se quedó en la sala unos minutos más; fue desconcertante estar sola en la misma habitación con un hombre con el que llevaba viviendo una década y sentir una incomodidad que podía cortarse con un cuchillo. Di las gracias por tener que recoger las tazas, pero...
—Deja eso —me dijo un severo Wade.
Por una vez, Don Escaqueo no se moría de ganas de escurrir el bulto.
—Esto va más allá de ofender a un invitado que ha venido a cenar o incluir en las lecturas obligatorias un libro que sería como meterles un palo por el culo a tus alumnos. Es otro nivel.
—Vale, lo sé, lo sé, no necesito un sermón...
—No estoy seguro de que en verdad lo sepas.
Me tapé un lado de la cara con una mano para que Wade no lo viera si me echaba a llorar.
—Es posible que todo sea culpa mía, pero, por favor, no me culpes. Ahora no, no podría soportarlo. Si viviéramos en un mundo cuerdo, esto nunca...
—Cuerdo o no, este es el único mundo que tenemos —dijo con suavidad esta vez—. Son pocas las cosas que podrías hacer que yo no pudiera perdonarte, pero si Lucy...
—¿Me estás amenazando?
—No es una amenaza, es un hecho. Así son las cosas. Y lo que también es un hecho es que a partir de ahora vas a ser perfecta. Y no según tu criterio. Según el suyo.

Así, con esa determinación, volvió Wade a su trabajo de talador de árboles. En cuanto Lucy se bajó del autobús escolar, la dejé zascandilear por la casa hasta que se cansó; después conseguí atraerla a la cocina tentándola con un vaso de zarzaparrilla y un plato de galletas rellenas de higo. No permitía que los niños comieran mucho azúcar, y me preocupó, demasiado tarde, la posibilidad de que ese refrigerio pareciera una recompensa por un comportamiento que era el último que me interesaba reforzar. Me extrañó recelar de mi propia hija, y me entretuve buscándole una servilleta como excusa para aplazar la pequeña charla pendiente. Empezaba a darme cuenta de que ahora nuestra familia era rehén de los caprichos de una niña de ocho años, como en un angustiante episodio de *La dimensión desconocida*.

—Lucy —acerqué una silla mientras se atiborraba de galletas—, ¿sabías que hoy ha venido a vernos una señora para hablar de ti? Le preocupaba que pudieras sentirte triste o dolida.

—Mi DPM ha dicho que conseguirán que seas buena conmigo —dijo Lucy, escupiendo algunas migas.

—¿No crees que ya lo somos?

—Tú no.

Lucy tenía una relación conflictiva con su madre porque yo era la única persona en su vida que la obligaba a hacer algo que ella no quería hacer.

—Es verdad que a veces nuestros ratos de lectura no son agradables, pero creo que después serás muy feliz, cuando veas que sabes leer señales, y webs, e incluso libros enteros, en lugar de ver solo un montón de líneas y circulitos sin sentido. Aunque no siempre lo percibas así, soy buena contigo, Lucy. Casi más buena que nadie.

—Mi DPM ha dicho que montarán una *supermisión*. Dijo que tus clases eran *temidaciones*.

—Bueno, no tenemos por qué seguir con esas clases de fin de semana si no quieres, pero puede que con el tiempo lo lamentes. Es mucho más fácil aprender a leer de pequeña que cuando ya eres mayor.

—No soy tan pequeña.

—Sí, empiezo a darme cuenta de que eres mucho más madura de lo que pensaba. Pero lo que pasa es que no ves que si te quejas a tu DPM, la cosa se puede poner muy seria. ¿Te gusta vivir aquí? ¿Te gusta vivir conmigo y con papá, y con tus hermanos?

—Darwin y Zanzbar se creen mejores que yo.

—Venga ya, solo son más grandes. Cuando crezcas, serás como ellos. —(No, no lo sería)—. Pero contéstame, ¿tú quieres quedarte en esta casa? Es posible que Lucy tuviera sus problemas conmigo, pero no podía estar más apegada a su padre; le encantaba agarrarlo por el tobillo y que Wade la paseara así por la sala.

—Supongo —dijo, sin mucho entusiasmo.

—Entonces tal vez sea mejor que no le digas al DPM cosas malas. Si algo te disgusta, deberías venir a decírmelo directamente a mí, o a papá. No quiero asustarte, pero la señora que ha venido hoy podría llevarte lejos de nosotros.

—Lo sé —dijo Lucy, tan pancha, y cogió otra galleta.

Me sorprendió muchísimo que las autoridades le hubiesen mencionado siquiera la posibilidad de retirar la custodia; parecía displicente desde el punto de vista emocional. Esa negligencia institucional delataba un nivel de desparpajo que solo era posible si ahora a los niños se les arrancaba de su hogar por lo que Emory llamaba mala «higiene verbal».

—Si de verdad se te llevaran —dije—, todos nos pondríamos muy tristes. Y creo que tú también. Algún día te lo contaré, pero yo me separé de mi familia cuando era adolescente, y, créeme, me puso muy triste. —Tan triste que, incluso ahora a los cuarenta y dos, rara vez me permitiera recordarlo.

Pero a Lucy no le interesaba mi historia lastimera. Además, parecía decidida a dejar claro, por si acaso, quién mandaba allí.

—Tú dices montones de palabras que no se deben decir. La palabra que empieza por E, la que empieza por la I, por la T, y también «CI». Mi DPM me dijo que eso significa que eres una «persona de odio», y que tengo que avisarle cada vez que digas esas palabras. Y que tendrás problemas.

Cuando Wade volvió y pudo quedarse con Lucy, subí al piso de arriba y llamé a la puerta de la habitación de Darwin, donde mi hijo y su hermana daban la impresión de estar conspirando, como de costumbre, *sotto voce*. De pie en el umbral –no quiera Dios que mis propios hijos me invitasen a entrar–, les expuse la situación intentando no alarmarlos, pero sí con un tono lo bastante sombrío para que se tomaran en serio lo que estaba en juego.

–¿Has pensado alguna vez –dijo Darwin cuando acabé de resumirle la visita de Sonia Whitehead– que tal vez deberías *dejar* que pongan a Lucy en acogida?

–¡Darwin, eso que dices es terrible! –exclamé–. ¡Es tu hermana!

–Media hermana –puntualizó él–. Y parece más un cuarto de hermana. O cero hermana.

–Lucy nos espía –dijo Zanzibar.

–Bueno, tal vez no tendría que hacerlo si no anduvierais siempre con secretillos. No puede evitarlo, todavía es pequeña. Cuando vosotros crezcáis, creedme, daréis las gracias por tener una hermana cerca y llevaros bien con ella.

–Vaya, no veo la hora... –Darwin estaba desarrollando una vertiente agria que no me gustaba nada–. Los niños como Lucy no cambian.

–Tu hermana pequeña ha vivido rodeada de esta bobada de la Paridad Mental desde el parvulario. No conoce otra manera de pensar y no tiene ningún motivo para imaginar que haya algo dudoso o malicioso en lo que le han enseñado. No es culpa suya. Intento mostrarle una perspectiva más tradicional, pero nada de lo que diga conseguirá sofocar ese coro universal.

—Es de esas —dijo Zanzibar—. Como si no hubiera bastante gente así en el colegio, como para llegar a casa y encontrarte otra chivata.

—Me temo que eso tiene que ver con lo que quería recalcaros. —Bajé la voz—. Vamos a tener que cuidar mucho todo lo que decimos. En casa también, ¿de acuerdo? Incluidos vuestro padre y yo. Nada de «esto es una estupidez» o «aquello es de tontos». En casa solo diremos lo que no nos incomode decir en público. Si las autoridades se enteran de que aquí hacemos comentarios «odiosos» e «intolerantes», podrían llevarse a vuestra hermana en cuestión de días.

Oí una especie de canturreo en el pasillo, detrás de mí («¡Nooo-nooooo!»), y me sobresalté. A Lucy empezaba a dársele muy bien acercarse con sigilo a la gente.

—¡No solo *a míí*!

—¿De qué estás hablando? —le espeté.

—Mi DPM dice —proclamó, muy satisfecha— que también pueden llevarse a Darwin y Zanzbar a un centro de *recogida*.

2

A quinientos sesenta y nueve dólares por cabeza –se movía mucho dinero en la reeducación–, las seis semanas de clases sobre Aceptación Intelectual y Sensibilidad Semántica que los servicios sociales me obligaron a recibir fueron sin duda edificantes. Empezamos, por supuesto, con las prohibiciones básicas; por ejemplo, «no llegarle el riego a la azotea», «ser más tonto que una mata de habas» o «no tener todos los patitos en fila», cuyo insultante toque desenfadado encubría el daño duradero que podía causar su uso en contextos informales. Como no hacía falta que me dijeran que ya no debíamos llamar a nadie estúpido, imaginé que podría salir ilesa de ese adoctrinamiento de la misma manera en que de pequeña había sobrevivido en la escuela pública: con un libro abierto en el regazo.

Sin embargo, no tardamos nada en pasar a prohibiciones menos obvias. «Corto» era un adjetivo que había que tomar con pinzas en cualquier contexto. Y ya nadie podía quedarse «alelado» por nada; nuestro serio y joven profesor, un personaje escuálido y enclenque llamado Timmy Muswell, recomendó emplear a cambio «absorto». Decidí, como alternativa interesante a desconectar con alguna de mis manoseadas novelas de Evelyn Waugh, hacerme la pelmaza inocente, y levanté la mano.

—Disculpe, pero ¿cómo deberíamos referirnos entonces a un cortocircuito?
—Podríais decir... —Timmy tecleó en su teléfono—: «circuito que se produce por contacto entre dos conductores de polos opuestos y suele ocasionar una descarga».
—En ese caso, puede que mi interlocutor terminara cortocircuitando.

La clase soltó unas risillas; a Timmy, en cambio, no pareció hacerle gracia. Nunca le hacía gracia nada.

También debíamos proteger los sentimientos de lo inanimado. Una regadera, por ejemplo, un cacharro en peligro de extinción porque se lo asociaba a la expresión «estar como una regadera», pasó a ser exclusivamente un «recipiente portátil diseñado para regar, compuesto por un depósito del que sale un tubo...», etcétera, etcétera. (Sí, era la definición del diccionario.) He olvidado por qué extraña razón prohibieron también «memorándum»; ahora había que decir siempre «circular». Y aunque a esas alturas todos los presentes habíamos entendido que el apelativo «tarugo» era discurso de odio, quizá ignorábamos que, si íbamos a una ferretería, debíamos pedir un «taco» o una «clavija» de madera.

Aplicando una caprichosa sinonimia, tampoco se podía hablar de una «espesa niebla» ni de un texto «denso». Puesto que una persona no podía ser «simple», tampoco podía emplearse ese adjetivo para referirse a un problema aritmético y debíamos decantarnos por «fácil». Yo no pude más que señalar que tampoco significaba *exactamente* lo mismo, pero Timmy pasó enseguida a otra cosa; lo angustiaba cualquier referencia a distintos grados de dificultad mental. «Hondo» y «profundo» eran calificativos *injustos*, pues podían referirse a un entendimiento vasto y penetrante (lo opuesto a superficial, vamos) y a personas que lo poseyeran. Por semejante regla de tres, a la parte honda de una piscina lo sensato era llamarla «la parte donde hay más agua». Y luego le tocó el turno a «lento». Si hablábamos de un procedimiento burocrático, por ejemplo, mejor definirlo como «gradual», «prolongado», «que se extiende en el tiempo» o que avanza a «velocidad reducida». Opciones había. Un vals ya no podía ser «lento», sino «poco brioso», lo que desde luego no me animaba a salir a la pista. Mejor que arriesgarse a herir un ego usando «retrasar», la prudencia recomendaba optar por «retroceder». Huelga decir que, para Timmy, los heroinómanos dejarían de pasar el «mono» y los borrachos de dormir la «mona», aunque, para unos y otros, las referencias simiescas eran el menor de sus problemas. Luego salieron a colación el «servicio de inteligencia», la «inteligencia artificial», la «inteligencia emocional»... En momentos como ese, nuestro profe se alteraba un poco, pues cualquier alusión a esa *cualidad que todos tenemos en igual medida* le ponía nervioso, y nos aconsejó alternativas que ahora ya ni recuerdo.

Si una luz no podía ser «floja» ni «débil», entonces la muy intensa tampoco podía ser «brillante»; ahí Timmy se aturdió otra vez porque todo lo que tuviera que ver con «brillar» se consideraba discriminatorio, así que frenó en seco e intentó corregirse. «Luz que aumenta y mejora la calidad de la visión», dijo, y nos insistió en que los profesores «supuestamente brillantes» no pillaban las cosas más rápido que el resto, y que una «puesta de sol brillante» se describía mejor como «roja». Huy, perdón; Timmy nunca habría dicho «pillar más rápido», salvo para recordarnos que era un halago escandaloso. «Rápido» estaba descartado; «veloz» era un adjetivo más seguro. Y también «vivaz» era mejor que «vivo».

–¿Significa eso –intervine– que habrá que volver a traducir algunos pasajes de la Biblia del Rey Jacobo? ¿Dios vendrá glorioso a «juzgar a los vivaces y los muertos»?

No me hizo ni caso.

Nuestro profesor recalcó que en el lugar de trabajo algunos cumplidos podrían costarnos nuestro puesto de ídem:

véase «genial», «excelente», etcétera. Apreciar que alguien tuviese una actitud «pensativa» podía interpretarse como que cavilaba más que otros; por tanto, si no queríamos pisar terreno pantanoso, debíamos decir «atento» por ejemplo, palabra que, en su acepción de «considerado», llevó a Timmy a pensar en «presentes» y «regalos» y a disuadirnos de emplear la palabra «don» y sus derivados en todo momento y ocasión.

Debíamos tener cuidado también con verbos incómodos como «captar» o «asimilar», que podíamos sustituir por «percatar» o «incorporar». «Dominio» también era un término problemático; como en una de sus acepciones podía aludir al injustificable buen conocimiento de un campo o una actividad dadas, todos los dominios de internet pasaron a llamarse «denominación empleada para identificar un sitio en la red». Las muestras de admiración que se expresaban con adjetivos como «sagaz» o «erudito» solo podían dar a entender que existían personas desdichadas que no poseían ninguna de esas cualidades; en consecuencia, si estábamos empeñados en aclamar a un colega, debíamos hacerlo con elogios moral y psicológicamente sanos y simples –perdón, *descomplicados*–, como «me gustas» o «eso está bien». Por desgracia, tener que evitar «penetrante», aplicado a menudo a los listillos y al producto de su sobrevalorado trabajo (un «análisis penetrante»), también impedía emplearlo para referirse a un olor. Asimismo, se prohibió, ya en un registro más especializado, usar la palabra «bovino» incluso para hablar de cualquier cosa que tuviese que ver con las vacas.

La lección más saludable de todo el curso fue la de igualdad cognitiva en la cocina. Ni «melón» ni «cebollino» podíamos decir, y mucho menos «pavo», que era un término peyorativo de toda la vida: en adelante el Día de Acción de Gracias comeríamos «ave gallinácea domesticada» –y mira qué bien, porque ni siquiera Timmy recordaba el término «gallinácea» sin consultar sus notas–. La salvia ya no servía para sazonar el relleno; a alguna autoridad le pareció que podía confundirse con «sabia», pero si aun así queríamos seguir usándola para sazonar, «condimento para ave gallinácea en forma de hojas aterciopeladas» resultaría identificable para la mayoría de la gente. Por las connotaciones de «espeso», la prudencia aconsejaba no decir que una salsa o una crema era «espesa». Así pues, para preparar un buen manjar blanco había que «compactar» la mezcla.

La cosa se complicó, y mucho, cuando llegamos al glosario porcino («cerdo», «puerco», «gorrino», «marrano»), aunque se salvaba de momento el «perrito caliente», quizá por estar tan arraigado en nuestra tradición. Se acabó también hablar de «sopa boba» y, en el ámbito panadero, adiós a los «mendrugos» y a esos panes de moda llamados «rápidos», que pasaban a ser panes «inmediatos».

Más adelante nos agasajó con un repaso de la historia culinaria contemporánea. Entre otras cosas, nos habló de cuando Nestlé tuvo que rebautizar algunos productos de su línea Swift, «ágil», después de que la policía autoproclamada de las redes sociales llamara a la empresa al orden, que optó por Nestlé Presto. Hostess Brands, por su parte, tuvo que retirar de los lineales de todos los supermercados de Estados Unidos esos pastelitos de chocolate rellenos llamados Ding Dongs, por su clara alusión a un «cencerro». Queriendo hacernos más llevadera la clase con fascinantes anécdotas de otros países, Timmy contó que en el Reino Unido la golosina equivalente a los M&M también se vio enfrentada a un dilema por la marca y el indignante boicot a escala nacional: los Smarties británicos pasaron a llamarse Smardies, pero como parece que a nadie le gustó el cambio, acabaron desapareciendo del mercado.

De un día para otro dejaron de verse en las cocinas cuchillos «romos», que pasaron a ser cuchillos que «no cortaban bien». «Sin filo» no estaba bien visto, y, por supuesto, nunca podían ser «cortos». Tampoco ningún objeto podía ser «agudo» y jamás a nada le «faltaba un hervor» o «un golpe de horno», sino que «debía cocinarse un rato más». Y, por supuesto, la comida tampoco podía estar «lista»; lo suyo era decir «¡A comer!».

Cuando nos reunimos por primera vez, flotaba en la clase la misma atmósfera que en el aula de castigo del instituto. Éramos chicos y chicas malos que habíamos pecado contra el dogma de la Paridad Mental, con la sonrisa burlona de adolescentes encorvados y rebeldes. Enseguida, después de esas mortíferas lecciones, algunos empezamos a ir a tomar una copa para contarnos qué terrible línea roja habíamos cruzado para haber acabado ahí y desternillarnos del último embargo léxico de Timmy, pero ese ambiente de insubordinación no duró. A la mayoría nos daba demasiado miedo dar un paso en falso. Yo no era la única que se arriesgaba a perder la custodia de los hijos y, considerando lo que estaba en juego –lamento si lo que voy a decir es una decepción para mis compañeros de viaje–, después del primer o segundo día decidí cerrar bien la boca delante de Timmy. Aplicando la misma disciplina de mis quince años, cuando observaba como un robot los rituales de la religión de mi familia, pronto empezaron a tomarme por una esforzada pelotillera que se moría de ganas de dominar el lenguaje de la estima y la inclusión. Además, hasta los del grupúsculo subversivo nos vimos atrapados en el juego, compitiendo para ver qué palabra prohibida se le había escapado al profesor.

–Eh, Timmy –podía descolgarse un compañero de clase con mucho brío–. Si ya no se puede ser un «niño prodigio», ¿qué pasará con los prodigios de la naturaleza?

O recuerdo a una mujer que, muy emocionada con algo que había descubierto, se animó a plantear:

–A mí me parece que afirmar que alguien es «reflexivo» implica por fuerza que hay otras personas que no lo son..., es decir, que no piensan a fondo las cosas y no observan el mundo con sutileza.

—Así es —convino Timmy—. Cualquier incremento de las capacidades intelectuales de alguien es, por fuerza, un menoscabo de las capacidades de otros. Si no hay implícita una comparación, una comparación peyorativa, el cumplido pierde su significado.

—Pero a lo que me refiero es —prosiguió la mujer—: si no puede haber gente reflexiva, ¿puede haber verbos y pronombres reflexivos? ¿Y oraciones reflexivas?

Había otro tipo que en las primeras clases parecía muy moderno —sarcástico, de los que iban haciendo comentarios por lo bajo a costa de Timmy—, pero que a la cuarta semana levantó la mano para intervenir.

—Disculpe mi vocabulario, pero algunos colegas de mi despacho suelen decir: «Ese tío es un trasto total». Para decir inútil, claro, que es un insulto a la inteligencia. Me pregunto qué haremos ahora con los muebles viejos y voluminosos. ¿Qué tal «archiperres»?

—¡¿Archiperres?! —exclamé, divertida.

—¿Por qué no? —repuso él al punto.

—Bueeeeno, suena un poco... —Me detuve justo a tiempo. Que faltase tan poco para que sin pensar me inventara un adjetivo grosero y peyorativo me hizo sentirme un poco mareada—. Que suena raro, quiero decir —concluí, sin ninguna convicción, y no volví a decir ni pío en toda la clase.

Tomé en esas clases algunas notas sueltas y desganadas, aunque solo fuera para acordarme de contarles a Wade y a Emory varias perlas selectas de entre las absurdas propuestas de Timmy. De todos modos, las veladas bulliciosas y etílicas en casa en las que nos desternillábamos de todo ya eran cosa del pasado. Tuve que conformarme con confidencias susurradas a la hora de ir a la cama y fragmentos desesperados compartidos con mi mejor amiga mientras tomábamos un café en alguna de las raras ocasiones en las que Emory disponía de una hora libre (pasaba más tiempo en Nueva York). Sonia Whitehead había echado un auténtico jarro de agua fría sobre nuestra vida doméstica, antes chispeante e irreverente. O yo prefería culpar a Sonia, aunque la verdadera aguafiestas era nuestra hija pequeña. Lucy estaba hiperalerta a cualquier lapsus verbal, como cuando nos cargábamos una comedia televisiva diciendo, por ejemplo, que nos parecía «una bobada». Puesto que todavía no le habíamos comprado un ordenador, una tableta ni un teléfono, el deseo de registrar esos descuidos y meteduras de pata y contarlos durante los regulares «controles» de Sonia a domicilio podría explicar el ligero aumento en su interés por aprender, por fin, a escribir a mano.

Sin embargo, a menos que los tabús de Timmy fuesen amenos, memorizar sus enseñanzas no tenía ningún sentido. No habría examen final para medir cuánto habíamos interiorizado toda esa «sensibilidad semántica» porque el movimiento Paridad Mental no creía en los exámenes. Incluso si nos hubiesen puesto uno, nos habrían tenido que aprobar a todos. Cualquier diferencia en nuestros resultados solo habría servido para poner de manifiesto *ipso facto* una mera diferencia de *procesamiento*, es decir, la variable que daría fe de un comportamiento que disfrazaba la inverosímil verdad de que todos éramos iguales. Por tanto, no se tomaban siquiera esa molestia. Estar sentada en uno de esos pupitres del centro comunitario, con mi mente divagando, me dio una idea de cómo debía de ser, para mis alumnos, evadirse en mis clases. Fue descorazonador.

Comportarse lo mejor posible incluso *en famille* era muy duro, sobre todo para Darwin y Zanzibar, para quienes reírse en casa de la doctrina que dominaba nuestra vida en otros sitios había sido una vital válvula de escape. Más que dedicarse a autocensurar lo que ellos mismos contaban durante la cena, se blindaron. Daban la impresión de hablar solo entre ellos, y a mí no me parecía sano. Aunque tratándose de hermanos era un calificativo chocante, diría que su relación con Lucy era «de cortesía». En cuanto a la pequeña, tenía ahora un aire de superioridad que ni su edad ni su talento parecían justificar. Tendía a moverse por la casa con paso firme, el mentón alzado y dándose muchos aires, como si estuviera realizando una inspección. Tal vez fuera un impulso inconsciente, pero empecé a servirle doble ración de cualquier comida que fuese cara o escasa. Cuando volvía del colegio, la esperaba zarzaparrilla de sobra, y ya habíamos reservado el último modelo de iPad para cuando cumpliese nueve años en julio.

3

Para mi vergüenza, aquí estoy, trayendo ejemplos baladíes de fascismo filológico –la muerte del «memorándum»– mientras ahí fuera, en el resto del mundo, se fraguaban acontecimientos mucho más importantes; pero bueno, la misma miopía gobernaba todo el país, a lo largo y a lo ancho. Priorizar las nimiedades de las amenazadoras lecciones de vocabulario de Timmy Muswell por encima de dos conflictos capaces de desencadenar la tercera guerra mundial me convierte en un personaje típico de mi época.

En este punto tengo que detenerme y señalar una incoherencia en todo el paquete de la Paridad Mental que pesa sobre esos acontecimientos mundiales. Por un lado, se afirmaba que no existía la división entre una inteligencia humana superior y una inferior; por otro, debíamos defender los derechos de los imbéciles. ¿Cómo se pueden defender los derechos de una categoría de personas que no existe? Los fanáticos empleaban mucho el adjetivo «percibido», muy útil a la hora de disimular la contradicción, pero en la práctica, el grandioso proyecto estadounidense, en marcha ya en 2014, no apuntaba tanto a la eliminación total de la inteligencia propugnada originalmente por Carswell Dreyfus-Boxford, sino a la exaltación agresiva de los estúpidos.

Por supuesto, Mensa había quedado prohibida por ser la clase de organización supremacista para superdotados que de pronto, según el FBI, constituía la peor amenaza al orden cívico estadounidense. (Se decía que pequeños reductos de vanidosos intelectuales, remanentes de ese grupo procaz y fanático, se habían guarecido en las montañas de Colorado y New Hampshire. El encarnizado pulso entre miembros armados de Mensa y agentes federales en las afueras de Boulder había recibido mucha cobertura, aun cuando un valiente periodista de *Rolling Stone* recabase pruebas convincentes de que había sido un montaje.) También se habían prohibido los dictados y otros concursos de ortografía, considerados una forma más de maltrato infantil (cabía suponer que, en lo más profundo de nuestra cabeza, todos éramos perfectos en ortografía, pero que a algunos la letra correcta se nos atascaba). Así y todo, en lugar de cancelar las Becas MacArthur para «genios» –lo lógico habría sido pensar que los administradores se desvivirían por disculparse por su pasada complicidad con la discriminación–, la fundación empezó a conceder seiscientos veinticinco mil dólares repartidos en cinco años entre los candidatos más tontos que pudiese encontrar. Las becas Rhodes siguieron el ejemplo, y dudo de que les resultara difícil encontrar candidatos no cualificados –o cualificados, según se mire, pues no estar cualificado era la principal cualificación para obtener una matrícula gratuita en Oxford–. Cierto, Estados Unidos y otros países «civilizados» acabaron retirándose en bloque del circuito internacional de ajedrez porque el Imperio del Mal seguía presentando a auténticos prodigios, una práctica considerada tramposa; pero, aun así, antes de retirarse por completo, Estados Unidos envió a los torneos a equipos enteros que no solo eran malos, sino que ni tan siquiera eran ajedrecistas. No conocían las reglas del juego. Visto a través del nuevo prisma, enviar a representantes nacionales arrogantes que ya sabían jugar habría sido una indecencia.

Cito esta tendencia porque tenía relevancia política. Cuando Joe Biden nombró a sus colaboradores más cercanos y a los miembros de su gabinete, además de ignorar lo brillantes que fueran o no esas personas, hizo todo lo posible por encontrar un candidato para la Secretaría del Tesoro que fuera un imbécil. Y no un mero imbécil, sino uno que la gente pudiera reconocer como tal, alguien con un discurso y una actitud a todas luces vacuos. Con mucho orgullo se hizo saber a través de unos medios turiferarios, y del propio secretario de prensa de Biden, que el presidente estaba escogiendo a propósito entre los «históricamente marginados»; léase: los estúpidos.

El mismo modelo se adoptó en el Departamento de Defensa. El Estado Mayor al completo no solo mezcló los rangos como si fueran una ensalada; haciendo caso omiso de la lección del fallido intento de asesinato de Osama bin Laden, que seguía en libertad, también ascendieron con frenesí a capitán, coronel y teniente general a los soldados rasos más zoquetes. Los norteamericanos aún no se habían repuesto del «escándalo» que representó que hasta 2011 las fuerzas armadas sometieran a todos los futuros reclutas a un test de CI llamado Batería de Aptitud Vocacional de los Servicios Armados (BAVSA); antes de que la prueba, con mucho aspaviento, acabase repudiada, el ejército estadounidense no había reclutado a ningún soldado con una puntuación inferior a 85. Las audiencias del Senado llevaban años alargándose, pero las conclusiones ya se conocían: rodarían cabezas por el mero hecho de haberse realizado alguna vez esa prueba.

El ascenso imparable por parte de la Administración Biden de funcionarios públicos *percibidos* como zopencos redomados tuvo una consecuencia desagradable. Los inteligentes –y es curioso cómo a menudo se les puede reconocer de un vistazo; hay algo en los ojos, una sutil alerta en los músculos faciales, tanto por lo que la gente no dice como por lo que dice– acabaron degradados o despedidos con discreción, o no se los tuvo en cuenta para ningún puesto, ya de entrada. Si tuviera que cuantificarlo, calculo que por regla general cualquiera con un CI inferior a 95 encontraba todas las puertas abiertas; en cambio, los que tenían un CI superior, pongamos, a 115 se podían morir esperando. Para detectar este patrón desde el extranjero, los líderes mundiales de esferas geopolíticas influyentes y rivales no habrían necesitado una red de espías; les habría bastado una conexión a internet y, tal vez, unas económicas suscripciones digitales a dos o tres periódicos estadounidenses de gran tirada.

Empezando por Crimea en la primavera de 2014, el ejército ruso de Vladímir Putin procedió a anexionarse toda Ucrania. Dado que el Departamento de Defensa de Estados Unidos se afanaba en purgar sus filas del «furor inteligente», a nadie se le había ocurrido formar o equipar con antelación a las tropas ucranianas, y, mal preparado y sin recursos suficientes, el que una vez fuera un país soberano ofreció poca resistencia. Las fuerzas rusas no tardaron en abrirse paso hasta Moldavia y la ocuparon. Aunque se especuló que Georgia, los países bálticos y posiblemente también Polonia estaban entre los primeros en la agenda de Putin, dichos pronósticos se restringieron a artículos de opinión de seiscientas cincuenta palabras que, aunque iban firmados por auténticas lumbreras, nadie leía.

Fue tan poco el espacio que ocupó esa invasión en el debate nacional que yo no conseguía recordar, sin buscarlo, si el ejército de Putin había entrado en Estonia antes o después de que China invadiera Taiwán (fue después, aunque imagino que os dará igual). La invasión naval de Pekín dio la impresión de ser una chapuza, aun cuando el Partido Comunista Chino no tardó nada en estrangular el flujo de información procedente de Taipéi; las noticias acerca de la «Segunda Guerra Civil China» desaparecieron casi por completo, aunque las pocas que llegaban eran espantosas. Al final, por supuesto, China no solo ocupó la isla –donde instaló un gobierno títere y encarceló o ejecutó a los «colaboradores» con las autoridades ilegítimas de la provincia rebelde–, sino que también consiguió controlar casi enteramente la industria internacional de microchips. Tras ese deslumbrante despliegue de poderío militar, Japón, Vietnam, Malasia y las Filipinas no volvieron a decir una sola palabra sobre el mar de China Meridional y dejaron que los chinos se lo quedaran.

No pretendo afirmar que esos movimientos tectónicos en el equilibrio internacional del poder se ignorasen del todo en la prensa norteamericana, pero las críticas dirigidas a ambas autocracias se concentraron en las flagrantes violaciones de los derechos humanos. Las universidades, los departamentos gubernamentales y las empresas, tanto en Rusia como en China, promovían sin disimular claras políticas inteligentistas, y con total desfachatez premiaban a los que tenían una inteligencia superior percibida mientras impedían que los menos capacitados ocuparan puestos de autoridad y los relegaban a trabajos de poca categoría. Recuerdo más de una inquietante denuncia interna sobre colegios de Moscú y de Beijing donde los estudiantes tenían que pasar exámenes crueles y agotadores, y donde a los *diferentes* les imponían castigos ejemplares. Pero no recuerdo haber leído gran cosa sobre los ucranianos, los moldavos, los estonios y los taiwaneses asesinados, violados, bombardeados, enterrados vivos o reducidos a cenizas en sus bloques de apartamentos.

Tampoco encontré en los medios generalistas un análisis que se atreviese a señalar que tanto China como Rusia se habían envalentonado y confiscado vastas extensiones de nuevos territorios porque el mundo occidental estaba ensimismado con el fiasco de la Paridad Mental y se había vuelto ridículo. Visto el panorama desde el exterior, era más que evidente que lo único que nos importaba era no herir los sentimientos de los tontos. Mientras tanto, Biden y los demás líderes del G7 se dieron a cierto postureo: parlotearon mucho sobre las «guerras opcionales», pero no *hicieron* nada, tal vez porque su electorado tenía la cabeza metida en el trasero nacional, de modo que no valía la pena invertir capital político, y mucho menos dinero de verdad, en una política exterior asertiva destinada a ser ignorada dentro del país. Eso haciendo la pirueta mental de reconocerle a la administración el mérito de tomar decisiones racionales. Mi lado más cínico sospecha que llenar el gabinete y demás despachos de mediocres e incompetentes debió de tener consecuencias.

Resultaba *difícil* saber cuál era la mejor manera de frenar la agresión territorial descarada de potencias hostiles dotadas de armas nucleares, y la gente que Biden y compañía habían colocado con tanto orgullo en todos los niveles del Gobierno federal no estaba hecha para afrontar lo *difícil*.

Como la mayor parte de mis compatriotas, dudo que hubiera sabido situar Ucrania o Taiwán en el mapa. Aun así, parecía que si Occidente seguía revolcándose en esa preocupación utópica que había arraigado en particular en el mundo anglosajón –los canadienses, los irlandeses, los neozelandeses y los australianos eran incluso más fanáticos de la igualdad cognitiva que los estadounidenses que habían iniciado la moda–, poco impedía a los países inteligentistas adueñarse del resto del mundo. Empecé a preguntarme incluso si que Xi Jinping aterrizara en Cornell y obligara al departamento de Física a volver a *poner notas* no acabaría siendo nuestra salvación.

ALT-2015

1

Debió de ser en algún momento de aquel verano cuando, una noche, me di cuenta de que Wade estaba de un humor sombrío nada habitual en él. Me felicité por haber captado el cambio en el ambiente. Mi pareja podía pasar con frecuencia largos ratos sin hablar mucho, durante los cuales yo tendía a quedar atrapada en mi centrifugadora mental –propulsada desde hacía años por lo que Emory llamaba «el estroncio-90 del resentimiento», por la sencilla razón de que la historia se había cagado, ¡y cómo!, encima de mi familia–. Distinguir entre la taciturnidad propia de Wade y una melancolía anómala me hizo albergar la esperanza de no ser la compañera despistada y egoísta que a veces temía ser.

Los niños se habían esfumado y Wade seguía sin acabarse las brochetas de cordero al romero, sin duda rumiando algo.

–¿Qué pasa?

En su larga pausa leí una superstición familiar: un problema que no se verbaliza todavía no es real.

–He contratado un nuevo ayudante –dijo, al cabo de un rato.

–¿Y eso no es una buena noticia? Te hacía falta personal desde que Benjamin se fue para montar su empresa de jardinería.

Wade dio unos golpecitos en la mesa con el índice, sin mirarme.

—No quería contratar a este tío. No está cualificado. No tiene formación de arborista.

—Y entonces, ¿por qué lo has contratado?

—Todo ese asunto de las cualificaciones... parece que se ha puesto complicado. No estoy seguro de que pedirlas siga siendo aceptable. Satisfacer unos requisitos implica pasar una prueba, y ya no hay pruebas. Son... discriminatorias.

—Aun así, podrías negarte a dar trabajo a alguien que no sabe lo que hace, ¿verdad?

—No, no funciona así. Me amenazó. Para demostrarme sus habilidades se puso a dar vueltas blandiendo una de mis motosierras sin ponerle el seguro. Me... asusté, y... sin pensarlo, le dije una palabra. Fue una reacción visceral. Se me escapó antes de que me diera cuenta. Y amenazó con demandarme.

—¿Qué palabra?

—La misma que te dio a ti problemas en la universidad. Eres tan suelta con el lenguaje aquí, en casa, que yo... Bueno, me vino demasiado rápido a la cabeza.

—Yo más bien diría que ya no soy nada *suelta* con el lenguaje aquí, en casa, muy a mi pesar. No irás a echarme la culpa a mí, ¿no?

—No, perdona, por supuesto que no, pero ahora tengo que trabajar todos los días con alguien que no me cae bien y no me inspira confianza. Danson se llama. Es un creído y un vago. Se toma descansos muy largos y se pasa el día vapeando. Algo como con gusto a algodón de azúcar que a mí me revuelve el estómago. Y además es...

—Un estúpido —completé yo la frase instintivamente. En mi defensa alegaré que los chicos (y, lo que es más importante, Lucy) estaban arriba.

—Es una manera de decirlo.

—A mí pronto me estallará la cabeza de tanto pensar en *maneras de decirlo*. —Observé con detenimiento a Wade, siempre tan guapo; él seguía sin mirarme a los ojos—. Creías que podías quedarte al margen de esto, ¿no? Pensabas que la Paridad Mental no iba contigo ni con tu trabajo y que podrías vivir sin ensuciarte. Pensabas que podrías contemplar toda esta mierda desde las bandas, ver si querías, o no ver. No creías que se te fuese a acercar por detrás a darte por culo.

—Yo trabajo con árboles, Pearson.

—También trabajas con personas.

—Y es la única parte de mi trabajo que no soporto.

Me recliné en la silla y crucé los brazos.

—Creo que no te he contado nada de ese espectáculo de danza que fui a ver con Emory la semana pasada. Después de tantos años presentando *Desfile de talentos*, le gusta seguir la actualidad de la escena artística local. A mí la danza no me llama tanto, pero al menos era un plan. Sé que los espectáculos locales pueden ser de segunda, pero este era tremendo, y en un sentido totalmente nuevo, lo cual explicaba que hubiera tan poco público. La mayoría de los bailarines tenían sobrepeso. No se los veía en forma. Carecían de sentido del ritmo, no tenían gracia ninguna. Wade, no sabían bailar. Durante el descanso, Emory y yo nos quedamos sentadas sin decir nada. No podíamos. Cuando la mayor parte del público se escabulló, nos quedamos solo porque los bailarines nos daban lástima. Los pocos espectadores que tuvieron el valor de quedarse hasta el final siguieron la coreografía impasibles, ajenos a todo como si no estuvieran ahí, y aplaudieron entusiasmados cuando bajó el telón, como si esa aprobación unánime pudiera disfrazar la parodia que acabábamos de presenciar. Esa función encaja perfectamente con lo que le ha ocurrido a Zanzibar. Es la mejor actriz de todo el colegio, y por eso no la eligen para ninguna representación. Creo que a esos bailarines de la otra noche los eligieron ante todo *porque* no sabían bailar. Poner a gente esbelta y fuerte y que ha estudiado durante años para ser buena en algo ya no parece *justo*.

–¿Y lo que quieres decir con esto es...?
–Que no hay donde esconderse. No hay espectadores en este juego. Al final, estás tan hasta el cuello como yo. La Paridad Mental empezó siendo un gran proyecto nivelador, desde luego, pero ahora nos pasamos el tiempo nivelando todos los campos habidos y por haber, y así seguiremos hasta que Estados Unidos sean como Ucrania después de que Putin acabase con ella. Así que ya no es posible ser bueno en arboricultura, igual que ya no es posible serlo en neurocirugía. En realidad, la situación es aún peor. No es solo que ahora todo el mundo sea igual de bueno en todo, es que estamos viviendo una inversión. Es la gente más inepta en algo la que *llega*, porque los que destacan resultan molestos, ponen en evidencia a los mediocres y hay que acallarlos. Puede que debamos dar gracias de que no hayan empezado aún a fusilar a bailarinas talentosas y a enterrarlas en fosas comunes. Y que tú debas dar gracias de que ese Danson no se esté apropiando de Treehouse, Inc. como si tuviese el derecho moral de hacerlo precisamente *porque* no tiene ni idea de arboricultura. Bienaventurados los inútiles porque suyo será el reino de los cielos. Bienaventurados los que todo lo estropean porque tendrán consolación: nadie nunca señalará el puto desastre que han liado. Bienaventurados los metepatas porque ellos heredarán la tierra.

De vez en cuando, mi educación bíblica me venía como anillo al dedo, aunque Wade no había crecido en el seno de ninguna religión en particular y la alusión a Mateo 5, 3-12 no le dijo absolutamente nada.

Podría haber profundizado mucho más en este tema si a Wade no le impacientaran este tipo de filípicas ensayadas.

En 2015, la citada «inversión» ya les había dado la vuelta a todas las disciplinas. Algunos premios literarios, como el Pulitzer y el Nobel, no solo habían degenerado en una mera lotería; los galardones se otorgaban deliberadamente a autores que escribían libros malos, y me refiero a auténticos pestiños. Los Óscar se concedían a películas pésimas y a actores pésimos, y los Tony eran para las peores obras de teatro (distinción por la que se constataba una competencia feroz). En fin, el único ámbito que seguía inmune a un avance agresivo de la ineptitud era el de las artes visuales, que, tras décadas postrándose ante montículos de estiércol y ladrillos, se habían adelantado a su época.

Más tarde, Wade me aseguró que estaba intentando reservar a Danson Pelling para los trabajos relativamente seguros y aburridos, como retirar escombros, cargar ramas en la trituradora y serrar troncos en el suelo, aunque ¿de qué servía tener un ayudante si no se le podía encargar la tarea principal? Durante esa época estuvo irascible porque, además de pasarse el día exhalando volutas de vapor con gusto a algodón de azúcar, Danson hablaba por los codos. Ese hecho tuvo un efecto negativo en nuestra relación, y se notó. Solo tras largas horas de silencio en casa se conseguía crear el ambiente propicio para hablar y que Wade se comunicara. Se volvió reservado, ensimismado. Entretanto, yo disfrutaba de la dicha que me procuraban las lecturas de la temporada de escaqueo, aunque me preocupaba que la tregua veraniega se hubiera convertido en un alivio aún mayor de lo que hasta entonces había sido.

2

¡Mi narración adolece de cierto descuido! Del mismo modo que pude traer a colación el asuntillo de que China y Rusia se habían lanzado a la conquista del mundo, debería haber mencionado también que un poco antes, esa misma primavera, a Emory la habían fichado en la CNN. Aunque en interés de nuestra duradera armonía yo había seguido evitando sus pontificaciones –lo siento, no es el más amable de los sustantivos–, esa evasión se volvía cada vez más difícil. Mucha gente sabía que éramos amigas (el imprimátur tácito de Emory me cubría en el departamento de Filología inglesa, donde me iba muy bien), así que los colegas mencionaban tal o cual monólogo de apertura o alguna entrevista demoledora aunque yo me las hubiese apañado para perdérmelos. Como YouTube recordaba las búsquedas anteriores, no cesaba de enviarme, sin que se lo pidiera, recomendaciones agresivas de las últimas apariciones de Emory. Y esas apariciones no se restringían a la CNN. Emory estaba en todas partes. Pódcasts, conferencias, mesas redondas, discursos...; sírvase usted mismo. No recuerdo ya las veces que me ponía a navegar por las cadenas por cable y acababa tropezando por casualidad con mi mejor amiga despachándose a gusto sobre tal o cual tema.

Por lo que pude deducir, estaba haciéndose un nombre como la cara inteligente de la idiotez. La pauta aquí no parecía tanto «la forma sigue al contenido», sino la forma desentona radicalmente con el contenido. Emory era delicada, atractiva y sexy, pero, más que nada, impresionaba por ser una mujer descaradamente brillante. Así pues, halagaba a sus espectadores ver que, si todo el mundo era igual de inteligente que todo el mundo, entonces también ellos eran tan inteligentes como ese piquito de oro. Aunque después de que la reprendieran por decir «dóciles» había moderado un poco su léxico pomposo, nunca bajó el tono hasta el grado —o casi— en que lo hacían muchos de sus rivales mediáticos. Muy astuta. No parecía hablar con superioridad a su audiencia, y si bien a menudo defendía posturas antiintelectuales, su sintaxis y su manera de hablar eran sofisticadas. Así pues, desde el punto de vista estilístico, a los atribulados miembros de una *intelligentsia* depuesta con dureza —cuyas reservas en lo tocante al rumbo cultural se habían vuelto impronunciables— les tranquilizaba ver que el país no estaba del todo en manos de bárbaros. Yo no me moría de ganas de dar forma al pensamiento de manera explícita, pero Emory reunía todos los requisitos para ser una exitosa demagoga populista.

Por ejemplo, un domingo por la mañana, cuando puse la tele para ver quién salía en *Face the Nation*, ¡sorpresa!, lo que vi fue un diálogo entre Emory y un aburrido académico de Columbia. Aunque jamás habría elegido ese programa, fui incapaz de cambiar de canal en el acto.

Si bien se suponía que el formato del programa era de confrontación, a esas alturas nadie, y nadie quiere decir nadie, iba a la televisión a cargarse la teoría de la Paridad Mental ni a pedir la restauración de los criterios aplicables a la contratación, la educación y las artes. Al contrario, incluso los tertulianos célebres a quienes invitaban porque eran «polémicos» solían desperdiciar una parte del programa en disipar cualquier temor que pudiese albergar la audiencia y asegurar que no tenían el más remoto interés en volver a los malos tiempos del cruel *apartheid* cognitivo. Así pues, y como era predecible, cuando empecé a ver el programa, ese barbudo cincuentón, el doctor Arden Hughes, ya iba por la mitad de sus evasivas y ambigüedades de rigor: «Es incuestionable que en el pasado marginamos a demasiadas personas y que con ellas se perdieron sus percepciones ricas, si bien expresadas de manera diferente, y tal vez también talentos menos que obvios. En cuanto sociedad, ese rechazo nos ha empobrecido. Es incuestionable asimismo que en materia de Paridad Mental la ciencia ya ha reafirmado...». Otro tópico: ese tío no estaba del otro lado, pero para llenar la hora se dedicaba a calcular cuántas personas con exactamente la misma inteligencia podían bailar en la cabeza de un alfiler. Vale la pena recordar que en aquellos tiempos no había *otro lado*. O estabas encantado con la Paridad Mental, o estabas eufóricamente encantado.

Da la casualidad de que el vídeo del debate sigue disponible en línea, así que puedo ofreceros una degustación palabra por palabra.

—Podría decirse —intervino el doctor Hughes en cuanto, por fin, pudo centrarse en el tema del día— que el teniente Colombo es un héroe natural de la Paridad Mental. Un arquetipo del personaje crónicamente subestimado al que sus supuestos superiores, errados, creen falto de inteligencia. Pero son los llamados personajes inteligentes los que acaban quedando siempre en ridículo, víctimas de su propia condescendencia. Esos asesinos hábiles y engreídos se equivocan y se delatan porque desprecian a un detective con inferioridad cognitiva *percibida*. Cada episodio es una especie de obra moral sobre la Paridad Mental. El... T de la serie, si se me disculpa la crudeza, siempre triunfa, y los «expertos» distantes y complacientes acaban en la cárcel. Puede que el inicio de la serie se remonte a 1968, pero los temas no pueden ser más actuales. Sería una lástima prohibir que la repongan. Es un programa que ahora podría atraer a un nuevo y amplio público. Era la primera noticia que tenía de que *Colombo* estuviese en la cuerda floja.

–¿A usted qué le parece, Emory? –preguntó la moderadora. La posición física de la mujer mayor, vuelta hacia Emory mientras Hughes hablaba, sugería sus ganas de caerle en gracia a la estrella emergente de la CNN–. Igual, más que tener a Peter Falk al fondo del cajón de *Nick at Nite*, deberíamos volver a poner al detective en horario de máxima audiencia.

–Bueno, yo creo que veríamos que para el público moderno la calidad de producción de la serie es demasiado baja, y la premisa, demasiado aburrida, pura fórmula –contestó Emory. Las túnicas blancas y anchas siempre le daban un aire angelical; la de esa noche evocaba las escenas evangelizadoras de Jean Simmons en *El fuego y la palabra*–. Pero esa no es la razón por la que enterraría bien hondo ese programa. *Colombo* sigue adhiriéndose con entusiasmo al dudoso paradigma inteligente/no inteligente. Si bien comprendo, doctor Hughes, que usted pueda considerar erróneamente que se trata de una serie progresista, es cualquier cosa menos eso. Me preocupa que su error consista en confundir una cuestión de clase con una cuestión cognitiva. El teniente Colombo es de clase obrera; su acento, esa manera de arrastrar los pies y la gabardina arrugada son significantes, y sus presas son sin excepción personas acaudaladas, pero aun así la serie presenta a los personajes de acuerdo con una jerarquía convencional de la inteligencia, ahora desacreditada para siempre. Aunque se disfrace, Colombo es el personaje inteligente. También disfrazados, los asesinos son cognitivamente inferiores. Los productores le dieron la vuelta al estereotipo de clase, pero la vieja brutalidad, la separación violenta del trigo de la paja, la distinción fetichista de quién es más listo que quién, bueno, eso sigue ahí, no se ha movido un ápice. El prejuicio está inserto en el concepto mismo de la serie. Sin embargo, que esa intolerancia no sea evidente a simple vista, que sea insidiosa, es uno de los principales motivos por los que no querría que los niños crecieran viendo *Colombo*.

 –Pero, incluso si el programa se adhiere, en efecto, a un «paradigma» anticuado, como usted dice –repuso el doctor Hughes–, ¿no hay un lugar, un lugar importante, para preservar ejemplos de nuestra pasada y desacreditada manera de pensar? «Miren, aquí tienen esta serie dramática en que algunos personajes aparecen retratados como inteligentes y en que a otros se los demoniza por no serlo; así es como solíamos categorizar a las personas. Feo, ¿verdad?» Tal vez necesitamos salvar esos productos como punto de partida para enseñar a los niños no solo qué pensar, sino también qué no pensar.

 La misma idea que yo había planteado ante la decana Poot: impacto cero.

 –Pero, *doctor* Hughes... –El énfasis fue astuto. Ahora los títulos arrojaban una sombra de sospecha.

 –Llámeme Arden, por favor.

 –Según esa lógica –prosiguió Emory sin perder un segundo, siempre tan desenvuelta–, preservaríamos todo el odioso contenido cultural del pasado como un valioso ejemplo de un contenido cultural odioso, lo más conveniente para tener un «punto de partida» desde el que enseñarles a los niños qué *no* pensar. Si la intención fuera presentar el *antiejemplo*, por esa misma lógica patrocinaríamos también a toda clase de fanáticos que vendrían a escupir su veneno en foros como este..., y no me refiero a usted, por supuesto.

 –Por supuesto –dijo Arden, con sequedad.

 –El debate en torno a *Colombo* recuerda mucho a las discusiones sobre *Superagente 86* –intervino la moderadora, que por fin consiguió meter cuchara.

–Que fue una insensatez proscribir solo por el «súper» del título. –La brusca interrupción de Arden sonó peligrosamente espontánea.

–Es posible –concedió Emory–, pero la serie recurre a la misma trasposición. Maxwell «Smart» es cualquier cosa menos inteligente. No sabe hacer funcionar los artefactos de CONTROL. Llamarlo «agente Smart» es una ironía, porque es un personaje creado para fomentar la diversión y del que los guionistas, y por tanto el público, se burlan. No se ríen *con*, se ríen *de*, porque se sienten superiores a él. El verdadero personaje inteligente es la Agente 99. La película y la nueva versión siguen el mismo patrón, por eso retirarlas de las plataformas de streaming fue una buena medida. Toda la comicidad del programa es a costa de los mentalmente estigmatizados.

–La misma polémica vimos en torno a las películas de la Pantera Rosa –señaló la moderadora.

–Para mí también fue un alivio que desaparecieran –dijo Emory–. Al público se lo alentaba a ser cruel, a ser connivente con los guionistas y los productores, e incluso con el propio Peter Sellers. El inspector Clouseau es..., bueno, elijan ustedes una injuria. Ja, ja, ja.

Transcribir íntegra esta conversación es tedioso y deprimente, así que esta muestra puede considerarse suficiente.

3

A lo largo de toda mi vida adulta, había intentado seguir en contacto con Kelly y David Ruth, que eran lo más parecido que tenía a unos padres, pero con tres hijos y mi carrera pendiendo de un hilo, era fácil quedar atrapada entre la familia y el trabajo. No había sido todo lo atenta que merecían como hija adoptiva *de facto,* considerando lo mucho que les debía por haberme acogido, por haberme enseñado los rudimentos para relacionarme con el mundo secular cuerdo –o en aquel entonces cuerdo– y por haberme ayudado a presentar solicitudes de ingreso en la universidad. Así que cuando a principios de diciembre llamaron y nos invitaron a cenar a Wade y a mí, me disculpé en nombre de él (detestaba socializar, y durante nuestras visitas anteriores fue dolorosamente obvio que una abogada especializada en derecho contractual y un profesor de Historia no tenían ni idea de qué hablar con un arborista), pero les dije encantada que yo sí iría.

Calculé que llevábamos un par de años sin vernos, pero no mucho más, por eso me asombró lo mucho que habían envejecido en tan poco tiempo. Aunque David siempre se había mantenido en buena forma, lo encontré más entrado en carnes, y su rostro, antes siempre animado, parecía hundido, como si toda la vitalidad y la alegría de vivir de antaño hubieran sido una máscara. Kelly no había engordado, pero su postura, ahora chupada y decaída, era un resumen de la cara de su marido. Cuando me saludó, la dicha que sentía por volver a verme parecía auténtica, pero expresar esa dicha daba la impresión de costarle mucho esfuerzo, y su actitud tenía un matiz triste. El fenómeno no debería haberme extrañado tanto, pero habían sido uno de esos matrimonios de los que se podía afirmar, con solo mirarlos, que habían sido jóvenes. Es decir, a través del desgaste natural de los años se veía de inmediato a la pareja dinámica y atractiva que habían sido, porque llevaban esa energía y ese encanto hasta el presente. Yo siempre los había considerado ejemplos de cómo envejecer con elegancia, y en ese sentido me daban esperanzas para mi propio futuro; de ahí que la decepción que me llevé al verlos tan marchitos tuviera un componente egoísta.

Los Ruth se habían mudado a una casa adosada, pequeña pero lujosa, con interiores revestidos de madera oscura y tapizados con alfombras orientales. En los tramos de pared no decorados con distinguidas obras de arte originales había estanterías del suelo al techo. Los libros eran en su mayoría de tapa dura; las obras de ficción estaban ordenadas por autor y los ensayos, por tema. Las superficies de los muebles antiguos exhibían llamativos objetos adquiridos en largos viajes por el mundo. Esa variedad de decoración culta estaba más que pasada de moda, tan mal vista que la mayoría de la gente habría arrancado esas estanterías muchos años antes. De hecho, era tal el exceso de libros usados en el mercado que se trituraban y luego se compactaban en briquetas para las estufas de leña.

—¡Eh, hola! —exclamé, y le di a Emory un abrazo y dos besos, a la europea—. No estaba segura de si vendrías.

—Bueno, pasé Acción de Gracias en Dublín, y estas Navidades me espera una gira por Melbourne, Brisbane, Sídney y Adelaida. Me pareció que no estaría mal reunirnos entre fechas señaladas. Lamento la pésima ocasión. Sé que te encantan las festividades.

—Sí... —dijo la mujer más joven, desde el sofá—. Yo también he conseguido embutir esta cena en mi apretada agenda, ya sabes... Comprar rollos de papel de cocina y regar los geranios de mamá.

—Felicity, qué gusto verte. —Le di un rápido y torpe abrazo a la hermana pequeña de Emory. Con una disposición cautelosa y combativa que la hacía menos encantadora que su hermana, era una de esas personas capaces de tomarse a mal un simple «hola». La gente susceptible, no puedo evitarlo, me hace sacar a colación el peor tema posible—. Me he enterado de que Selwin y tú os habéis separado. Lo siento mucho.

Felicity se encogió de hombros.

—Tuvimos una desavenencia filosófica fatal.

—¿Sobre qué?

—¿A ti qué te parece?

Lo dejé ahí, aunque podía imaginarlo. Debería haber supuesto que Felicity estaría en esa cena. Emory me había hablado no solo del divorcio, sino también del abrupto final de su hermana como ingeniera biomédica. De momento, volvía a vivir con sus padres. Sin embargo, su aura de resentimiento no se debía solo a esa mala racha reciente. Siempre había parecido un poco estafada por la vida: la media melena cobriza y la tez con algunas pecas casi imperceptibles eran mucho menos espectaculares que la luminosa piel pálida de su hermana y su pelo cortísimo, negro azabache. No tenía nada de la serena seguridad en sí misma de Emory, y tampoco de su alegre sentido de superioridad. Tampoco nada de su aire generoso. Felicity no era fea, pero se la notaba siempre tensa. Aun así, como no quería hablar con ella me sentía obligada a disimular que no quería hablar con ella, lo que significaba seguir hablando con ella.

—Entonces, ¿ahora podría decirse que estás entre un trabajo y otro?
—En el extremo de uno de ellos, en todo caso. «Entre» puede sonar optimista.
—¿Tuviste otra... desavenencia filosófica fatal?
—Sí, podría llamarse así —contestó, con un solo lado de la boca—. Hubo una movida de reestructuración en Pfizer..., una movida de verdad, como cuando agitas un frasco de salsa barbacoa y te olvidas de cerrar la tapa.

Felicity había sido una niña divertida y poco convencional. Puede que no me llevase bien con ella de adulta, pero hasta el año anterior había tenido una impresionante carrera profesional y un prestigio ganado a pulso. Aunque en encanto jamás podría competir con su hermana, era muy trabajadora, y había entrado en el Instituto de Tecnología de Massachusetts, cuando entrar ahí, nada más y nada menos que en el MIT, aún significaba algo. Tras especializarse en química, había dedicado todo su empeño a alcanzar un nivel de exigencia que se había vuelto un anacronismo; las estudiantes, mujeres, de disciplinas STEM escaseaban. Felicity hacía gala del mismo dominio del mundo físico que tanto me atraía en Wade. Así que, mientras Emory seguía atascada en la WVPA, ella, imparable, iba ascendiendo en la industria farmacéutica. Y había ganado muchísimo más dinero que su carismática hermana, al menos hasta que se acabó lo que se daba. Debía de ser demasiado brillante y dotada para sobrevivir en nuestro actual Año Cero. La discriminación inversa estaba dejando en la calle a hordas de empleados altamente cualificados. A medida que la gente que sabía lo que se hacía quedaba reemplazada en masa por gente que no, la justicia social pareció entremezclarse con una venganza sin un claro objeto, aun cuando fuese difícil señalar con exactitud qué les habían hecho los competentes a los que no tenían ni idea de nada. No podía culpar a Felicity por sentirse desencantada.

—A mí a veces me preocupa que el hecho de haber conservado mi trabajo no hable bien de mí —dije, intentando animar un poco el ambiente—. Puede que no sea lo bastante lista para que me despidan.

—*Au contraire* —terció David, y me pasó una copa de vino blanco—. Hoy en día, para conservar un empleo universitario se necesita ser cuando menos espabilado. —Echó una mirada de refilón apenas perceptible a su hija mayor y, dirigiéndose a mí, añadió—: Tú has debido de aprender a no marearte en esas aguas.

—Ni de lejos. No os lo conté cuando ocurrió porque no quería preocuparos, y la verdad es que esperaba que se olvidara rápido, pero en 2013 tuve que vérmelas con la decana de Igualdad Cognitiva y me salvé por un pelo.

—Ah, sí, la señora Poot —dijo él—. Cada vez le asignan más personal. Ahora sus despachos ocupan toda un ala de la planta baja del edificio de la dirección.

—Con pinturas abstractas bien enmarcadas —añadí—, sillas muy bajas para humillarte cuando te sientas y una gruesa alfombra blanca.

—Ideal para que se vean bien las manchas de sangre —masculló David—. ¿Y por qué pecado original te citó, si se puede saber?

—En mi curso de introducción a la literatura universal incluí *El idiota* en la lista de lecturas obligatorias.

David soltó una carcajada.

—¿Tienes tendencias suicidas?

—Soy la misma de siempre. Ese es el problema. En el fondo quería hacer una broma, pero lo último que puedes esperar hoy en día es que alguien comparta tu sentido del humor. Conservé mi puesto, pero desde entonces estoy marcada. Tengo mala reputación. No puedo meter la pata.

—Pues vaya si la metiste con Lucy —señaló Emory.

—Ah, sí, cierto. El año pasado, nuestra pequeña me delató a los servicios sociales.

—¿Delató a su propia madre? —exclamó Kelly mientras entraba con una bandeja de arenques y pan crujiente.

—Me oyó por casualidad decir algo así como que no era tan lista como sus hermanos. Lo lamento de verdad, porque no soporto herir sus sentimientos. Pero bueno, ya conocéis a Darwin y a Zanzíbar. Yo tampoco soy tan lista como ellos. Por Dios, casi nadie lo es. Lo que pasa es que Lucy solo tenía cuatro años cuando estalló lo de la Paridad Mental y no ha conocido otra cosa. No ha hecho jamás un examen y acepta todo esto al pie de la letra. Nunca se le ocurriría pensar que la igualdad cognitiva tenga algún elemento cuestionable. Para ella es un hecho, punto.

—Supongo que eso quiere decir que se ha criado en un estado de pureza —opinó Kelly, dirigiendo a Emory una mirada de refilón idéntica a la de su marido—. No está contaminada por los prejuicios del pasado. Es un miembro de toda una nueva generación que tiene la mente… limpia.

Miré un momento a mi sucedáneo de madrastra. Hablaba en un tono imposible de interpretar. ¿Sardónico o sincero?

—Sí, en cierto modo… —proseguí, con parecida ambigüedad—. Para Lucy, el mundo es en blanco y negro. La gente mala usa palabras malas y tiene malos pensamientos, y la gente buena no. Y si su madre compara inteligencias, está cometiendo una atrocidad y me tienen que corregir o enmendar. O castigar. Y no es ninguna broma. Los Servicios de Protección a la Infancia me amenazaron con llevársela, y no solo a ella, sino a los tres. Darlos en acogida.

—Oh, cariño —dijo Kelly, apretándome el brazo—. Debió de ser espantoso.

—Pearson, no es tan difícil aprender a seguir la corriente, y lo sabes —intervino Emory.

—Eso —convino Felicity, con marcado toque insidioso—. Pero adaptarse al sistema les resulta más fácil a unas que a otras.

—Pearson sabe seguir la corriente mejor de lo que quiere haceros creer —repuso Emory—. Aquí la señorita Inconformista, la valiente hereje que se expone mientras nosotros nos metemos en el caparazón, como tortugas, es igual de obediente que todos los demás. Políticamente hablando, quiero decir.

—Porque no quiero perder a mis hijos ni mi trabajo —repliqué con sequedad.

—¿Desde cuándo no toleras una bromita? —dijo Emory—. Por favor..., y tú eres la que piensa que son los otros los que no tienen sentido del humor.

Seguí a Kelly a la cocina por si podía ayudar. La velada tenía un aire extraño que no conseguía identificar.

En la despensa de los Ruth, los estantes estaban a la vista, y me llevó apenas un minuto comprender qué tenía de peculiar aquella generosa colección de condimentos y productos alimentarios. El kétchup no era Heinz, sino una marca desconocida de Polonia. Por la etiqueta, la mayonesa parecía holandesa, pero cuando leí bien resultó estar envasada en Sudáfrica. El vinagre de arroz, por supuesto, era japonés, pero el aceite de oliva se había importado de Turquía y las lentejas, de Jordania. Además de la típica salsa de soja con setas y las castañas de agua, las latas de alubias rojas y de leche evaporada también eran de China. Y las etiquetas de los paquetes de harina estaban escritas en cirílico.

—Vaya —dije, después de darle un repaso a la despensa—. Qué internacional. Parece que no os va mucho lo de «Compre americano».

—No —dijo Kelly en voz baja—. Es prudencia. La última vez que compré azúcar de este país estaba llena de gorgojos. El año pasado comimos humus de Weis Markets y David estuvo varios días enfermo. Después de una larga serie de productos nacionales contaminados, echados a perder o directamente incomibles, esa fue la gota que colmó el vaso. Ahora hago yo el humus.

Como no podía ser de otra manera, el bistec de falda marinado era importado de Argentina. Los pimientos asados multicolores parecían ser de Nicaragua más que del Medio Oeste o California, donde también se cultivaba mucho arroz, pero no: leí bien la etiqueta y el arroz era de Malasia.

–¿Pasa algo entre Emory y tú? –preguntó Kelly por lo bajo mientras fileteaba la carne y yo colocaba los pimientos en una bandeja–. Me ha parecido detectar cierta tensión.

Yo podría haber dicho lo mismo de toda la familia Ruth. Le respondí también en voz baja.

–No comparto las *ideas* que apoya ahora. Nos vamos apañando. Y no es que esté obligada a suscribir todo lo que dice en público, pero se da cuenta de que no lo apruebo incluso cuando no digo nada. Ahora que se está volviendo tan famosa, se supone que debería estar orgullosa de ella. Y me sabe mal decirlo, pero no lo estoy.

–Ándate con ojo –dijo Kelly.

Yo seguía sin saber muy bien a qué apuntaba.

–Me ando con ojo todos los días de la semana, hasta la extenuación. Ahora que todos nos movemos bajo la atenta mirada de Lucy, con su vista de lince, ni siquiera podemos relajarnos en casa. Esperaba que la tuya fuese el único lugar que queda en el mundo donde poder soltarme.

–Por nuestra parte –repuso Kelly en voz alta esta vez–, David y yo estamos *muy* orgullosos de Emory. ¡Todos esos discursos y apariciones! No sé de dónde saca tanta energía. Nuestros vecinos y colegas no se lo acaban de creer. Se pasan el día enviándonos enlaces a sus últimas apariciones.

Pero lo dijo todo sin mirarme a los ojos.

No era que no me sintiera bienvenida, pero me pregunté si me habrían invitado a cenar para que hiciera de amortiguador entre Emory y sus padres. A mí no me unían lazos de sangre con los Ruth, y mi presencia podía contribuir a que la ocasión fuese un poquito más formal y no se saliera de madre. Lo comprendía de pronto, con un *ping* en mi interior, como cuando llega un mensaje de texto: los padres de Emory le tenían miedo a su hija. Y eso hizo que me preguntara si yo también debía tenérselo.

4

Una vez que estuvimos todos sentados y pasándonos las bandejas, David anunció a la familia que ese sería su último año en la universidad.

—¡Eso sí es una sorpresa! —exclamé. David no podía tener más de sesenta y siete. Como no hay una edad de jubilación obligatoria, los profesores suelen seguir dando clase hasta bien entrados los setenta, y algunos hasta los ochenta.

—No quiero ponerte nerviosa por la parte que te toca —repuso él—, pero la situación económica en la universidad es crítica. Dependía mucho de los estudiantes extranjeros, que pagaban una matrícula mucho más alta, pero ya casi no recibe solicitudes de fuera del país. Los nigerianos, los asiáticos y los indios ricos no quieren enviar a sus hijos a centros estadounidenses.

—Vaya —musitó Felicity—. Me pregunto por qué será.

—Muchos dirían que a causa del prejuicio cognitivo —dijo David, como tocaba—. Por eso la línea oficial de la administración es adiós, que les vaya bonito. Pero el idealismo no llena el agujero en el presupuesto.

—Supongo que dependerá de tu postura que eso sea una ventaja o una catástrofe —contesté—, pero lo mismo ha pasado en la frontera sur. Los mexicanos, los centroamericanos y los

sudamericanos han dado media vuelta. Una colega que pasó hace poco por el aeropuerto de Nueva York me dijo que había notado algo distinto. Tardó un momento en darse cuenta de que casi no había extranjeros. Imaginaos, en el JFK.
 –Puede que a este país le venga bien una pausa en la inmigración –conjeturó Emory–. Así podríamos recobrar el aliento y asimilar a los inmigrantes que ya están aquí.
 –No es una pausa –objeté–. Es un cambio de corriente. Si se marchan, no hay inmigrantes que asimilar, y encima tenemos la fuga de cerebros a escala nacional...
 –Otro de los motivos para jubilarme... –me cortó David.
 Lo había puesto nervioso. Cualquier mención a la «fuga de cerebros» de Estados Unidos rumbo a los mismos países que antes nos enviaban a sus universitarios y profesionales más prometedores podía suponer el fin de una carrera. Si no hay personas que puedan calificarse de excepcionalmente inteligentes, que todas las personas excepcionalmente inteligentes dejen su país para irse a vivir a otra parte no tiene la menor importancia.
 –La intención es admirable –prosiguió David–, pero me temo que esta «desinteligenciación del currículum» está siendo demasiado para mí. Se supone que tengo que dejar de centrarme en personajes históricos sobresalientes. John Locke, Adam Smith, Rousseau... Ha desaparecido incluso la Era de la Ilustración. La han rebautizado como «Era de la Arrogancia». De hecho, no sé si habrás topado con esa gente, Pearson, pero en el campus hay un movimiento estudiantil cada vez más numeroso que quiere cambiarle el nombre no solo a la universidad, sino también a la ciudad.
 –¿Y el nombre de quién quieren ponerle a Voltaire? ¿Beavis y Butt-Head?
 –Beavis, Pensilvania –dijo Felicity–. Suena bien.
 –Creo que prefiero Butt-Head, Pensilvania –contraataqué.
 Felicity empezaba a caerme bien.

—La cosa es —continuó David— que ahora en mis cursos tengo que celebrar a todas las figuras históricas que antes siempre pasábamos por alto.

—Te refieres a las que nunca hicieron una mierda —dijo Felicity.

—Bueno, esa es una manera demasiado dura de decirlo —abjuró David con una mirada que ordenaba a Felicity que se callara.

—Sí —intervino Kelly—. Y una versión más completa del pasado, que intente incluir a todas esas personas a las que antes no se las consideraba especiales..., es mucho más equitativa.

—Pero... si queremos seguir esas instrucciones, hay problemas logísticos —replicó David—. Porque sencillamente no existen registros sobre todas esas personas despreciadas con crueldad en su momento. Puedo explicarles a los alumnos por qué son tantos los personajes distinguidos de otras épocas que fueron aclamados injustamente, pero no sé cómo desenterrar biografías de..., bueno, ya sabéis...

—De merluzos del siglo XIX —concluyó Felicity.

—Cielo, ya sabes que en esta casa no hablamos así —dijo Kelly.

—Yo solo digo —prosiguió David— que por muy noble que sea el proyecto, en términos puramente prácticos me supera. Soy demasiado viejo para estos cambios. Es más sencillo decir hasta aquí y que ocupe mi lugar alguien educado en todas estas ideas más frescas.

El David Ruth de antaño habría despotricado con todas sus fuerzas contra la «desinteligenciación». Y lo habría hecho con otra ronda de vino, alternando entre burlas escandalosas y puñetazos en la mesa.

—Tengo que reconocer, por supuesto —añadió—, que me duele mucho eliminar del temario a figuras como Copérnico y George Washington Carver. Incluso Martin Luther King es de una elocuencia intimidante, y por eso cae mal. Me veo haciendo lugar para los no reconocidos, pero –otra mirada nerviosa a Emory– me pregunto si tachar de la lista a Albert Einstein y a Charles Darwin, tocayo de tu hijo, Pearson, no es mandar el péndulo demasiado lejos en la otra dirección.

–Por Dios, si Einstein ahora es el Enemigo Público Número Uno –dijo Felicity–. Y ni siquiera por una vaga asociación con las armas nucleares, sino solo por ser un sabiondo famoso. Es un personaje insultante por el mero hecho de haber nacido.

–¿Sabíais que Darwin, me refiero a mi Darwin, tuvo muchísimos problemas hace unos tres años por ir al colegio con una sudadera con la típica foto de Einstein, la del pelo alborotado? Antes esas sudaderas estaban por todas partes, ¿os acordáis? Era un regalo de cumpleaños de lo más inocente, de la época en que mi hijo se interesó por el vertido de la Deepwater Horizon. Desde entonces, esa imagen se ha vuelto parte del «discurso del odio». Mi hijo no volvería a cometer ese error hoy. Ha llegado incluso a dudar de si le convendría cambiarse el nombre. Me alegra decir que sigue encantándole, pero atrae una atención que no le interesa, y lo ha pasado mal intentando disimular que es un puñetero genio.

–La semana pasada vandalizaron la casa de Stephen Hawking, ¿te enteraste? –me preguntó Felicity–. Huevos, pintura roja por todas partes, los cristales destrozados... Como si su vida no fuera ya lo bastante desdichada.

–Es que se portó como un... provocador –opinó Emory, hasta ese momento reservada, cosa rara en ella.

–Porque no compra esta basura –dijo Felicity.

–Demasiado tarde –repuso Emory–. Tendrá que hacerlo.

–Sí, gracias a la ayuda de *cierta gente* –le espetó su hermana con tono glacial– ya hemos tragado Paridad Mental por un tubo.

—Chicas, por favor, tengamos la cena en paz —pidió Kelly—. ¿Más pimientos?

—Puedo entender que llegar a apreciar distintos tipos de inteligencia sea bueno —dijo David, y su mujer lo fulminó con la mirada; Kelly quería cambiar de tema—, pero no sé muy bien por qué hace falta denigrar a personas que tienen una inteligencia más convencional.

—Yo creo que la idea —repuso Emory, empleando el tono diplomático que usaba en las mesas redondas en las que, contra todo pronóstico, conseguía colarse un pensador de signo contrario— es que las personas con una inteligencia «más convencional» ya han tenido su momento. Einstein, Darwin...; no puede decirse que se los subestimara en el pasado.

—Estamos pensando en cambiar de coche —intervino de nuevo Kelly, con voz firme.

—Vaya, ya iba siendo hora. ¿En cuál estáis pensando? —pregunté.

—En un Nissan Skyline, quizá. También hemos pensado en importar un Tata Nexon. O un Beijing Auto Senova.

—Antes los chinos fabricaban imitaciones baratas de todos los modelos estadounidenses populares —dijo Felicity—. Ahora es al revés. Los fabricantes de aquí copian los coches chinos.

—Bueno ¿y qué me dices de un modelo *nacional*? —preguntó Emory a su madre.

Felicity soltó una carcajada.

—Para ser una periodista de altos vuelos, no puede decirse que estés muy al día. ¿No has visto esa camioneta Ford que se incendió en la I-75 y provocó un choque en cadena de diez coches o así? ¿Y todos esos monovolúmenes Chevrolet a los que se les ha caído el chasis entero? Últimamente han retirado del mercado tantos coches fabricados aquí que es un milagro que siga habiendo embotellamientos. Las carreteras deberían estar desiertas.

—Hemos contemplado la idea de comprar un Lada —nos informó David—. Un clásico. Y dura más de lo que pensaríais.
—¿De verdad queréis comprar un coche ruso justo ahora? —pregunté.
—Putin ya es el dueño de Europa del Este, le compremos o no uno de sus coches —contestó David, afligido—. Pero, aunque el Volvo está en las últimas, no estoy seguro de que vayamos a comprar un coche nuevo. Kelly y yo no acabamos de estar de acuerdo, pero si dejo la universidad, podríamos echar la vista más allá. En este país las cosas se están... politizando tanto... Yo quiero una vejez tranquila. Me veo incluso, ¿por qué no?, cogiendo los bártulos y yéndome a vivir al extranjero.
—Por favor, papá —dijo Emory—, ya no sé a cuántas personas he oído amenazar con irse del país. En 2004, la tira de amigos míos juraron que si Bush volvía a ganar, se marchaban a Europa. ¿Y qué pasó? Que Bush ganó y nadie se marchó a Europa.
—No he dicho Europa —repuso David—. El este está en manos de un matón totalitario y el oeste... se parece demasiado a este país.
—¿Y qué tiene de malo este país? —quiso saber Emory.
—Puede que sea una cuestión de gustos —contestó su padre, sin especificar.
—Papá dijo un día algo de Tailandia —dijo Felicity—. Chicas sexys.
—Pero está muy cerca de Taiwán, y eso me inquieta —aclaró él.
—Nueva Shanghái —corregí, apenada.
—En este momento, es probable que mudarse a un país, a cualquier país, que esté a tiro de piedra de China sea una bobada —caviló él.
—«Una imprudencia», querrás decir —puntualizó Kelly.
Un destello del David Ruth de antaño brilló en sus ojos cuando los puso en blanco.

—Me habría planteado Australia o Nueva Zelanda, pero las dos... han tomado la dirección equivocada. ¿Las Seychelles? –añadió por lo bajo–. También tengo en la lista a Brasil, aunque no sé si está lo bastante lejos...

—Pero ¿el peor problema no es el idioma? –pregunté.

—Si te soy sincero, Pearson, querida –respondió David con voz cansina–, estar rodeado de gente que parlotea en una lengua indescifrable para mí sería una bendición.

—En cualquier caso, falta mucho para que decidamos levantar campamento –dijo Kelly–. De momento no me imagino haciendo las maletas y buscando una nueva compañía eléctrica en Bali ni nada de eso. Además, por si se os olvida, yo todavía trabajo.

—Cierto. ¿Y cómo van las cosas en tu bufete? –me interesé.

—El derecho contractual se ha puesto bastante complicado. –Se tomó un momento para centrarse y escoger las palabras con cuidado. Si la función de autocorrección ocupara una zona específica del cerebro, tendríamos el lóbulo tan desarrollado que nos presionaría contra el cráneo–. Hoy, cuando alguien no cumple su parte del trato, si presta un servicio insatisfactorio o, pongamos por caso, fabrica algo sin seguir bien las indicaciones, la parte demandada suele alegar que declararla responsable de esa deficiencia es inteligentista. Son muchísimos los casos defendidos con éxito basándose en ese punto, sobre todo desde que en 2013 el Supremo dictaminó a favor de la discriminación positiva para personas con un déficit mental *percibido*. Pero, claro, todo lo complicado es bueno para los abogados, y en el bufete tenemos tanto trabajo que ya no damos abasto. Por eso veo prematuro hablar de irnos de este gallinero. Lo que urge ahora es la operación de cadera de David.

—Por fin –me alegré–. Esa cadera lleva años molestándote, David. Por suerte, el Centro Médico de Voltaire tiene una reputación fantástica en implante de prótesis.

—Eeeeh, sí... La tenía.

—Aunque no he visto que saliera mucho en prensa —dijo Kelly—, unos amigos nuestros... No suelo dar mucha importancia a casos aislados, son solo anécdotas, pero si se acumulan... Bueno, la mayor parte de los cirujanos saben lo que hacen. El problema parecen ser los residentes y los enfermeros más jóvenes. La segunda línea de apoyo. Dosis de anestesia incorrectas, infecciones por cuidados posoperatorios deficientes. Estamos pensando ir a Delhi y que se opere allí; podemos permitírnoslo.

—¿Hasta la India vais a ir por una prótesis de cadera? —pregunté.

—Tienen buenos médicos. Y como nunca hemos estado en la India, puede ser divertido.

—Vosotros no vais a Delhi por diversión —dijo Felicity—. Estáis huyendo de un sistema médico cada vez más infiltrado por el procesamiento alternativo. Y nadie quiere una prótesis *alternativa*. Que te coloquen un hombro artificial en el fémur, por ejemplo.

—Creo que en este punto el término «alternativo»... —se entremetió Emory.

—A la mierda tus *términos,* Emory —la cortó en seco Felicity—. ¡Los de la Paridad Mental sois unos pringados que solo queréis hablar de los nombres de las cosas, ¡y entretanto todo este puto país se está viniendo abajo! ¡Aquí ya no se puede hacer nada porque nada funciona! ¡Estamos apoyando que unos puñeteros imbéciles lleguen a directores generales y a jefes de lo que sea, y gracias a eso el servicio postal ha implosionado, es imposible tramitar el carnet de conducir o el pasaporte, los coches explotan y mamá no compra ni una caja de galletas Ritz si están hechas en Nueva Jersey!

El pugilismo prandial de Felicity con su hermana durante la comida tenía ese tono sin concesiones que había desaparecido de las conversaciones con mi mejor amiga. Envidiaba esas grescas entre ellas, la ausencia de una cautela restrictiva.

Aun así, yo nunca le habría dicho a la cara eso de «los de la Paridad Mental sois unos pringados». Puede que Emory colaborase con el movimiento, pero sin duda era una agente doble. Una oportunista, sí, y no lo disimulaba, pero no había perdido la cabeza.

—Hice un largo monólogo sobre el tema porque he oído este lamento infinidad de veces —dijo Emory—. Los grandes cambios sociales al principio siempre topan con dificultades, pero decir que el país se está yendo al traste es una auténtica exageración. Así que mejor nos calmamos. Estados Unidos es un país enorme y siempre ha tenido problemas. Y, oh, sorpresa, resulta que sigue teniéndolos. Exagerarlos no soluciona nada.

—A estas alturas, no creo que sea posible exagerarlos —replicó Felicity.

—La típica proyección. Las cosas no te van de maravilla en este momento, así que miras por la ventana y lo único que ves es divorcio y desempleo.

—Si estoy divorciada y sin trabajo es por una razón: la charlatanería política complaciente que tú te ocupas de difundir día y noche.

—¡Oh, por Dios! —exclamó Emory—. ¿Lo de Selwin es culpa mía? ¿Lo de Pfizer es culpa mía?

—Sí y sí. Selwin empezó a escuchar tu estúpido programa. Lo convenciste tú, personalmente. Es un converso. Y Pfizer está siguiendo como un autómata la lógica, o la falta de lógica, del evangelio para papanatas que tú y los tarados de tus colegas habéis impuesto a todo el mundo occidental.

—Felicity, basta —intervino Kelly—. Puede que tengáis vuestras diferencias, pero Emory sigue siendo tu hermana...

—De acuerdo, me callo —dijo Felicity, arrastrando la silla con un chirrido—. No soporto estar en la misma habitación que esta puta zorra.

Dicho lo cual, se marchó y cerró de un portazo.

5

—Cariño... —se atrevió a decir Kelly tras un embarazoso silencio.

—Ya veis, es infeliz y la toma conmigo —dijo Emory—. Estoy curtida, recibo bastantes correos con mensajes de odio, siempre anónimos. Y ahora he de cargar con los pecados del mundo en una cena familiar. Cumplida por hoy mi misión en el servicio público.

—Esto demuestra que eres adulta, cielo.

—Sí, es posible que a los cuarenta y tres por fin me haya graduado en adultez. —El tono de Emory era mordaz.

—¿Y cómo están Darwin y Zanzibar? —preguntó Kelly, esperando sin duda adentrarse en un territorio más seguro. No sabes dónde te metes.

—Bueno, pues hablando de infelicidad... —dije—. En un pasado oscuro y remoto habría esperado que a estas alturas Darwin ya estuviera preparándose para un montón de clases avanzadas y para saltarse el último año de instituto, y hasta el penúltimo. A los diez ya quería doctorarse en física o matemáticas, pero ahora *no hay* clases avanzadas para estudiantes de secundaria. Y con la calidad de la enseñanza superior actual, mis disculpas, David, dar el salto a Yale sería como seguir en el instituto. Pero, volviendo a la realidad, tiene previsto dejar los estudios esta primavera, cuando cumpla dieciséis. No diría esto en su presencia, pero no lo culpo. Del instituto no saca nada en limpio, y cuando por fin se anima a decir dos o tres palabras, lo describe como un híbrido entre un partido de baloncesto entre gamberros y una batalla de comida en la que participa toda la institución. Está enfadado y nada lo motiva. No sé qué será de él.

Es posible que Kelly hubiese preferido una respuesta más corta; algo como «Están bien», por ejemplo.

—Eres demasiado pesimista con el chico, Pearson —dijo Emory—. En el fondo, yo no tengo nada claro que vaya a dejar los estudios. Es un adolescente con las turbulencias de la edad, pero también es resiliente y práctico.

De esa última frase de Emory inferí que «resiliente» y «práctico» debían de estar entre los pocos adjetivos positivos que seguían siendo aceptables en la mesa.

—Pero antes era un chico tan curioso... —repuse—. Ahora no le interesa nada y vive inmerso en un remolino de misantropía y nihilismo. Lo único nuevo que ha captado su imaginación estos últimos años han sido ese grotesco espectáculo de Adam Lanza y el espantoso atentado terrorista en la sala Bataclan de París el mes pasado. A veces me preocupa estar viviendo con el titular del periódico de mañana.

Kelly siguió preguntando con comprensible aprensión.

—¿Y Zanzibar?

—Ella siempre ha sido sociable, y algo así como una líder nata —dije—. Pero últimamente la han condenado al ostracismo. Los chicos de trece años son así, lo sé. Con todo, y por lo que me ha contado, que no es mucho, pienso que le hacen el vacío porque destaca en algunas cosas. Es una artista con mucho talento. Por ejemplo, hizo un dibujo a lápiz muy minucioso y realista de una mano humana, algo nada fácil de hacer, y por lo visto la profesora se enfadó mucho. Y, desde luego, sus compañeros también. Cuando no miraba, uno de ellos le tachó todo el dibujo con un rotulador verde. O con la flauta: sabe afinar y toca pasajes rápidos y complejos sin fallar una sola nota. Pero el otro día, mientras ensayaba con la banda..., que casi siempre es una cacofonía irremediable, porque a ninguno de esos chicos se les enseña a tocar bien un instrumento y nadie se atreve a corregirlos, así que tocan *a su manera*... En fin, que durante una breve pausa en medio del habitual jaleo, empezó a tocar una sonata de Bach en si menor. Yo ya se la había oído tocar, y tal vez porque es una melodía hermosísima, el resto de los chicos se quedaron callados. ¡Bueno, pues Zanzibar me contó que el director de la banda la hizo parar! También se enfadó, igual que la profesora de Arte. Sospecho que el recital improvisado le pareció un modo de lucirse, y ya sabéis que eso no gusta nada. Y luego está el problema añadido de que Zanzibar también se ha vuelto deslumbrante en otro sentido... –Le mostré a Kelly una foto que tenía en el móvil.

–¡Por Dios, está preciosa! –exclamó ella, pasándole el teléfono a David.

–No es solo guapa –dijo él–. Es de las que hacen volver cabezas.

–Pero ¿por qué una carita así ha de ser un problema? –preguntó Kelly–. Para Emory ser tan guapa nunca fue una desventaja, te lo aseguro. –Nunca habría dicho algo así delante de Felicity.

–Lo sé. Todos queríamos estar cerca de ella –dije–, ¡a ver si se nos pegaba algo! Pero las cosas han cambiado. Ser atractiva ya no es..., quiero decir que ya no *atrae* a nadie. Más bien provoca verdadero rencor. Todas nuestras mentes son iguales, así que con los cuerpos debería ocurrir lo mismo. De hecho..., Emory, ¿no hiciste tú una broma con esto hace mucho tiempo? ¿Como que todos podríamos declarar que somos igual de bellos?

–Eeeh, no lo recuerdo.

Yo creo que sí lo recordaba
—Ya no tiene gracia.
Emory rió, incómoda.
—Lo dices como una acusación.
Puede que lo fuera.
¿Culpaba a Emory de la triste situación de Darwin y Zanzibar igual que Felicity la culpaba de Selwin y Pfizer? Sería irracional. Emory no había inventado la Paridad Mental. Se había subido al carro para progresar en su carrera, sí, pero si no lo hubiera hecho, otro habría ocupado su lugar. En cambio, si se hubiera arriesgado a aliarse con la oposición a la Paridad Mental... Pero ¿qué oposición? Para empezar, habría perdido incluso la penosa plataforma que tenía en la WVPA. Una siempre podía ponerse a la cola del paro, pero no había resistencia a la que sumarse. Los marginales «extremistas», nostálgicos de los antiguos estándares, conseguían dar su opinión como mucho una vez; después los borraban del mapa y nadie volvía a oír hablar de ellos jamás. Por otra parte, ¿cuánta influencia real ejercía Emory? ¿No estaba simplemente tarareando con un coro, enviando el mismo mensaje —que no era de su cosecha— en un bucle que se repetía hasta la saciedad? Yo me preguntaba incluso si en verdad había «convertido» al ex de Felicity a lo que ya mucho antes era la cantinela dominante. ¿No cojeaba por ahí, precisamente, el periodismo de opinión? ¿A quién había convencido alguna vez un editorial radiofónico o televisivo? Los oyentes y espectadores que no estaban de acuerdo con él lo ignoraban o apagaban el aparato. Ese género periodístico solo tenía la función de confirmar, así que podría decirse que mi mejor amiga nunca había conseguido que nadie cambiase de opinión respecto a nada. Se le daba bien poner en palabras lo que su público ya pensaba, otorgándoles así un halo agradable pero inerte de autocomplacencia relativamente inofensiva.

En cuanto al efecto directo de Emory sobre mis hijos, a los dos mayores los había desconcertado, por un lado, que la «tía Em» fuera la misma presencia cariñosa, juguetona y provocadora con la que habían crecido y, por otro, la destacada portavoz de una ideología que les estaba arruinando tanto el presente como las perspectivas de futuro. De acuerdo, estaban aprendiendo que otras personas pueden abrazar opiniones que nosotros rechazamos y, aun así, ser una compañía agradable. Que es posible, y a menudo necesario, distinguir entre lo que pensamos en privado y lo que decimos en público. Que a veces en el mundo real tenemos que renunciar a nuestros principios para llevar pan a la mesa. Y que las mujeres adultas pueden adoptar enfoques radicalmente distintos para sobrevivir en una ecología política peligrosa y, no obstante, seguir siendo amigas.

Entonces, ¿por qué le achacaba a Emory lo que les pasaba a mis hijos?

Incómoda con estos pensamientos mientras Kelly nos servía su tarta de mantequilla, traté de mitigar mi desconsolado relato.

–Con los idiomas, Darwin y Zanzibar son dos hachas –dije–. Los aprenden al vuelo. Español, obvio, pero también algo más que rudimentos de griego y portugués. Han llegado a dominar bastante incluso el mandarín, y Zanzo ya se ha puesto con el ruso. Hace más o menos un año los oí parlotear en su ni-nau-si-sa-ti-sou indescifrable de costumbre y les pregunté: «¿Qué lengua es esa? ¿Japonés?». «No, mamá», dijo Zanzibar con retintín. «Japonés es esto», y soltó un par de frases que sin duda sonaban más a película de prisioneros de la Segunda Guerra Mundial. ¿En qué estaban hablando? *Pues se habían inventado su propio idioma.* ¿Podéis creerlo? Con su gramática y su vocabulario y todo. El ruso y el mandarín los entienden millones de personas, claro; no son lo bastante *privados.* Dios mío, ¡qué par!

–Nunca hablas de Lucy con ese entusiasmo –dijo Emory.
–De Lucy no puede decirse que se haga querer por la familia; después de obligarnos a andar de puntillas día y noche, se está volviendo una auténtica gamberra.
–¿Con diez años? –se burló Emory.
–Yo sola no me basto para civilizarla. Wade consigue que no alborote tanto, pero no sabe imponer disciplina, y mucho menos darle clases particulares de matemáticas. A estas alturas, dudo que Lucy aprenda alguna vez a sumar.
–¿Y a quién le importa? Hacer que los chicos aprendan matemáticas en la era digital no tiene sentido. Cómprale una calculadora.
Vacilé unos instantes.
–Juraría que no habrías dicho algo así hace cinco o seis años –señalé.
–Sí lo habría dicho –replicó Emory sin inmutarse–. Yo no tuve problemas con las matemáticas en el colegio, pero ¿con qué frecuencia las uso? Casi nunca.
Kelly sirvió la tarta. El relleno era cremoso y traslúcido.
–Me encanta el limón –dije, lamiendo el tenedor–. Y tiene el toque de ralladura perfecto.
–Tus sabores preferidos: acidez y amargura. –La pulla no sonó tan jocosa como probablemente era la intención.
–Ajá, desde luego es más fácil vivir sin *rayaduras*.
Mi pretendida pulla cayó en saco roto.
–Mira, no soy su madre –reflexionó Emory, dejando el tenedor después de tres bocados de tarta. Era estricta con las calorías, y su contador Geiger incorporado había detectado grandes cantidades de mantequilla–. No sé por qué los defiendo más que tú.
–Yo no los critico. Los han victimizado unos adultos a los que se les ha ido la olla.
–Los niños son fuertes, se adaptan de forma natural. Ten un poco de fe. Les irá bien.

—Podría irles mejor que bien. Podrían estar prosperando, pero no. Y en ese punto, sí, es verdad, siento amargura.

Kelly y David habían observado inquietos nuestro intercambio, y él tocó el silbato. Con una hija que se marchara dando un portazo en medio de una nube de improperios era más que suficiente por una noche.

—Parece que Biden no vuelve a presentarse —dijo, como pasando página.

—Eso he leído —contesté, sin darle más importancia. Estaba claro que debía dejar pasar esa inexplicable fricción con Emory.

—No creo que el aparato del partido le esté dejando otra opción —opinó Emory.

—Sin embargo, es curioso —intervino Kelly—. Dos presidentes demócratas seguidos con un solo mandato.

—¿Ucrania y Europa del Este? ¿Taiwán? —supuso Emory—. No ha ayudado a la reputación de este Gobierno en lo que a *finesse* diplomática se refiere.

—¿Estás de broma? —dije. Las dos estábamos registradas como demócratas, pero ni siquiera discutiendo sobre política electoral conseguíamos estar del mismo lado más de treinta segundos—. A los votantes de este país les importan un rábano Europa del Este y Taiwán. Esos países no son descaradamente inteligentistas, ¿no?

—Creo que hay un consenso —terció David, con cautela. Su tema «seguro» estaba resultando más volátil de lo que había esperado—. Biden es mediocre, y eso ya no es suficiente.

—Todas sabíamos a qué se refería—. Los demócratas se han sacado un as de la manga, y por eso los capos del partido quieren convencerlo para que se vaya. Saben tan bien como nosotros quién sería un candidato infalible para la Casa Blanca. ¿Vocabulario limitado? ¿Repetición constante de las mismas palabras? ¿Frases incompletas? Cumple todos los requisitos del inculto. Es grosero. Es insensible. Es un patán.

Es el colmo del mal gusto. Está gordo. Mejor aún, tiene por defecto en la cara esa expresión de bruto, y no lee. Además, es un gran punto a favor que carezca de experiencia en política exterior. Y también que no haya sido nunca elegido para ningún cargo político. Igual los de Relaciones Públicas tendrán que darle algún consejo para controlar la arrogancia, pero mientras alardee de lo poco destacable que es, ya puede hacer gala de todo el narcisismo que quiera. Lo siento, Emory, si esto te parece un flaco favor a ese *ethos* imperante al que tú has dado un convincente barniz de decoro. Me quito el sombrero, hija. Como retórica, eres una artista del trapecio, pero lo que cualifica ahora a un candidato para un alto cargo es no tener ideas y no saber absolutamente nada. Así que, *voilà*, tendremos el presidente que nos merecemos.

ALT-2016

1

Esta historia tiene más de un Antes y un Después, y uno de los puntos de inflexión fue el 29 de abril de 2016. Me encontraba en un despacho de la universidad preparando sin muchas ganas la clase cuando sonó el teléfono. Tras esa llamada, nuestra familia se sumió en el caos.

A Wade lo habían llevado de urgencia al Centro Médico de Voltaire. Corrí para estar a su lado y cuando llegué lo encontré aturdido por los analgésicos, así que hasta un día o dos después no pude recomponer mentalmente lo ocurrido. El equipo de Treehouse, Inc. estaba podando un enorme fresno enfermo, y aunque los dueños tenían la esperanza de salvarlo, la intervención debía ser drástica si querían que el árbol tuviese una oportunidad. Wade había subido casi hasta el último peldaño de una alta escalera de mano. Como llevaba tiempo quejándose de que no le confiaran labores de arborista «de verdad», Danson Pelling se encontraba un poco más arriba, sujeto al tronco con un arnés. El ayudante decidió por su cuenta cortar una rama grande sin comprobar que no hubiera nadie debajo, pero la rama cayó encima de Wade y derribó la escalera. A él se le quedó un pie atrapado en uno de los peldaños y se lo torció en una dirección que la naturaleza jamás había previsto. En resumen, los tendones hechos polvo; el tobillo necesitaría cirugía. Al caer se apoyó además sobre una muñeca y se la fracturó. Para colmo de males, tenía muchas magulladuras y había sufrido una conmoción cerebral. Dicho de otra manera: Wade no había tenido más remedio que contratar a alguien tan inteligente como todo el mundo y ya veis cómo había terminado.

Fui a visitarlo con los chicos y le llevé unos auriculares inalámbricos, artículos de aseo y unas raciones de *frittata* con chorizo. Aunque nunca se había entendido bien con Wade, Emory canceló una grabación para *Podcastillos en el aire* para pasar una tortuosa media hora junto a su cama. Pero al mismo tiempo que todos nos ocupábamos con ternura del bienestar de Wade, hizo aparición un cruel cálculo. En casa, las finanzas ya eran precarias, y durante la convalecencia, la contribución de mi pareja al presupuesto familiar se reduciría a cero. Era imposible saber cuánto tiempo pasaría sin poder trabajar, o si alguna vez podría volver a subirse a un árbol alto como un edificio de tres o cuatro plantas. Lo diré claramente: adiós a los langostinos tigre.

Descubrí *a posteriori* lo útil que había sido Wade en los asuntos domésticos cuando tuve que ocupar su lugar. Sin pedir que nadie le reconociera el mérito, y sin que nadie le pidiese nada, había pasado la aspiradora, limpiado el polvo, hecho la compra y sacado la basura a la vez que se ocupaba de que los chicos se ducharan y se acostaran a una hora decente. Pero de un día para otro, nuestra casa dejó de abastecerse y limpiarse sola.

Wade tenía contratado un seguro, pero su póliza, de prima muy baja, no nos ofrecía muchas opciones a la hora de elegir médicos. Por eso, cuando conocí al cirujano que realizaría lo que yo suponía que era una compleja operación de tobillo, se me cayó el alma a los pies. No tengo prejuicios contra la juventud *per se*, aunque no hay manera de evitar el tópico de que la práctica hace al maestro, y ese mocoso no debía de tener mucha. Sin embargo, a esas alturas la angustia que me provocaban los profesionales inexpertos había aumentado. A fin de cuentas, la decisión de Kelly y David de que él se operase la cadera en la India ya era lo habitual; decenas de miles de estadounidenses con recursos se escabullían discretamente al extranjero para someterse a procedimientos médicos. ¿Podía ser este tipo lo bastante novato para haber estudiado Medicina después de 2010? Los estudiantes de mis clases que no leían, que se pasaban la hora hablando y despreciaban en su totalidad el concepto de educación difícilmente llegaban a apreciar como correspondía los ricos frutos de la civilización que habían madurado antes de que ellos nacieran. Pero, al menos, no conocer a Herman Melville no mataría a nadie.

Wade estaba bastante abatido. No tardó más que yo en comprender que ese accidente sería una catástrofe para nuestra economía; solo los trabajos que había cancelado desde la cama del hospital habrían cubierto la cuota de mayo de la hipoteca. Era un hombre demasiado práctico para cabrearse con Danson Pelling, pues el cabreo no cambiaría la cruda Realidad. Aun así, la rabia da energía (antes de agotarte), y la alternativa a la furia eran el dolor y el derrotismo. Puede que a algunos les parezca una extraña aspiración vital, pero Wade nunca había querido ser otra cosa que arborista; tenía con las plantas la misma afinidad natural que la mayoría de la gente suele tener con los animales. Me daba cuenta de que se angustiaba preguntándose sin cesar si podría volver a su profesión porque ese era justamente el único tema del que nunca hablaba.

El cirujano era un tipo flacucho con orejas de soplillo que aparentaba doce años. Su ridículo nombre, Barry Quesadilla, tampoco inspiraba confianza. Yo estaba presente en la habitación del hospital cuando ese niño-médico nos explicó lo que tenían previsto hacer con el tobillo de Wade, cuyos ligamentos y tendones desgarrados imaginaba como un plato de espaguetis. Pero siempre que un médico describe sus procedimientos, tiendo a marearme y me cuesta horrores prestar atención, y no porque los detalles no parezcan importantes, sino precisamente porque lo son, y mucho. A mí, la urgencia de atender a los pormenores me provoca parálisis. Decirse a una misma que hay que concentrarse es lo contrario de concentrarse... Durante toda la explicación, lo único que en verdad oía en mi cabeza era un siseante: «¡Atiende!». Cuando se llevaron a Wade en la camilla, lo único que sabía yo era que estaban a punto de trenzar sus tejidos conectivos en un tapiz de macramé que venderían en alguna feria de artesanía.

Antes de la operación, Wade y yo habíamos optado por bloqueo nervioso local en lugar de anestesia general. Puede que fuera más placentero despertar cuando todo hubiese terminado, pero perder el conocimiento por completo en ese hospital no parecía seguro. Era un lugar donde había que mantenerse alerta, donde incluso dormir era una perspectiva inquietante. Si bien la apariencia de la institución no había cambiado desde el día en que había dado a luz allí a Lucy, en 2005, daba la impresión de haberse transformado de un modo muy parecido al de la Universidad de Voltaire. Si bien la imagen de la universidad seguía siendo la de un sagrado cáliz del conocimiento humano acumulado, cuando dejó de ser fiel a su misión principal, la de transmitir ese conocimiento, la infraestructura se vio reducida a mera pompa. En el caso del Centro Médico, el catalizador de la corrosión había sido la desconfianza de los pacientes. Mientras esperaba en el vestíbulo a que Wade saliera del quirófano, vi a muchos médicos y enfermeras apresurándose por los pasillos, y aunque todos parecían médicos y enfermeras de verdad, algunos eran falsos médicos y enfermeras que pululaban entre los auténticos, meros simulacros que nadie advertía, como las esposas de Stepford.

Cuando aquel médico de doce años, el doctor Quesadilla, me informó sobre la operación, me tranquilizó diciendo que todo había salido bien, aunque lo dijo con una ligereza de lo más incongruente; supongo que, a fin de cuentas, lo que estaba en juego no era *su* capacidad para subir escaleras, y mucho menos su vocación. A diferencia de su crudo informe preparatorio, esta vez no dio detalles, y hubo algo en el hecho de que no me mirase a los ojos, sino que desviase la mirada tres centímetros a un lado, que no me gustó.

Wade pasó la noche con una vía por la que le suministraron antibióticos, y os diré qué otra cosa no me gustó: que por la mañana me llamasen para asegurarme que estaba bien y que no había nada de que preocuparse.

–No estaba preocupada –dije–. ¿Por qué tendría que preocuparme?

–No, no –me aclaró el doctor Quesadilla–. Lo que he querido decir es que no *debía* preocuparse. Está dormido y sus constantes vitales han vuelto a la normalidad.

–¿Cómo que han vuelto «a la normalidad»?

–Es que..., bueno, ocurrió algo. Ahora el señor Haavik está como una rosa, pero, para ser breve, tuvo una parada cardiaca.

–Pero ¿por qué? Se rompió la muñeca. Se torció un tobillo. Pero solo tiene cuarenta y nueve años y está en plena forma. El corazón no le falla, al menos no le fallaba antes de que ustedes le pusieran las manos encima.

–Parece que hubo... una confusión. Con el antibiótico. Nada grave.

Respiré hondo.

–Ajá. ¿Y tengo que darle las gracias por haberse dado cuenta de que mi pareja estaba, hablando claro, muriéndose?

–No exactamente.

–¿Quiere decir que no estaba «exactamente» muriéndose?

—No, lo que quiero decir es que no fui yo quien identificó el error farmacéutico y revivió al paciente. Fue el doctor Howard.

—Ah, y por pura curiosidad: ¿qué edad tiene el doctor Howard?

—No lo sé —contestó Quesadilla—. Es... *viejo*.

—Bueno, demos gracias a Dios por los vejestorios gagás que sí tuvieron que superar el examen oficial para ingresar en la facultad de Medicina. Imagino que ese doctor sabría distinguir incluso entre una arteria femoral y el dedo gordo.

—Lo siento mucho, señora Converse, y puede que haga la vista gorda porque la noto a usted muy estresada, pero esa clase de comentarios es inaceptable...

—¡Lo que es *inaceptable* es que esté a punto de matar a sus pacientes!

No sé deciros qué tipo de «error farmacéutico» inyectaron a mi pareja en el brazo, y por una vez no fue por ser incapaz de prestar atención, sino porque el cirujano no me lo dijo, o más bien no quiso decírmelo, ni siquiera después de que yo consiguiera controlarme e insistiera. Ahora, al recordarlo, parece curioso, pero la cautela que provocaba el miedo a una demanda por mala praxis seguía siendo habitual entre las cerradas filas de la profesión médica. Digo curioso porque, llevado por mi insistencia, Wade consultó sobre la posibilidad de demandar al hospital, pero el abogado lo disuadió. En línea con la forma en que se resuelven hoy en día todos los casos de mala praxis, en los juzgados se rechazaban una tras otra las demandas de negligencia médica por considerarse manifestaciones de intolerancia cognitiva.

2

Voy a intentar disponer en este punto el tablero emocional para lo que vino después. Estaba tan angustiada como lo estaría cualquiera al ver a su cónyuge *de facto* gravemente herido, y además tenía motivos para temer por el estado mental de Wade. Si no recuperaba toda la funcionalidad de la muñeca y el tobillo, quizá nunca pudiera volver a ganarse la vida como tanto le gustaba, y yo no conseguía imaginar a ese nervudo habitante de las copas de los árboles haciendo de sopetón un trabajo de oficina. Incluso si se recuperaba, una convalecencia prolongada nos pondría en apuros económicos, y teníamos tres hijos que mantener. En el día a día, de repente me vi llevando toda la casa yo sola: las coladas, la cocina, la compra, las tareas..., mientras impartía todas mis asignaturas del curso.

Sin embargo, estas tribulaciones normales –los golpes y los dardos que son el precio de estar vivo– se exacerbaron con estupideces flagrantes totalmente opcionales. Wade nunca debió verse forzado a contratar a un imbécil incompetente bajo la premisa, más que endeble, de que no existe nadie que pueda calificarse de imbécil incompetente. Además de la preocupación racional que siempre acompaña a las heridas graves –raro es que los médicos consigan recomponer entero a Humpty Dumpty–, me vi obligada a preocuparme por si los supuestos profesionales que determinarían la resolución del caso sabían algo de anatomía humana, de medicamentos y dosis, de diagnósticos o de cómo interpretar una resonancia magnética. De hecho, no podía estar segura de que los facultativos encargados de tratar las dolencias de mi pareja merecieran en verdad sus títulos, que ahora se repartían con la misma ligereza que los folletos publicitarios. *Quod erat demonstrandum:* un ignorante anónimo había vertido en el suero de Wade algo que podría ser una salsa Thousand Island y que le había provocado un puto infarto. Mi idea era intentar que Wade no se pusiera aún más nervioso por la ineptitud que había precipitado esa experiencia cercana a la muerte –para curarse necesitaba relajarse, desestresarse y descansar–, pero eso me dejaba a mí cubriendo un turno doble, situación que generaba suficiente consternación para los dos.

Además, desde que mi hija pequeña se había chivado a los servicios sociales, yo vivía en mi propia casa, en la práctica, como si llevase el puño metido en la boca. Lo mismo en la universidad, donde, o regurgitaba sandeces de moda, o no decía ni pío. Como ya he señalado, no soy por naturaleza una persona callada –nada *reticente*, gracias, señorita Townsend– y reprimir durante años casi todo lo que se me pasaba por la cabeza había generado una acumulación que era puro combustible. Ya se sabe, pon una olla a presión a fuego alto y sin válvula, y la cena acaba en el techo.

Da la impresión de que estoy excusándome, y supongo que así es, pero durante el espantoso tiempo libre que me ha permitido reflexionar sobre cierta tarde desde todos los ángulos posibles, me he devanado los sesos para determinar si me siento mal por lo que ocurrió o, más bien, orgullosa de mí misma. Las consecuencias han sido tan catastróficas que la falta total de arrepentimiento sería una insensatez. Sin embargo, ahora que poco me queda aparte del orgullo, me resisto a soltar también eso.

Cuando supe que los enfermeros habían usado la bolsa de suero de Wade para sus prácticas de coctelería creativa, fui a hacerle una visita rápida y comprobé que, aunque pálido, al menos tenía pulso. Estaba desesperado por comer productos frescos, pues toda la fruta que servían en el hospital era enlatada, así que de camino a la universidad a dar el curso avanzado de Escritura Creativa (lo de «avanzado» era un descarado halago a nuestros torpes pupilos), me detuve a comprar provisiones en una frutería. Como es comprensible, andaba distraída, y no presté especial atención al hecho de que el trayecto entre el hospital y la universidad, fuera de mi órbita habitual, me llevaba, para mi alarma, muy cerca del barrio en que había crecido.

Al salir de la frutería con uvas y mandarinas, me quedé de piedra. El corazón se me aceleró y me empezó a latir de forma irregular, y me mareé un poco. Al otro lado de la calle estaba mi madre, inconfundible con un largo chaquetón de un negro lúgubre, demasiado abrigada para un soleado día de primavera. No creía que me hubiese visto, o no todavía, y ese breve atisbo de su rostro, más terso y redondo de lo que recordaba, me brindó una rara visión de la mujer que Glenda Converse parecía ser cuando de verdad no me veía, y no cuando fingía no verme. El mentón no le sobresalía; la mirada, por una vez no dirigida con fiereza y decidida hacia delante, parecía abierta y cambiante. Más tarde calculé que debía de tener sesenta y seis años, y que había envejecido mejor de lo que yo había esperado. La sirena que había cautivado a mi padre seguía ahí, en alguna parte.

Pero, lo poco que computé, fue en apenas un microsegundo. Antes, en otros encuentros fortuitos, me había obligado a mí misma a no flaquear, a mirar al frente sin pedir perdón aun cuando mi metabolismo estuviese enloqueciendo. Esta vez mi reacción fue la de una adolescente. Huí directa al coche a toda carrera, perdiendo dos o tres mandarinas por el camino. Una vez dentro, me deslicé hacia abajo en el asiento del conductor, arranqué medio encorvada y no me incorporé hasta haber enfilado una ruta alternativa que no volvía a conectar con la calle que estaba cruzando mi madre hasta más de un kilómetro después.

¿A qué le temía? ¿Qué no se me había hecho ya? Lamento que esto que os estoy contando sea tan poco interesante –no llega ni a anécdota–, pero lo menciono porque ver a mi madre tuvo algo de presagio. Glenda Converse con ese abrigo negro era como un cuervo posado en un cable.

Además, esa breve visión solo pudo exacerbar mi creciente volatilidad. Sí, yo contaba entonces cuarenta y cuatro años, y tal vez ya debería tener superada esa reacción tan desmesurada ante el simple hecho de verla. No sé qué le habría aportado a nadie que me pusiera a llorar y berrear tantos años después; con todo, si hubiera estado yendo a terapia (cosa muy improbable), cualquier psiquiatra de la época me habría hecho saber, con tono cómplice, que nunca había «asimilado el trauma» del repudio familiar. El precio que había pagado por saltarme toda esa costosa autocompasión era un brote de dolor en las raras ocasiones en que me enfrentaba a alguna evidencia física de que aquella expulsión no era solo una conmovedora historia del pasado con la que hacerme la interesante ante desconocidos, sino algo real que seguía ahí. (Yo aún vivía en la misma ciudad. Figuraba como profesora auxiliar de Filología en la web de la Universidad de Voltaire y mi nombre era lo bastante poco común para aparecer entre los primeros resultados de una búsqueda en internet. Nada había impedido jamás a mis padres y hermanos cambiar de opinión y buscarme. No malgastaba energía pensando si aceptaría una disculpa que nunca llegaría, pero me atrevo a decir que habría sido receptiva a una simple expresión de curiosidad sobre cómo me habían ido las cosas.) Esas marejadas de emoción, que se asemejaban a una mezcla de atraco y sobredosis, no duraban mucho. Así y todo, el residuo de un punzante resentimiento por haber crecido en una familia que valoraba más el dogma que a su propia hija y hermana me corría todavía por las venas cuando llegué a clase.

Resultaba no poco desconcertante que estudiantes alérgicos a la lectura mostraran, pese a ello, un arrogante deseo de escribir. Todos los cursos de escritura creativa de la universidad estaban saturados, y esa era la única razón por la que me había tocado impartir uno. Mi grupo acogía el sobrante de alumnos que no habían conseguido plaza en los talleres a cargo de profesores titulares que hubiesen publicado al menos una novela de aprendizaje en clave de autoficción. (Con alegre hipocresía, estos chicos ansiaban estudiar con escritores que hubieran dejado huella en la era oscura anterior a 2010, desdeñando descubrimientos más recientes que la industria editorial había encumbrado por ser irreprochablemente pésimos.) Yo era una don nadie que no había publicado nada, y cabría esperar que una mediocridad sin credenciales respondiera mejor al perfil de héroe de su generación. Sin embargo, a ellos los irritaba que los hubiesen arrojado a una clase cuya profesora no tenía estatus alguno. El único alumno de ese trimestre que había elegido intencionadamente mi clase, en lugar de acabar en ella por descarte, era Drew Patterson, aquel chico alto, guapo y de aspecto empalagoso que había asistido a mi curso de introducción a la literatura universal en 2013, y que era sin duda uno de los tres soplones anónimos que habían ido a chivarse a la decana Poot de mi bromita con aquella novela de Dostoyevski. Ahora Drew estaba en el último curso y aquella representaba su última oportunidad de amargarme la vida antes de graduarse.

Por supuesto, esos estudiantes no querían *aprender* a expresarse porque partían de la presunción de que ya sabían hacerlo. Como siempre, la situación nos provocaba algo así como un problema estructural.

En consecuencia, si bien nunca fingí saber lo más mínimo sobre el desarrollo de personajes, hice un pequeño esfuerzo por conseguir que esos jóvenes redactaran frases correctas y con un mínimo de coherencia. Poco avancé en ese aspecto, pero seguía comprometida con un formato educativo en que el «profesor» de vez en cuando «impartía» lecciones, y explicar la diferencia entre «mientras» y «mientras que» al menos me daba algo que hacer. Sin embargo, esa fatídica tarde de jueves, la perspectiva de señalar sin ganas que «rápido» también podía usarse como adverbio no me resultaba muy atractiva. Si se me permite emplear una expresión más asociada a la generación de mis padres, diré que no estaba «de humor».

Por lo general, yo daba la clase medio de pie delante de la mesa, con el culo apoyado en el borde, adoptando una actitud de tolerancia despreocupada que me facilitaba soportar los largos ratos durante los cuales mis alumnos no estaban, ni remotamente, bajo mi control. Esa tarde me senté con las piernas apoyadas encima del escritorio y las crucé por los tobillos. Con las manos entrelazadas sobre el pecho, me recosté en la silla reclinable, cuyo suave y rítmico vaivén transmitía la misma paciencia limitada que tamborilear con los dedos. Los estudiantes parecieron darse cuenta de que algo pasaba –un milagro equiparable a Moisés separando las aguas del Mar Rojo– y se callaron.

–Bueno –dije, al cabo de un rato–. Todos quieren escribir. *¿Por qué?*

Ningún voluntario.

–¿Han ido alguna vez a una biblioteca? –Suponía que sí–. ¿A una librería al menos? Todos esos textos..., cientos de años acumulados. ¿Qué les hace pensar que necesitamos más?

Una de las pocas alumnas del este de Asia que seguían matriculadas en una facultad estadounidense, Baozhai, levantó la mano:

—Nuestra generación tiene una perspectiva muy única...

—«Muy única» no es correcto —le aclaré—. Una perspectiva solo puede ser única o no serlo.

—Nuestra generación tiene una perspectiva única... que aportar —concluyó, muy dócil.

—Pero precisamente según esa «perspectiva concreta» tan única... —empecé a decir.

—Creía que una cosa no podía ser más o menos única —me interrumpió Drew, sentado en primera fila.

—Cierto, gracias, pero aquí la función adverbial modifica el adjetivo en términos intensificadores, no cuantificadores —respondí, empleando esos términos técnicos que ahora los profesores se esforzaban por evitar—. Según el credo de su generación, en lo relativo a la inteligencia todos somos iguales. En tal caso, siempre lo hemos sido. Por lo tanto, puede que los vanidosos intelectuales engreídos del pasado, esos a quienes tanto desean destronar, al fin y al cabo, no fueran más inteligentes que ustedes, pero sí *igual* de inteligentes, según su propia regla de oro. Así que repito: dado que sus predecesores, sus iguales perfectos intelectuales, generaron ya montañas de blablablá, ¿para qué necesitamos más?

—A mí me gusta escribir relatos —intervino de repente otro estudiante—. Me divierte.

—Es una buena razón, hasta cierto punto —dije—. Pero si disfrutar del proceso es la única motivación, deberían escribir historias y luego tirarlas a la basura.

—No paras de darnos la vara para que entreguemos mierdas —dijo Drew—. Ahí tienes la razón.

—No imaginaba que le preocupara tanto agradar, Drew. Porque ya sabe que podría no escribir nada para esta clase, ni para ninguna otra, y aun así seguiría avanzando hacia la gra-

duación. Sin embargo, son muchos los que escriben, y quisiera entender por qué.
De vuelta a la casilla de salida.
—Estamos en la universidad —dijo por fin alguien.
—Sí —contesté—. ¿Y para qué?
—Yo no tengo ni idea. —La queja procedía del fondo del aula. Era Cameron, el único otro alumno que repetía conmigo, el chico negro de talento literario formidable a quien los últimos cuatro años habían infundido una amargura criminal.
—Todos somos iguales —repuse—. Y, por lógica, todo lo que producimos también lo es. Podría nombrar a un solo estudiante para que escribiese una historia por todos ustedes. Los demás tendrían permiso para irse a casa.
—Las cosas pueden ser distintas e igual de buenas —opinó uno de los estudiantes-estudiantes.
—Cierto. Pero ¿de verdad creen que todos los relatos que hemos leído en esta clase eran igual de buenos?
A juzgar por el movimiento general que aprecié en los pupitres, esa línea de interrogación los estaba poniendo nerviosos. Los policías del pensamiento de primera fila se irguieron en sus asientos y se pusieron alerta. Tardó un minuto, pero al fin llegó el debido coro de «¡Claro!, «¡Sí!» y «¡Por supuesto!»
—¿*En serio?* —dije—. Lamento tener que señalar a alguien, pero ¿recuerdan el relato que escribió Jerome, el del perro que no paraba de ladrar y que luego, de pronto, deja de hacerlo? Hoy Jerome no ha venido, así que entre nosotros podemos ser sinceros. «El gran perro ladrador» era un relato aburrido. Lo extraño es que, a pesar de ser corto, incurría en un número increíble de errores gramaticales. Dudo de que yo pudiera embutir tantos errores en un párrafo ni aunque me pusieran una pistola en la sien. La prosa era monótona; la historia ni siquiera era una «historia» en el sentido en que la ma-

yoría la entendemos, y era absurda. Es decir, no significaba nada, no tenía moraleja ni revelación, y el mundo sería un lugar mejor sin ese cuento. ¿Me están diciendo en serio que ninguno de ustedes se tragó esa bazofia pensando para sí que su relato era mejor?

Es probable que ese fuera el momento en que crucé una línea. Había violado los preciados «valores fundamentales» de la universidad y las directrices de conducta del cuerpo docente. Acababa de decir que el relato de Jerome era ya-sabéis-qué.

—Nuestra generación no piensa así —se apresuró a decir Baozhai.

—Ah, ¿no? —Bajé los pies de la mesa y me incliné hacia delante apoyada en los codos—. Porque yo diría que lo que los lleva a querer escribir, incluso en este parvulario con ínfulas, es la creencia de que son especiales. Tienen una historia *especial* que contar y una manera *especial* de contarla. Como si desafiaran un adoctrinamiento encaminado sin descanso a extirpársela, tienen una necesidad innata y profundamente arraigada de distinguirse como mejores que otras personas.

—¡Todo el mundo es especial! —exclamó Baozhai, presa del pánico.

—No —dije, dando un golpe a mi teléfono—. Eso contradiría el significado de la palabra: «mejor, superior o distinto de lo habitual». *Ser especial* es un concepto vacío si carece de una base sobre la cual destacar. No puede haber personas especiales sin personas no especiales. De hecho, esa noción solo tiene sentido si la mayoría no son especiales, si la mayoría son, en esencia, un desastre. Y ustedes, los pocos que sobresalen, les alegrará saber —y miré a Cameron— que sí, lo son.

La escena ya podía calificarse oficialmente de apostasía, cosa que a mí me resultaba excitante; por desgracia, a los fanáticos de la Paridad Mental, también. Drew Patterson tenía cara de estar preguntándose si aún conservaba el número del despacho de la decana Poot en sus contactos.

—No creo que seamos nosotros los que tenemos la puñetera necesidad de sentirnos especiales —espetó Drew—. Pero tú sí que hablas como una supremacista de cojones. Igual la que se cree más mejor que todos los demás eres tú.

Ese fue el detonador. No sé por qué; lo fue, punto.

—¿*Más mejor*? —Me levanté de un salto—. ¿O tal vez quiere decir que me creo la *mejorísima* de todos? ¿O quizá la *mejoraza*? Mejor aún, puede que me crea la *supermejor*. Por supuesto que me creo *mucho más mejor* que usted, Drew, porque es un estudiante de último curso en lo que en su tiempo fue una de las diez mejores universidades del país, pero habla como un paleto. Así que, dígame, porque llevo tiempo queriendo saberlo: ¿es tonto de verdad o se lo hace?

En efecto, un relámpago. Con los ojos como dos brasas, Drew se relamió. Presenciar ese momento exacto había sido el motivo por el que se había matriculado en nada menos que dos de mis asignaturas.

—Bua, colega... —dijo con una sonrisa—. Se le va a caer el pelo, señora.

—Sinceramente, esto es lo que necesito saber. —Salí de detrás del escritorio; estaba descontrolada, pero toda la paciencia de la que había estado tirando durante años se agotó de golpe aquella tarde; el depósito de la contención interesada estaba totalmente seco—. ¿Son de verdad tan estúpidos para creerse esas paparruchas de que «todo el mundo es igual de inteligente que todo el mundo»? ¿O están siguiendo cínicamente el juego de una mentira que *saben* que es una mentira? ¿Es que aún no ven la diferencia a estas alturas? Y, en cualquier caso, ¿les parece que esa mentira es inofensiva? Una inmensa parte de este alumnado jamás habría sido admitido en esta universidad ni siquiera con requisitos de aptitud mínimos. Para que no se me malinterprete, lo diré sin tapujos: la mayoría de sus compañeros son estúpidos. Por eso los estudiantes inteligentes se están ahogando en estupidez. ¡Les estamos dando diplomas a ingenieros que no sabrían hacer... ni una cesta con palitos de helado! ¡Programadores informáticos que no saben poner cursivas en un documento de Word! ¡Intenten ir ahora a un centro de urgencias, que los examinará un inepto que se pondrá a teclear sus síntomas como un loco en WebMD.com y luego les amputará alguna extremidad con unas tijeras romas! ¡A todo el gabinete del Gobierno federal lo seleccionaron específicamente porque son más tontos que un zapato, y esa es la gente encargada de que la economía no se vaya a pique y de representar a este país en el extranjero! ¿Creen que nos ven como un deslumbrante y envidiable modelo de justicia? ¡No, somos el hazmerreír de medio mundo! En China y Rusia nos consideran unos *retrasados mentales*. ¡Y tienen razón! ¡Somos unos *retrasados mentales*! La Paridad Mental es una doctrina de retrasados, y todos los que se han adherido a ella son *retrasados*, incluida yo, me temo, por cooperar con esta farsa siquiera durante cinco minutos, y aún más por haberlo hecho durante seis largos años. ¡Así que, *mea culpa*! Esta institución es *retrasada*, este país es *retrasado* y vuestra profesora también lo es... ¡*Retrasada, retrasada, retrasada!*

Me ardían las mejillas y sin duda las tenía rojas; me costaba respirar. La mitad de los alumnos ya se habían marchado o se iban en ese momento. La otra mitad se había quedado a grabar mi diatriba con sus móviles, como aquellos audaces fotoperiodistas que habían capturado para la posteridad a los monjes budistas de Vietnam en el momento mismo en que se quemaron vivos.

3

Gracias a las delicias de internet, cuando al llegar a casa me obligué, con un presentimiento nauseabundo, a revisar el correo, vi que ya me habían despedido. Aunque solo eran las cinco de la tarde, me serví un vodka helado del tamaño de un zumo de naranja de hotel. Fue una reacción emocional muy trillada, pero en ese momento lo que menos me preocupaba era ser original. Ah, y por si os interesa saberlo, todo ese carísimo alcohol de grano no sirvió de nada, aunque al menos el vaso le prestó a mi mano algo en que apoyarse para no seguir temblando. Cuando sonó en el teléfono una llamada por FaceTime y vi que era Emory, dudé un par de tonos antes de aceptarla.

–Está ya en todas partes, Pearson. –No dijo ni «Hola». Identifiqué al fondo su apartamento de dos habitaciones de Voltaire–. Y no solo en Twitter. Sales en las noticias en directo del *New York Times*.

–Sí, bueno, perdona que no vaya corriendo a verlo. Yo estaba ahí, así que puedo ahorrarme las tergiversaciones.

–Hay no sé cuántos vídeos en línea... No necesitan tergiversar nada.

Tomé otro trago.

–Ah, y me han despedido. Las universidades son famosas

por su decrépita burocracia. Es una alegría ver que al menos la Oficina para la Igualdad Cognitiva funciona con una eficiencia tan vertiginosa.
 —¿Te sorprende? No entiendo ese tono tan frívolo.
 —Ahora puedo hablar como me dé la real gana. Cuando todo está perdido, no hay nada que perder.
 —Pero ¿qué diablos te ha dado?
 —Nada que no estuviera ya dentro de mí latente desde los diez años, más o menos. Supongo que la pregunta es por qué me ha dado hoy.
 —Exacto. Aparte de esa tontería con Fiódor de hace unos años, has sabido contenerte. Ahora lo has tirado todo por la borda... y, por lo que sé, solo por el mero placer de explotar. ¿Ha valido la pena?
 —Emory, no necesito que me leas la cartilla. Ahora no.
 —Me preocupa que no veas lo grave que es esto.
 —Oh, sí que lo veo. Vivo en el mismo mundo que tú, ya lo sabes. Lo que nunca he entendido es por qué crees que tienes que traducírmelo.
 —... ¿Estás bien? —Tono dulce. Por un momento sonó como una amiga.
 —Pues claro que no estoy *bien*. Es como preguntarle a alguien que ha saltado desde un piso cuarenta si está *bien*. Y me aterra contárselo a Wade.
 —No tendrás que hacerlo. Encabezas todas las notificaciones. Le bastará con mirar el móvil.
 — Ah, genial. Así podré ir al hospital sabiendo de antemano que me odia. Acaba de salir del quirófano. No podría ser peor momento.
 —El momento lo has elegido *tú* —replicó.
 —No ha sido casualidad. Esta mañana he sabido que le pusieron nitroglicerina o algo en el suero. Casi lo matan por error. Estaba... un pelín disgustada.
 —Lo siento mucho, Pearson. ¿Se pondrá bien?

—Eso me han dicho, pero ya no puedo confiar en los médicos.
—Aun así, dudo que ese contexto emocional baste para sacarte del aprieto. Si arremetiste contra el personal médico incompetente, sonaría a más de lo mismo.
—¿Ya estás diseñando mi estrategia de crisis?
—Creo que se llama agarrarse a un clavo ardiendo. No consigo imaginar cómo te librarás de ser considerada la encarnación del mal.
—Un porcentaje nada desdeñable de la población de este país está de acuerdo con todo lo que he dicho esta tarde. Verán el vídeo, y seguramente más de una vez, y no horrorizados, deleitados. Lo que ocurre es que no lo dirán.
—No estoy segura de que ese porcentaje sea «nada desdeñable», Pearson. Hay un margen de inadaptados en la derecha...
—¿Por qué creer que los criterios y la excelencia y las notas rigurosas para ciertos trabajos son necesariamente de derechas?
—¿Justo ahora te quieres poner a hilar fino sobre política? Sí, la exaltación de esos valores por encima de otros, de la justicia, de la buena educación, se percibe como reaccionaria, si no fascista. Puedes despotricar contra esas etiquetas conmigo, pero nunca ganarás esa batalla en público.
—Porque mis compatriotas son unos gusanos gallinas, asustados y fáciles de manipular.
—Otro excelente argumento para tu comunicado de prensa —dijo Emory—. Aunque el cruce de «gusano gallina» da un poco de grima...

Un destello de nuestras antiguas bromas cariñosas, que se habían vuelto demasiado escasas.

Justo antes de que colgara, vislumbré una especie de sombra rectangular junto a su estantería, en la pared que tenía detrás... La carta enmarcada que mi madre me había obligado a escribirle para decirle que no podíamos seguir siendo amigas a menos que encontrase a Dios, porque si no sería «borrada de la faz de la tierra en la inminente batalla entre Jehová y el poder secular», ya no estaba.

Mis hijos tienen competencia digital. Ni siquiera Lucy se había resistido a aprender a manejar el iPad, así que di por hecho que los tres habían visto el vídeo de cuatro minutos y cincuenta y dos segundos antes de que yo saliera del aparcamiento del profesorado de la universidad (por última vez, resultó: me prohibieron el acceso al campus de inmediato y ni siquiera me permitieron vaciar mi despacho). Darwin y Zanzibar debieron de esperar a que terminara de hablar con Emory, tras lo cual entraron en la cocina con la callada somnolencia de una procesión católica. Instantes después –Darwin y Zanzibar evitaban a su hermana en lo posible–, Lucy apareció enseguida dando alegres saltitos, aunque creo que aun con diez años comprendía las duras implicaciones de mi recién descubierta infamia. A fin de cuentas, ella misma había hecho que cayera sobre su madre toda la fuerza de la autoridad, y basándose solo en algo oído al vuelo. Ese linchamiento público –que apenas comenzaba– se asentaba en una prueba irrefutable.

En su adolescencia, Darwin era, por lo general, poco o nada expresivo en el plano emocional; de ahí que el hecho de que posara la mano en mi hombro un largo y triste instante estuvo a punto de hacerme llorar. Esbelta y alta ya como su madre a los catorce años, Zanzibar me tomó la cara entre las manos, me dio un beso en la frente y me abrazó, y cuando Lucy exclamó «¡Mami va a tener probleeemaaas!», no le hicieron ni caso.

Nos sentamos a la mesa de la cocina con una extraña formalidad. Pese a que eso significara que su herencia genética materna iba en declive estético, me reconfortaba ver que, al madurar, tanto Darwin como Zanzibar iban adquiriendo una fisonomía cada vez más japonesa. Me encantaba la sutil androginia del origen étnico del donante, que hacía que mis hijos parecieran más gemelos que meros hermanos. Adoraba el lienzo en blanco de sus rasgos, que parecía capaz de ocultar casi cualquier cosa, aun cuando eso conllevara ocultarme algo a mí. Siempre había asociado el rostro japonés no tanto a la doblez como a la discreción, una cualidad eternamente escasa en Estados Unidos. El contraste físico entre los dos mayores y Lucy no había hecho más que acentuarse. La pequeña no estaba gorda, pero se había vuelto más rotunda; uno de los antepasados cercanos de Wade debió de ser leñador.

Pasó un minuto sin que dijéramos nada. Teníamos la sensación de que no hacía falta. Estábamos todos digiriendo el inevitable efecto dominó de mi arrebato; casi podíamos oír cómo las fichas de madera de una hilera serpenteante iban cayendo por toda la cocina. Incluso Lucy tenía suficiente intuición social para deducir que tal vez en ese preciso momento lo mejor era no abrir la boca.

–Me preocupan muchísimo las consecuencias que esto pueda tener en vosotros –dije al cabo–. El estigma...

Darwin soltó una breve carcajada sin pizca de alegría.

–Ya estamos estigmatizados. Desde hace años.

–Ser inteligente es una cosa; ser satánico es otra muy distinta.

–No, ser inteligente y ser malvado no son cosas distintas –replicó él–. Ya no.

–No deberías preocuparte por nosotros –intervino Zanzibar–. Quiero decir, tal vez sí, pero la situación ya no puede empeorar mucho más para Darwin y para mí.

–Puede que en eso te equivoques –repuse–. Os podrían agredir.

—Y eso podría ser un alivio –replicó ella.

—No, en absoluto. Creo que de momento deberíais quedaros los tres en casa.

—¡A mí no me ataca nadie! –proclamó Lucy. Cometía el mismo error que muchos de sus antecesores revolucionarios, que una y otra vez habían dado por sentado alegremente que las fuerzas que habían desencadenado nunca les estallarían en la cara. Yo tenía la impresión de que la pequeña informante neo-Stasi de nuestra familia se había granjeado un buen número de enemigos en primaria. Algunos de sus compañeros podrían querer vengarse ahora que, de la noche a la mañana, estaba marcada como hija de una paria.

—Sé que das *demasiado miedo* para que alguien se meta contigo, pero, por precaución, tú tampoco irás al colegio.

—A mí me da igual –dijo Darwin–. La semana que viene cumplo dieciséis y ya había pensado dejar los estudios.

Cuando era más pequeño, jamás habría imaginado que Darwin, el prodigio científico, alguna vez diría algo así, ni que yo me limitaría a responder:

—Sí, lo sé.

—¿Ya te han despedido? –preguntó Zanzibar.

—Sip.

—¿Y de dónde saldrá el dinero ahora, con Wade fuera de combate? –quiso saber Darwin.

—Eso es algo de lo que no debes preocuparte. Es cosa de tus padres resolverlo.

Debí de soltar esa parodia de reafirmación maternal para fingir que era una adulta competente, pero, en realidad, empezaba a sentirme todo lo contrario. Había sido irresponsable. Había llevado a nuestra familia a la insolvencia. Había transmitido una mancha social adicional que mis hijos mayores, abominables por su brillantez, no podían permitirse. ¿Y para qué? A menos que fuera solo por efecto del vodka, un indicio de que me sentía más culpable y negligente de lo que podía soportar era la somnolencia casi narcoléptica que me invadía a las seis de la tarde. Apenas conseguía mantener los ojos abiertos.

—Pues claro que es asunto nuestro —replicó Darwin—. No seas..., ¿puedo decir «No seas estúpida»? —Señaló a Lucy con la cabeza—. O sea... ¿qué más da a estas alturas?

—Creo que lo que deberías decir es —esbocé una sonrisa apenas perceptible—: «No seas *retrasada*».

—¡*Retrasada, retrasada, retrasada!* —entonaron juntos los dos mayores, y rieron.

Lucy frunció el ceño. Se había roto un hechizo y a ella no le gustaba.

A continuación les expliqué que teníamos que prepararnos para una avalancha de virulencia. A mí me despellejarían en las redes sociales y en la prensa. Nuestra casa podría atraer a periodistas hostiles; en ese caso, debíamos negarnos a hablar con ellos y protegernos la cara de las cámaras. Nadie debía contestar las llamadas al fijo. Mientras tanto, debíamos ser amables los unos con los otros, dije, porque nadie más lo sería. Aunque tendríamos que ir a ver a Wade hasta que volviera a casa, nos convenía evitar salidas innecesarias al mundo exterior. Limitarlas a la compra y esas cosas hasta que ese jaleo amainara.

—Si es que alguna vez amaina —apuntó Zanzibar.

Debíamos encargar todo a domicilio. También sugerí que, en la medida de lo humanamente posible, y aunque solo fuera para preservar la poca paz interior que nos quedaba, no nos conectáramos a internet.

—¿Y cómo vamos a comprar todo por internet sin conectarnos a internet? —preguntó Darwin.

—Sabéis muy bien en qué webs no nos conviene entrar. No os pongáis en la línea de fuego. Recordad que cuando la gente diga y escriba cosas horribles de vuestra madre, no tendréis forma de evitar haberlas oído o leído.

Y después les aseguré que no tenía palabras para expresar cuánto lamentaba haber provocado esa tormenta de mierda.

–No te disculpes –dijo Darwin–. A mí me ha parecido fantástico. Solo lamento que no durase más. Ya lo he visto cuatro veces. O sea, bien hecho. Por fin has sacado la lengua del culo de la Paridad Mental.

–No tenía intención de decir nada de lo que dije. Perdí los papeles, eso fue todo. No veo qué gano con todo esto aparte de sufrimiento. No estoy segura de que merezca tu admiración por semejante acto de autodestrucción.

–Aprovecha lo que puedas –dijo Darwin.

Era un buen consejo.

El alta médica de Wade al día siguiente debería haber sido una buena noticia, aunque solo fuese porque estaría más seguro lejos de las zarpas de los matasanos, pero hacer frente a su reacción cuando supiera que convivía con la mujer más deleznable de Estados Unidos no era una perspectiva lo que se dice emocionante. La razón de ser de Wade era que lo dejaran en paz –pasar inadvertido, fundirse con el paisaje–, mientras que yo bien podría haber cubierto la casa de un exceso de adornos navideños consistentes en flores de Pascua de neón, lucecitas parpadeantes de colores, muñecos de nieve iluminados y un trineo de Santa Claus en la azotea, que disparaban la factura de la luz y atraían a curiosos de fuera de la ciudad. Como era de esperar, esa mañana los equipos de televisión que había anticipado ya estaban instalados en la acera. Me lancé al coche con bufanda y gafas de sol, sin saber por qué me esforzaba tanto en no atropellarlos.

Al llegar al hospital, por una vez lamenté tener un «rostro interesante». Por lo visto, me reconocían al instante. Los médicos, cuyo trabajo consistía en atender, curar y cuidar, me señalaban por los pasillos, me daban la espalda y se alejaban desdeñosos en dirección opuesta, me miraban con manifiesta antipatía y se permitían lanzarme improperios, desde un «fanática», un «puta cizañera» o un «desgraciada» entre dientes al pasar por mi lado, hasta la estirada advertencia de la recepcionista, apretando los labios con rabia contenida: «Espero que sepa mantener cerrada esa sucia boquita, señora. En este centro no toleramos las difamaciones cognitivas».

Cuando recuperé el aliento en aquella aula vacía, ya había aceptado que mi diatriba había sido temeraria –impetuosa, intemperante–, pero esos son adjetivos moralmente moderados que no tienen cabida en ningún sincero y lacerante autorreproche. Cierto, había echado mano de un lenguaje «inaceptable» no solo en los años posteriores a la Paridad Mental, sino también durante los veinte anteriores. Sin embargo, a mi entender, el tabú que impedía emplear la «palabra con R» solo era una moda retórica. El término significaba «ir más lento», sin más. Con el tiempo, el estigma asociado a sufrir un retraso en el *aprendizaje*, o comoquiera que nos dijeran una vez más que denominásemos esa discapacidad, infectaría sin remedio todos los eufemismos que lo reemplazaran, del mismo modo que la ropa sucia, al ser transferida a otra maleta, no tarda en impregnarla con su olor. Siendo yo niña, los chicos utilizaban esa palabra sin reparos, y «retraso mental» seguía siendo la clasificación neutra preferida por el sistema escolar público. Las proscripciones impuestas en etapas posteriores de la vida no calan tan hondo. Además, es posible que en el punto culminante de mi larga invectiva usara, por instinto, «retrasado» justo por su crudeza. Había querido ir directo al grano.

Repasando lo ocurrido, aunque mi comportamiento distase mucho de ser un modelo de paciencia pedagógica, yo creía en todo lo que había dicho. Había acusado, y desacreditado, al conjunto de los estudiantes de no estar capacitados (bueno..., de «no estar capacitados» no: de *estúpidos*); había menospreciado el deprimente relato perruno de Jerome en su ausencia; había insultado a Drew Patterson, que llevaba años pidiéndolo; pero no había llegado a ser abiertamente ofensiva con los demás alumnos de esa clase. Podía darme de tortas por haber provocado una sarta de consecuencias prácticas nefastas, pero aparte de dañar sin querer la suerte y la reputación de mi familia, en mi opinión no había hecho nada malo. Sin embargo, puedo dar fe de que la humillación funciona. Me sentía sucia. Sentirse sucia por decir la verdad *sí* parecía algo malo, lo cual hacía que me sintiera aún peor.

La noche anterior, cuando lo llamé por teléfono para avisarle de que su pareja había sido «despedida con efecto inmediato», Wade solo dijo: «Ya hablaremos de eso» con tono neutro, sin ninguna inflexión en la voz. Al encontrarme con su mirada, con él sentado en el borde de la cama del hospital, no me resultó fácil descifrar su expresión. ¿Desolada? ¿Resignada? ¿Furiosa? ¿Capaz de ver el lado cómico de la debacle, a pesar de todo? Imposible saberlo. Pero el mayor favor que podía hacerle en ese momento era no compartir nuestros asuntos personales si cabía la posibilidad de que alguien que pudiera oírnos. Le había llevado los pantalones de chándal más holgados que tenía, en los que cabía justo la bota ortopédica. Mientras recogía sus cosas en silencio y le acercaba la muleta –con la muñeca izquierda enyesada solo podía usar una–, me concentré solo en el mundo material que él entendía.

Ya en el aparcamiento, eché atrás el asiento del acompañante para darle más espacio. Sin decir una sola palabra, Wade apoyó la muleta en el coche y trató de mantener el equilibrio con la puerta delantera abierta. Cuando me enderecé, me atrajo hacia él con el brazo sano y me estrechó durante unos buenos treinta segundos. Era justo lo que necesitaba.

No hablamos hasta que estuvimos cómodamente instalados en nuestras tumbonas de madera del porche trasero. Los pocos instantes que las cámaras nos habían grabado entrando a toda prisa por la puerta lateral desde el garaje apenas les proporcionarían material para las noticias de la noche, y el boscoso patio trasero, ahora rebosante de follaje, nos protegía de las miradas inquisitivas y reprobatorias de los vecinos. Sin duda no era aconsejable combinar el vino blanco que había servido con los calmantes de Wade, pero estábamos aprendiendo a movernos en el lado salvaje de la vida.

—Esto no está nada mal —dijo Wade, cogiendo una tira de queso—. Diría que es como unas vacaciones largas.

—O como jubilarse —apunté.

—Tienes cuarenta y cuatro. Sería una jubilación muy larga.

Tomé un sorbo de chablis. Solo eran las cuatro de la tarde, pero, al menos, en caso de dependencia prolongada el vino blanco parecía tener más recorrido que el vodka a palo seco. El aire, rico en oxígeno y húmedo, se movía con una ligera brisa; las tiras de queso estaban crujientes; los pájaros empezaban a anidar. En ese estado de reposo suspendido costaba recordar el porqué de todo ese alboroto.

—Antes o después tenía que pasar —concluyó Wade.

—Sí, es probable.

—Eres testaruda. Tienes mal genio. No soportas los contrasentidos y tienes un problema con la autoridad. Cada vez que pasamos por el control de seguridad del aeropuerto, contengo la respiración. Es peor que llevar una bomba en la maleta. Viajo con una bomba con patas. Así que tal vez debería dar las gracias por que hayas aguantado tanto tiempo.

—No sé. Quizá debería haberlo hecho hace años. Después podría haberme formado para ser tu ayudante en Treehouse, Inc., y tu muñeca y tu tobillo estarían bien.

—Tienes vértigo y te dan pánico las motosierras. Serías una pésima arborista.

—Pero no te habría atizado con una rama cuando estabas en lo alto de una escalera.
—El listón está bastante bajo.
—... ¿Estás enfadado conmigo? —me atreví a preguntar con un hilo de voz.
—¿De qué serviría?
—Las emociones auténticas no siempre son *útiles*.
—Yo ya sabía cómo eras cuando empezamos.
—¿Y *te gusta* cómo soy? —Rara vez sonaba tan insegura.
—Acepto cómo eres. Pero no es eso en lo que estoy pensando, y con tres hijos, tampoco es en lo que deberías estar pensando tú.
—No quiero pensar en lo que estoy pensando.
—Esta noche no he podido dormir —confesó Wade—. Estoy bloqueado. No sé qué hacer.
—¿Te han dicho cuánto tardarás en volver a caminar?
—Seis semanas, quizá dos meses. Eso si todo va bien. ¿Y tú? Tal como... ¿Te darán indemnización?
—¿Después de haber violado los *valores fundamentales* de la Universidad de Voltaire? Me sorprendería que me pagasen este mes. Estoy segura de que en la letra pequeña hay alguna cláusula relacionada con la bajeza moral.
—¿La «maleza moral»?...
Me reí.
—Mira, tal vez es eso lo que necesito: un buen desbrozado.
—Ese vídeo... Te perseguirá.
—¡Lo sé, lo sé! Ya puedo ir diciendo adiós a trabajar de profesora.
—Es mucho peor que eso. Estamos hablando de cualquier trabajo. Cada vez que alguien busque tu nombre en la red...
—Al menos reconoce que he sido muy consciente de eso desde el principio.
—Estás marcada. Y podría durar años.

–Podría cambiarme el nombre y hacerme una cirugía plástica.

–Lo dices en broma, pero igual no lo es. Puede que algún día tengas que hacerlo. Aunque no sé cómo costearíamos la cirugía...

–Quizá podríamos irnos del país.

–Es lo que dice siempre la gente, pero no es tan sencillo. Además, es posible que ese vídeo..., sobre todo en Europa, en Canadá, en Australia. Hasta podría impedirte conseguir un visado.

–Siempre nos quedará Rusia. O China.

–Esto es serio, Pearson –dijo Wade–. Tienes que tomártelo en serio.

–Estaba hablando en serio. Aunque son dos países muy restrictivos y desconfían de los norteamericanos. Es como si lleváramos un virus dentro, un virus cultural, y no quisieran contagiarse.

–Debemos concentrarnos en el aquí y el ahora. No tenemos...

–Ya sé lo que no tenemos –repliqué, molesta–. Creo que podremos tirar hasta julio. Tal vez incluso hasta agosto.

–Estamos en mayo.

–Ya sé en qué mes estamos. No tengo trabajo, soy infame, pero demencia no tengo.

–El semestre ya casi había terminado. Solo tendrías que haber aguantado un par de semanas más...

–Sí, muy bien, muy bien; ya sabía que acabarían llegando las recriminaciones. Así que adelante. Te lo has ganado. Recrimina.

–No quiero que discutamos –se retractó Wade–, pero no sé lo que hace la gente en un caso así. Tiene que haberle pasado a alguien, por accidente o por mala suerte.

–En Pensilvania, si te despiden por «mala conducta deliberada» no te dan el subsidio por desempleo. Lo he buscado.

—Yo soy autónomo, así que tampoco me corresponde paro. Es posible que la Seguridad Social me concediera una pensión por discapacidad, pero el proceso de solicitud puede alargarse mucho, y esas cosas se me dan fatal. Lo detesto.

—Tienes razón en que una desgracia repentina, o un obstáculo en el camino, un momento de esos en que todo sale mal... es algo que ya les ha ocurrido a otras personas. A muchísimas. Y el protocolo es –dije, al límite de mis fuerzas–: lo pierdes todo.

En ese momento no era consciente de cuánta razón tenía.

4

Con los críos en casa todo el día entre semana y vino por la tarde, imperaba en casa un ambiente perversamente vacacional, y ninguna de nuestras antiguas normas parecía seguir vigente. Con el apetito menguado, Wade y yo empezamos a cenar tarde. A fin de cuentas, ¿para qué teníamos que levantarnos por la mañana? No subí a llamar a los niños a la mesa hasta las diez menos cuarto de la noche. Zanzibar estaría en la habitación de Darwin, y cuando me permitieron entrar, unos momentos después de llamar a su puerta, ambos seguían sentados delante del ordenador portátil, aunque la tapa estaba bajada.

–Supongo que estabais haciendo la compra, ¿no? Porque ya sabéis que no quiero que os conectéis a internet a menos que sea por una cuestión de logística.

–Pinta mal, mamá –dijo Zanzibar.

–Claro que pinta mal. ¿Por qué si no os diría que lo evitéis?

–Quiero decir que la cosa está fea de verdad, mamá –recalcó mi hija–. Y sigue ahí, lo veamos nosotros o no. No desaparece porque nos ocultemos en la oscuridad.

–¿Qué habéis mirado? ¿Twitter? ¿Facebook? –pregunté–. Esto también pasará. La semana que viene estarán cortándoles la cabeza a otros.

—Twitter y Facebook ya son bastante horrorosos, pero...
—Ya la has oído, Zanzo —la interrumpió Darwin—. No quiere saberlo.
—Tiene que saberlo y va a saberlo —insistió su hermana.
—No tiene por qué saberlo *ahora* —replicó Darwin. Hablaban como si yo no estuviera ahí.
—¿De qué sirve posponerlo? —dijo Zanzibar—. Arranca el esparadrapo de un tirón.
—No sé, a lo mejor esta noche le da un aneurisma mientras duerme. —Darwin parecía exasperado—. ¡Al menos así moriría en paz!
—¿De qué va todo esto? —pregunté.
—¡No tiene importancia! —exclamó Darwin—. ¡Olvídalo! ¡Vamos a cenar!
—Darwin cree que puede protegerte —explicó Zanzibar—, pero yo no.
—¿Protegerme de qué?
—Si te decimos de qué estamos protegiéndote —contestó Darwin—, ya no estaríamos protegiéndote.
—YouTube —confesó mi hija con voz triste.
—¿Algún pódcast directo a mi yugular? —deduje—. Creo que podría soportarlo.
—Lo cuelgan justo cuando acaba la emisión. —Zanzibar bajó la mirada al suelo—. Todos los jueves, poco después de las nueve.
Ahora sí habían detonado un temor real. Aunque de pequeños habían sido sensibles, los dos se habían vuelto duros como una roca. Eran menos dados a la hipérbole que a la sobria ironía.
—¿Y qué se ve en eso que cuelgan? —pregunté, recelosa.
Darwin y Zanzibar se miraron.
—A la tía Em —contestaron al cabo al unísono.
El contenido de ese monólogo de apertura de la CNN que los chicos reprodujeron de nuevo era tan impactante

que, curiosamente, y por primera vez, no sabría deciros qué llevaba puesto Emory Ruth.

Nos gusta pensar que ahora somos una nación ilustrada: con una mentalidad abierta, libre de los prejuicios y de las ideas erróneas neandertales que durante demasiado tiempo impidieron que los estadounidenses avanzáramos como pueblo. Somos justos. Tenemos principios. Reconocemos el ingenio y la sabiduría en todo el mundo. Hemos dejado fuera de circulación un extenso vocabulario asociado al acoso, al menosprecio y a las calumnias infundadas. Sin embargo, de vez en cuando se nos presenta alguna prueba irrefutable de que la batalla que creíamos ganada está muy lejos de haber concluido. Una prueba de que aún nos queda mucho camino por recorrer. Una prueba de que tal vez la guerra que dábamos por terminada no ha hecho más que empezar.

Voltaire, Pensilvania, es una ciudad de tamaño medio muy verde y arbolada, al sudeste del estado, cuya ciudadanía se considera socialmente avanzada, moralmente íntegra y políticamente progresista. Lo sé bien porque nací y crecí allí. Mis padres viven en Voltaire, donde todavía tengo una casa. Aunque no he tenido la suerte de ser madre, siempre he pensado que sería un lugar fantástico donde criar a mis hijos. Si bien arrastra una funesta historia de discriminación cognitiva brutal, como la mayor parte de las instituciones educativas de nuestro país antes desprestigiadas, la Universidad de Voltaire fue al menos más rápida que muchas en adoptar los principios de la Paridad Mental y llevar a cabo un examen de conciencia sobre su deshonroso pasado. Por eso lamento decir que desde ayer me avergüenza ser de Voltaire, una ciudad cuyo nombre será sinónimo de «odio» hasta que cierto vídeo viral se desvanezca por completo de nuestra memoria colectiva.

Muchos de ustedes ya lo habrán visto a escondidas, pero es posible que algunos no, y soy de la opinión de que para comba-

tir la supremacía intelectual, tan arraigada, de una persistencia tan virulenta, tenemos que mirarla a la cara. Si bien normalmente aspiro a hacer un programa familiar, quizá los padres prefieran apartar a los pequeños del televisor durante los próximos minutos. También quiero advertir a los espectadores de que el contenido que vamos a emitir infringe una serie de estrictas directrices éticas de la CNN, pero nuestro director ejecutivo considera, como yo, que editar este vídeo para restarle impacto sería éticamente incorrecto. Si censurásemos los insultos cognitivos, lo único que oirían sería una serie de pitidos ... o, más bien, solo un largo pitido. Nos disculpamos de antemano por las obscenidades que están a punto de oír, pero a veces no hay sustituto posible para la fealdad, sin adornos ni barnices, de la vida real.

Esa versión del vídeo empezaba donde yo decía «*Ser especial* es un concepto vacío si carece de una base sobre la cual destacar», una frase introductoria que por sí sola ya era una herejía conceptual, y enseguida pasaba a todos los «*más mejor*» y «*mejorísima*» que en su momento me habían parecido muy ingeniosos, pero que en televisión daban la impresión de salir de labios de alguien trastornado. No había visto ninguno de esos clips. Me había puesto el dogal al cuello de una forma aún más inequívoca de lo que recordaba. (Esa idea que había albergado de no haber insultado directamente a mis propios alumnos no se sostenía.) Siempre desconcierta verse despersonalizado, como si uno fuera cualquier otra persona, y el espectáculo, qué duda cabe, es devastador: nunca somos tan atractivos, elocuentes, graciosos o encantadores como imaginábamos, y aquella actuación mía solo reforzó ese impacto. Tenía el pelo alborotado, los ojos desorbitados, las manos descontroladas. Más de una vez durante la arenga se me quebraba la voz. No era consciente de haber usado tantas veces la palabra «retrasado». Siempre la tenía mentalmente a mano, recluida en mi propio diccionario, aunque solo fuera para referirme a mí misma cuando hacía algo más tonto de lo habitual, pero verme decirla en pantalla tantas veces me estremeció.

Bueno —prosiguió Emory—, acaban de ver a una profesora a la que un sinnúmero de padres habían confiado a sus hijos, jóvenes en el umbral de la vida adulta, que idealmente deberían estar afrontando su futuro con una esperanza, un optimismo, una seguridad en sí mismos y una libertad de prejuicios para con los demás sin parangón en generaciones anteriores de norteamericanos. ¿Son esas las cualidades que fomenta su profesora? Lo dudo. En una diatriba chillona y desquiciada, lo que fomenta es la inseguridad, la desilusión y el impulso retrógrado de ridiculizar al otro. Aquí, el lenguaje ofensivo que creíamos haber enterrado para siempre ha salido de la tumba como en una escena especialmente escalofriante de The Walking Dead. *El rectorado de la Universidad de Voltaire nos asegura que han despedido a esta mujer, una tal Pearson Converse. Ya era hora. Pero el centro debería haber actuado* hace tres años *ante los evidentes indicios de que este miembro del claustro albergaba alarmantes ideas de extrema derecha. Converse había incluido entre las lecturas obligatorias una novela de Dostoyevski con un título tan ofensivo que incluso Amazon se niega a tenerla en su catálogo. ¿A qué novela me refiero? Les ahorraré otra injuria. Creo que por esta noche ya han tenido que soportar suficientes.*

Hubo otras señales de alarma. En 2014 se alertó a los Servicios de Protección a la Infancia de Voltaire: Pearson Converse representaba ya un peligro tanto para la comunidad como para sus propios hijos. Había maltratado a su hija menor, una niña bonita y delicada que entonces solo tenía siete años, llamándola a la cara «deficiente cognitiva». ¿Qué castigo le impusieron nuestros funcionarios? Un curso obligatorio de etiqueta. Un *curso. Entretanto, numerosos amigos, parientes y antiguos colegas de esta deshonrada exprofesora de Filología han declarado a perio-*

distas que, en conversaciones privadas, Converse emplea con frecuencia insultos cognitivos y ridiculiza la Paridad Mental calificándola de «chifladura», «contraproducente» y «delirante».

Pero quizá la señal de alarma más evidente sea también la más antigua. Converse estaba tan comprometida con nuestra rígida, arbitraria y ahora, por fortuna, anacrónica jerarquía mental que escogió a un donante de esperma basándose exclusivamente en su, ejem, CI «nivel genio». Podríamos sentir lástima por esa madre a la que le vendieron un producto falso: esperma solo capaz de engendrar criaturas con las mismas capacidades intelectuales que las de cualquier otra. Sin embargo, a sus dos hijos mayores los ha criado en la creencia de que son fruto de unos genes muy superiores y que sus capacidades mentales superan las de sus compañeros. El resultado ha sido trágico: esos niños viven una versión fantasiosa de sí mismos que, como no podía ser de otra manera, los ha convertido en unos marginados. Llamemos a las cosas por su nombre: Pearson Converse es eugenista. Y una eugenista frustrada sigue siendo una eugenista.

¿Es suficiente que pierda el trabajo..., un trabajo que, según tengo entendido, Pearson Converse nunca se tomó muy en serio? ¿Es suficiente el repudio público, dado que lo más probable es que a partir de ahora las invitaciones a cenar que reciba sean escasas y esporádicas? Estamos ante un caso tan extremo que el mero exilio social y profesional no parece bastar.

Desde aquí quisiera alentar a los estudiantes traumatizados por Converse a que busquen ayuda terapéutica. Asimismo, animaría a esas víctimas a que, después de recuperarse gracias a un tratamiento psiquiátrico, exijan justicia en los tribunales civiles. No cabe duda de que esos jóvenes tienen derecho a una compensación por daños y perjuicios morales. Aun así, también opino que hace falta un gesto social más amplio para poder dejar atrás este desdichado episodio y advertir a los trogloditas que aún queden por salir de sus cavernas que ya hemos tenido suficiente odio.

Voltaire, el «filósofo», fue un personaje de la Era de la Arrogancia que se creía preeminente en todo. Sus escritos celebran la mofa. En particular, se cebaba con los diferentes. Cuando yo era joven, nunca me detuve demasiado en ese detalle; «Voltaire» era simplemente la ciudad en que vivía y yo no sabía mucho del hombre al que rendía homenaje el topónimo. Ahora sí. Un movimiento estudiantil en nuestra universidad exige que se reemplace el nombre de mi lugar de nacimiento por el de alguien o algo de lo que podamos sentirnos orgullosos. Apoyo esa cruzada. Dejemos de honrar a vanidosos intelectuales que despreciaron a tantos de sus contemporáneos con un talento comparable al suyo. Liberemos al encantador lugar en el que crecí de su errada genuflexión. Este programa tiene muchos espectadores inteligentes y creativos por igual. Pueden enviar sus propuestas para el nuevo nombre de la ciudad a CNN.com/RIPVoltaire, o lanzarlas en Twitter con el hashtag #UnaNuevaCiudadparaEmoryRuth.

Por último, en caso de que la revelación se filtre más adelante en forma de escándalo: sí, conozco a Pearson Converse desde hace varios años. Así pues, además de estar socialmente preocupada por todos nosotros, su arrebato me ha supuesto una decepción personal.

Pues sí. Una buena decepción personal... Me había preparado para un aluvión de oprobio por parte de desconocidos. Pero no para esto. Darwin y Zanzibar me llevaron abajo, cada uno de un brazo, como si me hubiese quedado tetrapléjica. Dejaron que fuera yo quien sacara el tema, pero no lo hice. Hablamos, con torpeza, de otras cosas. Acostada, sin poder pegar ojo en toda la noche, me dije que debería estar enfadada, y no dejé de buscar a tientas mi ira, como podría haber buscado unas gafas de lectura perdidas entre las sábanas. No hubo manera de encontrarla. Solo la pena se me había instalado en el pecho, aplastándome los pulmones como una roca.

La mañana siguiente, con Lucy todavía en la cama, se levantó la moratoria que impedía hablar del tema. Taconeando con la bota ortopédica por la cocina, obstinado en preparar el desayuno, Wade, como de costumbre, intentó permanecer neutral; Darwin y Zanzibar, todo lo contrario.
—No entiendo por qué tienes que volver a hablarle —dijo ella.
—Hace treinta años que somos amigas.
—*Conocidas* —puntualizó Darwin.
—No —lo atajé.
—Perdón —se retractó—. Toma, Zanzo te ha hecho tostadas. Me cuidaban. Tenían una actitud maternal conmigo.
Yo estaba sentada delante de mi taza de café, con el móvil sobre la mesa de la cocina. Ese aparato era un instrumento de tortura.
Zanzibar advirtió que no dejaba de mirarlo.
—No creerás en serio que va a llamarte, ¿verdad? «¡Oh, pero si ya son las diez! ¡Esta mañana solo me apetece hablar justo con la persona a la que ayer despellejé durante quince largos minutos delante de millones de personas!»
—No, es obvio que no va a llamar —dije, con voz lúgubre—, pero la idea de llamarla yo me revuelve el estómago.
—Sí, podía oír con claridad la voz de Emory, de una serenidad indecente en comparación con mi balbuceo entrecortado, ya que, a menudo, cuando uno tiene demasiado que decir, no consigue decir nada—. Además, ¿qué le diría?
—«¡Que te jodan!» —sugirió mi hija.
—¿Y de qué serviría?
Tal vez estuviera consultando instintivamente con mis hijos mayores sobre cómo proceder, porque, aunque Emory y yo éramos dos adultas de mediana edad, nuestra ruptura recordaba a una pelea de séptimo.

—Creo que Zanzo se refiere a que descargarte con ella podría hacer que te sintieras mejor —aclaró Darwin.

—No —dije.

—Sabes perfectamente —intervino Wade, trayendo la mermelada de fresa sin azúcares añadidos— que vería que eres tú y que dejaría que saltara el buzón de voz.

—Es probable.

—Es seguro —insistió Wade. A fin de cuentas, él era experto en evitar conflictos. Satisfecho con mi críptico resumen, ni siquiera había escuchado la diatriba de Emory en la CNN, desafiando así la instrucción que yo acostumbraba dar a mis alumnos de redacción: siempre que sea posible, recurrir a las fuentes originales.

—¿Y qué hago entonces? ¿Le dejo un mensaje aturullado, titubeante e ininteligible?

—Nada de mensajes —zanjó él.

—Pues, si ella no va a contestar y yo no voy a dejarle un mensaje, no tiene sentido hacer ninguna llamada —solté irritada.

—Puede que sí *debas* dejarle un mensaje —opinó Zanzibar—. Pero escríbelo antes, así no te líes ni tartamudeas. Como: «Hola, Emory, solo quería que supieras que no volveré a dirigirte la palabra».

—No se llama a la gente para decirle que no vas a dirigirle la palabra —objeté—. Eso es una contradicción. Está claro que no hablas en serio.

—¡Entonces un mensaje de texto! —propuso ella, exasperada.

—Sí, claro: «Y tampoco pienso mandarte mensajes de texto».

—No —dijo Darwin—. ¿Y si añades: «Muchas gracias por contarle a todo el mundo que los engreídos de mis hijos tienen delirios de grandeza»?

Los únicos pasajes del traicionero discurso de Emory que me provocaban rabia en lugar de una depresión catatónica eran los que se referían a mis hijos, pero dar rienda suelta a

esa ira solo agravaría el sentimiento de traición personal de Darwin.
 —La dependencia de los mensajes de texto es una de las razones por las que vuestra generación es tan torpe con las relaciones. —Sabía que era una banalidad.
 —¿No tenéis los carrozas una obsesión con el correo electrónico? —repuso él—. Envíale uno bien largo. Suéltaselo todo. Prepáralo. Tómate tu tiempo. Dile lo que piensas. Mete todas esas frases ingeniosas que a la mayoría se nos ocurren cuando ya es demasiado tarde.
 —Creedme, el correo electrónico es el camino a la perdición. Lo he visto muchas veces en el departamento. Una parte vomita su versión de los hechos; la otra vomita una versión distinta. El intercambio se intensifica hasta que lo que empezó siendo una mera desavenencia se convierte en una guerra total.
 —A mí me parece que la tía Em y tú ya estáis en guerra total —replicó Zanzibar.
 —Pero esto no va solo de lo que está pasando ahora, sino de toda una vida. La conozco desde hace el doble de años de los que tienes tú, cielo. Insistís en que me aleje de ella, pero el hecho de no volver a hablarnos dejaría flecos sueltos, deshilachados. Me incordiaría como una de esas etiquetas rasposas que van cosidas a veces al cuello de la ropa y que pican tanto, y no solo un par de semanas, sino años. Tal vez toda la vida. Además, siempre tendría miedo de encontrármela.
 —¿No es ella la que debería tener miedo de tropezarse contigo? —preguntó Darwin.
 —Porque no estoy del todo segura de que crea que ha hecho algo mal. No recuerdo una sola vez que Emory haya pensado que se equivocaba. Es de esa clase de personas... Qué digo, es como la mayoría.
 —¿Y tú no? —preguntó Wade, sirviéndome más café.

—Quizá no. Sigo sin pensar que lo que dije en esa clase de escritura creativa fuera equivocado. No fue equivocado: fue una estupidez.

Lucy, que por fin se había levantado, trepó a su silla para verter leche en los cereales.

—¡Mami ha dicho la palabra con E! —exclamó. Pero su reprimenda carecía de convicción. No comprendía por qué, pero se daba cuenta de que ya no le teníamos miedo.

—Así es, Lucy —reconocí, muy cansada—. Ve acostumbrándote.

Que te condenasen al olvido reputacional tenía una vertiente liberadora. Me había vuelto impermeable.

—Si hablaras con ella —intervino Wade—, ¿no te arriesgarías a que volviera a echarte la bronca? No querrás oír otra vez ese sermón de la CNN...

—Como de costumbre, tu solución es evadir el problema.

—Es solo que no quiero que vuelva a darte la matraca, amiguita. —Posó una cálida mano en mi cuello—. A veces no queda otra. No hace falta cruzar un charco de aceite por el medio

—Solo hay una opción descartada, chicos: no hacer nada. —Con aire pensativo, di unos golpecitos en la funda del móvil—. Después de treinta años, tiene que haber alguna forma de superar esto.

—No te estarás planteando en serio perdonarla, ¿verdad? —preguntó Zanzibar.

—Perdonar a los que no se arrepienten carece de sentido. Es como aplaudir con una sola mano.

—Quién sabe —dijo Darwin—, tal vez te sorprenda y esté superarrepentida. A lo mejor pensó que solo estaba haciendo su trabajo y esperaba, como siempre, que tú lo entenderías. O a lo mejor lo hizo todo con intención irónica, como un numerito, una farsa. A lo mejor creyó que te darías cuenta de que estaba fingiendo, bailándoles el agua a los jefes de la emisora. O sea, porque ella no se cree de verdad toda esa mierda, ¿verdad?

—Por supuesto que no —contesté.

—Lleva años haciéndoles la pelota a los peces gordos, ¿no? —prosiguió Darwin—. Así que es posible que ni se imaginara que esta vez te lo tomarías en serio y heriría tus sentimientos.

—¿Pidiendo a los estudiantes que la *demanden*? —terció Zanzibar, incrédula—. Y hablas de herir los *sentimientos* de mamá... ¡Emory le echó los perros! ¡Como si no estuviéramos ya bastante arruinados!

—De acuerdo, lo capto, lo capto. —Darwin siempre había adorado a Emory; la situación era muy dura también para él—. Solo quiero decir que... quizá no se dio cuenta de que estaba yendo demasiado lejos.

Habíamos descartado una llamada telefónica que no serviría para nada, un vacilante mensaje de voz, un mensaje de texto a modo de represalia y una escalada de la violencia verbal por correo electrónico que seguramente desembocaría en un holocausto nuclear. Solo quedaba una vía de comunicación, y se alzaba sobre las demás como la más aterradora.

ME DEBES AL MENOS ESTO, tecleé a toda prisa antes de acobardarme. QUIERO QUE NOS VEAMOS EN PERSONA.

5

Me sorprendió que, en el curso de nuestro lacónico intercambio de mensajes, Emory aceptara ir a mi casa. Pensaba que, si estaba dispuesta a verme, insistiría en que fuera en un terreno neutral –una cafetería, un parque–, pero tal vez concluyó que un encuentro en un lugar público parecería artificial y forzado, que nos obligaría a ser educadas, a no levantar la voz, a cuidar de que no nos oyeran; si no íbamos a sincerarnos, no tenía ningún sentido reunirse. Aquello no era el intercambio de una bolsa de billetes por un rehén ni nada parecido. Además, ya había comprobado en el hospital que me reconocían enseguida como la fanática de la «diatriba chillona y desquiciada». Gracias en parte a la propia Emory, no podía ir a ninguna parte sin que me abordaran con malas intenciones.

Dado que los demás miembros de mi familia no tenían aún la cara estampada en carteles de SE BUSCA, Wade llevó a los chicos al cine para darnos privacidad a Emory y a mí y evitar toda impresión de que pretendíamos acorralarla.

Con una puntualidad que me entristeció, Emory llegó justo cuando tocaban lúgubremente las cuatro de la tarde. Era la precisión que regía las citas con médicos o abogados, desconocidos con los que se tiene una relación exenta de emociones y meramente transaccional. Aparcó delante de casa y se encaminó hacia la puerta lateral, atravesando un corredor de cámaras que ella misma había ayudado a instalar en la acera. No parecieron inquietarla. Emory estaba acostumbrada a las cámaras. Yo espiaba detrás de las persianas y no pude evitarlo: me alegró verla. Siempre me alegraba verla. Como de costumbre, me fijé en lo que llevaba puesto: mallas negras, top de tirantes y escote redondo también negro y zapatillas de un blanco inmaculado, un modelo casi ingrávido para conseguir la máxima agilidad. Era ropa de entrenamiento. Venía vestida para pelear.

Yo había tardado mucho más rato de lo normal en decidir qué ponerme. El tiempo estaba cambiando y en una misma tarde pasaba de tener frío a estar sofocada y viceversa. Como sentía la necesidad de arrebujarme bien, elegí unos vaqueros suaves y muy lavados y una sencilla camiseta blanca, sobre la que me puse una especie de capa roja y lisa de manga larga que me llegaba por debajo de las rodillas. Su tela, lo bastante tupida para darle caída y vuelo, siempre me había hecho sentirme una mujer con clase. Era demasiado tarde para reconsiderar ese conjunto de andar por casa con un toque de estilo, pero ya me estaba asando. Tenía el pulso acelerado, me zumbaban los oídos y notaba las palmas sudadas. Lo cual era ridículo. Emory era mi mejor amiga, ¿no? Mi mejor amiga.

En cuanto abrí la puerta, me asaltó como un puñetazo en la cara la certeza de que vivíamos en realidades radicalmente distintas, que formábamos un diagrama de Venn cuyos círculos ni siquiera se rozaban, y mucho menos se solapaban. En el mío, yo estaba herida y tenía derecho a estarlo. Debería haberle correspondido a Emory, desde el principio, aliviar ese dolor, explicarse: rectificar y reparar el daño. Pero me bastó una mirada para confirmar que en absoluto era así como ella veía las cosas. Mi sospecha inicial resultó ser acertada: su expresión serena era la viva imagen de la inocencia. Retrocedí un paso como si me hubieran dado una bofetada. Así y todo, seguía siendo lo bastante civilizada para guardar las formas.

–¿Te apetece tomar algo? –pregunté–. ¿Té, cerveza?

–Estoy bien hidratada, gracias –contestó con despreocupación, levantando su botella de agua de acero inoxidable.

Una grosería. El propósito de ofrecer una bebida no era la bebida en sí. Para demostrárselo, abrí una cerveza que no necesariamente me apetecía.

Como hacía buen tiempo, al principio pensé que conversaríamos en el verde y fresco porche trasero, pero de golpe comprendí que las tumbonas de madera nos harían adoptar una actitud de comodidad que nada tenía que ver con la ocasión. Reclinadas la una al lado de la otra, mirando juntas los pájaros que revoloteaban por entre los helechos del patio trasero..., la escena habría evocado con dolor ese tópico según el cual los enamorados se miran entre sí mientras que los amigos miran juntos otra cosa. Y, por lo visto, cuando Emory y yo mirábamos lo mismo, yo veía un trepador pechiblanco y ella, una botella de lejía. Así que me decanté por el salón. Nunca nos sentábamos a pasar el rato en el salón.

Me acomodé en el sofá de cuero, pero ella, en lugar de sentarse en el otro extremo, escogió un sillón de orejas y respaldo recto situado sutilmente demasiado lejos, lo que la hizo descollar varios centímetros sobre mí. Su actitud parecía cándida, expectante, afable. Técnicamente era yo quien la había convocado, lo cual hacía que recayera en mí la responsabilidad de iniciar el proceso y marcar el orden del día. Tenía la cabeza llena de fragmentos de los monólogos que había ensayado delante del espejo del dormitorio, pero no había preparado una jugada de apertura y me quedé muda, a la deriva. A veces, ensayar estas cosas es un error; nunca salen según lo planeado.

—Supongo que no vas a disculparte —dije.
—No. —La misma despreocupación. Aquel monosílabo dejaba claro que no iba a colaborar.
—¿Puedes... entender por qué yo podría pensar que debes hacerlo?
—A duras penas —concedió, cruzando las piernas; una de sus blanquísimas zapatillas reflejó los rayos de sol—. Pero, del mismo modo, yo también podría esperar que te disculparas tú.
—¿Y qué te hace pensar eso? —Mi asombro era genuino.
—Me has puesto en una situación muy incómoda con esa rabieta que te dio en clase. Ya hay bastante gente que sabe que somos...
—*Conocidas.*
—Sí, que somos conocidas. —Emory no levantó la voz—. Escupiendo todo ese veneno cerca de unos treinta móviles te arriesgaste a salpicarme un poco también a mí. En cinco minutos te volviste socialmente radiactiva. Seguro que has leído sobre casos similares. Hay gente que ha perdido el sustento por un comentario, apenas imprudente, no digamos ya por un arrebato tan delirante.

Sentí el impulso de dejar la cerveza —el alcohol te sitúa en desventaja frente al ascetismo—, pero no quería dejar un cerco en la mesa de centro de roble ni levantarme para ir a buscar un posavasos. La única opción era bebérmela.

—A ver si lo entiendo. —Tomé un trago para marcar un punto y seguido—. ¿Eres incapaz de ver que denunciarme *en televisión,* a mí, mis valores, mi manera de criar a mis hijos y mi profesionalidad podría parecerme ni que fuese una pequeña traicioncita?

—Al contrario, creo que es un acto de lealtad absoluta presentarme aquí, en presencia de todas esas cámaras, después de que te hayas convertido en la Enemiga Pública Número Uno. Por Dios, Pearson, al menos podrías haber pensado en tu familia. Has dejado marcados a tu pareja y a tus tres hijos.

–Por favor... Si eres tú la que arrastró a mis hijos por el fango en la CNN.

–Creo que a Darwin y Zanzibar les iría mucho mejor si superasen esa idea de que tienen poderes mentales de superhéroes. Ese mito los convierte en dos neuróticos y los aleja de sus compañeros. Por muy bien que me caigan a mí, para la mayoría de la gente son antipáticos. Si siguen así, esa falsa precocidad destruirá sus perspectivas como adultos.

–Que te tomes la libertad de meterles en la cabeza a mis hijos que son tristemente mediocres es pasarse tres pueblos. Además, sabes muy bien que su precocidad no es falsa.

–Siempre has insistido mucho en que tu inteligencia es del montón, pero estos últimos años tu aire de superioridad...

–¿Disculpa? ¿Que *yo* tengo aire de superioridad?

–Tu ego es más grande de lo que aparentas. Lo que pasa es que canalizas tu vanidad a través de tus hijos. «¡Puede que yo no sea inteligente, pero mis hijos sí lo son! ¡Más inteligentes que los hijos de cualquiera!» Los utilizas para reforzar tus credenciales intelectuales por asociación. Eso raya en el maltrato infantil, Pearson.

–No podía creerme que me tildaras de «eugenista». Ya sé que se espera que exageres las cosas para causar efecto en la televisión, pero eso fue pasarse de rosca...

–Tú elegiste al padre de tus hijos mayores *exclusivamente* por su CI percibido. –(Me di cuenta de que para Emory insertar el adjetivo «percibido» se había vuelto un acto reflejo)–. ¿Qué es eso si no eugenesia? ¿De qué otro modo podría llamarse?

–Solo sabes eso porque te lo confié como amiga. Y vas y lo usas en mi contra...

–Presumes de la ascendencia paterna de tus hijos con

cualquiera dispuesto a escucharte. Todos los que te conocen lo saben. Por pocos que sean.
 No dije nada sobre ese último comentario, aunque debí haberlo hecho.
 —Solo sabías todo ese montón de cosas porque somos amigas. Una *conocida* no sabría ninguna de ellas.
 —Soy periodista y recabo información donde pueda encontrarla.
 —O sea, ¿que debería haber sabido desde el principio que todo lo que te contara acabaría aireándose por televisión?
 —Sí, claro, deberías haber tenido presente mi profesión desde el principio. Y, sinceramente..., no me considero el centro del universo ni doy por sentado que todo cuanto hagas gire en torno a mi persona... Aun así, no he podido más que preguntarme si, quizá de forma inconsciente, ese berrinche estrafalario en la universidad tenía la intención de dañar mi reputación. O, si no era esa la intención, que las consecuencias que pudiese tener para mí te parecieran un aliciente. No es vanidad por mi parte, es un hecho: tengo un perfil alto. Deberías haber sabido que un numerito como ese no solo acabaría en internet, sino también que en poco tiempo implicaría a la única persona de tu entorno reconocible para la mayor parte del público.
 —En ese momento eras lo último en lo que pensaba. No aguanté más y estallé. Que imagines que intentaba hundirte conmigo de forma deliberada *sí* es vanidad. Peor aún, es un delirio. ¿Por qué demonios iba a querer yo sabotear tu carrera?
 Emory suspiró. Estábamos tan enfrentadas en aquel momento que creo que ella tendía a olvidar que la conocía muy muy bien. Por eso, su prolongada pausa no indicaba reticencia a meterse de lleno en el asunto: era el *fingimiento* de una reticencia a abordar el asunto, cuando en realidad se moría de ganas de entrar en materia.

—Del mismo modo que has dado a entender que te consideras poco inteligente —empezó a decir, sin abandonar ese aire de vacilación que mantuvo unos segundos más—, has querido hacer creer que no eres ambiciosa, algo que a mí siempre me ha parecido pura envidia. El modo en que se ha desarrollado tu carrera tiene que parecerte por fuerza decepcionante. Ni siquiera has llegado a..., no sé, a profesora asociada o algo así. ¿Por qué? Ahora no tenemos tiempo de analizar los motivos. Digamos solo que siempre has sido autodestructiva. Dedicas toda tu energía a sabotearte, como si estuvieras cavando con furia tu propia fosa. Incluso dejando de lado tu espectacular detonación con chaleco suicida de hace dos días, ese absurdo incidente con la novela de Dostoyevski es un ejemplo perfecto. ¿De qué te sirvió, además de para hacerte mucho daño? Yo, en cambio, me he aplicado, he trabajado duro, he perfeccionado mis habilidades y he llegado a ser algo. Me lo he ganado a pulso, y no creo que mi puesto actual en la CNN haya sido un golpe de suerte; creo que lo he conseguido porque lo merezco. Lo único que digo es que sí, que es natural, puede que incluso inevitable cuando dos personas se conocen desde hace mucho tiempo —Emory aún no había usado la palabra «amiga»— y una de ellas destaca y la otra no. No puedes evitarlo, pero tienes envidia. Santo Dios, mira lo que tuve que decir el jueves en el programa para que por fin vieras uno de mis monólogos de apertura.

—No he evitado tus programas por envidia, sino porque políticamente me parecen anatema.

—Ah, ¿sí? ¿Y por qué?

—¡Buf! Porque pienso que la Paridad Mental es una sarta de chorradas. He tratado de ser tolerante mientras tú seguías apoyando esta porquería, pero si me expusiera demasiado a tu lucrativa propaganda, por impostada que sea, con toda probabilidad acabaríamos peleándonos.

—Vaya, menudo cuento te cuentas. O sea, que has estado sacrificándote por el bien de nuestra relación, reprimiendo el impulso casi incontrolable de verme brillar en los medios solo para llevarnos mejor. Es un cuento más bonito que el de ser, en comparación, una mediocre profesora auxiliar de Filología a la que le resulta demasiado doloroso aceptar la fama de una mujer con la que creció y que empezó en su mismo punto de partida.
—Yo no diría que criarme como testigo de Jehová sea el mismo punto de partida.
—Treinta años después, ¿podemos por fin aparcar esa autocompasión?
—Nunca he dicho que sienta lástima por mí misma.
—No hacía falta que lo dijeras.

Después de ese torrente, guardamos silencio. La cerveza se había acabado. Yo estaba encogida en el extremo del sofá, con la capa roja ajustada al cuerpo y arrugada sin remedio. Entretanto, Emory seguía recostada en el sillón, lánguida, con los brazos desnudos abiertos y una expresión entre despreocupada e inquisitiva, pero, por lo demás, impasible. En ese momento pensé que era una pena que las normas vigentes entre la clase profesional prohibieran semejante horror, porque a Emory Ruth le habría encajado estilísticamente de maravilla fumar. Yo seguía anonadada por cómo esa mujer que tenía enfrente había traicionado mi confianza apenas dos noches antes, por cómo había puesto en peligro a mi familia, había hundido el cuchillo aún más en mi carrera y había acabado con mi nombre en un importante canal de noticias por cable, y sin embargo era yo la que estaba agazapada, a la defensiva. Me obligué a descruzar los brazos y a sentarme erguida, pero todas esas paparruchas sobre el lenguaje corporal son infames. Apenas había hecho un esfuerzo deliberado para dejar de dar la impresión de que me protegía cuando volví a sorprenderme con los brazos cruzados con fuerza, el coxis deslizado hacia delante, los hombros encorvados.

Al final, como cubriendo con benevolencia el abismo social que su anfitriona era demasiado torpe para cruzar por sí misma —en mi imaginación, antes de hablar Emory daba una profunda calada a uno de esos cigarrillos largos y finos que se publicitan para mujeres y exhalaba un hilo de humo con un toque mentolado–, preguntó, como quien no quiere la cosa:

–¿Y quién dice que mis editoriales sean «impostados»?

Al final consiguió que me enderezase.

–¿Tú te *crees* ese rollo?

–Hasta la última palabra.

–¿Desde cuándo?

–Reconozco que al principio era escéptica. Antes de la Paridad Mental, la vida académica de mi padre giraba en torno a la jerarquía cognitiva. Tradicionalmente, los abogados como mi madre formaban parte de una élite intelectual, pero poco a poco esta nueva manera de pensar empezó a adquirir sentido. Sé sincera, Pearson, ¿por qué es *tan* importante para ti poder cuestionar la inteligencia ajena? ¿Hacer que la gente se sienta insignificante, indigna, inferior?

–No se trata de insultar. Se trata de la realidad. Y aquí, en la realidad, *no* todo el mundo es igual de inteligente.

–Pero ¿por qué te importa tanto esa idea? –insistió.

–Porque no es una idea. Es un hecho.

–Según tú.

–Según yo no. Según el mundo observable sobre el que nuestras ideas no ejercen ningún control.

–Bueno, muy bonito, pero tú te enorgulleces de ser una renegada. ¿Alguna vez has pensado que tal vez estás aislada y culturalmente marginada porque te equivocas?

Me levanté y empecé a dar vueltas por el salón.

–No puedo creer que estemos teniendo esta conversación.

—Hace un momento te has descrito como alguien «tolerante». Has estado *tolerando* mi defensa de la justicia cognitiva, que, por razones no del todo claras, interpretas como insincera. Pero cada vez que vengo aquí me enfrento a un lenguaje vulgar y a una mentalidad retrógrada que me costarían el despido en un nanosegundo. A mí me parece que soy yo la que ha sido tolerante. Muy tolerante, puede que demasiado. El silencio es cómplice.
—Lo sé. Por eso he acabado reventando. Me sentía casi físicamente incapaz de continuar callando, porque si seguía con la boca cerrada, toda esa consternación y esa repugnancia harían que me explotara la cabeza. Tú actúas como si la única consecuencia de esta doctrina disparatada fuera que, por fin, la gente esté siendo *amable*. Pero es todo lo contrario, ¡el país se está desmoronando!
—Estoy muy cansada de esa tontería de que el cielo se cae, como en *Chicken Little* —repuso Emory, con los ojos en blanco—. El cielo sigue ahí arriba.
—El cielo está *por los suelos*. Hasta tus padres están planteándose emigrar.
—¿No te suena? ¿El fin del mundo está cerca? ¿No es el mismo apocalipticismo histérico con el que creciste? Quizá, después de todo, no te hayas librado de tu adoctrinamiento religioso. Y esa evangelización que vas practicando por el mundo refleja la misma superioridad a la que me refería. Es más de lo mismo, esa bobada del pueblo elegido que se supone que dejaste atrás. *Tú* tienes una visión especial. *Tú* tienes acceso especial a la verdad. *Tú* puedes ver que el país está hecho trizas, y todos los demás, la gente para quien la vida sigue su curso, están ciegos ante su inminente ruina. De eso va tu iconoclastia de inadaptada. Te aferras a tu condición de única iluminada y la aprietas contra el pecho como si fuera un osito de peluche tuerto.
—¿Por qué toda esta conversación se centra en *mi* perso-

na? –Es posible que empezara a gritar–. ¿Qué hay de ti? ¿De cómo has cambiado el rollo con todo esto solo porque te conviene en lo social y lo profesional? Quiero decir, ¿tú de verdad crees en algo?

—Sí, por supuesto. Creo en la Paridad Mental. Me parece recordar que he sido clarísima al respecto hace apenas dos minutos.

—Pero antes pensabas que era una memez.

—¿Y qué tiene de malo madurar políticamente?

—Lo que tiene de malo es mandar al carajo todo lo que piensas y todo lo que sabes, y tragarte sin rechistar cualquier chifladura, sea la que sea, que tu cultura se haya sacado de la manga, y solo para agradar, encajar y medrar. Lo que tiene de malo es estar tan vacía, y ser tan incapaz de pensar por ti misma que acabarás creyendo que los cerdos vuelan, que el azul es rojo y que arriba es abajo solo porque eso es lo que ellos te han dicho que repitas como un loro *esta* semana...

—¿«Ellos»? —me cortó Emory—. Pearson, pareces trastornada. No hay ningún «ellos».

—Creía que las dos estábamos intentando sobrevivir hasta que el país recuperase la cordura, pero tú no estás sobreviviendo. ¡Tú estás propagando activamente esa sarta de sandeces! Quiero decir que..., por Dios, no espero que estemos de acuerdo en todo, ¡pero ya no sé quién eres! Sé que siempre has ido a la tuya, pero nunca te había tenido por semejante cobarde. ¡Nunca te había tenido por una puta idiota!

—¡No te *atrevas* a usar ese lenguaje conmigo! —Era difícil saber si Emory estaba en verdad ofendida por «la palabra con I» o si lo fingía, pero cuando se levantó del sillón que con tanta diligencia había servido de escenario a sus poses indiferentes, por fin parecía un poco disgustada—. Ese discurso santurrón, altivo y demagogo sí que es el colmo, Pearson, ¡esa rectitud incuestionable! ¡Es implacable! ¡Como si en el fondo siguieras siendo una testigo de Jehová! ¿Y tú hablas de «pensar

por uno mismo». Pues pensar con independencia significa en primer lugar *mirarse* y contemplar la posibilidad, por mínima que sea, de que *uno mismo* esté lleno de mierda. Porque... ¿desde cuándo eres tan buena y pura? Recuerda que a los dieciséis años les rompiste el corazón a tus padres. ¿Y el rollo con aquel zopenco italiano? –¿«Zopenco»? Empezaba a perder el control–. Eso fue acoso sexual en toda regla, por no decir agresión...
–Por favor. No fue nada de eso. A él le encantaba.
–Eras su profesora y fue un abuso de poder, doña Recatada. Además, te quedaste embarazada. Ya ves lo irresponsable que puedes llegar a...
–Venga ya, que yo solo he abortado una vez y tú *dos*.
–Y no se lo contaste. ¿Y si hubiese querido ser padre? No tuvo la oportunidad de decir nada. Después se te metió en la cabeza esa absurda idea de la inseminación artificial con el esperma de un presunto «genio» desconocido, y en un momento en que no tenías ni dinero ni pareja. Wade te rescató entonces, pero ahora, después del accidente, ya no podrá seguir haciéndolo, y mira la que has liado: has dejado a tu familia en la estacada, abochornada, sin ingresos, solo para poder «estallar». Ah, y no olvidemos que menosprecias y desatiendes a tu hija pequeña porque no encaja en tu idea de niña prodigio. Para mí, nada de eso es correcto.
–Ya estás otra vez. Le das la vuelta a todo para que solo tenga que ver conmigo. Hace dos noches, *tú* me traicionaste, ¿vale? Queridos hermanos, *esa es la razón* por la que nos encontramos aquí hoy, a los ojos de Dios.
–De acuerdo, hablemos de mí, pues. –Llevándose el dedo corazón al centro de la frente, Emory recuperó una apariencia de calma que se me antojó ominosa–. He intentado mostrar caridad contigo desde que nos conocimos, Pearson. En el instituto estabas tan descolgada y eras tan torpe que, sí, me dabas pena. Te acogí en mi casa. He estado a tu lado...

—¿Estás diciéndome que solo he sido tu proyectito?
—Pero eres increíblemente exigente. Siempre te refieres a mí como tu «mejor amiga», pero decir «mejor» implica que hay otros amigos entre los que yo, en teoría, destaco. ¿Qué otros amigos? No creo que tengas ninguno ni recuerdo que los hayas tenido nunca. Eso para mí es una carga enorme, Pearson. A menudo has insistido en decirme lo importante que soy para ti, pero ese es el problema. Soy demasiado importante para ti. Lamento tener que decirlo así, pero no sé expresarlo de otra manera. Eres un poco... empalagosa. Mira, sin ir más lejos: te ponías todos los días el fular carmesí que te regalé, y eso que no era más que un pañuelo, un regalo barato. Significaba demasiado para ti. Estás... pareces obsesionada conmigo, Pearson, y desde el principio, hasta un punto insano. A veces he llegado a preguntarme...

—¿Qué te has preguntado?

—Tu obsesión parece casi... erótica.

La incandescencia de mis mejillas debió de hacer juego con la capa.

—No seas ridícula.

Debí de sufrir un shock emocional. Mi incredulidad paralizante le fue de perlas a mi invitada, pues le permitió soltar sin interrupciones algo que yo calificaría de «discurso santurrón, altivo y demagogo». Todavía recuerdo la perorata casi palabra por palabra, y estoy segura de que Emory la había ensayado como yo había ensayado las cuentas que tenía que saldar con ella. Pero, por mi parte, el fracaso había sido estrepitoso: había soslayado mi indignación por la descripción pública que ella había hecho de mis hijos mayores como fabuladores marginados; no me había burlado de su retrato de Lucy como una niña «delicada»; había olvidado incluso mencionar mi rabia por que hubiera incitado a mis alumnos a que me demandasen; mi reacción por que me considerase una «conocida» había sido demasiado tibia, y había pasado por alto su delirante plan de rebautizar nuestra ciudad con algún nombre ahistórico, estalinista y antiintelectual (si es que este último adjetivo seguía sirviendo de crítica). En cambio, habría apostado a que ella se las había ingeniado para pronunciar su ensayada homilía casi sin fallos.

–Casi podría seguir soportándolo –empezó a decir–, aunque tu apego hacia mí esté un poco subido de tono. He intentado apoyarte e incluirte en mi familia. Hacerte compañía. Escuchar tus problemas en la universidad y los desafíos de criar a tus hijos. Y hasta podría intentar apoyarte en esta última catástrofe a la que tú misma te has lanzado de cabeza si no fuera por el contenido de la catástrofe.

»Una cosa sería que tú y yo no discrepáramos en, no sé..., la utilidad de reciclar el plástico. Pero estar en lados opuestos respecto a la Paridad Mental es demasiado fundamental. Es una cuestión de carácter. Lo lamento si parezco cursi o moralista, pero se trata del bien y el mal en un sentido primigenio. La Paridad Mental atañe a nuestra actitud para con los demás, de cómo pensamos sobre los demás, incluso de cómo nos vemos a nosotros mismos..., de lo que creemos que nos hace valiosos. Tú no solo te aferras a mí, también te empeñas en aferrarte a una mentalidad anticuada y, para ser franca, repulsiva, y eso es algo que no puedo aprobar. No puedo seguir viéndote porque eso significaría apoyar implícitamente tus prejuicios retrógrados, no puedo guardar silencio y mirar a otro lado mientras fomentas sin rubor ideas que a mí me parecen espantosas. No puedo seguir fingiendo que te río chistes que no tienen ni pizca de gracia. Es demasiado agotador, y luego me voy a casa odiándome.

»No ha sido fácil, pero he venido porque hace mucho tiempo que nos conocemos y habría sido de mal gusto y, sí, cobarde, enviarte un correo electrónico o desaparecer hasta que captaras el mensaje. Así que ahora te lo digo a la cara:

no puedo seguir con esto. Hace que me sienta cómplice. Estoy promoviendo unas actitudes que me revuelven el estómago. Tendremos que seguir caminos distintos. Por favor, diles a Wade y a los niños que lo siento y que les deseo lo mejor.

»Entretanto, espero que busques ayuda. Hay muchos libros magníficos que podrían hacerte abrir los ojos y derribar tu obtusa resistencia a aceptar que todos los cerebros humanos son iguales. Mira las ilustraciones. Mira al menos las puñeteras ilustraciones.

Emory recogió la botella de acero inoxidable y se fue sin esperar a que la acompañase a la puerta. Toda una lección sobre no comportarse con superioridad moral.

Puede que no se me den bien las matemáticas, pero tengo suficiente inteligencia emocional para comprender que la ira suele ser un escudo o, si se quiere, un soplete que expulsa la llama para proteger al yo de habitar plenamente el dolor. Por eso me sorprendió tanto mi primera reacción ante la demoledora emisión de Emory en la CNN: habría esperado que me sacara de mis casillas y después ir reconociendo poco a poco que detrás de la furia había una herida honda y perdurable. En cambio, la herida llegó primero, y me pilló indefensa. No me enfadé. Me entristecí.

Así, en los días posteriores a esa conflagración en mi salón tuve motivos para anticipar un doloroso careo conmigo misma: «Pearson, acéptalo, estás dolida. Una amistad de muchos años ha sido demolida y su pasado, profanado. No te queda otra que pasar por todo esto, por toda la humillación y las dudas en ti misma. Hay algunas frases de esa conversación que volverán y te cortarán como una espiral de concertina y tendrás que dejar que así sea, que te magullen una vez y otra hasta que pierdan el filo. Es imposible decir desde este punto cuántos meses o incluso años tardarán esas cuchillas en quedar romas, y nada garantiza que el recuerdo de esta tarde de sábado alguna vez deje de tener la capacidad de desgarrarte. Solo podemos estar seguros de que no hay un atajo para superar esto; tienes que cruzar por el centro ese charco de aceite que decía Wade. Tienes que conocer tu pena, e incluso amarla, si alguna vez has de librarte de ella». En otras palabras, como habrían recomendado los psicólogos de pacotilla en relación con el adiós a mis padres cuando tenía dieciséis años, debía dar comienzo el largo y duro trabajo de «procesar mi dolor».

Sin embargo, ese eterno y cruel autoexamen y la gradual aceptación de la pérdida no llegaron a arrancar. Lo que se acumuló, en su lugar, fue la misma rabia que debería haberme poseído al instante tras la emisión de Emory. Una rabia de una naturaleza particular: serena, constante, calculadora y, sobre todo, fría. No era un soplete; sino un picahielos. Si había algo de verdad en la afirmación de Emory de que siempre había sido autodestructiva, iba a poner fin a esa tendencia. Estaba lista para destruir a otra persona.

En cuanto a lo que hice, no le pido a nadie que me aplauda. Reconozco con gusto que no fue un acto cristiano. En retrospectiva, considero que mi jugada vengativa fue directamente feísima, aunque en ese momento no me importó que lo fuera, y sigue sin importarme. Me importaba un pepino si alguien más estaba de acuerdo en que el blanco se lo merecía, incluidos Wade y los niños, que tal vez estuvieran de acuerdo en lo justificado del gesto, pero divididos en cuanto a si sirvió «de algo». Pero la intención no era que sirviese de algo. La intención era hacer daño.

En consecuencia, no me interesa el perdón, ni de los protagonistas de esta historia ni del hipotético público lector. Como le dije a Zanzibar, el perdón sin arrepentimiento no significa nada, y jamás me he arrepentido de mi arriesgada maniobra... En la que encontré cierto placer, aun cuando ni siquiera en su punto álgido fuera gran cosa. La venganza rara vez satisface, pero eso ya lo sabía desde el principio. Como ya he dicho, no soy una ingenua emocional. De hecho, si alguien espera volver a sentirse bien, recuperado, le recomiendo encarecidamente que se olvide de venganzas. No funciona. Para empezar, no consigue que aquello de lo que queremos vengarnos no se nos infligiera; rara vez provoca en nuestra némesis una pizca de arrepentimiento; rara vez mueve a ese pobre remedo de ser humano a reconocer que el castigo era merecido. Con todo, mi intención no era provocar arrepentimiento, y en el fondo me daba igual si cierta persona llegaba a reconocer, incluso ante sí misma, que se lo había buscado. Tampoco intentaba sentirme feliz. Lo que quería era hacer infeliz a alguien.

La más veterotestamentaria de mis hijos, Zanzibar, me ayudó, aunque el proceso resultó bastante sencillo; hasta es probable que hubiera podido apañarme yo solita. No fue difícil encontrar el vídeo porque lo había visto las veces suficientes para recordar la fecha: 28 de marzo de 2010. Esperé dos o tres días prudenciales después del histriónico repudio televisivo de Emory y el lunes subí el archivo a YouTube:

«¡Esa idea *tan-ton, tan-ton-ta* no puede ser más ton-torro-na! ¡Bo-ba, bo-ba, bobalicona!» Ahí Emory se aplasta una tortita de arroz en la frente y se revuelve las migas por todo el pelo. «¡Zoy iguá de inteigente quel pdecidente! ¡Voy a zé pdecidenta! ¡Me la dicho Caswell Ton-Tus Ton-Tus.»

Mientras veía la grabación de principio a fin para confirmar que se había transferido bien a YouTube, me puse a contar..., y me encantó comprobar que Emory había usado la palabra «retrasado» aún más veces que yo en mi clase de escritura creativa en la universidad.

ALT-2023

1

De acuerdo. Apliquemos ahora el gran angular. El vídeo que subí a YouTube surtió el efecto que cabía esperar. No es que Emory me lo comunicara en persona, pero no hacía falta: su despido de la CNN salió en todos los periódicos, por no hablar de la propia CNN, cuyos presentadores competían entre sí a ver cuál se mostraba más indignado, y cuyo director ejecutivo publicó una disculpa a toda página dirigida a la audiencia en el *Washington Post* y el *New York Times*. Incontables organizaciones con las que Emory Ruth había establecido alianzas pusieron fin a la relación con bombos y platillos. Mientras el vídeo acumulaba decenas de millones de visualizaciones, el tiro de su arenga televisada contra Pearson Converse le salió por la culata, como yo sabía que pasaría. A la campaña que Emory había lanzado en Twitter, #UnaNuevaCiudadparaEmoryRuth, se le cambió la etiqueta por la de #UnNuevoArrestoDomiciliarioparaBlasfemoryRuth, así que tenía la esperanza de que el movimiento para cambiarle el nombre a la ciudad de Voltaire se perdiera entre el ruido. Aquella payasada nuestra de 2010 mostraba suficiente camaradería para dar a entender que éramos mucho más que meras «conocidas», y decir que su repetición extasiada de todas esas palabras con R la dejaba como una hipócrita sería quedarse cortos. Ni un solo comentarista quitó hierro a los pecados de Emory señalando que, en la época en que nos grabé solazándonos con la tercera botella de pinot, el concepto «Paridad Mental» ni siquiera se había acuñado, y que mucho menos se habían sacralizado aún sus principios convirtiéndolos en el evangelio del mundo occidental. En 2016, la clemencia escaseaba.

Pensándolo bien, la recompensa emocional por pulsar el botón de eyección en la meteórica carrera de Emory no fue solo «moderada»: fue casi inexistente. Yo era muy consciente de que postear ese vídeo había sido una maldad gratuita. No había hecho del mundo un lugar mejor, pero no me remordía la conciencia. Nunca me había esforzado en ser una «buena persona», y mucho menos en ser altruista, así que me era indiferente cómo de positiva o negativamente afectara a mi reputación. Por lo que a mí se refiere, me preocupaba más que, en lugar de empañar el credo que tanto vilipendiaba, en realidad hubiese alimentado aquella *manía* colectiva. A esas alturas, era ya casi imposible encontrar a alguien lo bastante tonto para afirmar que otro lo fuese, y servir en bandeja a una inteligentista confesa para que la desollaran viva proporcionó carne fresca a unos medios hambrientos de carroña. Pero los buitres habrían encontrado otro cadáver que devorar, con o sin mi ayuda. En mi distanciado reposo he llegado incluso a preguntarme si subir ese vídeo a YouTube no sería una búsqueda cansada y ambigua de intimidad: había hecho que Emory y yo acabáramos en el mismo barco.

No malgasté ni un segundo preocupándome por cómo se las apañaría ahora que absolutamente nadie le daría trabajo. Estaba demasiado absorta en el hecho de ser yo misma incontratable. En cuanto a las insignificantes recompensas de la venganza, haber arrastrado a otra mujer conmigo no había contribuido un ápice a restaurar mi reputación. Pronto, además, las tribulaciones de mi familia siguieron multiplicándose.

El fracaso tardó unas semanas en manifestarse, pero el tobillo de Wade no parecía mejorar dentro del plazo que había estimado el doctor Quesadilla. Más aún, diré que no parecía mejorar en absoluto. Aunque mi pareja aspiraba al estoicismo, ni las sonrisas forzadas más heroicas pueden invocar alegría cuando la agonía es evidente, y, a pesar de sus esfuerzos por ocultarlo, el dolor se leía con todas las letras en su rostro. Y otra cosa que saltaba a la vista cuando se desplazaba por la casa apoyándose en los muebles fue que el dolor iba a peor.

Al final volvimos a la consulta de Quesadilla, que pareció molesto al ver que su obra no estaba dando los resultados esperados, y proyectó esa decepción sobre el paciente como si la verdadera decepción fuera Wade. Cuando en una segunda cita de seguimiento anunció que habría que repetir la operación, lo hizo con tono fastidiado, agraviado y admonitorio.

De ningún modo pensábamos permitir que ese niñato de doce años volviese a tocar los tendones-espaguetis de Wade. Acabamos recurriendo a un cirujano que no cubría nuestra aseguradora, el doctor Howard, de cincuenta y tantos años, que le había salvado la vida a Wade en otra ocasión. Ya en la primera consulta me hizo saber que me había reconocido, y temí que se negara a operar a la pareja de tan notoria sembradora de odio, pero no, lo que hizo fue dirigirme una de esas miradas de connivencia que le habían proporcionado a Emory el tema de su primer editorial radiofónico. Como insinuar una postura subversiva se consideraba entonces demasiado arriesgado, esos momentos tácitos de apostasía compartida se habían vuelto muy escasos. Habíamos encontrado al médico idóneo.

No obstante, sufragar la cirugía significaba pagarla al contado, un dinero que no teníamos. Aunque avergonzados, no tuvimos más remedio que pedir a los padres de Wade, pensionistas en Florida, algo que ellos sabían perfectamente que en verdad no era un «préstamo». Se avinieron, pero los jubilados con ingresos fijos no suelen disponer de unas reservas prodigiosas; dicho de otra manera: habíamos quemado ese puente; ya no podríamos volver a recurrir a ellos.

La segunda intervención fue mejor que la primera, si bien el doctor Howard fue muy claro al advertirnos que los errores de la anterior tendrían un precio. Ese tobillo siempre sería débil, Wade siempre necesitaría un bastón, y era muy probable que sintiera un dolor intermitente (o crónico). Aunque la muñeca estaba más o menos curada, esa articulación también había quedado permanentemente frágil. La franqueza del cirujano tenía una intención amable: Wade debía buscarse una ocupación que no implicara trabajo físico.

Dudo que Wade llegue a leer esto —incluso si este manuscrito llegara a encontrar un público reducido e insubordinado; Wade no es muy lector—, así que puedo ser franca. Tras la operación, la rehabilitación y una recuperación prolongada, se volvió otra persona. Es posible que las personas que habitan más en su mente se adapten mejor a la discapacidad física y conserven la robusta sensación de seguir siendo ellas mismas, pero Wade y su cuerpo estaban entrelazados. Se le había privado de su elegancia animal. Siempre había sido un hombre de acción; ahora podía, más que nada, pensar, una actividad que nunca le había gustado, y como yo pensaba demasiado, perdí una influencia que moderaba mi inclinación a quedarme atrapada en mis propios bucles. Técnicamente, seguía siendo tan atractivo como el tipo que había podado mi roble moribundo trece años antes. Su rostro conservaba su impresionante contorno equino, y una figura firme y trabajada tarda meses en desvanecerse. Aun así, descubrí que, desde el principio, la base de su magnetismo había sido su espíritu, tan capaz de animar a los demás. Ese espíritu se había roto. Seguía siendo atento, como siempre, y colaboraba en lo que aún podía. Nunca se quejaba. Pero ahora era un hombre maleable. De haber sido Wade un árbol, ya no era de madera dura, sino un sauce. Lo que intento decir es que, si parecía un inválido, no era por la cojera. Algo se había lisiado *dentro*. Yo seguía queriéndolo, pero con una ternura teñida de melancolía o de algo que un observador más curtido llamaría lástima, un sentimiento que no querría para sí alguien que, como Wade, había dominado el mundo material.

Si nos ponemos a enumerar las muchas cosas que dos personas sin blanca y sin trabajo no podían permitirse, en el primer puesto de la lista aparecería un abogado. Porque durante el largo calvario médico de Wade, también padecimos el regreso de Sonia Whitehead, que en los dos últimos años había engordado unos cuantos kilos. (Me pareció comprensible. ¿Por qué privarse de pasteles y caminar durante horas en la cinta si el resultado sería igual de insulso?) Según era de esperar, los Servicios de Protección a la Infancia no vieron con buenos ojos mi despliegue pirotécnico en la universidad. Y como yo, por naturaleza, era incapaz de postrarme con el grado de contrición que exigían los burócratas quisquillosos, nada de lo que pudiera decir durante los inquisitivos interrogatorios de Sonia compensaría jamás mi sacrílego berrinche. Así que al final ni siquiera lo intenté.

Iré al grano. Pero no montaré una escena lacrimógena ni me mesaré los cabellos en un numerito de duelo materno muy apto para conmoveros. Aunque quiero que sepáis lo que me ocurrió, no soy vuestro oso amaestrado Dejémoslo así: es posible que no sea la mejor madre del mundo. Puedo ser cortante, impaciente y, a veces, injusta. Puedo ensimismarme demasiado en mis propios asuntos. Pero soy una madre normal en la mayoría de los aspectos, unida por férreos y fieros lazos normales a sus retoños. Así que sentíos libres para ejercitar vuestra imaginación emocional cuando os comparta sin adornos los hechos de aquel verano.

Se determinó que apartarían a Darwin y Zanzibar de nuestro hogar y que serían asignados a una familia de acogida. Cada uno a una distinta, para mayor horror de los hermanos. Tan violenta fue su reacción que tuvieron que sacar a mis dos adolescentes por la fuerza del dormitorio de Darwin, cerrado con llave, y con la ayuda de un destacamento armado de la oficina del sheriff. Hizo falta un ariete para tirar la puerta abajo. A Darwin y a Zanzibar se los llevaron esposados en un furgón que esperaba delante de casa, como a un par de delincuentes. A Lucy le permitieron quedarse con su padre biológico, pero solo si Wade prometía dejar de vivir conmigo.

Entretanto –todo ocurrió a la vez–, en julio dejamos de pagar, por primera vez, la cuota de la hipoteca. Podríamos haber puesto la casa en venta, pero –poco se decía al respecto en los medios, ¿no es curioso?– la economía estadounidense, que venía tambaleándose desde 2014, se encontraba sumida en una larga recesión. El mercado inmobiliario se había desplomado. Aun si encontrábamos un comprador, la casa era patrimonio negativo, y venderla habría costado más que abandonarla sin más. Con el desahucio acechando a la vuelta de la esquina, Wade tomó la angustiosa decisión de subastar la maquinaria de su empresa e invertir lo recaudado en la entrada de un apartamento pequeño y deprimente que quedaba lo bastante lejos de mí para contentar a los servicios sociales y, al menos, conservar la custodia de su hija.

Nos hicimos toda clase de promesas. Durante un tiempo seguimos viéndonos en secreto, y tengo que decir que esos encuentros propiciaron algunas de las mejores experiencias sexuales que habíamos compartido en años. Sin embargo, era tanto lo que estaba en juego que la tensión acabó incluso con la excitación erótica de lo prohibido. Wade siempre tenía que buscar a una niñera porque yo tenía prohibido estar en la misma estancia que Lucy; a falta de representación legal, no había logrado siquiera que autorizaran visitas supervisadas, y no podía colarme en el apartamento de Wade aun advirtiendo a Lucy de que no se chivara, porque Lucy siempre se chivaba. Decidimos poner fin a aquello antes de que acabase el año.

El siguiente encuentro con nuestros benévolos señores, que se interesaban mucho más por nuestros hijos que sus padres, fue en septiembre, cuando se presentó ante mi puerta un contingente de matones de los Servicios de Protección a la Infancia para comunicarme que Darwin y Zanzibar se habían escapado de sus respectivas familias de acogida; me gustaría añadir que el cuadro de funcionarios me dio la noticia con la socarrona suposición de que ya lo sabía (no lo sabía). Registraron la casa, incluido el cobertizo. Afirmando disponer de una orden que nunca vi, me confiscaron el móvil. No obstante, la situación me alegró. Aunque esos imbéciles estaban convencidos de lo contrario, yo no tenía ni idea del paradero de los dos hermanos. Pero se las apañarían. No se habrían fugado sin urdir antes un plan viable. La intuición me decía que estaban bien. Y una cosa era indudable: estaban juntos.

Sin embargo, en lo tocante a la casa, para entonces la suerte ya estaba echada. Habíamos dejado de pagar tres cuotas de la hipoteca, y un ordenador iba escupiendo avisos amenazadores casi a diario. Habíamos agotado nuestros magros ahorros y exprimido las tarjetas de crédito. Yo no tenía ingresos. No existía como persona en el ámbito laboral; ya podéis imaginar lo primero que aparecía en la pantalla cada vez que buscaba mi nombre en internet. Wade cobraba una miseria trabajando media jornada en los Jardines Botánicos de Voltaire, que habrían sido un lugar estupendo para él como arborista, pero donde ahora solo podía renquear por los invernaderos rociando frondas y recogiendo hojas muertas del suelo. Apenas ganaba para mantener a Lucy con bollería industrial.

¿Adónde podía ir yo? No era cierto, como había afirmado Emory, que *no* tuviera más amigos, pero, desde luego, no tenía amigos que se atreviesen a dar cobijo a una apestada social. Ahí fue cuando la renuncia de mis parientes resultó dolorosa de verdad, pues cuando las cosas se ponen feas, la mayoría de la gente recurre a los lazos de sangre. Desesperada, contacté con Kelly y David, que como mínimo estuvieron dispuestos a hablar conmigo, pero con susurros. No, dadas las circunstancias, no podían acogerme. Aun cuando pasaran por alto que había delatado a Emory en internet, su hija ocupaba ahora la habitación de invitados.

No estaba claro adónde iría, pero sí que tendría que marcharme. La notificación oficial del desahucio llegó en octubre, etiquetada como tal en grandes letras negras en el sobre, por si acaso una era tan morosa que ni la farmacia le vendía unas gafas de lectura de diez dólares. No iba a permitir que me echara de casa otra insensible panda de la oficina del sheriff, sin dejar siquiera que cogiese un par de calcetines de repuesto. Llené una maleta con un poco de ropa, documentos, una lona, un cojín, una botella de agua y este portátil. ¿Conocéis esa molesta sensación de haber olvidado algo importante cuando uno está a punto de salir? ¿Las llaves? ¿La cartera? ¿Algo para leer en el autobús? Lo que yo dejé atrás cuando cerré la puerta por última vez fue mi casa.

El primer lugar donde acampé fue la entrada de los Servicios de Protección a la Infancia. Dejé claro a los guardias de seguridad que no pensaba marcharme hasta que me devolvieran el móvil. No es que quisiera jugar al *Donkey Kong*, pero estaba segura de que, transcurrido un tiempo prudencial, Darwin y Zanzibar se pondrían en contacto conmigo. Durante tres días, el personal pasó por mi lado ignorando mi protesta. Al final recuperé el teléfono, con la condición de que, una vez sobornada con un objeto de mi propiedad, me fuera con la música a otra parte. La pantalla estaba hecha añicos –y estoy segura de que la rompieron adrede–, pero funcionaba. Cambié el plan que tenía con la operadora y me puse una tarjeta de prepago, y decidí que, con independencia de las demás cosas de las que tuviera que prescindir, mi prioridad económica sería mantener conectada esa cuerda de salvamento.

Al fin, en noviembre recibí un mensaje. Estaban bien y no debía preocuparme, pero no era seguro revelar su ubicación. Lo entendí. Cuando intenté contestar, el número ya no estaba operativo. Era probable que hubiesen comprado un móvil desechable solo para tranquilizarme con ese mensaje y que luego lo tirasen a la basura. Lo borré.

No fingiré entereza por escrito; fue una época dura. A veces dormía a la intemperie; otras, iba a algún albergue para indigentes, donde proteger este viejo portátil requería una vigilancia tal que apenas pegaba ojo. Hacía lo que fuese para ganar unos dólares. Limpiaba casas, rastrillaba jardines, lavaba contenedores de reciclaje. Para esos trabajillos me puse un alias, Amy Flowers, pensado para que sonase lo más inofensivo posible. No obstante, a veces los posibles empleadores me reconocían y adiós al puesto de lavaplatos. Sí, contemplé la posibilidad de irme de Voltaire –que había conservado el nombre por los pelos–, aunque solo fuera para escapar de la angustia constante de que alguno de los parientes que me habían excomulgado o mi pésima imitación de mejor amiga me viera acurrucada bajo una lona en un parque. Pero el transporte suponía otro gasto, y yo era *persona non grata* en todo el país; además, Voltaire era la ciudad a la que volverían Darwin y Zanzibar si alguna vez decidían buscarme. Me sentí especialmente optimista en la primavera de 2018, cuando mi hijo cumplió dieciocho. Con la edad necesaria para salir del sistema de acogida, era libre para volver a Voltaire sin vigilar constantemente sus espaldas.

Ese verano abrió en los márgenes del centro de la ciudad un restaurante nuevo llamado Deer Abby, y, como no tenía nada que perder, me acerqué al tío que supuse que era el dueño mientras firmaba el albarán de entrega de venado. En general, mis perspectivas laborales iban mejorando porque era dificilísimo conseguir que alguien trabajara: despedir a un empleado en Estados Unidos era ya tan complicado como en Francia. Siempre podían acusar a la dirección de echarlos por «tontos», y las faltas de toda clase, como no dignarse a aparecer en el puesto de trabajo, estaban amparadas como *problemas de procesamiento*. Le dije que estaría encantada de fregar suelos, recoger sillas, cortar cebollas..., lo que necesitara. Estaba dispuesta a trabajar en negro por menos del salario mínimo, así le ahorraría el seguro de desempleo y la Seguridad Social. Desde el primer día de mi vida como paria, al menos me las había arreglado para ir limpia, lo que en sí ya era casi un trabajo a jornada completa.

No pareció muy interesado hasta que de repente le interesó.

–Un momento –dijo–. Tú eres Pearson Converse.

Podría haber cogido mi baqueteada maletita y haber dado media vuelta, pero estaba cansada.

–No. ¿Esa quién es?

–¡Amy Flowers, y un cuerno! Reconocería esa cara en cualquier parte. Tú eres Pearson Converse.

–No sé de quién habla.

Me sentía un poco como el apóstol Pedro, solo que no estaba negando conocer a Jesús, sino a mí misma, lo cual era incluso más raro.

Pero él no se lo tragó.

–¿En serio? Supongo que era de esperar. Ahora vives en la calle.

Pedro había negado tres veces.

–Sí, vivo en la calle. Pero soy Amy Flowers.

Ni siquiera a mí me parecía convincente esa idiotez de nombre, y me preparé para la invectiva habitual. Eres una deshonra. No queremos a gente como tú por aquí. Tal vez un escupitajo. Solo esperaba que no me golpease. Si sabía quién era yo, también sabía que nunca lo juzgarían por dejar tirada en la acera a ese despojo humano.

—Joder, eres una de mis heroínas —dijo—. Pasa, por favor, pasa. Descansa un rato, te preparé algo de comer.

Resultó que, a pesar de todo, existía una resistencia clandestina marginal, formada en su mayor parte por individuos aislados que se guardaban para ellos sus opiniones nada convencionales. Sin embargo, poco a poco, esos chapados a la antigua habían empezado a formar alianzas más o menos formales y a organizarse. Después de darme trabajo como ayudante de cocina, me instaló en una habitación vacía que había encima del restaurante y que disponía de una mininevera y un hornillo, y me compró un poco de ropa en la tienda de segunda mano del barrio. Sam Nilsson me propuso acudir en calidad de invitada de honor a algo que sus miembros anunciaban como un club de lectura, pero que a puerta cerrada les encantaba llamar «grupo de odio». Eran solo ocho, pero todos inteligentes. Y aún más importante: todos creían probable que cierta gente —mucha gente, a juzgar por el rumbo de los ocho últimos años— fuese estúpida.

Así que, *Emory,* esas personas se convirtieron en mis amigos. No siempre estaban de acuerdo. Todos habían mantenido relaciones cordiales de largo recorrido con fervientes partidarios de la Paridad Mental, a quienes mis nuevos confederados nunca habían querido denigrar, marginar ni dar un escarmiento en público, aunque la mayoría de los integrantes del grupo sí habían sido denigrados, marginados y escarmentados públicamente por parte de los fieles a la mínima que se les escapaba algún comentario intrascendente que se desviara de la rectitud. Era un patrón: hacer el vacío funcionaba en una sola dirección. ¿Lo ves, Emory? Incluso tu denuncia de nuestra amistad fue poco original. No me importaba cortar cebollino al bies ni filetear una pieza de venado. Ese trabajo implicaba la misma entrega física saludable que Wade siempre había celebrado. Tras casi dos años durmiendo al raso, la habitación del restaurante Deer Abby me parecía más palaciega que la casa de cinco dormitorios que había perdido a manos del banco. Las reuniones sediciosas semanales de nuestro grupo de odio me mantenían cuerda.

Supongo que no culpaba a Darwin y a Zanzibar por ser cautelosos (bueno..., sí, un poquito; aunque cumplían enviando mensajes crípticos cada pocos meses a modo de lo que los negociadores en casos de secuestro denominan «prueba de vida», pasé la mayor parte de esos cuatro largos con el alma en vilo). Pero no me contactaron para una verdadera puesta al día por videollamada hasta abril de 2020, el mes en que también Zanzibar alcanzó la seguridad de los dieciocho años. Vivían en algo a medio camino entre una comuna y una colonia artística llamado Select (sonaba a tarjeta de crédito). La ubicación exacta de esa fraternidad en las salvajes tierras de Wyoming era un secreto celosamente guardado. Su concepto fundacional: esa asociación tenía criterios. Refugio cien por cien ilegal de esnobismo intelectual, Select no aceptaba a cualquiera.

Darwin y Zanzibar prosperaban. Ella escribía obras de teatro y sus antaño sinuosos dibujos en miniatura habían estallado en lienzos enormes que cubrían media pared del granero de Select. Tras recuperar su voraz curiosidad, Darwin se dedicaba a explorar los límites de las matemáticas avanzadas, algo que para alguien como yo, que había tenido dificultades con el álgebra de segundo, era incomprensible. Aun así, también ayudaban a criar las gallinas y a desherbar el huerto, y se turnaban con los demás en las tareas de limpieza y cocina. Si la iniciativa seguía el curso de utopías anteriores, solo era cuestión de tiempo que unos cuantos personajes comieran más lasaña de champiñones de la que les correspondía o limpiaran fatal los baños. Pero si bien siempre acababan en acritud, resentimiento y mezquinas guerras de poder, los comienzos de esos proyectos comunales eran estimulantes, y yo esperaba, por el bien de mis hijos, que esa fase idílica durase mucho tiempo. Mejorando sus perspectivas, Select parecía basarse en un principio unificador más convincente que la clásica rúbrica marxista de «cada cual según sus capacidades, pero por lo demás todos somos iguales». Como se centraba en la idea de que en absoluto todos somos iguales, era, pues, un lugar donde un joven brillante y fuera de lo común llamado «Darwin» encajaba a la perfección.

Por desgracia, la propagación de un nuevo virus que resultó no ser especialmente letal para la mayoría de la población sana y joven me impidió reunirme con ellos durante un tiempo, pues los imbéciles que controlaban el país cayeron presas del pánico y confinaron toda la economía durante una pausa inicial de tres semanas que acabó prolongándose dos miserables años. Deer Abby no tuvo más remedio que cerrar. Como el resto de la ciudadanía, todos empezamos a vivir de ayudas del Gobierno, dinero fabricado cuya sobreproducción, según nos aseguraron los miembros del grupo de odio más versados en economía, con el tiempo desembocaría en una peligrosa devaluación del dólar..., por si Estados Unidos necesitaba aún más problemas. Para evitar sumirme en un letargo narcótico, Sam insistió en que escribiera este relato, y no porque mi historia sea insólita, sino precisamente porque no lo es.

No tengo mucha fe en que este manuscrito llegue a ver la luz. Me anima la emergencia furtiva de una resistencia contra la Paridad Mental, pero me preocupa que la alegría que nos produce encontrar a compañeros de viaje nos lleve a sobrestimar nuestro número, aun cuando ninguno de nosotros sea tan temerario como para sobrestimar nuestra influencia. Ni en sueños cabe esperar que Amazon distribuya un libro autopublicado titulado *Manía* a menos que se etiquete como novela de terror (cosa que, según se mire, es lo que es). Las librerías tradicionales huirán despavoridas. YouTube y Facebook lo demonizarán tildándolo de discurso de odio. Dudo a la hora de alentar a alguien a que conserve en su poder un texto que podría arruinarle la vida; así que estáis advertidos; la decisión es vuestra. Si acaso mi crónica llega hasta vosotros, descargadla, leedla y antes de borrarla del disco duro *y* de la papelera, enviad este *samizdat* a todas las personas de mentalidad abierta que conozcáis. Si la experiencia no me engaña, no tendréis que enviar el archivo muchas veces.

No pretendo ser condescendiente con nadie que haya vivido la misma época que yo, pero podría resultar útil, cuando menos en teoría, tomar distancia y reunir en un solo lugar las disfunciones de los últimos trece años. Empecemos por el presente político. Con su aplastante victoria sobre los demócratas en 2016 y el mandato electoral aún más amplio que obtuvo en 2020, Donald J. Trump ha ido a rebufo de la igualdad cognitiva. Se opine lo que se opine de sus políticas, ese zoquete grandullón ha transformado de raíz el modelo para ser un alto cargo en Estados Unidos. Hoy se da por sentado que para considerar seriamente a alguien como candidato presidencial de cualquiera de los dos grandes partidos, esa persona ha de tener una pésima educación, estar desinformada, expresarse con torpeza, mostrarse vulgar, vivir ajena al resto del mundo, ser poco agraciada y, a ser posible, también gorda y reacia a atender los consejos de los más experimentados; también sospechará de la pericia ajena, tenderá a violar el debido proceso constitucional aunque solo sea por puro desconocimiento de la Constitución, tendrá una elevada opinión de sí mismo sin justificación alguna y alardeará de lo que antes se habría percibido como defectos. Hoy asumimos sin más que quienquiera que resulte elegido presidente se rodeará de mediocridades o algo peor, y nombrará a propósito a un gabinete cuyas principales credenciales serán no tener credenciales.

Además, la adhesión absoluta a una mentira flagrante por parte de toda una población ha abierto, como no podía ser de otra manera, la puerta a otras mentiras. Hemos cercenado nuestro vínculo con la verdad, perdiendo así la fe en su existencia misma. Eso significa que nuestros representantes pueden decir lo que se les antoje, propugnar cualquier cosa. Todo el mundo es bello: afirmarlo basta para que así sea. Si apostamos todo a lo que queremos que sea cierto, en lugar de apostarlo a la verdad, rompemos con el método científico gracias al cual todas las economías avanzadas han alcanzado su prosperidad, un método cuyos antiguos practicantes estaban dispuestos a arrostrar el descubrimiento de lo ideológicamente incómodo.

Después tenemos el panorama político internacional. No sé nada de la Unión Europea, y sigo sin tener claro si la salida del Reino Unido ha sido de verdad tan importante en retrospectiva. No obstante, incluso encontrándome inmersa en la agonía de perder la custodia de mis hijos y lidiando con la inevitabilidad de perder mi casa y a mi pareja, presté atención a lo que inclinó la balanza en ese plebiscito de 2016. Los que querían permanecer en la UE intentaron con todas sus fuerzas, o eso leí, mantener su discurso cognitivamente neutral, pero al parecer no supieron controlarse. Lo dijeran o no de forma abierta, para el electorado era evidente que los contrarios al Brexit despreciaban a sus opositores. Salir de la Unión Europea no era solo una *desventaja* para el Reino Unido: era una *estupidez*. No hacía falta ser un lince para inferir que esos defensores del *statu quo* pensaban que los partidarios del Brexit también eran estúpidos. Con su causa empañada por la supremacía intelectual y sus líderes tachados de intolerantes, los partidarios de la permanencia se llevaron un buen varapalo. No recuerdo la cifra exacta, pero los favorables al Brexit ganaron por algo así como el noventa por ciento de los votos. Lo gracioso es que si esas mismas personas hubiesen infiltrado a un par de agentes dobles en el otro bando y proclamado a los cuatro vientos que quedarse en la UE era una estupidez, la votación podría haber arrojado el resultado inverso.

Hipnóticamente enamorado de su propia virtud, Occidente ha cedido Sudamérica, Centroamérica, África y Oriente Próximo al control *de facto* de los chinos (gracias a quienes los océanos están casi muertos; con ningún otro país dispuesto a poner freno a la práctica, sus superarrastreros han arrasado el lecho marítimo y ahora una lubina de medio kilo puede llegar a venderse por trescientos dólares). Los chinos no dan crédito a su suerte. Según su mitología, el destino de ese pueblo es la dominación mundial, pero Xi Jinping nunca imaginó que la competencia aceleraría lo inevitable de una forma tan solícita cometiendo un suicidio *civilizacional*. Apostaría a que está incluso un poco decepcionado por lo fácil que está resultando la conquista; una pelea justa habría sido más divertida. Entretanto, hemos regalado a Rusia su antiguo imperio zarista y algo más. A fin de cuentas, apostaría a que hoy se necesita un CI *inferior a* 85 para entrar en las fuerzas armadas estadounidenses, lo que podría explicar por qué casi todas las bajas de nuestros soldados se deben ahora al fuego amigo. Como siempre, la mayor parte de los norteamericanos no considera ni remotamente posible una invasión a gran escala de nuestro territorio continental, pero yo sí. Si esto parece absurdo, tal vez estemos de acuerdo en la visión menos alarmista de que en toda la historia de Estados

Unidos desde la posguerra nunca ha habido un momento más propicio que los últimos años para cuestionar la posición supuestamente inexpugnable de nuestro país como la potencia mundial a la que nadie querría enfrentarse. Cualquier autócrata en ciernes que se precie y que esté al corriente de cómo están las cosas aquí debe al menos de estar coqueteando con la idea de probar suerte.

Porque, seamos francos: nada funciona. Ya nadie hace su trabajo porque a nadie le pasa nunca nada si se escaquea; esa negativa de la jurisprudencia a castigar la mala praxis a la que Kelly se refirió en relación con el derecho contractual se ha extendido a todo. Hay montañas de basura en todas las esquinas. La disposición de los funcionarios públicos para acudir al trabajo depende de su estado de ánimo. Por suerte, no obtener el carnet de conducir ya no tiene mayor consecuencia; perdió toda trascendencia desde el momento en que ya *no se podía* suspender el examen. También es irrelevante no conseguir un pasaporte, pues los países que no dejan entrar a estadounidenses, aunque lo tengan, no dejan de aumentar. Los apagones son cada vez más largos y frecuentes. Como Silicon Valley fue una de las primeras industrias en jactarse de su compromiso con la igualdad cognitiva, las caídas de internet también se han vuelto constantes, y puesto que la seguridad digital es menos importante que los sentimientos de algún zopenco, el fraude es rampante, y la única razón por la cual las cosas no van aún peor es que el dólar no deja de devaluarse y ya ni siquiera merece la pena robar. Yo he tenido que bloquear todas las actualizaciones de mi portátil porque ya es bien sabido que descargar la última versión del sistema operativo te deja con una pantalla en blanco y un pisapapeles grande y plano.

Ahora que los lentos y los ineptos llevan años ascendiendo a puestos de autoridad en el sector privado, los productos norteamericanos se han ganado a pulso la merecida reputación de ser endebles y defectuosos y estar mal diseñados. Incluso en el ámbito doméstico, nuestro lavavajillas deja manchas de color púrpura en los platos y las tazas, y nuestras aspiradoras escupen polvo en lugar de tragárselo. Antes de usar un pelador de verduras hecho en Minnesota, es preferible pelar una zanahoria con las uñas. En nuestras neveras, los pepinos se congelan y los helados se derriten. Nuestras lavadoras convierten la ropa blanca en relleno para almohadas. Nuestros hornos no regulan bien la temperatura ni en un margen de cuarenta grados, y cuando no chamuscan el asado hasta dejarlo hecho una briqueta carbonizada, explotan. Como señaló Felicity, en 2015 los automóviles fabricados en este país se incendiaban en plena autopista, eso en el feliz caso de que arrancaran al ir a cogerlos. Marcas que durante mucho tiempo habían sido sinónimo de calidad —Black+Decker, John Deere, incluso Tesla— son ahora el blanco de monólogos cómicos. Si tienen los medios para conseguirlos, incluso los fanáticos más recalcitrantes de la Paridad Mental prefieren productos importados de los regímenes inteligentistas que afirman repudiar. En consecuencia, aquella etiqueta roja, blanca y azul «Made in America» que solía verse por todas partes ha desaparecido, y con ella, el mercado de exportación.

Perdón, sí hay un mercado de exportación... de talento. Físicos, químicos, matemáticos, biólogos, oceanógrafos, ingenieros y profesores de todas las disciplinas desertan en tropel a Rusia en una vertiginosa inversión de la Guerra Fría. Otro tanto ocurre con bailarines, directores, actores y escritores que tienen algo en la mollera. Mientras tanto, los jóvenes ingeniosos que se quedan en este país pasan doce horas al día durmiendo en el sótano de sus padres y solo ponen el despertador para salir a comprar más droga.

Este último año pospandémico ha sido testigo de un lento repunte de la actividad económica que ha venido a promover la catástrofe global. Los accidentes aéreos no solo *pa-*

recen mucho más frecuentes, como dicen tímidamente los presentadores de informativos; ahora que los pilotos no tienen que superar un examen teórico y otro práctico, y ahora que los que se ocupan de diseñar los aviones y de crear el software aeronáutico son bobos, esos accidentes *son*, en efecto, mucho más frecuentes, como también lo son las colisiones frontales de tráileres y los descarrilamientos de trenes. Durante la extensa cobertura del derrumbe de un rascacielos de sesenta plantas en San Francisco, del puente que arrojó cincuenta y ocho vehículos al Misisipi o de la cubierta de una terminal del aeropuerto de La Guardia —y menciono solo las implosiones del mes pasado—, hemos oído en los medios toda clase de balbuceos sobre «nuestras infraestructuras envejecidas». Pero ese rascacielos de California era *nuevo*, el puente de Iowa era *nuevo* y ese edificio de la terminal de Nueva York era *nuevo*. No obstante, en esa cascada de calamidades hay un fenómeno que los locutores no pueden negar que, cuando menos, contribuye al caos, y es el único fenómeno que hasta los fanáticos saben sin lugar a dudas que es el factor clave: la Paridad Mental.

Sí, claro, ya había accidentes automovilísticos y construcciones chapuceras antes de la Paridad Mental, y es posible incluso que, a pesar de haber convertido nuestros hospitales en morgues y nuestras universidades en aquella clase de párvulos del plató de *Romper Room*, hubiésemos conseguido salir adelante a trompicones. Sin embargo, creo que todos podemos convenir en que con las vacunas cruzamos una línea roja. Las de Sinovac y Sputnik no fueron muy eficaces contra el COVID, pero sí al menos relativamente inocuas. No puede decirse lo mismo de la pócima de Pfizer, empresa que hacía tiempo había prescindido de todo su personal cualificado, como Felicity, que sabía diferenciar el fosfato monobásico de potasio del desatascador de tuberías. Así pues, ese mejunje mR2D2 lo prepararon unos niños disfrazados de científicos locos con sus vasos de precipitados llenos de hielo seco, como Darwin aquel Halloween con doce años. Yo me compré un certificado de vacunación falso en el mercado negro; doy por sentado que si os va lo bastante la marcha como para leer esto, habréis hecho lo mismo. Sin embargo, demasiados compatriotas pecaron de crédulos. He perdido la cuenta del número de muertes no reportadas, pero asciende como mínimo a decenas de millones. Cuando los efectos secundarios a largo plazo se dejen sentir, el número de fallecimientos a escala mundial podría alcanzar los cientos de millones. No me gusta exagerar, pero no creo que lo esté haciendo: el «error de cálculo» de Pfizer marcó el comienzo de una emergencia en toda regla.

¿Debería siquiera importarnos? Hablo por mí, aunque dudo que sea la única que ha recalibrado su postura. Ver cómo toda una población se traga sin rechistar una proposición a todas luces lunática y después se adhiere a un montón de convenciones sociales nuevas y ruinosas ha rebajado profundamente mi opinión de la humanidad en general. No tengo claro si excluirme de esa categoría, así que supongo que la decepción también me incluye a mí. Si la gente, como clase, es mucho menos admirable de lo que nos gustaría creer, entonces yo tampoco soy admirable.

No obstante, hay algo difícil de identificar que sí me distingue de la mayoría, y si aún estáis leyendo esto, es probable que pertenezcáis a mi mismo grupo genético. La verdad, no entiendo por qué nací con una curiosa inmunidad a las enfermedades dogmáticas que con tanta facilidad infectan a mis semejantes, y tampoco entiendo por qué ciertos fenotipos no resultaron afectados por el COVID-19. Me resisto a afirmar que formo parte de un grupo de escogidos, como los testigos de Jehová, y puede que estos últimos trece años hubiera sido una persona un poco más feliz de haber seguido al rebaño sin pararme a pensar. A fin de cuentas, he pagado un precio terrible por no estar en sintonía. He perdido mi casa, a mi pareja, mi trabajo, mi reputación, varios años de crianza de mis dos hijos mayores, y quizá también, y para siempre, el contacto con mi hija pequeña. Lo único que puedo decir es que nací así. Soy congénitamente incapaz de encogerme de hombros y salmodiar: «Oh, no existen las personas estúpidas. Estaba equivocada».

Por favor, no digo que sea una elegida. Además, si una mayor proporción de nuestra especie tuviera mi obtuso temperamento, podríamos padecer una falta crónica de cohesión social y meternos en muchas más peleas, tanto con otros países como en los bares. Es posible que nuestras instituciones quedaran paralizadas por equipos en constante desacuerdo. Es obvio que no todos podemos volvernos intratables en una sociedad populosa y compleja que requiere un alto grado de cooperación interpersonal incluso para que haya leche en la nevera. No todos podemos despertarnos en la cuna y decidir que reconfiguraremos desde cero todas las costumbres, todas las «verdades» compartidas por la comunidad. Es posible también que yo misma haya aceptado sin cuestionar muchas premisas irracionales, destructivas o, sí, *estúpidas*. Me encantaría daros un ejemplo, pero como las he aceptado, ni siquiera sé cuáles son.

Pese a todo, sigo esforzándome. Porque a estas alturas es indiscutible que los seres humanos llegan a creerse cualquier cosa.

Por consiguiente, una extensa variedad de fenómenos históricos que antes me desconcertaban ahora me parecen explicables, cuando no inevitables. Ya no me deja estupefacta el Holocausto, y no hay país en el mundo que considere inmune a una versión moderna del ascenso al poder de los nazis. De hecho, creo que en Estados Unidos, Reino Unido, Australia, Francia o incluso la Alemania actual podría manifestarse un fascismo en toda regla en cuestión de tres semanas. La Revolución cultural de Mao, los campos de trabajo de Stalin, los campos de exterminio de Camboya... ahora se me antojan de lo más normales. Lo mismo diría de la Cienciología, de Jonestown, Waco y los testigos de Jehová con los que crecí. No me sorprende nada que haya gente que crea que una sola gota de tintura diluida en cuatrocientos mil litros de agua puede curar el cáncer, que el asesinato de niños pequeños los protege del demonio o que estamos viviendo en un eterno «fin de los tiempos», tras el cual exactamente ciento cuarenta y cuatro mil almas ascenderán al cielo y gobernarán la tierra de acuerdo con Jesucristo. De forma indirecta, he llegado a conceder a mis padres un poco más de crédito. Sin duda, aquello en lo que creían era una locura, pero eso solo los hacía iguales a todos los demás.

En un plano más inmediato, desearía tener la respuesta. Nuestro minúsculo y conspirativo «grupo de odio» dedica una desproporcionada cantidad de tiempo a devanarse los sesos para encontrar una manera de sacar a este país del pozo. Ahora que mi paradero se ha difundido en silencio entre nuestra frágil y dispar red de réprobos, he recibido, bajo cuerda, una enigmática invitación. Mientras el analfabetismo y anumerismo se propagan sin freno por todo el país, en Texas ha surgido un centro educativo clandestino dedicado a la meritocracia. En su carta de presentación, su rector me advertía del riesgo de que me detuvieran si aceptaba impartir clases en su incipiente departamento de Filología. Esa universidad impone requisitos de admisión estrictos y exige superar un examen personalizado de cuatro horas que es, huelga decirlo, descaradamente ilegal. Hasta ahora, la tasa de aprobados es del tres por ciento, aunque la mayoría de los prodigios que obtienen la nota máxima se matricula en la universidad. Pondrán notas. Catearán. Concederán diplomas solo a los estudiantes que lleguen a dominar un corpus de conocimientos y lo demuestren. Lo esperanzador es que, aun cuando la existencia de la Nueva Escuela de la Vieja Escuela (NEVE) es confidencial y todavía no se publicita, ya ha recibido un aluvión de solicitudes. No espero que en su fase de incubación un empeño tan modesto obtenga muchos logros, pero el hecho mismo de que haya surgido es motivo de un cauteloso optimismo. Quién sabe; una vez que dé los últimos toques a este manuscrito quizá me anime a aceptar el puesto y probar, aunque como profesora soy vaga y pésima, y si no me hubiese hecho un nombre repitiendo la palabra «retrasado», ninguna institución educativa rigurosa me habría propuesto jamás una plaza de profesora titular.

En lo personal, desearía poder decir que, una vez disipadas las consecuencias emocionales inmediatas del espectáculo de Emory Ruth en mi salón, no le he dedicado un solo pensamiento. Nada más lejos de la verdad. Han pasado siete años y la herida todavía escuece. Podría llegar a comprender el genocidio de Ruanda, pero en lo relativo a la que fue mi mejor amiga, sigo desconcertada. Por más que lo intento, no consigo identificar el momento en que Emory dejó de fingir que creía en la Paridad Mental y empezó a creer en ella de verdad. Es posible que no experimentara una conversión damascena, sino más bien un lento *glissando* de nota en nota sin ser del todo consciente de ello. De su cambio radical solo he concluido una cosa de la que no dudo en absoluto: a largo plazo, es verdaderamente imposible sostener un punto de vista falso por puro y cínico interés mientras en privado se mantiene una opinión diametralmente opuesta. Es demasiado agotador. Requiere demasiado esfuerzo mental levantar una muralla china en la cabeza. De hecho, yo misma, siguiéndole el juego a la igualdad cognitiva en el aula para no perder el trabajo, padecí breves apagones mentales en los que, durante un segundo o dos, el movimiento Paridad Mental me parecía plausible, o, al menos, no una chaladura total. A fin de cuentas, el gran público compró esta dudosa ideología casi de la noche a la mañana y no tardó nada en olvidar que alguna vez había creído otra cosa. Así que quizá deba reconocerle a Emory que aguantara más que la mayoría.

No tengo ganas de reconocerle nada, por supuesto, pero me he preguntado si su manera de vandalizar toda nuestra relación no sería una mera estrategia, algo que le permitiría dar media vuelta y alejarse. En aquel momento, Wade afirmó que la razón de su repulsa era sencilla: yo me había convertido en un lastre. No superé su análisis coste-beneficio. En lo profesional y en lo social, quedarse a mi lado habría tenido un precio demasiado alto en comparación con las ventajas marginales de compartir un cartón de merlot.

Sin embargo, despachar su repudio de nuestra larga amistad como una desleal búsqueda del propio interés me resulta sospechosamente conveniente. No puedo descartar la posibilidad de que siempre le hubiese parecido una carga, una parásita; que siempre la hubiese angustiado un componente insano en mi apego a ella; que nuestra amistad siempre hubiese estado descompensada y que yo me hubiese negado a ver que ella me gustaba mucho más a mí de lo que yo le gustaba a ella.

ALT-2027

PEARSON CONVERSE, CUATRO AÑOS DESPUÉS

La persona que desencadenó la caída de la Paridad Mental se opone al progreso que ella misma alentó

por PEARSON CONVERSE

Empiezo con pudor. Nunca imaginé que mis memorias, *Manía*, llegarían siquiera a manos de un puñado de inadaptados, y mucho menos que se convertirían en un éxito de ventas, y durante tanto tiempo. Hay que atribuir dicho éxito al espíritu de la época. Una masa crítica ya se declaraba harta. El horror generalizado ante los efectos persistentes de la «vacuna» Pfizer –que siguen entre nosotros– provocó un cambio social de fondo, paulatino en sus inicios, que acabó convirtiéndose en un tsunami en el preciso momento en que mi encarecido llamamiento a recuperar el sentido común llegó a miles de ordenadores en 2023. El resto es historia. No solo yo tuve suerte; *todos* la tuvimos. El proverbial péndulo ha vuelto a oscilar.

Me preocupa que *The Atlantic* tuviera intención de encargarme un artículo autoelogioso en el que explicara cómo devolví yo sola la racionalidad al mundo occidental. Sin embargo, dudo que necesitemos más expresiones teatrales de alivio por esperar de nuevo de un líder como el presidente Andrew Yang que sea culto e inteligente; que sea, de hecho, más culto e inteligente que la mayoría de la población a la que gobierna.

> *Me siento profundamente incómoda en un régimen que se excede en sus funciones de corrección.*

Sí, ahora veneramos la competencia como una cualidad tan real como necesaria para una diversidad de cargos cuyas funciones pueden afectar al bienestar de millones de personas. Sí, la estupidez existe, y rara vez hemos empleado la palabra, y términos afines a ella, con tan jubiloso y diría que también excesivo abandono. Para mi sorpresa, los insultos que antes prodigábamos de manera tan despreocupada antes de 2010 –y que ahora empleamos con deleite– han conservado, para mí, cierta cualidad innombrable que adquirieron durante el reinado de la Paridad Mental. Tiendo a emplear términos como «idiota» con moderación, y lo reservo para el raro cretino que de verdad merece esa etiqueta.

Presiento que con esto frustraré a mis leales lectores: me siento profundamente incómoda en un régimen que se excede en sus funciones de corrección. Una cosa es recuperar los exámenes clásicos de ingreso a la universidad; otra muy distinta, que los órganos de gobierno de la enseñanza superior excluyan sin piedad a los estudiantes que no dan la talla justo cuando están intentando adaptarse a la vida universitaria. La mayoría de esos pobres chicos pasaron la mayor parte de su etapa escolar en el desierto educativo de la Paridad Mental. No seamos tan duros con ellos. Además, reintroducir los test de CI en las escuelas públicas en absoluto es equiparable a elevar los resultados de la prueba a la exaltada categoría que se les reserva hoy.

¿Por qué poner el CI en negrita en la cabecera de las declaraciones de la renta?

Hacer constar el CI de los estudiantes en su expediente es bastante razonable, pero ¿por qué poner el CI en negrita en la cabecera de las declaraciones de la renta? ¿Por qué han de estar los empresarios obligados por ley a contratar al solicitante más inteligente cuando el CI no tiene en cuenta otras cualidades, como la amabilidad o la puntualidad, que podrían indicar la idoneidad de un candidato para el puesto? ¿Cómo se justifica la práctica de imprimir el CI de un consumidor en la esquina superior derecha de las tarjetas de crédito? Las personas más inteligentes no suponen necesariamente un riesgo crediticio menor. Las personas inteligentes pueden ser inmorales, y también muy hábiles eludiendo sus obligaciones. Sin embargo, ahora un CI elevado permite acceder a hipotecas más cuantiosas y límites de crédito más altos. No puedo ser la única a la que la propuesta que se debate actualmente en el Congreso para que todos los estadounidenses llevemos el CI tatuado en la cara interior del antebrazo le recuerda un precedente histórico inquietante.

También en el plano social prefería, con mucho, los tiempos en que conocíamos a alguien y valorábamos en silencio, con discreción, si esa persona parecía espabilada. La convención moderna, en las fiestas, de presentarnos dando nuestro CI junto con el nombre me parece de pésimo gusto. Ahora, el primer dato obligatorio en las webs de citas son esos dos o tres dígitos indelebles, pero emparejar dos personas con un CI de 122 tiene muchas menos posibilidades de acabar en romance que cuando se empleaban los viejos algoritmos: aficiones comunes o la predilección por la comida picante.

Los lectores de *Manía* tal vez recuerden que no me considero especialmente brillante. Mi amiga (o eso creía yo) Emory Ruth una vez se mofó de esa afirmación tildándola de vanidad invertida: soy tan inteligente que sé que no soy inteligente. Bueno, no me beneficia en nada publicar esto, y estoy segura de que defraudaré a mis admiradores, pero hice el test en 2024 –no tenía otra opción– y el resultado fue tajante: 107. Bastante mediocre. Bastante del montón. Tras años proclamando poseer una inteligencia corriente, debería haber estado preparada, pero no lo estaba. Me escoció. Soy aún más tonta de lo que creía.

Esa puntuación de 107 colocó a mis responsables en la Nueva Escuela de la Vieja Escuela (NEVE) en una situación delicada. De conformidad con los estatutos de la Universidad de Texas, la administración tenía prohibido mantenerme en nómina.

Mi exención requirió de un

Son muchas las cualidades que nos distinguen al margen de la dotación intelectual.

papeleo descomunal, y otro similar la concesión de un doctorado *honoris causa*. Sin embargo, como en la NEVE yo era algo así como una celebridad, me reservaron un trato especial. A empleados menos notorios de todo el país no se les ha concedido tal indemnidad. No puedo juzgar esos despidos masivos como un motivo legítimo de orgullo nacional.

Es cierto: elegí al padre de mis dos hijos mayores por su elevado cociente intelectual. No hace muchos años, se me tachó de eugenista por ello, una acusación que he llegado a estimar justa. Con todo, aquella determinación excéntrica de tener hijos inteligentes se ha convertido en la norma, y ahora ordeñamos a los hombres genéticamente inteligentes como si fuesen vacas. En realidad, corremos el riesgo de considerar a las personas muy inteligentes, de ambos sexos, un valioso recurso común. ¿En qué momento decidimos que aquellos con un CI a la derecha de la campana no son dueños de sí mismos?

Son muchas las cualidades que nos distinguen al margen de la dotación intelectual. La generosidad, la lealtad, la bondad, el sentido común. La capacidad de asombrarnos y sentir alegría. El sentido del humor. El sentido del honor. La elegancia, la clemencia, la franqueza. La diligencia, la escrupulosidad y la disposición a sacrificarnos por los demás. Las personas inteligentes pueden ser insufribles; en cambio, una inteligencia mediana puede ser una compañía maravillosa, capaz de ir al fin del mundo para salvarnos el pellejo. Ese test no midió lo que yo tengo para ofrecer, sea lo que sea.

En consecuencia, me opongo al nuevo sistema electoral, cuya inocua etiqueta, la «Cláusula de Aptitud», hace que parezca el típico papelito para sacarse el permiso de conducir. La enmienda constitucional, que en estos momentos cruza a toda pastilla las últimas cámaras estatales, exige que todos los votantes registrados y todos los candidatos a cargos públicos tengan un CI mínimo de 115, lo que dejará fuera del proceso democrático al 84 por ciento de la población. Eso no es democracia tal como yo la concibo, sino una dictadura benevolente, y dudo mucho que alguna dictadura lo sea. Sí, ya veo por dónde van los tiros. Los estúpidos votan por líderes estúpidos que toman decisiones estúpidas, pero los inteligentes pueden elegir a personas inteligentes que, aun siéndolo, tomen decisiones estúpidas. Como por ejemplo esta. Y con más fuerza aún me opongo a la campaña extremista encabezada por la élite de la élite para elevar ese límite de 115 a algo más próximo a 130, lo que dejaría a solo el dos por ciento de la población estadounidense al mando del cotarro.

Muchos de nuestros «superiores» de entre los elegidos cognitivos desprecian a los que, como yo, disienten; nos consideran unos amargados. No alcanzar la «nota de corte» ha supuesto un duro golpe para mi autoestima. Los de mi generación estamos acostumbrados a tener voz y voto pese a nuestra falta de juicio, así que es natural que me contraríe la posibilidad de que se me arrebate incluso ese minúsculo poder electoral. No obstante, con el tiempo me acostumbraré a estar excluida y llegaré a apreciar la racionalidad del sistema, si eso se traduce en un país que funcione mucho mejor. Los niños que crezcan con el nuevo protocolo asumirán como algo natural que, con un CI por debajo del umbral, carecen de lo necesario para ejercer la autoridad en beneficio de todos. Aldous Huxley ya lo dijo en 1932: los proles aprenderán cuál es su lugar, y lo amarán. Los tiranos no cesan de intentar convencer a los peones de la suerte que tienen por no tener que cargar con el control de su propio destino.

Pero yo prefiero el caos, la incertidumbre y la disfunción a cualquier orden que funcione demasiado bien. Históricamente, las élites han confundido «el bien común» con sus propios intereses. Poco nos falta para instaurar un sumo sacerdocio. Yo crecí en uno, y los «ancianos» eran mala gente.

Los lectores de Manía *tal vez recuerden que no me considero especialmente brillante.*

Que conste que mi oposición a la Cláusula de Aptitud es una piedra en el zapato de mis responsables. La Facultad de Derecho de la NEVE participó en la redacción de esa enmienda, y la dirección espera que yo la defienda. Pero soy una piedra en el zapato por naturaleza. Me sentía incómoda arrastrando a mis compatriotas a pensar como yo para luego acabar ahogándome en la corriente dominante. Cuanto más nado a contracorriente, más yo misma me siento.

Como ya conocen a mi familia, los lectores de *Manía* quizá agradezcan una breve actualización redactada al estilo de una carta navideña. Tengan por seguro que, incluso si se ratifica la totalidad de la 28.ª Enmienda, a mis dos hijos mayores se les permitirá votar y ser candidatos, aunque me sorprendería mucho que alguno se postulara a presidente de este país. Con veintisiete años, Darwin –cuyo CI resultó ser de 144, más o menos lo que yo esperaba– se ha unido a un grupo en el reconstituido MIT que se dedica a descartar todos los modelos informáticos políticamente manipulados y a refundar desde cero la ciencia climática. No parten, según me cuenta, de la más mínima conclusión predeterminada sobre el CO_2, el impacto antropogénico, los combustibles fósiles ni ninguna otra cuestión. El grupo estará igual de encantado de confirmar las ortodoxias actuales como de derribarlas. Eso significa que sus colegas son, como él mismo me asegura, verdaderos científicos.

¿Acaso adolezco de un sexismo inconsciente o tengo prejuicios contra las artes? Porque me sorprendió que el CI de Zanzibar fuese incluso más impresionante que el de su hermano: 151. Eso no significa que sea feliz. Oh, sí, el mundo del arte se rinde a sus pies, y la primera obra de la que por fin está satisfecha pronto llegará a Broadway. Sin embargo, la belleza ha demostrado ser una maldición. El hecho de que jóvenes con una cifra deslumbrante en la esquina superior derecha de la tarjeta de crédito se arrojen a sus pies ha tenido un efecto perjudicial en su carácter. Entre esas lujosas atenciones y su elevado estatus como miembro del «uno por ciento» con un CI superior a 145 –el umbral tradicional del «genio», que su hermano no alcanzó por un dígito–, se ha vuelto toda una diva. Para una madre es duro reconocer esto que voy a decir, pero en mis momentos más oscuros a veces me pregunto qué haría mejor a mi hija como ser humano, si una hemorragia cerebral o un ataque con ácido. (Perdona, Zanzo. Es solo una broma.)

En cuanto a Lucy, la tercera, la orden de alejamiento que me prohibía tener contacto con ella siguió vigente hasta que cumplió dieciocho años. A estas alturas ya he podido ver que fueron muchos los padres separados de sus hijos por culpa de alguna infracción menor de la doctrina de la Paridad Mental. Las intervenciones de los servicios sociales fueron más comunes entre personas con un alto nivel educativo.

Los medios ya han tratado hasta la saciedad el escándalo de los niños genéticamente brillantes a quienes se les negaron no solo los beneficios de programas para superdotados y talentosos, sino también de ser criados por unos padres con estudios (a menudo degradados o incluso despedidos). Aunque no entra dentro de la categoría de superdotada, Lucy es, no obstante, otra víctima de la Paridad Mental. Cuando por fin se sometió al test, el resultado fue un respetable 112 –muy por encima de la media–, pero mi hija desperdició su inteligencia en no aprender a leer, algo que, por desgracia, se le dio muy bien. Wade, un padre afectuoso pero no muy aficionado a la lectura, me cuenta que Lucy al fin ha asimilado a regañadientes los rudimentos, pero que su comprensión lectora aún deja mucho que desear.

Lucy está sufriendo una sacudida psicológica. Su estricta adhesión a los principios de la Paridad Mental y la vigilancia hiperatenta a la que sometió a sus compañeros ahora se vuelven contra ella. Su educación, si se la puede llamar así, fue de una deficiencia criminal. Le constriñeron el cerebro como en el pasado constreñían los pies a las mujeres chinas. Más allá de nuestras limitadas clases particulares de los fines de semana, nunca ha conocido la disciplina, y su atrofiada idea de aspiración se limitaba a la obsesión de llegar a ser Defensora de la Paridad Mental.

Pero ya no hay Defensores de la Paridad Mental. Peor aún, justo cuando Lucy terminó la secundaria volvieron a instaurarse, ¡y cómo!, las barreras que regulaban el ingreso en la uni-

Cuanto más nado contracorriente, más yo misma me siento.

versidad. De repente volvieron las pruebas de acceso, y Lucy jamás había pasado siquiera un examen sorpresa, no digamos ya uno de tres horas. Los pocos alumnos de último curso que recibían clases particulares clandestinas en casa pudieron elegir entre las universidades de la Ivy League. A todos los demás, los que habían confiado en el pandemonio de la enseñanza oficial, los jodieron.

Lucy y sus compañeros tienen motivos para estar resentidos. He oído muchos comentarios insidiosos acerca de la «Generación Idiota», un apelativo grosero e injusto. No fueron ellos los que concibieron la ideología de la Paridad Mental. Lucy y los jóvenes de su edad son sus víctimas.

Por último, quisiera añadir que hay un personaje que desempeñó un papel fundamental en *Manía* y cuyas circunstancias aún no he hecho constar aquí. Esa sigue siendo mi intención, por lo que guardaré para mí lo ocurrido en un reciente encuentro fortuito. Aunque no pasó gran cosa, ese cruce de caminos pertenece a mi más estricta intimidad.

Así pues, me refugiaré en las generalidades. Desde que se publicaron mis memorias, he sabido de un sinnúmero de personas que han perdido a amigos de toda la vida a causa de un desacuerdo en torno a la Paridad Mental –desacuerdo que consistía siempre en la repulsa de los escépticos por parte de los verdaderos creyentes–. Si se os ha desdeñado por motivos políticos y sentís que el dolor de la traición perdura incluso mucho después de la desaparición de la doctrina propiamente dicha, no estáis solos. En cualquier caso, ganar la guerra ideológica (y algo más, me temo) no ha paliado en nada el dolor de la herida que me infligió Emory Ruth cuando reveló por televisión mi carácter, mis motivos y mis principios, ni lo mucho que me dolió que me apartara de su vida después de treinta años de algo que yo consideraba amistad.

Pearson Converse es la autora de *Manía* (HarperCollins, 2024) y actual titular de la Cátedra Benedict Cumberbatch en la Nueva Escuela de la Vieja Escuela.

Bueno, esa es la versión editada; me han dicho que está previsto que el artículo se publique en el número del mes que viene. Si bien intuyo que en el periodismo freelance es moneda corriente que retoquen tu texto, por no decir que lo destrocen, bregar con *The Atlantic* ha sido bastante frustrante, y dudo de que vuelva a aceptar un encargo como este. El original era mucho más mordaz con respecto a la Cláusula de Aptitud. Al menos me mantuve en mis trece y me negué a seguir insistiendo en que las cosas ahora son mucho mejores (no estoy tan segura). También me resistí a la machacona petición de Pat, en el sentido de «abrirme más». (El penúltimo párrafo la desquició.) Me abrí tanto que se me vio hasta el culo. Así pues, me he ganado el derecho a guardarme cosas para mí.

En cuanto a abrirme aquí, en este diario, acabo de revisar por encima los archivos de principios de 2025 y he visto que no dejé constancia de lo que ocurrió cuando, hace dos años y medio, por fin fui a visitar a Wade y a Lucy a su apartamento. La velada debió de parecerme demasiado triste para revivirla al volver a casa, pero todavía puedo rescatar algunos detalles

En general, fue una visita tensa. Nunca quise ni mucho menos desentenderme de la educación de Lucy, pero noté que, desde su perspectiva, yo la había abandonado. No pareció alegrarse de verme, y sospecho que acabó aceptando que fuese a visitarla, después de haberse negado durante casi un año y medio, solo por la tenaz insistencia de su padre.

Aunque en absoluto es lenta en el plano mental, sí lo es un poco en el físico. Su cuerpo conserva aquella rotundidad, aquella cualidad de objeto inamovible, y sospecho que eso me convertía a mí en una fuerza irresistible. En su espíritu cauteloso, suspicaz y beligerante, es más hija mía de lo que ella misma imagina.

—Así que por lo visto has escrito un... un *libro* —atacó. Para Lucy un libro era un enemigo.

—Sí —contesté—. En su mayor parte cuenta la historia de nuestra familia.

—¿Y qué sabes tú de la historia de nuestra familia? —replicó ella—. No has estado aquí.

—No me permitieron estar aquí, Lucy. En cualquier caso, fue aún más horrible para mí que para ti.

—Para mí no lo ha sido. *Yo* no te he echado de menos.

—¡Lucy! —exclamó Wade—. En el centro de formación profesional al que va ahora, muchos de sus compañeros han oído hablar de *Manía*, y algunos incluso lo han leído.

—Yo no. Y no pienso leerlo. —Si a mi hija pequeña se le ofrecía cierto prestigio por la fama de su madre, no lo quería—. Los libros son... —vaciló, y en ese momento reconocí un freno mental profundamente arraigado que confirió a la palabra una enorme fuerza bruta cuando la soltó— una *tontería*.

Es imposible que eso sea todo cuanto nos dijimos después de que el Estado nos hubiese separado como madre e hija por la fuerza durante siete años, lo que nos mantuvo alejadas aún más tiempo, pero es lo único que recuerdo. En aquel momento no albergaba muchas esperanzas de que nuestra relación floreciera, y, en efecto, desde entonces Lucy nunca ha contestado a mis alegres correos ni mensajes de texto, y mucho menos me ha dado las gracias por los regalos de cumpleaños comprados un poco a ciegas todos los meses de julio. Y no es solo culpa de los Servicios de Protección a la Infancia; también es culpa mía. Algunas veces me he preguntado si me castigo demasiado dándole vueltas a este asunto, pero la verdad es que no me he castigado siquiera lo suficiente. Me merezco el desdén de Lucy. Di un trato preferencial a Darwin y Zanzibar por ser inteligentes (y ahora estamos sistematizando esa misma discriminación en todo el país). No puedo culparla por mostrarse hostil.

Me alegraba de haber mantenido con Wade un contacto esporádico por medio de todos esos correos electrónicos que borrábamos con escrupulosa diligencia, pero hacía casi ocho años que no lo veía en persona. Parecía haber envejecido más que eso. En líneas generales, había conservado la figura, pero su físico había perdido aquella cualidad cincelada; ahora, demacrado, sus rasgos equinos recordaban menos al veloz semental de antaño que a un capón pastando. Aun así, seguía siendo amable.

—A lo mejor me equivoqué... —dijo cuando dejamos que Lucy se excusara y se fuera a su habitación—. Siempre pidiéndote que no abrieras la boca y ya ves..., eres famosa.

—Bueno, eso de «sé fiel a ti mismo» no siempre sale a cuenta. Estuve a punto de convertirme para siempre en una vagabunda que rebusca en las basuras.

—Te mantuviste firme. Defendiste tu postura. Marcaste una diferencia.

—No fuimos solo yo y mi *tontería* de libro. Había llegado el momento. Puede que unos meses más tarde, pero los vientos habrían cambiado sin mí. Además, no podía hacer otra cosa, ¿verdad? Ya me conoces, sigo siendo la misma.

—¿Quieres decir que no eres «diferente»?

Reí.

—Creo que podemos devolver «diferente» al humilde estatus gramatical de antaño. Pero no lo dudes: a veces puedo ser una idiota.

—Testaruda, diría yo. Oye, quería disculparme por haber sido tan duro contigo cuando te pusiste hecha una furia en la universidad. No sé..., podría haber sido más comprensivo. Apoyarte más.

—Nos puse a todos en una situación espantosa. Esa pataleta nos costó la casa. A ti te costó a dos de nuestros tres hijos, y a mí, a los tres. Dadas las circunstancias, fuiste más que moderado. ¿Qué tal el tobillo?

Me había fijado en su cojera cuando me abrió la puerta.
—Duele.
—Al final, pagaste un precio más alto que yo por esa estupidez. —Wade estaba trabajando en una campaña de forestación de un nuevo cinturón verde alrededor de Voltaire, pero solo como asesor: qué árboles eran más sufridos, cuáles crecían más rápido, cuáles eran autóctonos o compatibles entre sí. Ya no se ensuciaba las uñas ni inspeccionaba el paisaje desde las copas de los árboles—. Oye, tengo curiosidad —añadí—: tus jefes ¿alguna vez te han apretado las tuercas para que te hagas el test de CI?
—Sí —contestó, apocado.
—Te imagino atado de pies y manos, a rastras y gritando.
—Poco faltó. La primera vez saboteé el test, y se dieron cuenta. Había tantas respuestas equivocadas que era estadísticamente imposible..., a menos que lo hubiera hecho a propósito. Creo que incluso marcando las casillas al tuntún, con los ojos cerrados, habría sacado una puntuación más alta.
—¿Te obligaron a repetirlo?
—Sip. La segunda vez supongo que me convencieron de que si pasaba la barrera del número mágico, Lucy podía obtener algún beneficio... Como sabes, va a necesitar ayuda.
—¿Y? ¿Llegaste al número mágico?
—Eeeh... —Más apocado todavía—. Sí.
—Venga, pues. Desembucha. ¿Cuánto sacaste?
—Va, socia, ya sabes que este rollo no me va nada.
—Wade, no te cortes. Hemos vivido juntos trece años.
—Ciento veintinueve —dijo, encogiéndose de hombros.
—¡Toma! Me parece muy, pero que muy satisfactorio. Y no sé bien por qué.
—No significa nada.
—Hoy en día sí significa algo. Yo quedé lejos del número mágico, ¿sabes?
—Eso es imposible.

–Es más que posible. Lo que me hace ser la que soy no tiene nada que ver con la inteligencia.

Le puse al día sobre Darwin y Zanzibar. No me hacía ilusiones con que Zanzibar honrara un antiguo vínculo familiar, pero le aseguré que a Darwin le encantaría retomar el contacto con él (y así ha sido). No hubo necesidad de abordar el tema: desde que nos vimos quedó claro que no funcionaríamos como pareja. Había pasado demasiado tiempo, íbamos en direcciones diferentes, yo vivía buena parte del año en Austin y, aunque todavía no se lo había dicho, para entonces ya salía con Sam Nilsson.

En cuanto a la historia que tan cruelmente les oculté a Pat y los lectores de *The Atlantic,* aún está muy reciente, así que tal vez sea mejor ponerla por escrito ahora que aún soy capaz de recordar los detalles.

Debió de ser hace tres o cuatro meses cuando acepté participar en una mesa redonda en Filadelfia ante un numeroso público...; ya sabéis, ese salón enorme con esas arañas de luces tan raras. Como de costumbre, me fue fácil aceptar con tanta antelación, porque sigo creyéndome la ficción de que los compromisos lejanos nunca llegan. Una regla básica: nunca aceptes hacer nada que no estés dispuesto a hacer mañana mismo. O, si me apuras, dentro de cinco minutos.

Después de participar en decenas de actos similares tras la publicación de *Manía,* creo que al final empecé a declinar las invitaciones porque me harté de repetir siempre los mismos argumentos. Además, con el tiempo, esos argumentos empezaron a sonar demasiado obvios –es lo que pasa cuando se cae un castillo de naipes («¡Mirad! ¡Solo era un castillo de naipes! ¿Por qué no nos habíamos dado cuenta hasta ahora de que solo era un castillo de naipes?»). Sí, claro, al principio hubo que librar una gran batalla, pero, una vez ganada, cargarse a los últimos y atribulados defensores de la Paridad Mental empezó a parecerme un poco cruel.

No obstante, el asunto de la llamada Cláusula de Aptitud es tan perturbador que últimamente a veces accedo, siempre y cuando el debate no consista en lo espantoso que fue el antiguo régimen, sino en plantear si todas las nuevas medidas encaminadas a restaurar la meritocracia intelectual no están yendo demasiado lejos. En los tiempos en que participaba en tres tertulias por semana, nunca olvidaba preguntar quién más intervendría, pero esa vez me pilló un poco oxidada y no examiné de antemano al resto de los participantes. Una idiotez. No volveré a hacerlo.

Así pues, el «compromiso lejano» siguió su curso inexorable, y tres noches atrás no tuve más remedio que hacer acto de presencia. No estaba de humor, pero nunca dejo tirada a la gente. Mi único gesto pasivo-agresivo fue entrar en el camerino pasada ya la hora de antelación que se nos exigía.

Juro que Emory se volvió hacia la puerta como si nos hubiésemos tomado juntas un cartón de merlot la semana anterior. Claro, tratándose de Emory, era muy probable que hubiese preguntado quién más estaría en la mesa de esa noche y, por tanto, estaba preparada para mi llegada. Aun así, ni siquiera eso explica del todo la gentileza, la templanza y la plácida serenidad con que me miró a los ojos después de haberme desollado viva la última vez que nos habíamos visto *once años antes*. Bueno, ya sabemos que su sello personal siempre ha sido la imperturbabilidad.

Pero *yo* sí me alteré, y de qué manera. Empecé a sudar. Se me aceleró el corazón y supe, sin necesidad de comprobarlo, que si en ese momento le tendía la mano, me temblaría. También supe que, dijera lo que dijese, sería una incoherencia. Nada ni remotamente parecido a lo que podría llevar preparado si alguien me hubiese avisado de que «ya-sabéisquién» estaría entre los participantes. Y, por cierto, siempre podré evocar *exactamente* qué sentí hace tres noches porque es lo mismo que siento cada vez que veo de lejos a mi madre.

Dios, Emory no perdió un segundo. Ni medio segundo. Tocándome apenas los hombros, me estampó un etéreo beso en cada mejilla, a la europea.

–¡Pearson! –exclamó–. Qué placer verte.

Ahora que rebobino, debería haber dicho: «¿En serio? ¿De verdad es un placer?». Pero lo que dije fue: «Sí». Lo cual no tenía ningún sentido. Pero así son estas cosas.

Puede que la menopausia haya añadido algún milímetro a su cintura, pero, por lo demás, a los cincuenta y cinco, Emory no ha cambiado mucho. No ha perdido tanto cabello como yo, y debe de irle bien para permitirse el enésimo corte extremado y caro de mantener. Las pocas arruguitas que tiene alrededor de los ojos apenas la hacen parecer un punto más ladina, más dispuesta a apuntarse a un bombardeo, más traviesa –como si se hubiera pasado la última década tronchándose porque la pobre Pearson Converse nunca entendió que aquella exagerada arenga en el salón de su casa había sido una broma pesada–. Como de costumbre, se había puesto un precioso vestido monocromático y ceñido que atraía la atención no hacia el talento del diseñador, sino hacia la impecable figura de quien lo llevaba. Lo mismo puedo decir de sus tacones de vértigo: no atraían la mirada hacia el cuero bicolor, sino hacia las piernas de Emory.

Me di cuenta de que ella también evaluaba a toda prisa la situación: la camisa blanca de Pearson –perfectamente planchada apenas unos minutos antes, aunque Emory no podía saberlo– se veía desaliñada y con cercos de sudor que se le adherían a la piel. Pearson parecía como paralizada. Por tanto, le tocaba a la siempre compuesta Emory Ruth tomar las riendas, aliviar la tensión y lograr que ese encuentro en camerinos y el subsiguiente debate público fluyeran como la seda.

–Oye, no había tenido ocasión de felicitarte por el libro –dijo.

Respuesta imaginaria: «No has tenido *ocasión* porque desapareciste de mi vida para siempre, zorra asquerosa».

Vida real:

–Ah, sí, salió hace ya tiempo.

–¡Y parece que se vendió muy bien!

«*Muy bien* no, chata. Decenas de millones de ejemplares.»

–Sí, sí, no me quejo.

–Ven, siéntate. Aún falta media hora. La verdad, creo que solo nos hacen venir tan pronto para que los organizadores no se pongan histéricos.

Me presentó a las otras tres personas que estaban sentadas a la mesa. Sobre el papel, pues sí, claro que está bien pensado llegar temprano a una mesa redonda para congraciarte con la oposición (hacer que tus adversarios te vean como una persona encantadora y con sentimientos) y, sobre todo, con el moderador, cuyos sesgos («¡Y ahora cedo la palabra a la maravillosa Pearson Converse, tan cálida y sencilla en el camerino!») pueden influir en gran medida en el rumbo de un debate. Como en ese terreno siempre ha sido un as, Emory ya se había metido en el bolsillo a aquellos tres, que se comportaban como si fuese una prima a la que llevaban años sin ver. Yo, en cambio, había llegado lo más tarde posible, y nunca dedico ni medio pensamiento de antemano a esas apariciones en los medios. (No creo que improvise por arrogancia. Me parece que la cosa es que no me importan un carajo.) Pero esa noche, de repente, me sentía tan incapacitada –casi podía oír el cortocircuito de mis sinapsis cerebrales, como si alguien hubiese echado leche en un bol de arroz inflado– que deseé haber llevado preparados un par de argumentos demoledores. No tenía ni idea de cómo sobreviviría al acto sin estrangular a esa mujer delante de mil quinientos espectadores.

Pensándolo bien, es curioso que Emory no se detuviese más en *Manía*, un libro en el que tiene un papel tan prominente. Con cualquier otra persona, lo habría interpretado como desconcierto, o tal vez una aceptación tácita de que mis memorias abordan con tanta intimidad nuestra relación que difícilmente habríamos podido entrar en detalle en presencia de extraños. Con Emory, lo que interpreto es: no lo ha leído. Me atrevería a decir que, al igual que Lucy, no tiene la menor intención de hacerlo jamás.

Porque he tenido que aceptar que en aquella hoguera de mis vanidades que Emory encendió en 2016, había una acusación que contenía un elemento de verdad: nuestra relación siempre tuvo un componente jerárquico, unas veces sutil, otras más flagrante. Durante el prolongado tiempo libre que con tanta generosidad me concedió para que reflexionara sobre el asunto, concluí que, a propósito o de forma instintiva, Emory intentó mantener esa jerarquía porque ¿quién no preferiría seguir siendo el que está arriba? Me protegió en el instituto con su popularidad como si esta fuera un paraguas. Me acogió en su familia como si yo fuese una huérfana. Me encontró los primeros trabajos como profesora adjunta y fue su padre quien allanó el camino para que la Universidad de Voltaire me contratase como profesora auxiliar. De las dos, ella era mucho más hábil socialmente, y por su aspecto siempre atrajo a todo el mundo, mientras que mi atractivo es más bien un gusto adquirido. Fue ella la que llegó a ser la niña mimada de los medios. Lo fascinante en ese camerino: ahora yo soy mucho más famosa de lo que ella ha sido nunca, y allí daba exactamente lo mismo.

Menciono esta disparidad de poder preservada con tanto cuidado porque explica por qué Emory nunca hojeará siquiera esas memorias. *Leer es un acto de sumisión.*

Conociendo la perfidia de Emory, Zanzibar me habría aconsejado que no participase en ese acto (aunque eso perjudicara mi reputación) o que, al menos, me sentase en el extremo más alejado de la mesa oval y me escondiese con aire mohíno detrás de una revista, pero las normas de la cortesía ejercen una influencia asombrosa incluso en nosotras, las que tenemos fama de llevar siempre la contraria.

–Bueno..., ¿y qué has estado haciendo? –pregunté.

–Eeeh, tuve un periodo de inactividad –contestó, pasando de puntillas por lo que debieron de ser años de ignominia y desempleo–. Pero, lo creas o no, he vuelto a la CNN.

–¿En serio?

–Todavía estoy en un puesto bajo, sin presencia en pantalla, pero creo que ascenderé bastante rápido. Lo gracioso es que tengo que agradecértelo a ti.

–¿Y eso?

–Como ya sabrás, desde la revocación de la Paridad Mental se ha llevado a cabo una criba masiva del trigo y la paja. Y muchos de los que estaban en lo más alto de la cadena alimenticia quedaron salpicados.

–Solo hasta cierto punto. Hoy todo el mundo afirma que nunca creyeron ni una palabra de esos disparates. Da la impresión de que el país entero fue una enorme e insidiosa quinta columna durante toda una generación.

–¡Lo sé! –dijo con ligereza–. Le hice de redactora en la sombra a Anderson Cooper, ¿sabes? Le escribí un editorial sobre el tema. De todos modos, resulta que ese vídeo que subiste a YouTube, el de la borrachera y los «retrasados», fue lo mejor que me ha ocurrido en la vida. –(Ahora que han recuperado lo de «retrasado», y nunca pensé que llegaría a decir esto, me estoy cansando de la palabra)–. *La calumnia del cociente intelectual* se ha convertido en el *Mein Kampf* de nuestros días, así que haber ridiculizado esa obra maestra caída en desgracia es una insignia de honor para nosotras. Como has dicho, hoy todo el mundo finge que siempre pensó que la Paridad Mental era un disparate. Yo nunca habría impresionado a la CNN limitándome a *decir* que siempre había pensado que la Paridad Mental era un disparate. Tú reforzaste mi credibilidad. No sé cómo agradecértelo

Sí, Emory dijo todo eso sin despeinarse..., aunque se le fruncieron las comisuras de los labios.

—Pero los peces gordos de la CNN debían de saber lo entusiasta de la causa que eras.

Me había dejado pasmada que hubiesen vuelto a contratarla, y la gratitud de Emory sonaba a recochineo.

—Apostamos por una visión de mercado —repuso—. Oferta y demanda. Yo era la oferta.

—¿Y eso significa que al periodismo solo le interesa decir lo que la gente quiere oír?

—¿Podemos hablar un segundo sobre los asientos que les he reservado? —nos interrumpió cortésmente la moderadora, Gail Nosecuántos—. Sé que este encuentro está estructurado más o menos como un debate, pero me gustaría que el tono fuese cordial. Pensé que sentaros a vosotras, Emory y Pearson, en el mismo lado del escenario daría menos idea de confrontación.

—Un momento —le dije a Emory—. ¿Tú vas a *defender* la Cláusula de Aptitud? ¿La idea de marcarnos a todos el cociente intelectual en la frente con un hierro al rojo?

—Solo sería un numerito diminuto en la muñeca —contestó Emory, quitándole *hierro*—. Más discreto imposible. Y poner un cociente intelectual alto como condición para votar es mejor que dejar que solo vote la gente que tiene propiedades. O solo los hombres. O solo los blancos. Yo no hago más que trazar la línea en los zoquetes.

—¡A ver, señoras! —intervino Gail—. Reservemos el boxeo para el público...

—¡Pero si te pasaste años subida a la parra en la radio y la televisión! —le espeté.

—¿Y qué? —dijo Emory, sin darle mayor importancia—. Corren nuevos tiempos. Las culturas evolucionan.

—La *cultura* aquí no pinta nada. Estamos hablando de ti, de ti dando otro vertiginoso giro de ciento ochenta...

—Se llama adaptarse a las circunstancias.

«Se llama ser hipócrita. O se llama no tener convicciones dignas de ese nombre, lo cual resulta muy práctico porque impide no estar a la altura de ellas. Se llama no tener alma.»

—Pearson, lamento tener que sacar este tema –volvió a entremeterse Gail, y esta vez con tono afligido–. Es delicado, pero me temo que podría surgir durante el turno de preguntas y no quisiera que te pillara desprevenida. En internet circula ahora mismo el espantoso rumor de que no llegaste a la cifra de corte que exige la Cláusula de Aptitud. ¿No sería sensato desmentir ese rumor en cuanto empecemos? De lo contrario, se te acusará de estar resentida por no poder votar. Tus argumentos serían más sólidos si dejaras claro que superas el umbral, igual que el resto de los tertulianos. De hecho..., si tu puntuación es especialmente alta, podrías mencionarla, ¿no? Eso acallaría en el acto a los críticos que haya entre el público. Es lo que yo haría en tu lugar.

Llevaba tres años ocultando ese dato escandaloso, y ahí fue cuando me enteré de que había acabado por filtrarse desde el rectorado de la NEVE. Aunque Pat me ha insistido hasta la saciedad para que elimine ese párrafo, mi salida del armario el mes que viene en *The Atlantic* pondrá un rotundo fin al alboroto. No hay mejor manera de frenar el ímpetu de un rumor que anunciar que es verdad.

—Mi puntuación no es para tirar cohetes –le dije a Gail con tono alegre–. No alcancé el mínimo. Ni de lejos.

La mesa al completo quedó en silencio.

—Y sí, *estoy* resentida porque pronto no se me permitirá volver a votar –proseguí–. ¿Por qué no debería decirlo?

También entusiasta de la Cláusula de Aptitud, el compañero de debate de Emory intervino, nervioso:

–¿Y puede participar en este acto? ¿En este salón? ¿Bajo los auspicios de Intelligence Squared?

–Estoy segura de que podemos hacer una excepción –se apresuró a contestar Gail, aunque no parecía tan *segura*–. Pero entretanto puede que, pensándolo bien, Pearson, sea mejor que no digas nada de tu cociente intelectual.

–Ciento siete –dije en voz demasiado alta.

–Vaya, vaya. –Emory sonrió–. Siempre dijiste que eras tonta.

–No te preocupes, Pearson. –Gail me acarició la mano–. Eres un personaje público con tropecientos fans. Todo irá bien.

Ni ella misma se lo creía.

A Emory no le costó nada dominar todo el evento. En las contadas ocasiones en que nos dejó hablar a los otros cuatro, fue toda cortesía. Consiguió que la Cláusula de Aptitud pareciera racional, justa y sensata reiterando esas cualidades con su voz, sus gestos y su presencia. Con fingido recato, al principio esquivó el asunto, pero aun así se las ingenió para insinuar que ella sí llegaba e incluso superaba el umbral (134). Dado que hace ya mucho tiempo que parece que quienes nos oponemos a la 28.ª Enmienda libramos una batalla perdida, Emory estaba destinada a erigirse en una autoridad para el público. Durante el férreo dominio de la Paridad Mental había encarnado el rostro inteligente de la estupidez; ahora encarnaba el rostro amable de la tiranía. Era graciosa. Era serena. Era encantadora, desenfadada y dueña de sí misma. El subtexto era evidente: «Miren, si a partir de ahora la gente como yo toma las decisiones, es obvio que la vida bajo el control de una élite intelectual no será tan mala». Pese a que el contenido de lo que decía constituía el polo opuesto de lo que había apoyado once años antes, en lo tocante al estilo no había cambiado nada. Puede que para Emory lo importante siempre hubiera sido eso, el estilo…, aunque el contenido de lo que soltaba con igual desenvoltura en la década de 2010 hubiese significado la ruina de la educación de mis hijos, hubiese destruido la salud y el sustento de mi pareja y me hubiese condenado a vivir dos años de lo que encontraba en las basuras, así que cabía esperar que yo no me dejara encantar por ella. En cambio, me da vergüenza reconocer que me reí con sus ocurrencias igual que todos los demás, como en el instituto.

No podía faltar una intervención para ganarse al público, y estoy segura de que Emory la llevaba preparada.

–Doy por hecho que habréis visto alguno de esos vídeos grabados en Times Square en los que alguien ofrece a los transeúntes un dólar si son capaces de nombrar un solo continente. Y no son capaces. O sea, esos pobres borricos no saben nombrar un solo continente ni siquiera por dinero. O dicen «Alaska», o «Nueva Jersey». Después les preguntan: «¿Cómo se apellida Obama?». Una mujer se queda en blanco, mientras que la amiga cree que el apellido de Obama es «Care». ¡Y luego viene la pregunta que obliga a los entrevistados a devanarse los sesos!: «Si conduce a noventa kilómetros por hora durante una hora, ¿qué distancia recorrerá?». Las respuestas incluyen: «No sé, no se me dan bien las matemáticas», «Un kilómetro», y «*Dos horas*». ¡Vaya si se le dan mal las matemáticas! Pregunta: «¿Cuál es el número más alto en el que eres capaz de pensar?». Y ahí tenemos a otros dos que van y contestan: «Cien».

»Pues bien, a menos que se ratifique íntegra la 28.ª Enmienda, y hasta el día en que suceda, esos son los estadounidenses a los que permitimos votar. Permitimos incluso que se postulen para cargos públicos, y Dios nos ampare, a veces hasta que los obtengan. Personas que cuando se les pregunta qué países se enfrentaron en la Guerra Civil contestan: «Estados

Unidos y Francia». ¡Esas personas han estado eligiendo nuestro Gobierno! ¡Personas que cuando se les pregunta por un país que empiece con «D» contestan: «Delaware» o «Disney»! Hay personas que creen que Estados Unidos se independizó en 1776 de *Corea*. ¿Queremos poner nuestra política exterior en manos de personas que creen que Hiroshima y Nagasaki son famosas por sus campeonatos de judo? ¿O que creen que Israel es un país católico? ¿Que la moneda del Reino Unido se llama «reina Isabel»? ¿De verdad queremos que las decisiones más importantes que se toman en este país, quién dirige qué cosas y cómo, quién va a la cárcel y, por Dios, si declaramos o no una guerra, las tomen ciudadanos que creen que un triángulo tiene cuatro lados, o uno, o ninguno? ¿Personas que cuando se les pide que señalen Irán en un mapa ponen el dedo encima de Australia? ¿Que creen que Al Qaeda es una «rama de la orden masónica» y que una mezquita es una bebida alcohólica? ¿Que no saben qué estado norteamericano es la cuna del Kentucky Fried Chicken? ¡Por favor! No digo que a esos cretinos haya que llevarlos al paredón y fusilarlos, pero desde luego no quiero que elijan a nuestro presidente.

Ovación atronadora.

Presté especial atención cuando le preguntaron por su anterior defensa de la Paridad Mental. En realidad, yo debería haber sido la tertuliana que pusiera en evidencia su giro filosófico ante el público, pero Gail se me adelantó.

Emory levantó las manos.

–¡*Mea culpa*! Aunque el vídeo que Pearson, aquí presente, tuvo la bondad de hacer público en 2016 da fe de que cerré el círculo, de que volví a la percepción de toda la vida de que hay quienes empiezan con más canicas que otros. Además, si no nos permitiéramos cambiar de opinión, todos seguiríamos atrapados en esa sopa gris igualitaria, ¿no?

»Por otra parte, sí creo que podemos ser demasiado duros con la Paridad Mental, aun cuando fuera un error con repercusiones nefastas. Como idea era bonita. Sería maravilloso que su premisa fuese cierta. Es muy injusto, aunque no sea culpa nuestra, que haya personas que nacen inteligentes y otras que no. Creo que me enamoré de la idea de un terreno de juego nivelado. Me enamoré de un mundo en el que todos nacemos bendecidos con los mismos dones. En el fondo, igual que mucha gente, creía que si lo deseaba con suficiente fuerza, como cuando cerramos los ojos antes de soplar las velitas de la tarta, ese mundo se haría realidad. Si me comportaba como si todos fuésemos iguales, y si reprendíamos a los que afirmaban que no lo éramos, *seríamos iguales* como por arte de magia. No había nada malvado en ese impulso. Era generoso.

—¡Era la Inquisición! —gritó alguien del público—. ¡Era la puta Revolución francesa! ¡Con guillotinas y todo!

—Calma, calma —interrumpió Gail—. Todos tendrán oportunidad de intervenir durante el turno de preguntas.

—He reflexionado mucho sobre ello —prosiguió Emory—, y creo que la Paridad Mental me resultaba atractiva porque me sentía culpable. Mi padre era un renombrado profesor universitario y mi madre, una abogada de mucho prestigio. Por tanto, podría decirse que mi considerable herencia genética es de doble cañón. Pero no por mérito propio. Yo no me gané mis dones. Por eso me pareció justo renegar de ellos. Sin embargo, en los últimos años he llegado a comprender que la inteligencia es más que una bendición inmerecida. Conlleva responsabilidad. Una responsabilidad que yo tampoco pedí. Me pregunto si sería más feliz con un cociente intelectual más bajo...

—¡Oh, no, otra vez el tópico del «tonto feliz»! —exclamó el mismo alborotador de antes.

—La inteligencia es una carga —prosiguió Emory, imperterrita—. A veces, una tortura. Conlleva la obligación de hacer un buen uso de ella. Espero ser ahora lo bastante madura para estar a la altura de esa obligación. Soy la primera en admitir que tengo muchos errores que reparar. Y me alegra de verdad que me lo hayas preguntado, Gail. Para mí es terapéutico contar mi viaje personal en público.

«¿Viaje?», pensé. «Si no has ido a ninguna parte. Abriste una tienda en la Avenida de los Chaqueteros y no te has movido de ahí.»

–Eres de traca. –Tardé un momento en darme cuenta de que había hecho ese comentario en voz alta.

Pero el público rió y luego estalló en unos aplausos salpicados por algún que otro: «¡Ánimo, Em!». Estaban de acuerdo con ella, sí, pero lo que les encantaba era que Emory fuese, como se me había escapado a mí, de traca. En cuanto a mi participación, creo que no hice el ridículo, pero tampoco brillé. Mantuve la cabeza gacha mientras rezaba para que el acto acabase de una vez. Hablaba despacio y mis observaciones eran una pesadez. Estuve demasiado seria. (A pesar de la apariencia de solemnidad de esos encuentros políticos, el público es igual en todas partes: quiere que lo entretengan. No se gana por soltar un acertado comentario mordaz: se gana haciendo reír a la platea.) Mis seguidores se sentirían decepcionados, supongo, y eso explica por qué era tan insólitamente corta la cola que me esperaba al final para firmar ejemplares de *Manía*. Durante todo el acto, pese a mis condecoraciones como la generala que había liderado la ofensiva contra la Paridad Mental, Gail se dirigió a mí, cuando se dignaba a dirigirse a mí, con un toque de condescendencia, de lástima o de ambas cosas. No había olvidado mi 107.

Huelga decir que he participado en muchas más mesas redondas, tertulias y actos por el estilo, y, ahora que nadie aparte de mí va a leer esto, puedo dejar de fingir que soy tan humilde. La mayor parte del tiempo soy condenadamente buena. Rara vez soy una aguafiestas, pero esa noche no dejaba de distraerme mi total incredulidad por estar compartiendo escenario nada menos que con la puta Emory Ruth. Me distraía el deseo de impresionarla, el mayor obstáculo para impresionar a nadie. Me distraía el asco que me producía seguir queriendo impresionarla. Y sobre todo me distraía este enigma: si Emory estaba jugando con mi mente, *¿por qué no hacía yo lo mismo con ella?* ¿Recordaba acaso algunas de las cosas que me había dicho? ¿Ese golpe bajo, cuando afirmó que el apego que le tenía siempre había parecido «erótico»? Sí, me desquité con el vídeo que subí a YouTube, pero ella había atacado antes y pedía un castigo a gritos. *Aun así*, me sorprendí pensando, maravillada: «¡Mírala!». Emory no estaba *distraída*. Más que encontrarse al lado de una mujer a la que había hecho pedazos y a la que había dejado emocionalmente muerta –o en situación de «buscar ayuda»–, Emory bien podría estar sentada junto a algo tan poco perturbador como un vaso y una jarra de agua. En los últimos diez minutos, cuando el público le dirigía a ella casi todas las preguntas, intenté formular algo para mí misma sobre la desvergüenza. El poder de la desvergüenza. La ventaja que otorga.

Ah, y hablando de ventajas... Las convicciones profundas son una bola y una cadena. Preguntadle si no a Dietrich Bonhoeffer. La única razón por la que mi historia acabó bien fue la pura suerte, porque la mayor parte de la gente que se mantiene firme, aunque solo sea en un sentido metafórico, acaba endeudada, en la cárcel o muerta. Tal vez debería decírselo a mi hijo, teniendo en cuenta el origen de su nombre: no creer en absolutamente nada salvo en aquello en lo que creen todos los demás es una enorme ventaja evolutiva. Para ser sincera, me sorprendí... admirando a Emory, con una clara ambivalencia.

La firma de ejemplares fue tan desalentadoramente breve que volví al camerino a recoger mis cosas unos minutos después que los otros tertulianos, que charlaban muy animados con Emory, prosiguiendo la conversación que habíamos mantenido ante el público y aprovechando para tratar unos puntos que no habíamos podido ni mencionar porque ella había acaparado todo el «debate». Intuyo que podría haberme escabullido en cuanto cogí la mochila, pero habría parecido grosero o, no sé, anticlimático; sabía que volvería al hotel y pediría la cena al servicio de habitaciones por terror a volver a encontrarme con Emory, cuando, como había subrayado Darwin tantos años antes, era Emory la que debía tener miedo a encontrarse conmigo. Además, aunque nadie lo habría sospechado por el modo en que se desarrolló todo, se suponía que era yo la principal atracción del acto, ¿no? Era a mí a quien había ido a ver la mayor parte del público, y las otras cuatro figuras de relleno bebían de mi fama. Pero, desde luego, no me sentí el centro de atención, y cuando me decidí al menos a despedirme con cortesía de una mujer a la que hacía cuatro décadas que conocía, no tuve más remedio que armarme de paciencia y esperar mansamente a que ese parlanchín cuarteto se disolviera para acercarme a la estrella del momento.

Al menos esa breve espera me dio la oportunidad de observar a Emory sin que se diera cuenta, y puede que, sobre todo, para observarme a mí observándola. Después de años despotricando contra ella en privado (me avergüenza la cantidad de diatribas que pueblan este diario), había imaginado muchas veces lo que le diría si la tuviera delante. Al parecer, la respuesta es: no mucho. Si su conversión a la Paridad Mental me había desconcertado, este último volantazo me desconcertaba en la misma medida. Pero no hay nada misterioso en el personaje Emory. Sabe adaptarse. Siempre cae de pie. Si yo nunca hubiese publicado ese vídeo, de una manera u otra ella hubiese capitalizado la renuncia nacional a la Paridad Mental igual que había capitalizado la servil adopción de esa ideología.

Lo que en realidad me exigía averiguar era más básico. Quería saber si la odiaba. Motivos tenía. Aun así, resulta que es imposible hacer aflorar una emoción tan intensa solo porque *debamos* sentirla. Para mi consternación, encontré a Emory tan encantadora como siempre. Estaba estupenda para sus cincuenta y cinco años, y a pesar de un largo exilio deshonroso que habría dejado una profunda mella en la autoestima de cualquier persona normal, conservaba aún ese inexplicable y, podría pensarse, injustificable sentido de superioridad y de privilegio que en último término es imposible combatir. Creerte superior y serlo...; bueno, a veces cuesta diferenciar ambas cosas, y una puede ser condición previa de la otra. La verdad es que Emory seguía gustándome. Y yo seguía queriendo gustarle.

—Oye, Pearson —dijo Emory mientras guardaba sus notas en el bolso antes de colgárselo al hombro—. Creo que nos han reservado habitaciones a todos en el Hyatt. ¿Te gustaría tomar algo conmigo en el bar? ¿Y hablar de los viejos tiempos?

—Depende de qué viejos tiempos —contesté con mucha intención. En las últimas tres horas, esa había sido la única alusión a nuestra cruel ruptura y mi única frase brillante en toda la noche.

Emory se limitó a reír, y en lugar de desarmarme con una réplica, dejó que tuviese mi momento de lucimiento.

—Merlot, pues —dije—. Por qué no.

SOBRE LA AUTORA

Aunque Lionel Shriver ha publicado muchas novelas y una colección de ensayos y, desde 2017, tiene una columna en el *Spectator*, y aun cuando su obra periodística ha aparecido en publicaciones entre las que destacan *The Guardian, The New York Times* y *The Wall Street Journal,* no desea de ninguna manera que incluir aquí esta información dé a entender que es más «inteligente» o «talentosa» que nadie. La anticuada meritocracia de los logros intelectuales la ha convertido en autora de varios best sellers y le ha valido diversos galardones, incluido el Orange Prize, pero ella reconoce que todos esos honores, meramente casuales, son insignificantes. Lionel Shriver vive entre Portugal y Brooklyn (Nueva York).

ÍNDICE

ALT-2011 11
1972-2010 49
ALT-2012 99
ALT-2013 141
ALT-2014 175
ALT-2015 211
ALT-2016 253
ALT-2023 317
ALT-2027 343
Sobre la autora............................. 373

Impreso en Talleres Gráficos
Romanyà Valls, S. A.
Verdaguer, 1,
08786 Capellades